望郷

JN287165

角川文庫
18602

目次

このストーリーは、竹鶴リタの伝記を参考にしたフィクションである。

第一章　カウン家の三姉妹

一　カーカンテロフの春

ゆっくりと目覚めていく過程で、彼女は鼻をひくつかせた。今朝は何かが違ってい る。空気が、香りが、そして温度が——。

眼を閉じたまま息を深く吸いこんで、満足の吐息とともにそれを吐きだした。季節が変ったのだ。眠っている間に。

昨夜のうちのどこかで、冬のこごえた青白い手が、バラ色の春の精の手に、季節をバトンタッチして立ち去ったのだ。ついに、長い灰色の冬が終り、誰もが待ちかねていた春がスコットランドにもやって来たのである。ロンドンよりも二週間も遅れて。南のデボン地方では、一月近くも前に、とっくに桃やツツジやサツキの花が咲き始めたというニュースが新聞に出ていた。

毎年、春の訪れを彼女は誰よりも早く察知する。なぜなら誰よりもそれを待ち望んでいるからだった。そこで、温かく躰《からだ》を包んでいた羽根ぶとんからそっとすべり出て、彼女は南側に面した窓のカーテンを左右に大きく開いた。

グラスゴー郊外の小さな街、カーカンテロフの家々は、まだ完全に眠りから覚めてはおらず、暁の最後の仄白《ほのじろ》さの下でしーんと静まりかえっていた。

比較的高台にある彼女の家の南向きの窓からは、灰色の街並みの一部と、スコットランド特有の低い丘陵の広がりと、それに続く黒々とした森が一望のもとに見渡せる。冷たい窓ガラスに白い額を押しつけて、彼女は黒っぽいゴースの繁みに覆われている丘陵を眺め、遠い森と、その背後に横たわる低い山々の紫色の輪郭とに眼をこらした。

昨日と何かが違うだろうか。春のしるしがどこかに刻まれたのだろうか。一見何も変っていないように見える。ゴースはあいかわらずごわごわと固くちぢこまり、森の樹々は裸であった。

しかしやがて、あの丘陵一面にヘザーの紫色の花が咲き乱れ、まるでラヴェンダー色のカーペットを敷きつめたようになるのだ。

すると、どこからともなく小鳥たちがヘザーの繁みや、柔らかい新芽をつけはじめたゴースの間から、囀《さえず》りはじめる。

小さな小さな駒鳥が、繁みの中からまっすぐに天にむかって飛びあがり、あまりにも高くまで舞い上がるために人間の眼には見えない空のどこかで、ヒンカララと澄みきった高音で鳴くのである。その頃になると、羊たちが子を孕《はら》み、やがて初夏になるとあちこちの牧場でそれはたくさんの小羊が生まれるのだ。

彼女は息苦しいほどの期待のために、躰がぐらぐらするのを感じて、思わず窓枠に手を置いた。そして眼を閉じて、興奮が鎮まるのをじっと待った。彼女は待った。めまいが去るのを、気分が落ちつくのを。そのように、いつも何かを待っている。これまでの十七年の人生は、そうやって常に何かを待ち続けることで流れて行ったような気がする。

さしあたっては、めまいが去るのを待っているけれど、いつか体質が変って下の二人の妹たちや弟のように健康な躰になれることを願って、ひたすら待っている。そしたら妹たちのように学校やカレッジや大学へも行けるだろう。家庭教師に家へ来てもらって勉強を教わるのではなく、自分から出かけて行って、広々としたキャンパスの中を駆けていくのだ。

そして今朝、空気の中に春の香りを嗅《か》いで、カーカンテロフの郊外が春の色に包まれるのを、待ちきれない思いで待っている。

しかし、その朝、彼女の胸の泡立ちは長いこと収まらなかった。いつまでも胸の動《どう》悸《き》が高鳴ったまま、苦しいというよりは切ないような気がした。鼻の奥に香《かぐわ》しいと同時に甘酸っぱい匂いが、温かくたちこめていた。

幸福であると同時に、なぜか淋《さび》しいような感じだった。両親に守られ、妹たちからもいたわられているにもかかわらず、心細いのだった。

「まるで、恋をしているみたいだわ」

と、彼女は思わず声に出して言ってみた。

もちろん、恋なんてしたことはなかった。でも恋をした娘たちのことなら、いくらでも知っていた。これまでに彼女が読んだおびただしい書物の中に、たくさんの恋する娘たちを思いだすことができる。そういう本の中で人を愛したり、恋をしたりすると、どういう気持になるのか、いっぱい書かれていた。今の私はそうした気持にそっくり浸っている。

甘くて切なくて、幸福でとても淋しい。そう、とても淋しいのだ。恋をしているからではなく、十七歳にもなるのに恋をしたことがないということが、彼女をたまらなく淋しくさせるのだった。そこで彼女、ジェシー・ロベルタ・カウンは、自分で自分を抱きしめるような仕種《しぐさ》をして、いっそう強く額を窓ガラスに押しつけた。

そのころになると、いくつかの家の赤煉瓦《れんが》でできたチムニーから、石炭で暖をとるための煙がもくもくと上がりはじめていた。ほとんどの家が石炭を燃やすために、冬の間、空気が汚れ、嫌な臭いが街中にたちこめるのだった。季節が暖かくなれば、暖房もいらなくなり、外の空気もきれいで新鮮になる。そうすれば、喘息《ぜんそく》のような咳《せき》の発作や偏頭痛も少なくなる。ジェシー・ロベルタ、通称リタはあいかわらず自分の躰を抱きしめるような仕種をしたまま、階下から響いてくるカウン家の朝の始まりの音に耳を澄ませた。

階下のキッチンに続く食堂では、学校に通う子供たちがあわただしく朝食をかきこんでいた。カウン家の子供たちは、十七歳のリタを頭に、それぞれ三歳ずつ年の離れた妹のエラとルーシー、男の子で末っ子の八歳になるラムゼイの総勢四人である。

長女のリタは、病弱ということもあって、物静かな、どちらかといえば大きな哀しそうな眼をした美しい娘。

それと対照的なのがすぐ下の妹のエラで、積極的な行動派。言動も十四歳としてはかなりのおませさん。何かというと姉に対抗するようなところがある。

三女のルーシーは、頭の回転の早いお転婆な十一歳。二人の姉たちよりも、もっぱら弟を家来に外を駆けまわるほうが性にあっている。末っ子のラムゼイは幼いながらも、自分がカウン家の後継者であることを自覚しており、良きにつけ悪しきにつけ、スコットランド氏族《クラン》の血が色濃くその幼い躰の中に流れているのが、めだつ。

「あら、リタ、今朝は早いのね」

と、いち早く姉の姿を食堂の入口にみつけたエラが眉《まゆ》を上げた。

「そんなにびっくりすることないでしょ」

そう答えておいて、リタは末っ子のラムゼイの頬に素早くキスをして、「おはよう、私の小さな可愛いクラン殿、今朝はご機嫌いかが？」

と、やさしくからかった。

「お姉さんのお気に入りのヤンチャ坊主は、宿題をやり忘れたので、今朝は学校へ行きたくない気分みたいよ」

父親からチャビーチークの愛称で呼ばれている三女のルーシーが、その愛称の由来であるぽっちゃりとした頬に笑窪《えくぼ》を刻んだ。

「宿題をやっていかないと、どうなるの？」

カリカリに焼けたトーストに、バターを塗りながらエラが弟に訊《き》いた。一家の主人のカウン医師は、四つに折った朝刊からずっと眼を離さない。そして、子供たちの母親、ミセス・カウンは、小太りの躰でキッチンと食堂の間をフライパンや、熱いポットを手に何度も往復している。ときどきカウン医師が朝刊から眼を上げて、ひとりで忙しがっている妻を眺めると、娘たちに小言を言う。

「この家には娘が三人もいるというのに、なんでお母さんだけが働かねばならんのかね。お母さんはメイドじゃないんだ」

すると、たちまち食堂の中は蜂の巣を突っついたような騒ぎになる。

「だって学校に遅れてしまうわよ、お父さん《ダディ》」

と、ルーシーが丸い頰をいっそう丸く膨らませ、「それにうちの子は娘三人だけじゃなくて、男の子もひとりいるんですからね。ラムゼイだけがいつも王子さまみたいに特別扱いされるのは不公平よ」

「うちには特別扱いされている子が、ほかにもうひとりいるわね」

と、エラがナプキンで口のまわりを拭《ぬぐ》いながら、チラッとリタを見る。「ちょっと咳をしたり、頭が痛いといえば、ピアノを弾く以外になんにもしなくていいんですものね。学校へも行かなくてもいいし、家事も手伝わなくてすむし、あたしも病弱に生まれつけばよかったわ」

「エラ」

と、娘たちの母親がたしなめる。「そんなこと言うものじゃありませんよ。健康がどんなに素晴らしいものか、風邪ひとつひいたことのないあなたにはわからないのよ。それは神さまが子供たちにくださる一番の贈りものだわ」

それから彼女は長女のほうをむいて言った。「あなたには、神さまは別の贈りものをくださったのよ。強い心。強くてフェアな心」

「あら、お姉さんの心は強くないわ。とてもやさしいわよ、マミー」

スクランブルド・エッグをフォークですくい上げながら、ルーシーが横から言った。

「そうですよ、ルーシー。強い心をもっているひとだけが、他のひとたちにやさしくしてあげることができるのよ。リタは躰《からだ》が弱いけれど、その弱い躰を心の強さで補うことができるわ」

「じゃ、あたしたちは頑丈だけどやさしくないっていうのね。ママ？」

「もうやめて、エラ」

リタが片手を伸ばして、斜め前に坐《すわ》っている妹の腕に触れた。

「いいのよ、あなたたちが学校へ行った後、私がママの手伝いをするから」

「ほらほら、また始まった。そうやってお姉さんはいい子ぶるのよ」

「エラ、止めなさい、もういい」

カウン医師が音をたてて新聞を畳んだ。

「わしはおまえたち三人に、お母さんの手伝いをしなさいと言ったんだよ。罪のなすりあいをしてはいけない」

「四人よ、ダディ。何度も言うけどラムゼイもうちの子よ」

ルーシーは、あくまでもこだわった。

「ダディは女の子って言ったんだ。女の子は三人だよ」

ラムゼイが口の両側にミルクを白くつけたまま、すぐ上の姉にむかって舌を突きだした。

「ラムゼイには、ほかの用事を考えているよ」

と、カウン医師は穏やかに言った。「まず、学校から帰ったら、まだ明るいうちにタイニーを散歩に連れていくこと。帰ったら水をやってもらいたい。犬の世話はおまえにまかせるよ」

「それだけなの？」

ルーシーが口を尖《とが》らせた。「あたしなんて家中のお皿拭《ふ》いて、家中の窓を拭いて、家中の床にワックスかけなくちゃいけないのよ」

「あわてなさんなよ、チャビーチーク。春になったら、ラムゼイの仕事が増えるんだから。芝刈りを頼むよ」

「ちぇ、くそいまいましい春なんて、来なければいいんだ」

ラムゼイは小さな声で悪態《ダム》をついた。

「ラムゼイ・カウン」

と、父親はそこで少し厳しい声を出した。

「今、きみはなんて言ったのかね？」

「……。つまり、その、春があんまり早く来ないほうがいい、と思います」

ラムゼイは赤くなって、首をすくめた。姉たちがどっと笑った。

「あら、大変だわ。学校に遅れちゃう」

エラが食卓から飛び上がった。それを合図に、カウン家の朝の食事が終った。学校へ行く子供たちはあわただしく両親に、行って来ますのキスをして、ばたばたと出て行った。いつもと寸分変らぬ食卓の光景であった。

母親を手伝って食卓を片づけているリタを、父親はじっと見守った。他の子供たちがいる時とは少し違う。サミュエル・カウン医師は、自分が、他の子供たちより長女のリタに対して、特別の感情を抱いているのを知っており、それを誰にも気づかせまいとするあまり、いつも少しだけ彼女に対して厳しかったり、よそよそしかったりしてしまうのだった。

もちろん、自分の子供であればどの子も可愛い。わけへだてなく育てたいと思う気持はどんな親にでもある。

けれども親だって人間だ。気の合う子もあれば、そりの合わない子だっている。医師という職業を天職と信じて生きてきたサミュエル・カウンにしても、例外ではない。彼は自分の四人の子供たちが大好きだったし、誇りにも思っている。そしてとりわけ、リタのことが心にかかるのであった。それはもしかしたら彼女の躰が他の子供たちとくらべて丈夫ではないということと、関係があるのかもしれない。しかも自分は医者でありながら、娘の虚弱な体質を治してやれない。そういうことが後ろめたいせいなのかもしれなかった。

幼い頃から、リタの大きな蒼《あお》い眼が、深い湖のような静けさをたたえているだけではなく、見る者の心を鷲《わし》づかみにするような哀しみの色を帯びていることが、父親の胸を泡立てるのだった。

すぐそばにいるのに、娘の魂はどこか遠くのほうをさまよっていると、そんなふうに彼は感じるのだった。ときどき、この子はそれほど長くは生きられないのかもしれない、神が誰よりも早く御許《みもと》に呼び寄せようとしているのではないか、そんな気がしてならなかった。

さいわい、何事もなくリタは成長して、病弱ながらも美しい娘に育った。あいかわらず大きな蒼い眼に、切ないような哀しみをたたえてはいるが。そしてあいかわらず、この子は遠くへ行ってしまうのではないだろうか、と父親を不安でいたたまれなくさせることが、ときどきあったが。サミュエル・カウンは、ほっそりとして白く透きとおるような娘の首を眺め、肉体というよりは白い花の精か、あるいは白い鳥を思わせるリタの華奢《きゃしゃ》な姿をみつめた。

「どうかね、リタ？」

「どうかって？」

食卓の上のパンくずをナプキンの中に集めながら、リタは微笑した。

「いろいろさ」

「偏頭痛なら、あいかわらずよ。喘息《ぜんそく》のほうは少しおさまっているみたいなの。お父さま、気がついた？　今日から春が始まったわ」

「ずいぶん確信をもって言うねぇ。春ってのは、そんなに急に始まるものなのかい」

父親はそう言って眼を細めた。

「ええ、そうよ。みんなは学校や患者さんや家事やいろいろなことで忙しくて気がつかないかもしれないけど、私にはみんなみたいにすることがないから、一日に何度も窓から外を眺めるの。ねぇ、お父さま、季節って、突然変るのよ。今日から春だっていう日が、一年の中にたった一日だけあるの。その日を境に春になっていくの。夏もそうよ。秋も冬も、最初の始まりの日が必ずあるの。私にはそれがわかるわ」

「ふうん」

と、カウン医師は、娘から食堂の出窓に眼をやり、かすかに黄ばんだレースを透かして外を眺めた。「それで、今日がその日だっていうんだね？」

「ええ、そう」

「それで少し、元気なんだな。顔色も悪くないよ」

と、彼は嘘をついた。リタの顔色は昨日と同じように紙のように白かった。

「そう思う、お父さま？」

リタは父親の嘘をみぬいていたが、表情には出さなかった。

「そうなの。なんだか気分がいいの」

眼が覚めた時の、あのなんだか何かを待っているような感じが蘇《よみがえ》ってきた。けれども、それがなんであるにせよ、彼女には自信がなかった。何よりも自分の健康に自信がもてなかった。何が起こるにせよ、これまでと同じように、それが自分のすぐ側を素通りして行ってしまうのだろうと、リタは習い性となってしまった諦《あきら》めの感情に身をゆだねた。

――どうせ私なんてだめよ――諦めの感情に身をゆだねてしまうと、もう心はふっと泡立つことはなく、ひたすら楽なのであった。

サミュエル・カウンが咳《せき》払いをして言った。

「どうだろうね、リタ。九月からグラスゴー学院《カレッジ》へ通ってみたらと思うんだが、九月といえばまだだいぶ先の話だし、その間に少しずつ運動をしたりして躰を慣らしていけばいい。おまえの学力ならカレッジの入学は不可能じゃないと思うよ」

「だめよ、お父さま、自信ないわ」

即座にそうリタは答えた。あんなに大勢いる男女の学生に囲まれると考えただけで、リタは震えがくるのだった。それに大きくて埃《ほこり》っぽい教室。椅子のガタガタいう音。男の学生たちの荒々しい動作や、吠《ほ》えるような声、女の子たちの甲高い笑い声や、止まることのないお喋《しゃべ》り。とうてい耐えられないことであった。想像しただけで、頭がズキズキと痛みだした。リタはこめかみを押えて眉《まゆ》をぎゅっと寄せた。

「おまえに必要なのは、たぶん――」と、カウン氏は溜息《ためいき》をついた。「咳止めや頭痛薬ではなく、勇気なのかもしれないよ」

そうかもしれないけど、とリタは思った。みんなのいる前で急に貧血を起こして倒れてしまったり、講義中のしーんと静まり返った教室の中で、激しい咳の発作がいつまでも止まらなかったりすることを思うだけで、リタの掌はぐっしょり冷たい汗でぬれてくるのだった。

二階の自分の部屋に戻って、読みかけの『ジェーン・エア』の世界に身も心もつかりたいとリタは思ったが、そうするかわりにキッチンへ行って母親の手伝いをした。

「どうしたの、リタ？　お父さまと議論したの？」

シンクの中で洗いものをしながら、アイダ・カウンが質問した。彼女は典型的なスコットランドの女性で、家事をしている時は農家のおかみさんのようにたくましく、母親としての自覚をもって子供たちを躾《しつ》ける時には、オールドミスの家庭教師みたいなプライドと厳しい一面を見せた。

それがミセス・カウンという医者の妻の立場におかれると、品位のあるやさしさに溢《あふ》れ、誰からも慕われ、頼りにされた。つまり良妻賢母の見本のような女だった。

「議論なんて、私ができないこと、ママはよく知っているじゃないの」

リタは、自分が母親のもつ長所のどれも持ち合わせていないことを、情けなく思いながら呟《つぶや》いた。

「知ってますよ、ただ言ってみただけ、カレッジのことをすすめられたのね？」

「ママもお父さまと同じ意見なの？　私がグラスゴー・カレッジに行くべきだと思う？」

アイダは次々と洗いあげた食器の洗剤を、熱いお湯で流しながら、洗いカゴの中に積み上げていった。居間のほうで電話が鳴る音がして、やがてカウン氏の低い落着いた「ハロー」と言う声が聞こえた。患者からの往診の予約らしかった。

「わたしはいつもお父さまと同じ意見よ」

そこで、ミセス・カウンはクスリと笑って続けた。「でも、ときどき、どう考えていいのかわからないようなこともあったけど、そういう時は知らん顔してサミュエルの意見に従うの。そうしてきて、これまで絶対にまちがいがなかったわ」

それから彼女は手を止めると、娘のほうをふりかえって言った。

「わたしの意見が聞きたいのね、リタ？」

まっすぐに喰《く》いこんでくるような眼差《まなざ》しだった。

「じゃ、言うわ。わたしは女が大学に行く必要はないと思いますよ。教養は必要だけど、女にインテリジェンスは必要ないわ。女をだめにするわ。女が家の中で夫に口答えしたり、たてついたり、理屈を言ったり、反抗したら、どうなると思って？　一艘《そう》の舟に、船頭が二人いるようなものよ。この意味わかるでしょう？」

アイダは微笑した。「ひとつ屋根の下に主人は二人必要ないのよ。ほらよく、有名映画スター同士が結婚して、無惨にも失敗するでしょう？　ひとつ屋根の下に、二つの星《スター》は輝けないのと同じことよ」

「ママの時代はそれでいいかもしれないけど、もう服従や忍従は古いと思うわ」

母親が洗い上げた食器を、白い清潔な布巾《ふきん》で拭《ふ》きながら、リタが答えた。

「いいえ、古くなんてありませんよ、リタ。ただし、夫を愛して尊敬していなければ、あなたのいうとおり、服従や忍従は苦痛だわ。わたしはサミュエルを世界で一番素晴らしいお医者さまだと思っているし、夫としても愛しているし、わたしに四人の子供たちを授けてくれたことを心から感謝しているのよ。だから、サミュエルの意見に従うことが、ママには何よりも喜びなの」

ふだん気丈なスコットランドの婦人の眼が、かすかに湿っていた。

「そんなふうに言えるなんて、私、お父さまのためにうれしいわ。それから、ママのことをとても誇りに思うわ」

心からそう思ったので、リタは自分の胸に言いきかせるようにゆっくりと言った。それから母親の頬にそっと接吻《せっぷん》をした。

「でもまだ、わたしの意見は終っていませんよ」

と、アイダは溢れんばかりのやさしさを、その丸い肩のあたりに漂わせた。

「世の中のすべての女性が、わたしのように生きなければいけないという法はありません。そういうことはむいていない女性もいると思うの。したくとも、躰《からだ》が丈夫でないあなたみたいなひともいるわけだから。男性にすがらないで生きていくためには、リタ、教養がいるわ。それから手に職がね、あなたのピアノのように」

「それで私にピアノを習わせてくれたのね、ママ？」

「そう。あなたがお父さまみたいな完璧《かんぺき》な男性に出逢《であ》えなかった時のために、ね。それから本当の教養というのは、女をつけ上がらせるための学問じゃないということ。知的であるということの、いたずらに攻撃的な爪に、手袋をかぶせるようなものよ。そして、それはたやすく捨てられるものだわ。もしもあなたが、あたしのサミュエルのような男性にいつか出逢うことができさえすれば。ママはそれを願っているの。幸福な結婚を」

アイダ・カウンはそう言って、温かい腕の中に痩《や》せ細った娘をしっかりと抱きしめた。「グラスゴー・カレッジへ行くこと、考えてみてちょうだい」

ええ、そうするわ、と答えたが、声にはならなかった。母の柔らかい胸に抱きしめられてはいたが、いつだったかまだ小さな女の子であった時のような安心感はなかった。リタは、自分がいつのまにか、自分自身の人生のために、自分の道というものを歩きださなければならない時機にさしかかっていることを、その時、自分より背の低くなった母に抱かれて、初めて気がついたのだった。

もちろん、リタは覚えていないが、彼女が初めてこの世に生を受け、温かく安全であった母の胎内から、外気の中へ押しだされたあの一瞬を思い起こそうとしていた。あの一瞬の恐怖と胸も詰らんばかりの不安とを。最初の産声というのは、だから、幼い赤んぼうの恐怖の悲鳴なのだ。何度か、父親のお供で、出産する妊婦につきそったことがあったが、生まれたての赤んぼうの産声を聞くたびに、それが鋭く彼女の耳に突き刺さったのは、たぶん、リタ自身の忘れていた恐怖の記憶がたち戻るからなのであろう。

だが今は――、再び母の胎内から生み落とされてしまったような気がしている十七歳のこの不安と絶望と恐怖とに、私はどう立ちむかっていけば良いのだろうか？　もはや金切り声をあげて腹の底から泣き叫ぶことができないとしたら？

リタは、自分の前に果てしなく続く、眼には見えない彼女の人生の道を見すえて、しばし茫然《ぼうぜん》自失して立ちすくむのであった。彼女の背後には、これまで妹たちと共に歩んで来た道がずっと過去にまでつながっており、それは母の胎内の暗いトンネルの中へ消えていた。

もう一度子供になりたくても、あの道へだけは引き返すことができないのだ。地球の上には数え切れないほどの大小の夥《おびただ》しい道があるけれど、絶対に引き返すことのできない道が、人には誰でも一本だけあるのだ。

けれども、自分の後ろに伸びている道へは行けないが、前に伸びている道へは進めるのだ。進まなければならないのだ。恐ろしいことには、その道は地平線のあたりまでしか見えていなくて、その先はかすんだように消えてしまっている。ふりむけば、あんなにはっきりと母の胎内にまで続いている過去の道が見えるというのに。リタは、地平線のあたりでかすんでしまっている自分の行く手に、否《いや》が応でも押しだされるのを感じ、思わず母の肩にしがみつき、顔を埋《うず》めた。

きっとこれが大人になるということなのだろうと、彼女はこわごわと思った。手さぐりで、導く人《ガイド》ももはやなく、前へ前へと進むしかないのだ。その時初めて、リタは自分がひとりぽっちであることを感じた。両親が彼女を愛してくれていることはわかっていた。妹たちも弟も彼女を愛し、リタも彼らをとても愛している。

にもかかわらず、リタはひとりぽっちであると感じた。母は昨日と同じ母であるのに、もう決して同じではないのだ。昨日と今日とは、なんとすべてが違ってしまったことだろう。そうなのだ、季節が変ったのだ。リタの春が始まったのだ。

それは彼女の血を騒がせ、鼓動を早めた。リタは母親と抱き合ったまま、その不安と動揺とに耐えた。産声を上げて泣き叫ぶことができないのなら、黙して耐える以外にないではないか。

やがて不安と動揺と恐怖の暗闇の中に、あるかなきかの光が見え始めた。それは不思議に甘い香りを放つ未知への入口のように見えた。あいかわらず不安ではあったが、何かがしきりに彼女に誘いかけてきた。

リタは両腕を母の背から離し、みずからを解き放った。彼女は母をみつめた。そしてそこにひとりの老いた女性を見いだして、愕然《がくぜん》とした。自分が昨日まで全身全霊でよりかかり、頼りぬいてきた母が、こんなにも小さな女性であったということに、激しい驚きを覚えた。リタは、たった今、自分が未知へむかって第一歩を歩み始めたことを、知った。それは母から、あるいは母が体現するものからの解放であった。

「ママ」

と、彼女は言った。母に呼びかける言葉が、それほどまで甘い哀しみに満ちていたことは、かつてなかった。

「ママ、私、九月からカレッジに行くわ。自信はないけれど、でも、やってみるわ。支えがいると思うけど、でも、その支えが私自身、自分であってかまわないわけだし。

それに――」

と、リタは母親にむかってニッコリと笑いかけた。「私、もう偏頭痛にあきあきしている。喘息《ぜんそく》にもあきあきよ。病気にあきあきしたのよ」

「ジェシー・ロベルタ・カウン」

と、母は静かに言った。「あなたのこと、とても誇りに思うわ」

その時、居間のほうからサミュエル・カウンが顔を覗《のぞ》かせた。

「薬屋の嫁さんが産気づいたらしいよ」

それから妻と娘の顔を交互に見較《くら》べて、「何かあったのかね？　二人とも顔が輝いているよ」

と、怪訝《けげん》そうに訊《き》いた。

「あのね」

と、アイダがうれしそうに言った。「あなたの一番お気に入りの娘が――」

そこまで言った時、アイダの夫は抗議するように口を開きかけた。それを制するようにアイダは手で夫の袖《そで》をつかんで一気に続けた。

「いいのよ、わかっているわ、それにこれは私たちだけの秘密。他の子には言いませんよ。リタがね、ついに決心したのよ」

「決心だって？　なんの決心だい？」

「病気でいることから抜けだす決心よ」

そうか、とサミュエルは呟《つぶや》いて、妻の顔から視線をリタに移し、たて続けに瞬《まばた》きを二つ三つすると言った。

「聞いたのかね。薬屋の嫁さんが産気づいたんだそうだ」

「お父さま、私がお供するわ」

リタはそう言って、清潔な衣服に着替えるために、二階へ上って行った。

陽がすっかり長くなっていた。六月の終りの宵の口。といっても午後の七時半を過ぎている。

冬の間は午後の三時には薄暗くなるのに、夏になると九時でもまだ仄《ほの》明るい日が続くのだ。そして一年中で最も美しい季節がこの初夏なのである。それも延々と引きのばされる黄昏刻《たそがれどき》。

カーカンテロフの街中に花々が咲き乱れ、外気は柔らかく、そして人々の表情も和んでやさしくなる。丘陵は緑色の若草のカーペットを敷きつめて、なだらかに横たわり、ヘザーの花が大きなパッチワークのように若草の間を埋めている。

カウン家の前庭には一家の主・カウン医師みずからが、芝刈り機を動かしている。

庭の隅にしゃがみこんで、リタがときどき手の甲で額の汗を拭《ぬぐ》いながら、花畠《はなばたけ》の雑草を一心に引きぬいている傍らで、ビーグル犬のタイニーがラムゼイにじゃれている。

この光景を見ていると、どっちが犬だか、ときどきわからなくなる。庭中に刈ったばかりの芝から放たれる強い草の匂いが充満し、それにキッチンの窓から流れてくる、夕食の羊のローストの匂いとが混じって、平和で幸せな時間がゆっくりと過ぎて行く。

「ラムゼイ、お父さまと芝刈りを交代してあげなさいよ」

リタが顔を上げて弟に言った。西の方角から射してくる茜《あかね》色の光が、彼女の白い額や頬をバラ色に染めていた。このところ、わずかにふっくらとしてきた細面の顔が、上気したように輝き、リタは見る者の心を打たずにおかないほど美しかった。

「いいんだよ、姉さん。ダディはけっこう楽しんでるんだから。楽しみを奪っちゃいけないよ」

ラムゼイは全身を芝草まみれにして犬と共に地面を転がりながら、そう答えた。

「ほら、タイニー。かかってこい。おまえ、いくじなしか？　かかってこい」

犬が少年に吠《ほ》えながら飛びかかる。ラムゼイが横に飛んで犬の横っ腹を押えこむ。

「どうだ、まいったか。ラムゼイさまのジュウジツにはかなわないだろう。まいったらワンと言え」

茜色の濃くなった庭に少年の甲高い声が響き渡る。

「あら、ラムゼイ。ジュウジツなんて言葉、どうして知ってるの？」

リタは雑草を抜く手を休めずに、弟に質問した。

「ジャパンが戦争に強いのは、兵隊がジュウジツの訓練を受けているからなんだ」

得意そうにラムゼイは鼻をうごめかした。

「まぁ、ジャパンって国がどこにあるかも知らないくせに」

「知ってるよ」

「じゃ、どこにあるの？」

「東の一番端っこさ。あんまり端っこなんで、陸からころげて海へおっこっちゃったのが、ジャパンさ」

リタも、本当は日本が世界地図の上で、正確にどこにある国か知らなかった。あとでちょっと見ておこう、と彼女は思った。

「中国の一部にあるんだよ、姉さん。ホンコンは知ってるだろう？　ジャパンはホンコンの隣りなんだ」

ラムゼイは知ったかぶりをして言った。

「そしてね、ジャパニーズは、木の棒を使ってチャプスイを食べ、男の人がポニーテールを結って、腰に剣《ソアード》を差してるんだぜ」

「サムライのことね」

リタは昔習った歴史の時間のことを思いだした。

カウン医師が芝刈り機を押してくると、二人を眺めて首を振った。

「ポニーテールを結ったサムライは、もう五十年前にいなくなったんだよ。ニッポンは中国の一部でもないし、ホンコンの隣りの国でもないよ、ラムゼイ。それにたぶん、チャプスイなんて、あんまり食べないと思うね。わしも詳しいことは知らないがね」

「でも、ジュウジツが強いんでしょう？」

「うん。そいつはきっと正しいよ。でも詳しいことを知りたかったら、日本に関する本がわしの書棚にあると思うから、ちゃんと読んだほうがいいな」

再び芝刈り機を押して遠ざかりながら、カウン医師はそう言った。

「別に知りたかないや」

少年はごろんと草の上に寝ころがって言った。「姉さんは？」

「そうね、あんまり興味ないわ。第一、関係ないもの」

見たことも聞いたこともない国のことなんて、想像するのも困難だった。カーカンテロフの街には、日本人はひとりもいなかった。中国人はごくたまに見かけるが、東洋の人は感情を表に現さないので、リタにはなんだか気味がわるかった。

「でも、ジャパンって、とてもきれいな国だそうよ」

彼女は何かの雑誌で見たことのある水彩画のようなものを思いだしてつけ足した。

「年中雪を頂いた姿の良い高い山があって、その裾野《すその》は海に落ち込んでいて、いつも高い波が水飛沫《しぶき》を上げているのよ」

リタはそれが浮世絵というもので、デフォルメされた風景画だということを知らなかった。

家の中で、電話の鳴る音がしていた。カウン医師が眉《まゆ》をひそめた。また誰かが一家団欒《だんらん》の邪魔をして、産気づいたか、急に腹痛でも起こしたのだろう。

サミュエル・カウンは芝刈り機を地面に置くと、裏口を開いて、

「誰からだい？」

と大声で家人に訊《たず》ねた。

「マッケンジー家からよ。あなたにじゃないわ」

アイダが家の中から叫んだ。カウン医師は、やれやれというように、芝刈りに戻った。

少し経って、アイダが裏口から、黄昏の庭へと、エプロンで手を拭《ふ》きながら出て来て言った。

「ジュディーからだったわ」

「うん、それでなんだって？　みんな元気なのかい、あの一家は？」

「ええ。まあまあだそうよ。ジョンが夏休みで戻ってるんですって」

「ほう、そうかい」

サミュエルがちょっと遠くを見る眼つきをした。ジョンの名を耳にすると、リタの背中がわずかに硬直した。

「陸軍士官学校のほうは、確かあと一年残っていたんだったな」

ちらりと娘の硬い背中を見ながら、彼は妻に訊《き》いた。

「ええ、そうなんですけどね」

と、アイダは声を曇らせた。「あの子、ミリタリーの訓練が性に合わないんですって。ジュディーがこぼしていたわ。戦争の方法を教わるより、大学で文学や美術の勉強をしたいって」

「しかし、あと一年のしんぼうだからな」

その話を聞いていたラムゼイが口をはさんだ。

「ボクも士官学校へ行けるんでしょう？」

「行きたいのかね」

「もちろんさ。行って戦争の仕方をたくさん学んで、本物の戦争に参加するんだ。そしてジャパンと戦うんだ」

「ジャパンとイギリスは戦わないのだよ、ラムゼイ。我々は友好国なんだよ」

「ただの思いつきさ、ダディ。ちょっとジュウジツを負かしてやりたいと思っただけ」

ラムゼイは舌を出して、再びビーグル犬に飛びかかっていった。

「ジュウジツもいいが、その前にすることがあるんじゃないのかね？　宿題はすませたのかい」

父親が苦笑して息子の背中に言った。

「それでジョンはずっと夏休みの間は、こっちなのかね？」

「そうよ。でも、エジンバラで家庭教師のアルバイトをするとか言っていたけど。そうそう」

と、アイダは、頑《かたく》なに背中をむけたまま雑草を取り続けているリタに、愛想よく語りかけた。

「今度の土曜日のハイティーに、ジュディーとジョンをお呼びしたわ」

リタは黙っていた。アイダとサミュエルが顔を見合わせた。

「今の、聞こえなかったの、リタ？」

「あら、私に言ったの？」

リタがふりむいた。つい先刻までの紅潮したような表情は消えていた。

「さてと」

と、カウン医師がその場の空気を変えるように、大きく伸びをすると妻にむかって訊いた。

「そろそろ夕食かね？　今日は庭の空気をたっぷり吸ったせいか、おなかが空《す》いたよ」

夫婦はもう一度気になるようにリタの後ろ姿を見てから、屋敷のほうへと歩み去った。ビーグル犬がその後を駆け足で追いかけ、それをラムゼイが追って走った。

ひとりっきりになると、リタはゆっくりと立ち上がった。長いことしゃがんでいたので、膝《ひざ》が差しこむように痛かった。彼女は前庭を端まで歩いて行くと、きれいに刈りそろえてあるサツキの植込みごしに、眼下に広がる牧場と、それに続く広い丘陵を眺めた。牧場には、点々と羊たちが放牧され、地に吸いつく大きなシラミみたいに、草をはんでいた。はるかかなたの山々の背後に、今まさに太陽が沈もうとしていた。

考えまいとしたが、ジョン・マッケンジーのことがしきりに彼女を悩ましていた。娘らしい潔癖さから、リタは青春期の男の子が生理的に嫌だった。最後に彼を見たのは、二年前の日曜日の教会でだった。その前日、彼がロンドン郊外の陸軍士官学校へ入学するための、お祝いとお別れのティーパーティーに呼ばれて、グラスゴーのマッケンジー家を一家で訪問していた。

両親は口に出してははっきりとリタに告げないが、どうやらマッケンジー家の長男と、カウン家の長女を、結びつけようとしているらしいのだった。家同士で認めた許婚者《フィアンセ》ということである。

私は認めないわ、とリタは赤く燃えながら西の尾根に沈んでいく太陽を見つめながら、声に出して呟《つぶや》いた。もしも彼女が絶対に嫌だといえば、リタの両親はその結婚を強要することはないだろう。しかし、二年前の夏のパーティーでは、彼女はまだ十五歳で、しかも一番躰《からだ》の具合の悪い時だったし、彼のほうも十七歳で高校を卒業したばかりだった。結婚が嫌とかいいとか言うような段階ではなかった。

二人とも、なんとなく親同士の意志に気づいていたので、どちらも相手を意識的に避けていた。五メートルと離れていない距離にいながら、ただの一度も視線を合わせなかった。自分のほうで相手を避けていたくせに、リタのほうをただの一度も見ようとしないジョンの態度に、彼女は内心傷ついたような、侮辱を受けたような気がして、ますます腹立たしくなるのだった。

それでも、とても気になるので、すきをみつけては、ジョンを何度か盗み見た。子供の頃は、両親と共によく行き来していたので、なんの屈託もなく一緒に遊んだのだが、その後マッケンジー家がグラスゴーに引越してからは、それほどひんぱんな行き来はなくなった。クリスマスや、誰かの誕生日や、パーティーや何やかやと年に五回か六回は往復しあったが、双方がティーン・エイジャーになると、急に二人の子供たちだけが、よそよそしくなった。

リタは、二年前のティーパーティーの時のジョンの姿を思いだしながら、表情をしかめた。彼はひょろひょろとした痩《や》せた男の子で、大人でもなければ少年でもなくて、妙な存在だった。顔や表情はまだどこか少年のような面影を彷彿《ほうふつ》とさせるのだが、声だけが完全に大人の男の声に声変りしていたので、奇妙にもアンバランスな感じを受けたのだった。

そして何よりもリタがうんざりしたのは、つるつるとした少年の肌に、ヒゲが生えかけてきていることだった。まだカミソリで毎日剃《そ》るほどのものではないので、ボソボソとまだらに生えていた。それが少女の厳格な美意識に、著しく反するものとして、眼に映った。

もっとも、奇異な印象を与えたのはお互いさまであって、リタのほうも、ジョンの失望をいたく買ったのに相違ないのだ。十五歳にしては平たすぎる胸や、厚みのない腰。手足だけが長くて、何をしても無様に見える年頃であった。

その上、まったく太陽に当たらない肌は、白いというよりは青白くて、生彩がなく、髪も他の女の子のようにたくさんはなく、頭のまわりに海草のようにまとわりついていた。

私がもし男の子だったら、私みたいな女の子に眼もくれないわ。腹立ちまぎれに、リタはそうおなかの中で自嘲《じちよう》した。でも、醜い女の子と、醜い男の子で、あんがいお似合いなんだわ。

あんな子と結婚するくらいなら、一生独身で通すか、死んだほうがまし。どうか両親があの子のことを忘れてくれますように。私たちの許婚者《フィアンセ》同士のことを、忘れてくれますように。

この二年間、心の襞《ひだ》でたえずリタはそのことを願っていたのだった。

それなのに、二年ぶりでジョンが戻って来た。そして両親の今の口振りから察すると、例のことは忘れていないらしいのだった。リタは憂鬱《ゆううつ》だった。もちろん最後にはきっぱりと断るつもりではいるが、相手がプロポーズしない間は、断ろうにも断れない。その間、この憂鬱な重荷を背負っていくのかと思うと、リタの小さな胸が痛んだ。そして生まれて初めて両親を憎んだ。

こんな親同士が結婚をきめる制度なんていう、旧態然としたものが、未《いま》だにまかり通るということが彼女には信じられなかった。馬車だけが唯一の交通機関だった電話もない頃の話ならともかく、今では自動車が走り、たいていの家庭に電話機が置かれている時代なのだ。リタは両親を恨み、ジョンを憎らしく思い、自分の人生を呪った。

「リタ！」

というエラのびっくりするような声で、彼女は我にかえった。エラが怖い顔をして、すぐ背後にいた。

「どうしたの？　そんな顔をして。驚いて呼吸が止まるかと思ったわ」

「お姉さんこそどうしたのよ。百回も名前を呼んだのに。家中みんなのお夕食が完全に冷め切ってしまったの、お姉さんのせいよ」

「あなたってオーバーね」

と、リタは苦笑して、すぐ下の妹の肩に手をかけて家のほうへ歩き出した。

「ちょっと考えごとをしていたのよ」

「考えごとって、ジョンのこと？」

エラの瞳《ひとみ》が悪戯《いたずら》っぽくキラリと光った。リタは妹の勘の良さに度肝を抜かれて黙りこんだ。

「その顔色だと、ズバリ当たりね」

エラはニヤリと笑って、リタの腰に回した手で彼女の脇腹をくすぐった。

「止めてよ。くすぐらないで。それにあのひとのことで私をからかうのも止めて」

リタは少しでも威厳を保とうとして、顎《あご》を引いて言った。

「あのひとって？　まぁ、リタったら赤くなったりして。純情なのね」

「赤くなったりなんてしないわ。怒るわよ」

「どうして怒るの？　何をプリプリしているの？　ジョンのどこが気に入らないの？」

「何もかもがよ、エラ。私の意志とかあのひとの意志とか無視していることが嫌なのよ。お父さまもお母さまも、ジュディー小母《おば》さまも、それからあのひとも、みんな嫌だわ。大嫌いよ」

「おや、まぁ」

と、エラはリタの剣幕に驚いて立ち止まった。

「本気で怒っているのね、お姉さん」

「もちろんよ。私、土曜日のお茶には絶対顔を出しませんから」

「でもそれじゃ、あのひとに失礼だわ。だってあのひとのせいじゃないもの」

「それはそうだけど」

と、急に自信を失ってリタが弱気に呟いた。

「あなただったらどうする？　あなたが私の立場だったらどう？」

「そうねぇ」

と、エラは賢そうな瞳をくるりと動かして言った。

「私だったらジョンに直談判《じかだんぱん》するわ。そして二人で結論を出して、それをそれぞれの親に伝えるわ」

「直談判ですって？」

と、リタは悲鳴のような声を上げた。

「とてもできないわ、そんなこと。第一あのひとの顔、見るのも嫌なんですもの」

「確かにあんまり見よい顔じゃなかったわね。あたしの記憶だと、ニキビが三つあったわ」

「それより、ヒゲよ。気持が悪いわ」

「声は良かったんじゃない？　よく響く低音で、声だけ聞いていると、ちょっとドキドキしたわ」

「あなたって」

と、リタはあきれて言った。「だったら、あなたが婚約すればいいんだわ」

「せっかくのお申しこみですが、つつしんでお断りいたします。あたしにだって男の子の趣味ってものがあるんですからね。第一、お姉さんのお古なんて、プライドが許さないわ」

玄関のポーチから家の中に入りながら、エラが息まいた。

「こうしない？」

と、食堂の入口で、ようやくエラが解決案を思いついた。

「あたしがお姉さんに替って、ジョンに直談判してあげる。それならどう？」

リタは不安そうに妹の顔をみつめた。

「でも何をどう言うの？」

「それはおまかせよ。要するに、婚約の解消をむこうから申し出させれば、いいんでしょう」

「ええ、でも、あんまり失礼だと困るわ。あのひと、にだって自尊心があると思うのよ」

「リタったら。あたしのこと見そこなわないでよ。大丈夫、まかせて。悪いようにはしないから」

そこでエラはにっこりと笑うと、全員そろっている食堂に足を踏み入れた。「まぁ、あなたたちったら、いったい何をしていたんですか」

と、アイダが顔をしかめた。

「ちょっとね、リタの相談に乗ってたのよ、ママ」

「どんな相談？」

アイダが右の眉《まゆ》だけを高々と上げた。

「土曜日のお茶の時にどのドレスを着るかということで、リタがとても悩んでいたので、相談に乗ってあげたの」

「それで何を着るの？」

と、末娘のルーシーが訊《き》いた。

「きまってらぁ」

と、ラムゼイが口をはさんだ。「ウェディングドレスさ」

女の子たちが大笑いしたので、ラムゼイは得意そうに鼻をこすった。その鼻の先をねじり上げると、リタは自分の席について、食事を始めた。夕食は生後まもない小羊の、骨つき太股《ふともも》のローストで、カウン家全員の好物である。毎月第一と第二の木曜日に食卓にのぼるメニューだ。カウン夫人はそれに、裏庭の小さな菜園からつみとってきた薄荷《ミント》の葉をみじんに刻んで、酢と砂糖で味つけした自家製のミントソースを添えるのである。

他にもきまった食事があって、土曜日の夜はローストビーフ。そして毎週金曜日は魚の日ときまっている。

小羊の肉を家族のために切り分けるのは、ふつう一家の男主人の役割である。カウン家でも例外ではなく、サミュエルがミートナイフを、美味《おい》しそうに焼けた小羊のとび色の肉に入れ、少しずつ切り取っては、娘たちの皿に載せてやる。

「いんげんのソティーのお皿を回してちょうだい」

「あたし、ポテトはひとつでいいわ」

「ニンジンはノーサンキュー」

「いけません、ラムゼイ。食卓に出たものは一通り全部食べるのよ。ルーシー、そこのグレイビーソースを熱い内にみんなに回してね。エラはどうしてポテトがひとつなの？」

「体重に気をつけているのよ。だって来月にダンスがあるんですもの」

「あら、誰と？」

「お姉さんとよ」

と、言ってエラはテーブルの下でリタの足を軽く蹴《け》った。

「でも、誰が誘ってくださったの？」

「それはまだよ」

と、急にエラは肩の力を落とした。

「誰からもダンスの申し込みがないのに、女の子だけでかってには行けないですよ」

「わかってるわ、ママ。そのうちに誰かが誘いに来るわよ」

「誰かがって？」

と、ルーシーが口をはさんだ。

「ジョンとかさ」

ラムゼイが羊の肉を嚙《か》みながら言った。

「口に物を入れたまま喋《しゃべ》るのは止めなさい」

カウン医師が息子を叱った。

「リタ、そこのミントソースを取ってもらえないかね？　ありがとう」

父親は長女の手からミントソースの入ったガラスの器を受けとると、ちょっと彼女を見て、

「今夜はやけに静かだね。庭に口を忘れて来てしまったのかい」

とやさしくからかった。リタは食卓についてから一度も口をきいていなかった。食卓で黙りこんでいるのは無作法だと、躾《しつ》けられていた。

「ごめんなさい」

と、リタは謝ってから、さっきからずっと考えていたことを、口ごもりがちに言った。

「お父さまに、前から一度お聞きしたかったことがあるの」

「なんだね、言ってごらん」

カウン医師は赤ぶどう酒を口に含んで、さも美味しそうに飲み下してから、娘をうながした。

「何かを決意しなければならない時ってあるでしょう？」

「たとえば？」

父親の口調はあくまでも穏やかで寛大だった。リタはそれに勇気を得て、この春以来ずうっと考え続けていたことを言おうとした。

「たとえば、自分の将来の道を選ぶとか、職業をきめるとか、そういうことなんですけど」

「他にも大事なことがあるでしょう？　お姉さん。ほら、あのひとのこととか」

エラがずるそうにニヤリと笑った。リタはそれをツンと無視して続けた。

「私がお父さまに教えていただきたいのは、もしも、誰も道案内や道しるべがないとしたら、私たちはどうやって前へ進んで行ったらいいのかということよ」

カウン医師は、温かい思いやりのこもった眼差《まなざ》しで、リタの白い花のような顔をみつめた。ついこのあいだまでこの娘は、自分だけの世界に閉じこもっていて、そこから恐る恐る出てくるのは、ほんとうに彼女が信頼して愛しているごくわずかな人たちのためだけだったことを、思わずにはいられなかった。臆病《おくびよう》で神経質で、その上病気がちな白い小さな子猫が、大人になろうとしているのだ。カウン医師はもう一度ワイングラスに手を伸ばした。ルーシーは薄い灰色がかった眼を、いつもより見開いて何事も見のがすまいと、父と一番上の姉とを交互にみつめていた。

エラのほうは、自分が会話の中心人物になれない時にいつもとる上の空の仕種《しぐさ》で、日頃自慢のとび色の長い髪を、指で撫《な》でていた。

「エラ」

と、カウン夫人が小声で注意した。「食卓でレディが髪をいじるものじゃありません」

カウン医師が咳《せき》払いをした。すると唇の上を覆っている豊かな髭《ひげ》が震えた。

「それはね、リタ。それから他の子供たちにも覚えていてもらいたいことだから、一緒によくお聞き。やがておまえたちも姉さんの年になり、ひとりずつ大人の仲間入りをしていくことになる。大人になるということは、今もリタが言ったように、自分で自分の方向を探し、自分の道を探さなければならないことだね。では、わしの考えを言うよ。きみたちの道案内人というのはね、実は、きみたちの心の中にちゃんとひとりずついるんだよ」

子供たちは互いにチラチラと視線を交わしあった。

「つまりね、良心というものさ。ひとつは、ひとのためにいいことをしたいと願う心。それからもうひとつは、自分が幸福になりたいと願う気持。それがきみたちの道案内人さ。わしたちが常に、自分の心の中の良心に耳をかたむけて、謙虚な気持で歩み続ければ、それがさまざまな苦しみや、不幸や恐ろしい間違いから、きみたちを守ってくれるんだよ」

カウン医師の静かだが力強い声には、説得力があった。

「でも、ダディ」

と、まっさきにエラが沈黙を破った。

「ひとのためにいいことをしたいと願うというのは、あたしにもわかるわ。でも、ダディは次に、自分の幸福を強く願わなければならないと言ったでしょう？」

「あぁ、言ったよ」

「もし誰もかれもが自分が幸福になることばかり考えていたら、世の中はどんどん悪くなるんじゃないの?」

「もちろんさ、エラ。もしも自分の幸福だけを考えるならね。しかしね、一方でこうも言えるんだよ。もしも自分が不幸にうちひしがれていたとしたら、他のひとたちに何もしてやれないよ。けれどももし、自分が幸福だと感じられたら、ひとはやさしい気持になれて、自分の幸福を他人にも分けてやれるだけのゆとりが持てるのだよ。だからね、幸福になるということは、とても大事なことなんだ。わしもお母さんも、おまえたちみんなが、それぞれに幸せになってもらいたいと、心から望んでいる。そうだよね、アイダ」

カウン医師は愛情のこもった眼差しで、テーブルの反対側に坐《すわ》っている妻の眼をとらえた。その時リタは、さっき日の暮れていく前庭で、あんなに激しく両親を呪ったことをひどく後悔した。

「ええ、そうですよ。わたしはお父さまのおっしゃることが正しいといつも思っているわ」

明るい声でアイダが言った。思えばこの陽気な声は、いつも朝一番先に階下から聞こえてくる声だった。そしてその声は雲雀《ひばり》のように一日中囀《さえず》り続けて、夜になっても一番最後まで消えないのであった。

この温かく陽気な声が、いつかこの家の中から消える日が来るなんて考えるだけで恐ろしかった。そしてさらにリタには、いつか自分が家庭をもった時、母のように一日中精力的に楽しげにしていることができるだろうかと不安だった。

「あたしはまだ当分大人になんてなりたくないな」

と、ルーシーが溜息《ためいき》をついた。

「あたしは早くなりたいわ」

と、エラが言った。「だって、エレガントなドレスを着て、コルセットで胴を締め上げて、アンナ・カレーニナみたいに、青ざめた花といった風情でつんとすましているのって、ステキじゃない？」

「だめだめ。エラじゃ、ヒマワリって感じだもの」

ラムゼイが二番目の姉をやっつけた。

「おだまり、鼻たれ小僧」

「そっちこそ、男たらしのくせに」

「まぁ、ラムゼイ。なんてことを言うの？」

カウン夫人が飛び上がって息子をたしなめた。

「へぇ、あたしがどうして男たらしなのよ？」

エラが真っ赤になって弟に言い返した。

「怒ることないわよ、エラ。そんな言葉の意味、ラムゼイは知っちゃいないんだから」

十一歳のルーシーが仲裁に入った。

「あら、そう？　じゃ、あんたは知ってるっていうの？」

ぷりぷりして、エラはルーシーにも嚙《か》みついた。

「もういい、止めなさい」

カウン医師の男らしい声の一言で、食卓の混乱は収まった。

「ボクは一日も早く大人になって、戦争に行って闘うんだ」

ちょうどその頃、第一次世界大戦にむけて、ヨーロッパの空気は緊張の度合いを高めていた。

さいわい、スコットランドのグラスゴー郊外、カーカンテロフの街はまだ、大戦の一触即発の緊張はなかった。けれども、男たちは寄るとさわると戦争の危機について語り合っていた。

「あんたなんて、戦場に出かけたとたん、急におじけづいて逃げ帰って来ちゃうわよ」

エラが意地悪く言った。

「あるいは敵に撃たれて、一巻の終りね」

そう言ってルーシーは弟にむかって舌を突きだした。さいわい、それは両親に見られなかったが、カウン夫人はひどく心証を害して、

「そんな恐ろしいこと、言わないでちょうだい、あなたたち」

と、子供たちを鋭くたしなめたのだった。

「たとえ戦争になったとしても」

と、夫人は溜息と共に続けた。「この家からは、誰も兵隊にとられないですむわ。ほんとうに、なんてありがたいことなんでしょう」

夫人の感傷的な口振りのせいで、全員がちょっと黙りこんだ。

「でも、隣りのミスター・キャメロンは行くよね。それから薬屋の薬剤師をやってるひとも行くな。そうだ、ジョンなんて、真っ先に戦争に参加するはずだ。何しろ陸軍士官学校の生徒だもの」

「あのひとも、戦場から逃げ帰ってくる口ね」

エラはそう言ってクスリと笑ったが、カウン夫人の恐ろしい眼つきを見て、口元を押えて下をむいてしまった。

「さてと、母さん《マム》」

と、カウン医師が言った。彼が妻のことをマムと呼ぶ時は、何か特別の頼みごとがある場合だった。「今日のデザートは何かね？」

彼は甘いものが大好きだった。食後のデザートには眼がないのだった。

「あなたの大好きなリンゴのパイですよ」

と、カウン夫人は微笑して、パイを取りに行くために食卓から立っていった。裏庭に毎年実る青リンゴで作る、カウン夫人のアップルパイは世界中で一番のパイだった。生で食べると口が曲がるほど酸っぱい青リンゴを刻んで、お砂糖タップリで煮るのだ。それをパイ皮で包んで、オーヴンで焼き上げる。カウン夫人のパイ皮がこれまた特製で、さっくりしていて噛みしめるとバターの味が軽く広がる。

まだ温かいリンゴのパイに、よく泡立てた生クリームをタップリのせて、クリームが溶けないうちに食べるのだ。

リタは、他の子供たちもむろんそうだったが、母が作るパイが好きだった。見よう見まねで、アップルパイだけは、母と同じように作れるのが自慢だった。彼女はデザートがアップルパイであったことで、少し憂鬱《ゆううつ》な気分を脇へ押しやることができた。やがて食堂の入口に、甘酸っぱく焼けたリンゴの匂いを先行させながら、カウン夫人の満面の微笑が現れた。

二　恋の予感

裏口のドアが乱暴に閉まる音がして、次に二階への階段をすごい勢いで誰かが駆け上って来た。

あんな勢いで家中を駆けぬけるのは八歳のラムゼイにきまっている。そのうちに階段から足を踏み外して、ねんざでもしなければいいが、とリタは読みかけの本から視線を剝《は》がした。

次の瞬間、ノックもしないで、彼女の部屋のドアが開いた。飛びこんで来たのは、ラムゼイではなく、なんとエラであった。

「一体どうしたの？　何かあったの？」

妹のただならぬ様子に驚いて、リタは膝《ひざ》の上から本を取り落とした。エラは息が切れて、はあはあ言うばかりで、しばらく言葉も出ないありさま。

「ねぇ、なんなの?!　悪いことなの？　お父さまに何かあったの？」

往診中の父のことだろうか。リタは妹の背中を摩《さす》りながら重ねて訊《き》いた。エラは首を左右に振った。どうやら、カウン医師のことではないらしい。

ようやく呼吸が整うと、エラは姉のベッドの上にあおむけに倒れこんだ。

「あぁ、苦しいのなんのって。ずっと走って帰って来たのよ」

「だから、どうしてよ？　早く言いなさいよ。気になって胸が悪くなるじゃないの」

リタは少しじれて、妹のすぐ横に腰を降ろした。

「ねぇ、リタ、いったい誰に逢《あ》ったと思う？」

「今日？」

「そうよ、今日の午後。学校の帰りよ」

「さぁ、わからないわ」

「じゃ、ひとつヒントを与えるわ。バスでグラスゴーまで行ったのよ。さぁ、誰だ？」

そう言われても、グラスゴーには何人も知合いがいるし、エラの友だちの家もある。

「もう、リタったら、トロいんだから。ジョンよ。きまってるでしょ」

勢いをつけてベッドの上に起き上がると、エラは男の子みたいに胡坐《あぐら》をかいて坐《すわ》り直した。まだ息が少し荒い。

「ジョン・マッケンジーですって？」

たちまち、リタは、よく生えそろった美しい三日月型の眉《まゆ》を曇らせた。

「どういうつもりなの？　ジョンに逢いに行くなんて？」

「あら、お姉さん、それはないでしょう。このあいだ約束したじゃないの。あたしがジョンに逢って、直談判《じかだんぱん》してあげるって。忘れたの？　冗談じゃないわよ。ひとに頼んでおいて忘れるなんて」

「本気で行くとは思わなかったのよ。まさか、あのひとと話したんじゃないでしょうね」

リタは怯《おび》えたような表情で妹の顔を覗《のぞ》きこんだ。

「話ならしたわよ」

と、ケロリとエラが答えた。

「まぁ、エラったら。どんなふうに言ったのよ？」

「いろいろとよ。うちのこととか。陸軍士官学校の様子とか」

「まさか、例の話、しなかったでしょうね？」

「婚約解消の話？」

「したの？」

「でも、お姉さん、解消したいんでしょう。あのひとの顔を見たくないんでしょう？」

「そりゃそうよ。だけど、そんな大事な話は、ちゃんとお父さまなりお母さまがすべきことよ。あなたなんかが嘴《くちばし》を入れることじゃなかったのよ」

「この間の夜はそんなふうには見えなかったわよ。土曜日にジョンをお茶に来させないためなら、ワラにもすがりたいって顔してたわよ」

「それはほんとうよ。でも、それとこれとは違うじゃないの」

「どう違うのよ？」

と、エラは探るように姉の顔をみつめた。「ま、いいわ。本当のこと言うとね。婚約解消の話はしなかったの。顔を見たとたん、引っこめちゃったの。お姉さんのためを思ってのことよ」

リタはほっと吐息をついて、緊張をゆるめた。どんな場合にだって、他人に失礼をしたり無礼であったりするのは、リタは好まなかった。

「でもね、土曜日のお茶は断ろうと思ってね」

「断ったの？」

「ううん。自分でも変だったんだけど、『家中の者が首を長くして、あなたのお越しを待っていますわ。とりわけリタが』って言っちゃったのよ」

「ひどいわ」

「だって思わず口から出ちゃったんですもの」

エラは大きく溜息《ためいき》をついて、急に顔を輝かせた。

「お姉さんだって、ジョンに逢えばわかるわ。彼、ものすごくハンサムで立派よ。昔の鼻たらしていた頃の青ナスビとは、雲泥の差よ。あたし、最初自分の眼を疑っちゃったもの」

「どこであのひとに逢ったのよ？」

「彼の家よ。ちょっと立ち寄ってみただけってふりをしたの。彼、なんて言ったと思う？『エラ？　エラかい？　あんまり美人になったんで見違えたよ』ですって。あたし、とたんに頭がクラクラしちゃった」

「そんなだから、ラムゼイに男たらしなんて言われるのよ」

なぜか急に腹が立って、リタは尖《とが》った声で妹に言った。

「とにかくね、リタ。あたしが婚約解消しないであげたこと、彼に逢えばきっとありがたく思うわよ。感謝されてしかるべきなのに、男たらしだなんて、よくも言えるわね」

「だいたい呼ばれもしないのに、マッケンジーさんのところへ出かけて行って、あのひととでれでれと喋《しゃべ》るなんて、レディのすることじゃないと思うわ」

「まぁ?! でれでれですって？」

エラが今にも飛びかからんばかりの形相でリタを睨《にら》みつけた。

「あっ、わかったわ。お姉さん、焼きもちやいてるのよ。そうでしょ？」

リタはびっくりして瞬《まばた》きした。

「まさか。なんとも思っていないひとに、どうして焼きもちなんて妬《や》くの？　あなたこそ、あのひとに久しぶりで逢って、恋をしたんじゃないの？」

「えっ？　あたしが？」

エラが眼を見張った。

「うそよ。恋なんてしないわよ。そんなもの、するわけないじゃないの」

そう、しどろもどろに言って、エラは赤くなった。それを見ると、なぜかリタは急にひどく不愉快になって、思わずこう言ってしまったのだ。

「いいのよ、エラ。遠慮しなくたって。欲しかったら、あなたにあげるわよ」

「まぁ、言ったわね。ひどいわ、お姉さん。あたしの好意をそんなふうにねじ曲げるなんて。第一、あたし、お姉さんのお古なんて、洋服だけでたくさんよ。自尊心が許さないわ」

そう言ったかと思うと、みるみるうちにエラの蒼《あお》い眼に涙が溢《あふ》れ、次々と流れだしたのだった。妹が泣くのを見ると、リタの胸は後悔で押しつぶされてしまった。彼女は両腕にエラを抱きしめると、両方の頬に何度もキスをして、謝った。

「ごめんなさい、エラ。言い過ぎたわ。あなたを傷つけるつもりはなかったの。ほんとうに許してちょうだい。あなたが私のためにしてくれたってことは、本当はわかっているのよ。だからもう泣かないで」

エラは姉の上等なレースのブラウスの胸元を、涙でぐっしょりと濡《ぬ》らしたあと、ようやく泣き止んだ。

「じゃ、いいわね、仲直りよ?」

リタはそう言って、もう一度妹を抱きしめると、彼女の背中から両腕を離した。

「今度さっきみたいな意地悪をしたら、本気でジョンを奪ってしまうわよ」

と、最後にそう言うと、エラは今泣いたカラスのように、ニヤリと笑って、ベッドから飛び下りた。

土曜日の午後が近づくにつれて、リタは気分が少しずつ悪くなるのを感じていた。カウン夫人がショート・ブレッドを焼き上げるのを手伝っていると、バターと砂糖の混じった甘い匂いに、胸がむかついた。

三時のハイティーに呼んだお客さまの準備は着々と進んでいた。ルーシーは居間の家具という家具の埃《ほこり》を払い、ワックスでピカピカに光らせ、ラムゼイは前庭とポーチの掃除を言いつかっていた。キッチンで働いているのは、上の姉妹二人と、カウン夫人。エラはとっておきのお茶の道具に、最後の磨きをかけていた。

リタは、薄く切ったパンにバターをタップリ塗って、これまた薄切りのキュウリをはさむと、サンドイッチをこしらえていく。もう一種類は、スコティッシュ・テューダーのチーズのサンドイッチ。これを一口大にきれいに切って大皿に並べる。しかし、さっきからの胸のむかつきに加えて、頭の芯《しん》がズキズキとして、立っていられないほどだった。

カウン夫人は、バター菓子のショート・ブレッドの他にも、チョコレートケーキと、何種類ものビスケットも作っていた。

「さてと、どうやら準備は整ったようね」

と、彼女は陽気に言って、粉だらけの手を叩《たた》いた。それから柱時計を見ると、

「あらまぁ、大変。もう三十分しかないわ」

と、叫んで娘たちに言った。「あなたたち、早くお部屋に行って、ドレスを着替えていらっしゃい」

リタは言われるままに、キッチンからコメカミを抑えてよろめき出た。

「リタ、あなたは、ほら、あの青い小花模様のブラウスと、このあいだ買ったレースのついたスカートがいいと思うわ。どうしたの？　まさかまた、偏頭痛が起きたんじゃないでしょうね？」

リタは、大丈夫よ、と呟《つぶや》いて、階段を上って行った。

——大丈夫よ、たぶん。ママ。

ところが一番上まで上り切ったところで、リタの意識が白濁してしまい、彼女は廊下に崩れ落ちるように気絶してしまったのである。

ふと気がつくと、自室のベッドに寝かされていて、父親の髭《ひげ》の顔が近々と自分を覗《のぞ》きこんでいた。一瞬、リタは自分に何が起こったのかわからなかったが、カウン医師がきちんとネクタイをしめ、正装しているのに気がつくと、お茶のことを思いだして、またとたんに胸が悪くなるのを覚えた。

「気がついたかね？」

と、カウン医師が静かに訊《き》いた。

「お客さまは？」

下から響いてくる茶器の触れあうかすかな音に耳を澄ませながら、リタが囁《ささや》くように聞いた。

「うん、みなさんお揃いで、お母さんのチョコレートケーキをパクついているよ」

「お父さまは？」

「わしも、すぐに降りる。どうだい？　少しは落着いたかね？　臆病者《おくびょうもの》の小猫ちゃんや」

リタは憂鬱《ゆううつ》そうに顔をしかめた。

「私、お茶の会をメチャメチャにしたのかしら」

「というほどでもないさ。ちょっと休んで、気分が良くなったら降りておいで」

「でも、私、行かなくちゃいけないかしら？　まだなんだか――」

「もしもおまえが、お茶の会をほんとうにメチャメチャにしたいのだったら、別に降りて来んでもかまわんよ」

静かだが、いつになく厳しくカウン医師は娘に言い渡した。

「嫌だ嫌だと思うから、頭が痛くなるのだ。病気にでもならないことには、お茶に出なければならないと、そう心のどこかで思うと、ほんとうに病気になってしまうのさ。いいかい、リタ。病気の中に逃げちゃいけないんだ」

カウン医師はそれだけ言うと、戸口にむかって歩きだした。

父が部屋から出て行くと、リタは彼の言葉を何度も反芻《はんすう》した。今日ばかりは父が彼女に失望しているのが感じられるのだった。大好きなお父さまを失望させたと思うと、たまらなかった。彼女は羽根ぶとんを押しのけると、ふらふらとベッドから起き上がった。

もうマッケンジー家の気取ったお客のことも、ショート・ブレッドの甘ったるい匂いについても考えなかった。どんな嫌なことでも、時間が経って、やがて終ることになるのだ、とリタは自分に言い聞かせた。親のきめた許婚者《フィアンセ》のことは、できるだけ見ないようにしよう。その場にいないと思って無視しよう。とにかく、これ以上お父さまの失望をつのらせることだけはやめよう。リタはそう自分の胸に言い聞かせながら、青い小花の散ったブラウスを着て、やっぱり青いレースのついた新しいスカートをはいた。それから鏡の前に立つと、ブラシで乱れた髪をかき上げて、青いリボンでその一部を結んで止めた。それから自分の顔があまりにも白すぎるので、両手でそこに血の色が蘇《よみがえ》るまで一生懸命こすった。

けれども、唇は青ざめたままなので、薄く口紅を伸ばして塗った。あのひと、のためなんかじゃないのよ。私自身のためでさえもない。お父さまのため。それから雲雀《ひばり》みたいに陽気に囀《さえず》っているママの声が曇らないためなの。リタはもう一度鏡の中の自分の姿を点検して、それからぐいと顎《あご》を引くと、覚悟のきまった足取りで、階下にむかって歩きだした。

居間のほうから、ひっそりとした談笑が聞こえると、舌が喉《のど》のほうへと巻きこんでいきそうな気がした。冷たい汗の滲《にじ》んだ掌を、真新しいスカートでこすると、リタは思いきってドアをノックした。見なれたドアなのに、どこかよその家のものみたいな気がした。

一瞬、ひそやかで遠慮がちな笑い声が跡絶《とだ》え、その中から落着いたカウン医師の声が「お入り」と言うのが聞こえた。リタは恐いものたちが全部閉め出せるかのように眼をきつく閉じてから、思いきってドアを手前に引いた。

「というわけでね、今年の春のピクニックはさんざんでしたのよ」

みんなの注意が一度にリタに集中しないようにと気遣って、カウン夫人がそう言ってコロコロと笑った。

「春に雷なんて、ねぇ、前代未聞ですよ」

マッケンジー夫人が熱心に相槌《あいづち》を打ち、それからさりげなくリタに温かい挨拶《あいさつ》の眼差《まなざ》しを送った。「まぁ、なんてきれいなブルーなんでしょう。あなたの眼にとてもよく合っているわ」

リタは室内のひとりひとりに微笑を送っておいてから——たったひとりの人物は無視して——できるだけ目立たない端のほうの椅子に浅く腰を下ろした。

「キースさんが、先週お亡くなりになったことはご存知ね？」

「ええ。びっくりしましたわ。まだ五十代なのにねぇ。奥さんがさっそく働き口を探していらしいんですよ」

前の会話の続きに入っていったので、リタはようやく少し心の余裕が出て来て、母親が喋《しゃべ》りながら注いでくれた熱いミルクティーを口に含んだ。

「ねぇ、ジョン。陸軍士官学校って厳しいところなの？」

ラムゼイが好奇心をおさえられずに、そう聞く声がしたが、リタは窓際で母親の背中に隠れるように坐《すわ》っているあのひとを、かたくなに見ようとはしなかった。

「うん、そりゃ厳しいよ、訓練中はね」

ジョンが答えた。

「どんなふうに？　話してよ、ジョン」

今度はルーシーが身を乗りだしたので、膝《ひざ》の上からショート・ブレッドのかけらが床に落ちた。

「たとえばね。行進の訓練中に、鉄砲を取り落としてしまったことが一度あったんだよ。そうしたら地面に当たったショックで暴発しちゃったんだ」

「まぁ、怪我はなかったの？」

カウン夫人が大袈裟《おおげさ》に顔をしかめた。

「ええ、怪我はなかったのですが」

と、ジョンは礼儀正しく微笑した。「そのかわり、八日間、毎朝三十分早く起きて、グラウンドを五周させられた上に、ウィーク・エンドの外出禁止を申し渡されました」

「ウィーク・エンドは、ふつうどんなことをなさるの？」

エラがふだんよりも心もち高い声で、質問をした。リタがちらと見ると、お誕生日の時とクリスマスの時にしか着ない、とっておきの絹のブラウスに、カウン夫人の真珠の首飾りを、たぶん無断で──借用しているではないか。まぁ、エラったら、ずいぶんおしゃれをしたものだわ。と、リタはあいかわらずミルクティーのカップに眼を伏せたまま、考えた。

「そうだな。ロンドンにくり出していくことが多いね。芝居を見たり、パブに行ったり」

「男の子たちばかりで？」

ルーシーが訊いた。

「もちろん。うちの学校には女の子はいないもの」

みんながいっせいに笑った。そして、そのはなやいで雑然とした雰囲気に乗じて、その時初めてリタは、親同士できめた許婚者《フィアンセ》に視線をあてたのだった。

一番最初に眼についたのは、真っ白くてきれいな歯並びだった。軽く日焼けした顔の中で、それは燦然《さんぜん》と輝いていた。そこにいるのは、あの育ち盛りの無様な男の子ではなかった。生えかけの髭《ひげ》をボソボソと生やしてもいなければ、声変りでときどき声がひっくりかえったりもしない。長すぎる手足や、骨ばった肘《ひじ》や、身長のわりに大きすぎる足、赤く膨らんだ先っぽに、白く膿《うみ》をもったニキビ面の少年ではなかった。

そこにいるのは、輝くばかりの笑顔を持ったひとりの青年だった。気持の良い率直な声で話し、なめし皮のような皮膚に髭の剃《そ》り後も清潔な、美しい若い男だった。

あまりにも驚いたので、リタは一瞬自分の眼が釘《くぎ》づけになってしまったような気がした。ふと我に返ると、彼女の顔をまじまじと見ているエラの視線に気がついて、リタはあわててジョンから眼を逸《そ》らせた。そして今度はエラの眼の色にびっくりしてしまうのだった。あんなに意地悪で皮肉っぽくて、敵意のあるエラを見たことはなかった。けれども次の瞬間には、エラはいつもの悪戯《いたずら》っぽい様子を取り戻しており、姉にむかってこっそりと、片方の眉毛《まゆげ》を上げてみせた。それは――どう、お姉さん？　あたしが言った通りジョンは素敵でしょ？――といった感じの眼配せだった。

そのとたんにリタは自分が赤面するのを感じた。赤くなったと思うと、ますますあせって、耳まで燃えるような気がした。エラがニヤリと笑うのを眼の隅で捉《とら》えると、今度は人前で赤面なんてしている自分自身に猛烈に腹が立ち始めた。

「ウィーク・エンドにロンドンへ遊びに行くほかに、どんなことをするの？」

カウン夫人がジョンに質問する声がした。

「小旅行をしますね。ウィンザーとか、南のほうのブリストルとかへ、友だちの車で出かけます。そのほか月に一度、近くのフィニッシィング・スクールのディナーパーティーとか、ダンスに招待されたり、お返しにうちの学校へ女生徒たちを招待したりしますよ」

「フィニッシィング・スクールってどんな学校なのさ？」

と、小声でラムゼイがエラに質問した。エラはなんだかツンとしてそれに答えてやらないので、カウン夫人がかわりに答えてやった。

「貴族とか上級階級のお嬢さんたちが、十七歳か十八歳になった時に入る、いってみればレディになるための学校ですよ」

「レディになるために学校に入る必要があるのかしら？」

エラが皮肉をこめて訊《き》いた。

「コルドンブルーのお料理とか、乗馬とか、ブリッジを習ったりするのよ。それから殿方とどんなふうに会話をしたらいいのかとか、フランス語とかね」

カウン夫人はやさしく説明してやった。

「でも、そんなこと、学校へわざわざ行って習わなくても、うちにはママっていう先生がいるじゃないの」

ルーシーが心からそう信じているように言った。

「ママはカーカンテロフで一番のレディですもの、ママの真似をすればまちがいないわ」

「あらまぁ、ルーシー、ありがとう」

カウン夫人は少し恥しそうに、ニコニコと笑った。

「ダンスはお好き、ジョン？」

と、エラが不意に質問した。それは自分が心の中でさっきからしたかった質問だったので、リタは妙な気がした。妙な気分といえば、もうさっきから、落着かないような、胸がざわざわするような、のぼせたような感じがずっとしているのだ。

「ダンス？　ぼくはあまり得意じゃないんだ。でも、一応はできるけどね」

「へぇ、陸軍士官学校では、ダンスも教えるの？」

ルーシーが眼を丸くした。その拍子に今度は飲みかけのお茶をスカートの上に少しこぼしてしまった。

「あの学校はね」

と、それまでニコニコと全員のお喋りに耳をかたむけていたカウン医師が口をはさんだ。

「戦う方法を教えるばかりではなくてね、本来紳士を養成する学校なんだよ」

「じゃ、ダディもダンスが踊れて？」

「下手だがね、踊れるよ、チャビーチークちゃん」

「若い頃、踊りましたね」

カウン夫人が遠い眼をして夫を眺めた。

「でしたらジョン、お願いがあるのだけれど」

と、エラが肩のあたりに気取った緊張を漂わせて言った。

「ぼくにできることなら」

「ええ、大丈夫よ、たった今あなたが自分でそうおっしゃったもの。お願いというのはこういうことですわ」

まぁ、なんて大人ぶった口をきく子だろうと、リタはあらためて感心してしまうのだった。

「実は、来週の金曜日の夜なんですけど、タウンホールでダンスがありますの。もしお嫌でなかったら、エスコートしていただけません？」

そしてエラは、あわてて言い足した。「姉と、あたしと」

なんだか姉というのはしぶしぶといった感じ、つけ足しのような気がリタにはした。

私はいいのよ、ダンスなんて行かないわ、と思わず口にしかけると、マッケンジー夫人が先に喋《しゃべ》ってしまった。

「それはとても良い思いつきだわ。もちろんジョンは喜んでダンスにお供しますとも」

母親にうながされてジョンは、

「ええ、ぼくでお役に立つなら」

と男らしく答え、エラにむかって白い歯を見せた。

その瞬間であった。リタはあることに気づいて、はっとした。ジョンはとても礼儀正しくて、好感がもてるけど、そして誰に対しても愛想がいいけれど、私のことをまだ一度も一瞥《いちべつ》すら、しないではないか。ただの一度も、彼の視線はリタの顔の上へと流れては来なかった。彼は彼女を見ようともしないのだ。彼女がしぶしぶ、この部屋に入って来てから、もう三十分近くたつというのに、あのひとは私を一瞥だにしなかった。

そのことの発見に、リタはひどく傷ついたような気がした。妹のエラにむかって白い歯を輝かせながら、彼が笑いかけるのを見ると、心が穏やかではなかった。

リタはそのことの意味することを深く考えるのを、とっさに避けた。それはほとんど本能的な自衛からくる反応に似ていた。自分が妹に嫉妬《しっと》していることを認めたくなかった。第一それが嫉妬なのかさえ彼女にはわからなかった。これまでの十七年間の人生の中で、リタは他人に対して嫉妬を覚えたことがなかった。それは彼女のまったく知らない感情であった。

そのことより、誰かに完璧《かんぺき》に無視される、ということのほうが、つらかった。自尊心がヒリヒリとするからだった。

なんだ、そうだわ、と、リタは苦しまぎれに胸の中で呟《つぶや》いた。あのひとがしていることは、まさに私がしていることと同じなんだわ。つまり、私を意識して無視しているのよ。ちょうど私がこの部屋に入って来て、彼のほうを見ないようにしていたのと同じことなのだ。

なぜならば――、とそこでリタは、まるでどこかを刺されたような痛みを覚えて、ひそかに顔をしかめた。なぜならば私と同じように、あのひともまた、このお茶の会が嫌だったのだ。お茶の会に出たくなかったのだ。そこに許婚者《フィアンセ》がいるようなお茶はごめんだったのだ。なぜならば、なぜならば、とリタは次第に混乱しながら考えた。彼も私と同じ意見で、親のきめた許婚者と、結婚するのはナンセンスだと考えているのに違いないからだ。彼は、私が好きじゃないのだ。私が彼を好きじゃないように。だから、私のことを、三十分の間に、ただの一度も見ようとしないのだ。妹のことは四度もじっと見たのに、妹は許婚者でもなんでもないのに。許婚者は私なのに。リタはますます混乱して、自分を持てあまし始めた。

彼は私のことが気に入らないのだわ。だったらそれでオーケイ。私だって彼のことが気に入ったわけじゃないんだし。でも、一度くらい見てくれたらいいのに。ブルーのベルベットのリボンの色と私の瞳《ひとみ》の色が同じことを認めてくれれば、少しは考えが違ってくるのではないかしら？　私の髪は柔らかくてお父さまは、絹の額ぶちみたいだっておっしゃった。でも、だめね。気に入らなかったのだもの。だとしたら話は早いわ。お互いに気に入らないのだから、婚約はなしということにしましょうよ。でも、どうしてかしら？　私は、そんなに魅力がないのかしら？　顔色が青いせいね。それとも痩《や》せすぎているせいかもしれない。エラのようになんでも思っていることをスラスラ言えないから、陰気な娘だと思われたのかしら。私は彼が気に入ったのに。素晴らしい笑顔。ずっと昔、本で読んだ白い騎士みたい。まぁ、私ったら一体どうしたのかしら？　何を言ってるんだろう。気分が悪いわ。また頭が痛くなってきた。眼が回りそう。部屋の中がぐるぐる回り始めたわ。吐き気もしてきた。

「あらまぁ、リタ、一体どうしたの？　お顔が真っ青ですよ」

マッケンジー夫人が甲高い声で言った。

すると、部屋中の人がリタをみつめた。一瞬息づまるような沈黙が支配した。その一瞬の稲光りのような白い光の中で、リタは最後に見たのだ。それでもかたくなに彼女のほうを見ようとはせず、フランス窓の外の、日の当たる庭に眼を逸《そ》らしているジョン・マッケンジーの横顔を。

家中の人々が心配そうにリタを凝視していた。もうそれが限度だった。

「私、なんだか、また気分が……ごめんなさい、失礼します」

弱々しく呟いて、リタは唐突に立ち上がると、よろめきながら室内をドアにむかった。

ドアのノブに手がかかった時、ふと視界に誰かが動き、立ち上がるのが見えた。誰かが素早く彼女の傍らに回りこみ、ドアをそっと開いてくれた。最初、リタはそれが父のカウン医師だと思ったが、そうではなかった。父と同じくらい背が高いジョンであった。

とたんに足がもつれた。リタは自分の無器用さを呪った。

「大丈夫ですか？」

他の人には聞こえないように声を低めて、ジョンが静かに訊《き》き、とっさにリタの背に手を回して彼女の躰《からだ》を支えた。

「そうですよ、ジョン。リタをお部屋の前まで、送ってさしあげなさい」

マッケンジー夫人の声が心配そうにそう言った。

「ええ、そうしますよ」

と言って彼は、後ろ手にドアを閉めた。

二階へ通じる階段の下で、リタは姿勢をかろうじて立て直した。

「もう大丈夫ですわ」

その声の冷ややかさに驚いて、ジョンの手が彼女の背中から離れた。

「ほんとうに？」

遠慮がちに彼が訊いた。

「ええ、もうほんとうに大丈夫です。ご迷惑をおかけして。いやいやおいでになったのに、ご親切にしていただいて。どうぞ、もうあちらにお戻りになってくださいな」

できるかぎり威厳を保とうとするあまり、リタの表情が硬かった。

「ぼくのことならおかまいなく」

背後の居間からは、再びお茶を注ぐ音がしていた。二人がいるホールには、玄関の窓にはめこんである細長いステンドグラスから陽が斜めに差しこんで、二人の足元まで伸びていた。

「それよりあなたのほうこそ、ぼくが押しかけて来るっていうんで病気になってしまったそうですね」

それからジョンは急に怒ったように続けた。「こんなことは、実にくだらない。そう思うでしょう、あなたも？」

まっすぐにリタを見るジョンの眼は、はしばみ色で、濃い褐色の美しい睫毛《まつげ》にふちどられていた。

「ええ、ほんとうに……」

と、リタは口ごもった。これでいいんだわ。これで終り。彼もくだらないと腹をたてているんだから。「でも、病気になったのは、あなたのせいじゃありませんわ」

「でも、そうだとエラが言いましたよ」

まぁ、エラったら、余計なことを言って、とリタは妹を一瞬憎んだ。しかしひとを憎むことにすぐ恥じて、彼女は言葉を探した。

「私、あまりうまく説明できないけど……」

「うまく説明しようとしなくてもいいんじゃないのかな。もうこうなったら、何を言われてもかまいませんよ」

ジョンが少し投げやりに言った。

「あなたが気を悪くされても当然だと思いますわ」

「あなたが気分を悪くされるほどじゃありませんよ」

二人の会話はどちらかというと冷ややかな雰囲気に包まれようとしていた。

「でも最後に、ひとつだけ説明しておきたいんです」

くじけそうになる勇気をふるい起こしながら、リタが言った。二人のことがだめになるとしても、このままではジョンの自尊心は傷つけられたままになる。必死でリタは言った。

「ずっと小さい頃から私、ひどく引っこみ思案でしたの。人前に出て、自分が何かの注目のマトになるのが怖かったの」

ふっとジョンが微笑したような気がしたので、リタは少し勇気を取り戻せた。

「あれはお誕生日の時だったかしら。たくさんの人々が来てくださって、プレゼントをいただいたの。そうだわ、たしかあなたもその中にいらしたわ」

「あの時のパーティーなら、ぼくも覚えている。あなたが八歳の時でしょう？」

「いいえ、九歳でしたわ。あなたは十一歳で、半ズボンをはき、片方の靴下が踝《くるぶし》までずり落ちていたのを覚えているわ」

リタが微笑した。

「その時、私、母に言われて、プレゼントの包みを開けたの。みんながじっと私の手もとに注目していて、みんなに見られながらプレゼントを開くのが、とっても怖かったわ」

無器用に包み紙を破いてしまったりして、汗みどろになったことを、リタは昨日のことのように思いだすのだった。

「よくわかるな。実はぼくもまったく同じ経験があるから」

「あなたが、引っこみ思案ですって？　そんなこと信じられないわ」

と、リタは言った。「さっきだってあんなに調子よく、妹のお相手をしていたくせに。それに、ダンスのお供まで」

再びリタの口調が酸っぱくなった。

「男というものは、女の子と違ってね」

と、ジョンも同じような口調で言い返した。「引っこみ思案が高じて病気の中に逃げこむわけにはいかないからね。女の子に恥をかかせないために、時としていやでも紳士的に振るまわなければならないんですよ」

「あら、いやいやならお供なさらなくてもよろしいのよ。妹もそれを知ったら喜びませんわ」

ちょっと前に二人の間に生じかけた柔らかく感傷的なムードは、またたくまに消し飛んでしまっていた。

「どうかあなたの口から、そうエラに言ってください。ぼくからはちょっと言えませんからね」

「伝えますわ」

と、リタは言って、階段を見上げた。なんだか肩に百トンもある重荷をずっしりと置かれたようで、果たして無事に上までたどりつけるか不安であった。彼女は手すりに手を置いて階段に足をかけ、それからつけたして言った。

「無理にお茶にお呼びして、すみませんでした」

「どういたしまして。お互いさまですから」

「それにたぶん、もうお逢《あ》いすることはないと思いますわ。もちろん、家族同士のおつきあいは続くと思いますけど」

それだけ言うと、リタは決然として階段を上り始めた。錨《いかり》をひきずっているような気がした。

「それがあなたの気持なら、仕方がありませんね」

と、ジョンの声がリタの背中に響いた。それから彼女は彼が踵《きびす》を返して遠ざかる靴音を聞いた。私の気持ですって？と彼女は下唇を血がでるくらい咬《か》みしめた。もう逢いたくないのはあなたの気持でしょう。私のことなんて、これっぽっちも興味がないくせに。私の気持なら私が一番よく知っているわ、とリタは前に続く階段を絶望の眼で見上げた。

私は、泣きたい気持よ。

何もかも失ったみたいな気がするのだった。夢も希望も何もかも。

変だわ、とリタは思った。父も母も妹たちもみんないて、大きな家に住み、何不自由ない暮しをしているのに、なんだか天涯孤独な子供みたい。ひとりぽっちだわ。そして彼女をそんな惨めな思いにさせたのは、あのひと、ジョン・マッケンジーなのだ。

なぜかしら、とリタは階段の最後のステップを上り切りながら自分の胸に問うた。なぜあのひとが、あたしにこんなにも淋《さび》しい気持を味わわせるのだろう。リタにはいくら考えてもどうしてもわからなかった。

リタはほんとうに病気になってしまった。何日もベッドから起き上がることができなかった。熱があって始終うとうととしていた。眠ると怖い夢をみてうなされた。暗いトンネルのようなところに入りこんで、いくら行っても出口がみつからない夢だった。ラムゼイが鉄砲を持って追いかけてきて、リタに発砲しようとするのを、必死で逃げまどうのだ。助けを求めて叫ぶが声が出ない。ラムゼイはいつのまにかニッポンのサムライのような刀を振りまわして追ってくる。

やがて暗いトンネルのむこうに光が見え始める。どうやらそこは昔よく家族でピクニックに行った場所のようなのだ。たくさんの若い娘たちの姿が見える。みんな晴着を着て、髪飾りをしている。その中にエラの姿もある。いくら走っても、少しも出口に近づかない。エラが誰かとダンスを始める。ダディだわ。ダディなら助けてくれる。リタは夢中で走る。息が切れそうだ。

突然、彼女は暗闇を抜けている。着飾った娘たちがいっせいに彼女を見る。エラも踊りながらリタを見る。ダディも振りかえって彼女を見る。ダディの顔がジョンに変っている。ジョンがはしばみ色の眼でリタを見ると、彼女は自分の着ている黒っぽい木綿のドレスがたまらなく恥しく思われる。恥しさは、苦痛と屈辱感に変り、リタは再びその場を逃げだす。リタ、リタとエラが驚いて叫ぶ。

「リタ。リタ。目を覚ましてちょうだい。リタってば」

揺り起こされてはっと目覚めると、本物のエラが心配そうに覗《のぞ》きこんでいる。

「夢を見ていたのよ。怖い夢……」

心臓がまだ激しく打っていて、リタはかすかなあえぎ声を上げた。

「知ってるわよ、お姉さんたら、うなされてたもの」

エラは同情をこめて眉《まゆ》を寄せた。

「あなた、夢の中で私に意地悪だった……」

「いやね、夢の中のことまであたし責任もてないわよ」

エラはいつになくやさしく姉の額へ手を置いて苦笑した。ベッドの中から見上げると、エラの健康美が、リタには眩《まぶ》しかった。

「ご機嫌みたいね、エラ。何か学校で楽しいことでもあったの?」

「学校はいつもの通り。楽しいことなんてあるわけないわ。オールドミスのミス・デイツはこの頃やたらあたしだけに噛《か》みつくのよ。まるで狂犬みたいだわ」

リタは思わず、妹の喋《しゃべ》り方に笑いをもらした。

「あら、お姉さんが笑うなんて、何日ぶりかしら。いいえ何年ぶりかしらね」

エラがうれしそうに顔を姉の頬に押しつけた。エラの髪からは太陽と乾いた干し草の匂いがする。

「お姉さんのこと、いつも大きなたまらなく哀しそうな眼をしてるって、言ってたわよ、あのひと」

「あのひとって？」

「ジョンよ」

ジョンの名を聞くと、リタの胸は再び閉ざされた。姉の表情がまたしても曇ってしまうのを見て、エラは嘆いた。

「仕方がないのかもしれないけど、どうしてそんなにジョンを嫌うのかしら」

違うのよ、エラ。ジョンが私を嫌っているの、とリタは言おうとしたが、喉《のど》がつまって声にならない。

「この間のお茶の後なんて、彼、すごく落ち込んでいたんだから。まるでお姉さんの病気は自分のせいだといわんばかり。見ていて気の毒だったわ」

「彼のせいじゃないって、ちゃんと説明したのに……」

「へえ、そう？　いつ、どこで？」

「階段の下でよ」

「でも変ね。あの後、ジョンは眼に見えて悲しそうだったわ。ねぇ、リタ。彼が帰りがけになんて言ったと思う？」

「……知らないわ」

「お姉さんがあんまり冷ややかなんで、とても驚いたって。そんなにも自分がお姉さんから嫌われているとは思ってなかったって」

「まぁ、どうしてそんなふうに思ったのかしら？」

リタは驚いてエラに質問した。

「ジョンが言ってたけど、あの日、お茶の時、お姉さんは一度として彼のほうを見ようともしなかったって」

「嘘よ」

「彼が見ると、眼を背けるって。そんなにも毛嫌いされる理由がわからないって。彼があんまり落胆してるんで、いかにあたしでもなんと言って慰めていいかわからなかったんだから。リタ、たとえ嘘でもいいから、もう少しやさしくするとか、せいぜい愛想よくしてあげるわけにはいかないの？」

その言葉はリタにとっては青天の霹靂《へきれき》であった。

「でもあのひとだって、似たようなものだったわ。冷たくて、愛想がなかったわ」

と、リタはあの時の情景を思いだしながら妹に訴えた。

「そんなことないわ、あのひと、とてもやさしかったわ。やさしくて思いやりがあって、そして紳士だったわ。ダディもそれを認めているわよ」

エラの瞳《ひとみ》がキラキラと輝いていた。

「お姉さんがいらないんなら、あたし喜んでもらい受けるわよ」

まんざら嘘ではないのが表情から読み取れた。

「実はね。本当のこと言うと、今日、ジョンに逢って来たの。ほら、タウンホールのダンスのことでよ。彼、エスコートしてくれるって約束したでしょう？　もう一度確かめに行ったのよ」

エラは何かを思いだして、うれしそうにくすくす笑った。「最初はダンスが下手だとか言ってたけど、ついに彼、承諾してくれたの。あたしをダンスに連れて行ってくれるのよ、あのひと！」

胸の前で両手をしぼるようにしてエラは叫んだ。

「リタはどうするのかってジョンが訊《き》いたけど、お姉さんは寝こんでいるから、とても金曜日のダンスは無理だと思うと言ったら、お大事にって」

「それだけ？」

「そうよ、いけない？」

「なんだかうれしそうね、エラ」

エラはちらっと姉を見て、そして困ったように黙りこんだ。

「悪いけどエラ、タウンホールのダンスに私も行くわ」

静かに、だが、きっぱりとリタが言った。

「えっ？　どうして？」

エラが驚いたように訊いた。「だってお姉さんは病気だし、第一、ジョンのこと大嫌いなんでしょう」

「それがね、たった今わかったんだけど、私、どうやらジョンのこと好きみたいなの。それから、たぶん、ジョンも私のことをほんとうは好きなんじゃないかと思うのよ。そんな気がとてもするの」

躰《からだ》の底から力がみなぎるような気がして、リタはベッドの上に起き上がった。「病気している場合じゃないって気がするわ」

あきれ果てている妹を尻目《しりめ》にリタはベッドから抜けだすと、鏡の前へ行って髪にブラシをあて始めた。

「ひとつだけ聞きますけどね、お姉さん。どうしてジョンがお姉さんのこと好きだなんてわかるのよ？　彼、そう言ったの？」

「ただわかるのよ」

と言ってリタは幸せそうに微笑した。私たち、同じ気持なんだわ。同じように相手が自分をどう思っているかわからなくて、相手の気持を恐れるあまり、自分の心も相手の心も見えなくなってしまったのだ。

でも、ちゃんと両方の眼を見開いてみれば、ほんとうは見えるのだ。素直な気持で相手を見ようとすれば、ほんとうの姿が見えてくるのだ。今の私のように。男も女も基本的には同じなのだ、という発見に、リタは幸福でたまらなかった。女が恐れていることは、男も恐れるのだ。相手が自分をどう思うかあれこれ気を病むのは、相手に気に入られたいからだ。

だとすると、ジョンは私のことを好きなんだわ。私も彼が大好き。あぁ、ほんとうに私たちってバカみたいだわ。ブラシを手にしたまま、リタはスカートの裾《すそ》をつまんで、くるくると回りだした。

それを見て、エラが冷たい表情で言った。

「何がどうなっているんだかわからないけど、ひとつだけはっきり言っときますけどね、タウンホールのジョンのダンスのお相手は、このあたしなんですからね」

リタは鏡の中を覗きこんで、そこに映っている妹の膨れっ面に、ニッコリと笑いかけた。

「いいわよ、エラちゃん。タウンホールのダンスには二人で出かけましょうよ。ジョンはときどき貸してあげるから、遠慮しないで踊ってもらいなさいね」

それを聞くとエラは猛然と腹を立てて、ベッドから飛び上がった。

「前にも言ったと思うけど、あたし、お姉さんのお古や借りものにうんざりなの。けっこうよ。喜んでご辞退してよ。ダンスにはお姉さんひとりで行けばいいわ」

と、部屋から飛び出しそうな勢いなのを、リタは追いかけて、ドアの所でエラの腕を取って引きとめた。

「おバカさんね、エラったら。ほんとうに怒っているの？　もちろんダンスにはあなたと一緒に行くのよ。ダンス、行きたいんでしょ？　それにあなた、ジョンが好きね？　違う？　隠してもだめよ、ちゃんと顔に描いてある」

「……お姉さん、気を悪くしない？」

「どうして？」

と、リタは力いっぱい妹を抱きしめた。「どうして私が気を悪くするの？　だってジョンはあんなに良い人で素敵なんだもの、誰だって好きになるわ。もしもよ、もしもあなたが、私の許婚者《フィアンセ》を嫌いだなんて言ったら、私、かえって気を悪くするわ」

いささか自分でも現金だと思ったが、リタはそう言わずにはおれなかった。けれども彼女の言い方がとても温かく真摯《しんし》だったので、エラは機嫌を直しただけではなく、少し感動さえしたように瞳をうるませた。姉妹はそこできつく抱きあって、それからダンスパーティーには何を着ていこうかと、真剣に相談を始めるのだった。

三　悲しみの夏

その夏は、ジェシー・ロベルタ・カウンにとっては、生涯忘れることのできない最も美しい思い出のひとつとなって、彼女の十七歳の胸に永遠に刻まれた。

彼女は、許婚者《フィアンセ》と正式に婚約をし、変らぬ愛を誓いあった。

めくるめくような恋の季節はまたたくまに過ぎ、やがてジョンは陸軍士官学校の最終学年へ進むためにロンドン郊外へと帰っていく日が二日後に迫っていた。人を愛するということが、こんなにもひとりの女性の精神と肉体を強くするものかと、つくづくと思うのだった。

これがあの病身の青ざめた花のようだった同じリタなのかと、人々は眼を疑った。あいかわらず色は白かったが、もう青白く透き通るようにではなく、ミルク色に輝き、両手で頬をこすらなくてもいつもそこに赤味が射していた。

何よりも違ってしまったのは、それが彼女の特徴とまでなっていた、なんとも哀しげな色合いを帯びていた蒼《あお》い瞳である。そこには常にキラキラと陽光が当たり、内なる情熱と歓《よろこ》びとを宿して、サファイアのように美しく見えた。

それまでのリタを月に譬《たと》えるなら、今の彼女は太陽をその中に抱いていた。その内側の温かい熱を周囲の人々すべてに放出して、温めてやるかのようだった。彼女は幸せだったので、妹や弟にその幸せを分けてやることができた。心が歓びで満たされていたので、誰にでもやさしく接することができた。それがジョンからの何よりもすばらしいリタへの贈りものだった。

そしてもう、彼女には未来へ通じる道が怖くはなかった。その道の地平線にかかっていた霞《かすみ》はきれいに吹き払われ、力強くずっと先のほうまで続いているのが見えるのだった。

何よりも、ひとりでそこを歩いて行かなくてすむことがうれしかった。手に手を取りあって共に進んでくれるひとが現れたのだ。だから道は、以前のように細くも曲がりくねってもいなかった。ジョンの分を足すと、太くてまっすぐな道となったのである。

「いいね、リタ。きみの躰はもうきみだけのものではないんだからね。ぼくのためにも元気でいなくちゃいけないよ」

ジョンはそう言った。愛する男性《ひと》と、身も心も共有する歓びの、なんという安心、なんという幸福。ジョンのその言葉はリタの耳に、この世の何よりも甘美に響いたのだった。

「約束するわ。結婚するまでに、もっと健康で強くなるように。だからジョン、あなたも約束してちょうだい。元気で卒業して帰って来ることを」

「あと一年だけだよ。それにクリスマスには帰って来るつもりだし」

今ではお茶の日のあの恐怖が、二人とも嘘みたいに思えた。そしてあの日から、なんと遠くへ二人は来てしまったことだろう。愛の翼に乗って。そしてついに夏が終ろうとしているのだ。

タウンホールに現れたリタに、びっくりしたジョンの顔といったらなかった。そしてその驚きの表情はすぐさま、世にもうれしそうな無邪気ともいえる笑顔に変ったのだ。ジョンのあの美しい白い歯を見た時に、リタの心はきまった。この男性《ひと》は私に属する人。そして私はこの男性《ひと》に属する女。

ダンスでは、ジョンはリタとばかり踊り続けた。エラとも踊るように頼んでも、ジョンはリタを離そうとはしなかった。

「だってぼくがエラと踊っている間に、きっときみを他の男に取られてしまうよ」

と、彼は本気で心配するのだった。ジョンの眼を見ていると、リタは自分がカーカンテロフの中で一番美しい娘のような気がした。いや、イギリス中で、世界中で誰よりも美しいような思いに囚《とら》われた。彼女をそんなふうに有頂天にしてくれるジョンを、ますます、急激に好きになるのを感じた。ダンスパーティーで、二人の心は離れ難くしっかりと結ばれたのであった。

エラはぷんぷんだった。あまりにぷんぷんに怒って膨れているものだから、男の子たちは怖れをなして声をかけられないくらいだった。

とうとうパーティーの間、ずっとエラは壁の花だった。一度だけ、しぶしぶとジョンがダンスに誘った時には、もうかんかんで、にべもなく断られてしまった。エラにけんもほろろに断られても、ジョンはかえってうれしそうに大手を振ってリタと踊った。

けれどもその夜、ダンスから戻った後が大変だった。ずっと我慢に我慢を重ねていたエラの感情が爆発して、家の中に駆けこむなり、わっと大声で泣きだしてしまったのだ。

驚いてカウン夫人が二階の寝室から寝巻き姿で下りてきて、どうしたのかと訊《たず》ねたが、ちょっとやそっとでは手がつけられないほどの荒れようであった。

「私が悪かったのよ、お母さま。でも心配しないで。なんとかするわ」

それを聞くとエラは泣き叫んだ。

「今さらなんとかしてもらったって、遅いわよ！　あたしがどんな気持で壁の花になっていたか、お姉さんには、どうせわからないでしょうからね！」

「でも、ジョンはあなたを誘ったわ」

「おこぼれでね。しかも終りのほうに一度だけ。ふんだ、ジョンなんて糞喰《くそく》らえだわ。戦争にでも行って死んでしまえばいいんだわ」

「まぁ、なんて乱暴な口をきくんでしょう」

カウン夫人が珍しく青くなってエラを叱った。「そんなこと、たとえ冗談でも二度と聞きたくありませんよ、エラ」

「ママはいつだってお姉さんの肩をもつのよ！　お姉さんばかり大事にして、あたしなんてどうでもいいのよ。それにリタもリタよ。ちゃんとどうすればママやパパの同情が一身に得られるか知っていて、いつも病気に逃げこむのよ。あたし、お姉さんなんて大嫌いよ。お姉さんは何もかも一番いいものを一番先に一人占めにして、いい気になってるんだわ。ジョンのことだってそうよ。最初大嫌いだって言ったくせに、あたしが好きだと言ったら、今度は急に彼のこと惜しくなって、あたしから奪い返したのよ！　お姉さんのこと一生憎むわ」

「エラ！　まぁ、この子はどうしちゃったんでしょう。わたしはどこでどう躾《しつけ》をまちがってしまったんでしょう」

と、カウン夫人はおろおろと言った。

「今さら良心がとがめたって、もう遅いわよ！」

と、エラが叫んだ時だった。いつのまにかカウン医師が姿を現していた。彼は茶色いガウン姿で、娘たちが見たこともない厳しく怖い表情で立っていた。

「エラ」

と、カウン医師は言った。怒鳴るのではなく静かだったが、そのほうがずっと恐ろしかった。「今のは母親にむかって言うべき言葉ではないぞ。自分でもそう思うのなら、今すぐにお母さんにあやまりなさい」

エラは震えていたが、顎《あご》を突きだして言った。

「ママにはあやまるけど、リタにはあやまらないわよ」

「つべこべ言うのではない！　すぐにあやまれと言っておるのだ」

エラは飛び上がって、ごめんなさい、ママと呟《つぶや》いた。

「それでいい。しかしあやまれば許されるわけじゃないぞ、エラ。今後一週間、デザートはぬきだ。それだけ言い残すと、それから週末の外出は禁止する」

カウン医師は女たちをその場に残して、二階へと上がって行った。父親の姿が消えると、エラはすすり泣いた。

「あたしばっかり罰を受けるなんて。お姉さんはひとりだけ楽しい思いをして、あたしが全部不幸を背負いこむんだわ」

デザートに眼がないエラは悲痛な声でうめいた。

「いいのよ、エラ。私も一週間デザートなしで過ごすから」

と、リタは、妹に和解を求めた。

「ほんとうに?」

「ええ。約束するわ」

ひとりで我慢するのは死ぬほどつらいけど、二人ならなんとか耐えられる。エラはようやく涙を拭《ぬぐ》った。そんな一件も、今から思えば懐しい出来事だった。

「ジョン、あなたは気づいていないかもしれないけど、エラはあなたのこと好きなのよ」

と、ジョンに送られてカーカンテロフの家へ帰る道々、リタが言った。妹が可哀そうな気がしたからだった。

「ぼくもエラが好きさ。明るくていい子だよ」

「そうじゃないのよ。そういうふうにではなく、エラは特別にあなたが好きなの」

「困ったね、それは。ぼくの心はひとりの女性のことだけで一杯なんだ。それにお嫁さんを二人もらうわけにはいかないしさ」

「でもね、あの子にはやさしくしてあげて欲しいの」

ジョンはわかったというようにうなずいて、リタの手を取った。

「そんなふうに言えるきみのことが、ぼくはますます好きになったよ。困ったな」

最後の、困ったなという時の表情は、リタを少しおじけづかせた。ジョンは眼を伏せて、リタの掌の中に口を押しつけた。眼を伏せたのは、彼の中で急速に高まった欲望を、リタに気づかれたくないからだった。だが、リタには、ジョンの内部の熱いおののきがわかるような気がした。その瞬間、彼女の中にも彼と同じ熱いものがこみ上げて、しきりと彼女の胸を騒がせるからだった。

「ねぇ、ジョン」

と、リタは気持を他にそらせるように話題を変えた。

「あなたの陸軍士官学校では、ジュウドウとかジュウジツみたいなものは教えないの?」

「えっ?　急にどうして?」

「ラムゼイがね、習いたがっているの」

「あぁ、そうか」

と、ジョンは少し考えて言った。

「グラスゴーにはいないけど、エジンバラなら、ニッポン人が少しはいるんじゃないかな」

「ニッポン人なら誰もがジュウジツできるわけじゃないでしょう?」

「それもそうだが、当たってみようか?」

「ううん、いいのよ。あなたはもう帰らなくてはいけないから、そんな時間もないわ。それにそのうちラムゼイの熱もさめるでしょうよ」

リタは、ジョンの瞳《ひとみ》の中に、もう欲望の炎が見えなくなったので、ホッとしてその話題を収めた。

ジョン・マッケンジーが陸軍士官学校へ発《た》って行く朝、リタはエラをともなってグラスゴー駅まで見送りに行った。マッケンジー家からは、ジョンの母親と、その妹が来ていた。ジョンは十四歳の時に、父親を亡くしていた。

駅は、たいていの駅がそうであるように、灰色で、騒然としていて埃《ほこり》っぽく、かすかにではあるが、どこか馬や馬糞《ばふん》や、藁《わら》の臭いがしていた。

今はもう蒸気機関車が走り、馬のかわりに自動車が荷物を運ぶから、駅の中に馬はいないのだが、厩《うまや》のあったところはそのまま残っているので、長年の間に染みついた臭いが今でもするのである。

そのかすかな臭いは、悪臭ではあったが、同時に郷愁を誘うようなところがあった。どこかで機関車が蒸気を吹きだす鋭い音がしていた。蒸気の音は、どこかもの淋《さび》しい響きがしないでもない。

「そろそろ行かないと」

と、マッケンジー夫人が息子をうながした。「このまま、グラスゴーの駅に取り残されたいのなら、話は別だけどね」

と、彼女は笑った。

ジョンはまず母親をしっかりと抱きしめると、お別れのキスをした。次に叔母《おば》にさよならのキス。エラはさっきから下をむいて、もじもじとしていた。涙を誰にも見られたくないからだ。

「さぁ、エラ。どうした？　ぼくにさよならのキスはしてくれないのかい」

ジョンが両手を広げた。

「いいわ」

と、下をむいたまま、エラはそっけなくジョンに抱かれた。

「いいかい、エラ。頼みがひとつあるんだ」

「あたしにできることだといいんだけど」

「もちろん、できることさ」

「じゃ、言ってみて」

「うん、頼みというのはね、どんなことがあってもお姉さんの身方になって欲しいんだ」

「それだけなの?」

なんだかひどくガッカリしたように、エラが表情を曇らせた。その日の彼女はモスリンのスカートに、絹のレースのついたすみれ色の上着を着ていて、なかなかきれいだった。リタはそれが妹のとっておきのドレスなのを知っていた。

「でも、ジョン。たとえば、どんなことが起きるの?」

エラは無邪気に訊《き》いた。

「それはね。たとえばきみが何かというと、すぐに癇癪《かんしゃく》を起こしてリタに突っかからないで、ぼくのいないあいだ、ぼくのかわりに姉さんを支えてあげてほしいんだよ」

じゃ、あたしのことはいったい誰が支えてくれるのよ、とエラは泣きたくなったが、そう言って姉の許婚者《フィアンセ》を困らせるかわりに、エラはいつになくしおらしくこう言った。

「わかったわ。約束するわ。あまり癇癪を起こさないようにして、リタの身方になる」

「ありがとう、エラ」

ジョンはそう言うと、心をこめてエラの少し青ざめた頬に口づけをした。彼女はまるでキスされることが苦痛であるかのように、眉間《みけん》に皺《しわ》を刻むと、滲《にじ》みでてくる涙を見られないように、あわてて顔を汽車の窓のほうに背けた。

最後にジョンはリタの両腕をとって、じっと彼女の蒼《あお》い瞳をみつめた。言うべきことはもうすべて言ってしまったが、二人ともまだとても言い足りていないような気がしていた。言い残していることがいっぱいあるのに、言葉がみつからなかった。そうしているうちに、汽車がゴトンという音をたててゆっくり動き始めた。

マッケンジー夫人が小声で息子を促した。ジョンの掌がリタから離れたが、まだ指が絡みあっていた。

「神の御加護がありますよう《ゴッドブレスユー》」

二人は、同時にそう言った。そしてジョンの指が彼女から離れ、ゆっくりと動きだした汽車のステップに軽々と飛び乗った。見送りに来た四人は、汽車がどんどん遠ざかり、最後に小さな黒い点になるまで、その場に立ちつくしていた。

やがて、何も見えなくなると、誰からともなく抱きあって、無言で慰めあった。

「クリスマスの休暇には戻って来ますよ」

と、マッケンジー夫人はリタに言い、リタも、「クリスマスなんて、あっというまに来てしまいますわ」と慰めた。

夫人たちと別れると、カウン姉妹はカーカンテロフ行きの電車《トラムカー》の駅まで歩いた。どちらもすぐには口をきかなかった。

「エラ」

と、少ししてリタがやさしく言った。「あなた、ほんとうにジョンが好きなのね」

それを聞くとエラの表情が不安そうに曇った。彼女はすぐになんと答えて良いのかわからずに、うろたえた声で言った。

「そんなことないわ、リタ。もちろん彼はいいひとだけど、あたし——」

「いいのよ、エラ」

と、リタは姉らしい仕種《しぐさ》で妹の腰に手を回しながら言った。

「誰だってジョンのことを知ったら、好きになると思うわ。それに私、あなたが彼を好いてくれて、ほんとうはうれしいの」

姉妹は少し感傷的になって、お互いの腰に手を回して歩いて行った。

「可哀そうなエラちゃん」

ほとんど聞こえるか聞こえないかの声で、リタはそう呟《つぶや》いて、妹の腰にかけた手に力を入れるのだった。

一九一四年七月に勃発《ぼっぱつ》した第一次世界大戦のニュースは、スコットランドのグラスゴー郊外に住む人々の話題の中心にはなったが、生活に直接その影響をうけるところまではいっていなかった。遠い極東の国、ニッポンが対独宣戦布告をし、ドイツ領の青島《チンタオ》や南洋群島を占領したというニュースが小さく新聞に載ったが、カウン家でそれに眼を止めたのはサミュエル・カウン医師ただひとりであった。

リタは九月の新学期からグラスゴー学院《カレッジ》に通い始め、好きな文学を専攻した。もともと好きではあったが、夏休みに毎日のように逢《あ》っていたジョンの影響も強く受けていた。彼は陸軍士官学校をあと一年で卒業したら、エジンバラ大学に入り、ゆくゆくはジャーナリストになるつもりだと、リタに打ちあけていた。ジョンはリタでさえ足元にも寄れないほどたくさんの本を読んでいて、彼女にも両腕にかかえきれないほどの書物を、クリスマスまでに読んでおくように、と貸してくれていた。

愛する人が読んだ本の、一行一行を読み進めると、なんだかジョンの近くにいるような気がして、リタはとても幸せだった。

夏休みの間中、ジョンが仕立てた馬車でよく公園に行き、妹たちも交じえて太陽の下で遊んだおかげで、彼女はびっくりするほど丈夫になり、もう偏頭痛に悩まされることはめったになかった。ジョンからは、二週間に一回、リタのもとに手紙が届き、彼女のほうはもう少し頻繁に返事を書いた。

ジョンが士官学校へ戻って行った後もしばらくの間、元気の良い日曜日には妹や弟たちを誘って、彼と行った公園や、小川のほとりなどにピクニックに出かけていっては、ひそかにジョンの姿をそこにおいてリタは彼を偲《しの》んだ。彼と出かけて行った場所以外は、足を運びたくなかった。

けれども少しずつ秋が深まり、美しく紅葉した葉を落とし始める頃になると、風が冷たくなり、ピクニックや長い散歩ができなくなっていった。

そのことは淋しかったが、寒さが厳しくなれば、それだけジョンが帰ってくるクリスマスが近づくわけだからと、リタは逆に自分を慰めるのだった。

彼女は今、グラスゴー学院《カレッジ》の図書館で、ジョンへ手紙を書いている最中だった。図書館の外はすっかり冬景色で、裸の枝が寒そうに震えていた。

——最愛なる《マイ・ディアリスト》ジョンへ

そう書きだして、いつもながら彼女は、自分に命よりも大事なひとが存在するようになった、ということに、新鮮で胸が踊るような歓《よろこ》びを感じるのだった。そしてジョンを愛し始めた前と後では、彼女の人生観は天と地ほども違ってしまったのだ。もう彼女は何も怖くないし、第一、ひとりぼっちではなかった。両親や妹たちがいても自分はたまらなくひとりぼっちなのだと感じて、おののいたあの恐ろしい日々は、嘘みたいに消えてなくなっていた。リタは手紙を書き始めた。

――十一月七日付けのお手紙を受けとりました。ありがとう。いつものように何十回となく読み返したので、とっくに諳《そら》んじているのに、それでもまた読みたくなるので困ってしまいます。

ご心配なく。私は風邪ひとつひきません。どうしてこんなに健康になってしまったのか、とても不思議です。お父さまは、私がいずれそうなるだろうと、わかっていたみたいだけど……。お父さまといえばあいかわらず、夜中であろうと早朝であろうと、病気のひとがいれば献身的に出かけて行きます。あんまり無理をしてお父さま自身が倒れたら、いったい誰が彼を治してくれるのでしょう。そのことを考えると不安で気分が悪くなるので、なるたけ考えないようにしているのだけど……。

ジョン、あなたはお元気なのですね？　どうか、ご自愛ください。

ママは、ときどきあなたのお母さまをお訪ねしているみたいです。ママは誰にでも公平にやさしくて、一体どうしていつもそんなふうに人に良くしたりニコニコしていられるのか、不思議でしかたないのです。

ママにずっと前にそのことを聞いたら、こう答えてくれたことがありました。お父さまに出逢ったからですって。お父さまと結婚して、ほんとうに心から幸せだから、他の人たちにもその幸せを分けてあげれるんですって。

でも、私はどうなのでしょうか。私は、この夏、あなたにあらためて出逢って、そしてとても幸福で有頂天になっているのに、あいかわらずムラな気分に悩まされます。

妹たちはいい娘たちなのだけど、おわかりでしょう？　ときどき本当に腹が立つこともあるのです。そして我慢しよう、ママのようにやさしく接してあげようと自分に言い聞かせるのですが、だんだん怒りがつのって来て、すっかり怒りのとりこになってしまいます。そんなふうに怒りの感情を抱きしめて生きることは、嫌なことです。早く直さないと……。

このところ急に寒くなったので、灰色の空の下でみんな少しいらいらしているみたいです。妹たちは誰も意気が上がらず、むっつりしていて、とりわけエラがふさぎ虫にとりつかれて癇癪《かんしゃく》を小出しに爆発させるの。それでお願いなのですが、今度、私にお手紙をくださる時、エラにも短い手紙を書いてあげていただけないかしら？　きっと機嫌が直ると思うのです。

ルーシーはお勉強がよく覚えられないみたいで、「職業婦人」になる彼女の夢は急速にしぼみつつあるみたい。ご存知でしょう？　彼女の夢は獣医になることなのだけど、この分ではとてもむずかしいと考えて、昨夜などお夕食の時に、「ねぇ、マミー。あたし、獣医にもしなれないとしても獣医の奥さんにはなれるわよね」と言って、みんなで大笑いしました。

チビ助のラムゼイは、また食卓で「悪い言葉」を使ったので、お父さまに、「語《ご》彙《い》」を増やさなければとても紳士にはなれないと叱られました。

他に、書き忘れた人のことはないかしら？　そうそうワンちゃんのタイニーがお隣りのコリーに恋をしてしまったの。でも、相手のほうが三倍も躰《からだ》が大きいので、たぶん、タイニーの恋は成就しないだろうと、お父さまが言っていらしたわ。最後にこの私のことですけど、あなたがおそばにいなくてとても淋《さび》しい思いをしています。こんなに待ち遠しいクリスマスは、後にも先にも初めて。

あなたの、リタより――


リタはそれを二度読み返すと、封筒に入れて宛名《あてな》を書いた。

気がつくと、夕方五時を回っており、図書館の窓の外はとっくに暮れて暗くなっていた。荷物をまとめ、ひっそりとした図書館を後にすると、リタは自転車に乗り、郵便ポストへ立ち寄って、それから家路を急いだ。

寒風が両耳を切るように吹きすぎた。彼女はカウン家のキッチンで温かいものを料理している母親の姿を思い浮かべて、ほっとした。今から帰っていく自分の家が暖かく、広く、妹たちが元気で、両親が愛情に満ちていることを、これほどありがたく思う時はなかった。

カウン家の急勾配《きゅうこうばい》の切妻屋根が見えてくると、リタは自転車のスピードを少し緩めた。彼女の一家の住む家は街の外れに建っていたが、そのあたりは木立ちや静かな通りなどがあって、郊外というよりはまだ田舎田舎したところであった。

古い褐色の家の壁には、夏のあいだ元気よくはっていた蔦《つた》が、今ではすっかり枯れてしまって、風でカサコソと乾いた音をたてていた。

それでも館《やかた》は堂々としていて、近づいていくと窓の中には手入れの行きとどいた邸内の様子が見てとれた。

リタは、我が家の様子をそうやって窓の外から見るのが、昔から好きだった。特に冬の季節は、ガラス窓が内側の湯気で曇り、その中に姉妹たちの輪郭が滲《にじ》んだ姿が動きまわるのは、子供の頃大好きだった『若草物語』の場面にでてくる情景のように思えて、心がはずむのだった。

リタは自転車から軽々と降りると、それを押しながら前庭を横切って行った。それから大好きな情景をもっと良く見ようと、居間と食堂に面した窓の中に眼をこらした。

カウン医師の硬い表情の横顔が、まずリタの注意をひいた。何事か声は聞こえないが、エラが質問しているようだった。エラの表情も、父親に劣らず憂鬱《ゆううつ》そうなのだった。ルーシーとラムゼイは珍しく小競り合いを止めて、じっと二人のやりとりに耳を傾けているといった風情。カウン夫人の姿はなかった。

怪訝《けげん》に思いながら、ポーチのわきに自転車を立てかけると、ステンドグラスの張ってある重いドアを押して、リタは家の中に入った。彼女はすぐに居間の妹たちのほうには行かずに、直接キッチンへ顔を出した。すると、オーヴンにかがみこんでいる母の背中が見えた。

「ただいま」

リタはそう言って、母の横に立って頰にキスをした。

「お帰り。まぁ、冷たい頰《ほ》っぺただこと」

カウン夫人は両手でリタの頰をはさんで微笑した。

「それに暗くなるまでどこにいたの？」

「図書館よ。ジョンに長い手紙を書いていたの」

「そう」

夫人がふと視線を逸《そ》らせた。

「どうかしたの？　ママ」

母の眼の中の、かすかな曇りを見逃さずに、リタが質問した。カウン夫人はすぐには答えず、リタの背中に手を回して、彼女をみつめた。

「何かあったのね？　それでみんな、あっちのほうで不安な顔をしているのね。ママ、なんなの？　悪いこと？　話してちょうだい」

「必ずしも悪いことじゃないのよ、リタ」

リタの母はそんなふうに話し始めた。

「お国のためですもの。私にも男の子がいたら、きっと誇りに思うと思います。マッケンジー夫人にもそう申し上げたのよ」

「ジョン！　ジョンのことなのね？」

リタは母親の胸を揺すらんばかりに訊《き》いた。

「ええ、そう。ジョンに召集令状が来たの」

「まさか」

リタは息がつまりそうだった。「あのひと、戦争に行くの？」

「すぐにというわけじゃないのよ」

母親は茫然《ぼうぜん》としている娘をしっかりと胸に抱き寄せながら、なぐさめた。

「それにいきなり戦場にやられるわけじゃないそうよ」

いくらそう言われても、リタの胸は不安で膨れ上がるのだった。

「お国のためだなんて！　誇りに思うだなんて、そんなことよく言えるわね、ママ」

と、彼女は生まれて初めて、母親を突き放しながら叫んだ。「そんなこと言われたって、ちっとも慰めにならないわ」

あまりのことに、リタは何も考えられなかった。ジョンが戦争に行く、という事実だけが、ガンガンと頭の中で鳴っていた。戦争なんて、これまで新聞に載っている二行程度の出来事にしかすぎなかったのに。ジョンの召集で、にわかに戦争に対する危機感がつのった。

「どんなふうにあなたを慰めたらよいのか、ママにもわからないわ」

「じゃ、一緒に泣いてちょうだいよ」

リタはそう言って母の大きな胸に身を投げだしてすすり泣いた。

「あぁ、なんて可哀そうな娘《こ》なんでしょう。こんな試練が襲いかかるなんて」

カウン夫人は声に痛みをこめて言った。

「私があなたの身だったらと思うと、とてもたまらないわ。かわってあげれるものなら、そうしてあげたいわ」

それからリタの母は、告白するようにこう言った。

「さっき言ったことは、本音じゃないわ、リタ。こんなこと言ってはいけないことだけど、ママに年頃の男の子がいなくて良かったと思っているのよ。もしそうだったら、今頃、ママの胸は張り裂けているわ」

アイダ・カウンがそんなふうに生々しく心情を吐露するのは、ほんとうにまれなことであった。けれども、リタは、むしろそのほうがずっと慰められるような気がしていた。

強がりや、やさしい慰めの言葉よりも、自分と一緒に嘆き悲しんで身を揉《も》んでくれることのほうが、はるかに苦しみを癒《い》やしてくれる場合があるのだ。

「ママ」

と、少しして、リタが言った。「ジョンが死ぬときまったわけじゃないんだから、そんなに力を落とさないで」

「もちろんですよ。ジョンは元気に帰ってくるにきまっているわ。第一、戦場に送りこまれる前に、ドイツが降伏して戦争が終ってしまうかもしれないし」

涙をエプロンで拭《ぬぐ》うと、カウン夫人はきっぱりと言った。

「そうですよ。戦争はすぐに終ります」

その時リタは、ついさっきまでの自分のことを考えていた。図書館で手紙を書いていた時だが、それはなんと遠い昔のことに思えることか。あんなに幸せだったから、幸福で怖いくらいだったから、きっと神さまが少しひかえるように、幸福の一部を切りとってしまわれたのだわ。そうリタは考えた。でも、どうせ切りとるのなら、ジョンではなく、私の腕を一本切りとってくれれば、はるかに良かったのに。

そして、リタのめくるめくようだった歓《よろこ》びの日々は、わずか六か月もしないうちに、奪い取られてしまったことを、思い知るのだった。これからは毎日のように、婚約者の安否を気づかって、びくびくと暮らしていかなければならないのである。

「さぁ、とにかくお夕食にしましょう」

と、カウン夫人はできるだけ元気のよい声でそう言った。キッチンには、ローストビーフの焼ける香ばしい匂いがしていた。けれども今や、それはリタの胃をむかつかせるだけだった。彼女は胸の下をおさえて、とても食欲がないと母に訴えた。

それに、父や妹たちと顔を合わせるのも苦痛だった。夕食の食卓が、この不吉なニュースのために、重苦しい沈黙がちになることを想像するだけで、神経がチリチリとしてくるような気がした。リタは母にあやまると、そのまま二階の自室に上がって閉じこもったまま、その夜は一晩中出て来なかった。

戦局はかんばしくなかった。アイダ・カウン夫人が期待と確信をこめて断言したにもかかわらず、戦争は急な終結を迎えるという方向にはむかわなかった。

リタは、自分のような娘はただひとりの例外ではなく、彼女と同じ運命の不運を否《いや》応《おう》なく背負わされた女たちが、このイギリスには他に何万人となくいるのだということを、やがて知った。

大戦の舞台はもっぱらヨーロッパ大陸であったが、ついにロンドンにも火がつき、そのきなくさい臭いはウェールズ地方を越え、北のスコットランドにまで広がり始めていた。

一九一七年二月には、ドイツは潜水艦の無制限攻撃という強硬手段に出、イギリスとフランスは苦境にあえいでいた。

人々の生活は三年も続いている戦争によって、ますます貧窮して行った。それは直接の戦場からはほど遠いカーカンテロフの街の人々とて、例外ではなかった。

戦死者の中に、知った名前がチラホラ混じるようになり、一家の働き手を失った家族は哀しみと食料不足の二重苦にあえいだ。どこそこの誰かが困っていると聞くと、カウン夫人はいてもたってもいられず、リタやエラをともなって、決して豊かにあるとはいえない自分たち一家の食料を分けてやるために、出かけて行くのだった。

リタは、ジョンから時おり届く手紙によってのみ、彼の安否を知ることができた。

人間というものは、悲しみや絶望や不安というような状況にさえも、なれてしまうものだということを、リタはこの戦争によって知ったのだった。ジョンが召集され、ほどなくフランスへ送られることとなった最初のうちは、不安と心配とで食事もろくに喉《のど》を通らなかった。

けれども、人は飢える前にやっぱり何かを食べずにはいられないし、少しずつ食べ続けることによって、生き永らえていくものなのだ。心の不安や痛みはあいかわらずそこにあるのだが、当初のように激しく、しくしくとは痛みはしない。そんな緊張の連続に、人は耐え得ない。リタもまた少しずつではあるが運命をうけ入れていくしかなかった。

母について、気の毒な人々の家を訪ね、何がしかの食料と、使用したものだがきれいに洗濯してアイロンをあてた衣類を与えに歩く日々が続いた。

その間、ジョンは点々と戦線を移動し続けていた。彼はフランスから、イタリアから、アフリカから、彼女に手紙を書き送った。

そして一九一七年四月、ついにアメリカが参戦し、ヨーロッパ戦線の中心は大西洋海域へと移っていった。リタはこれまでアメリカという国が格別好きではなかった。彼らはベタベタした英語を喋《しゃべ》り、生活全般に尊厳《ディグニティ》のようなものが欠けているような気がしたからだ。

しかし、アメリカ参戦のニュースは、彼女のようなスコットランド人の眼にさえも、アメリカ人の印象を変えるのには充分な出来事だった。アメリカ人というものが、力強く、寛大でフェアな国民のように思えてきた。なぜなら、彼らが連合軍となって、ジョンと共に闘ってくれるからである。

大事なジョンが、その命をかけて守ろうとしているイギリスという国。そしてリタの母や父が、財産を減らしつつ、献身的につくしているのもひいてはイギリスという国のためなのだ。次第にリタには身に滲《し》みてわかってくるのだった。ジョンを通して、そして日頃の父母の行動を見て、リタもまたいつしか熱烈な愛国者となっていった。

——神様、と彼女は毎晩寝る前に祈った。どうか神様、ジョンをお守りください。どうかジョンを無事祖国に、私のところにお返しください。もしも、私の願いをかなえてくださるなら、今後私の命をあなたのためにささげることを誓います。でももしも、ジョンの命をあなたが奪ったら、私は、ただちに、祖国とあなたとを見捨てます。なぜなら、あなたがジョンを見捨てるからです——。

いつも最後のところで躰《からだ》と声とが震えてくるのだった。神様を脅迫しているような気がするからだった。

その日、例によってリタは、学校の帰り、母から頼まれていた届けものを街の反対側の雑貨屋のおかみさんの所へ持って行って帰って来たところだった。届けたのは小さな子供用の肌着だった。ラムゼイが着て小さくなったものだが、ろくに暖房もできないこの冬をしのぐ助けには充分になる代物だった。おかみさんはとても喜んでくれて、お返しに古いスコッチのボトルを一本くれた。リタが遠慮すると、

「カウン先生に差し上げてくださいな。真夜中の往診を終えられて震え上がって帰ってくるこの季節には、ウィスキーはお役にたちますから」

そして視線を床に落とすと、

「うちじゃもう、誰も飲むものがいませんので」

と、哀しそうに呟《つぶや》いた。おかみさんの夫はその年の初めに戦死したのだった。リタはそのお返しの品を伝言と共に父に手渡した。カウン医師は瞬《まばた》きを三つして、静かにうなずいた。

夕食の席で、カウン夫人が、「そうだったわ」と言って中座すると、ジョンからの手紙を手に戻って来た。

もう一月近く、ジョンからの便りがなかったので、口には出さなかったが、家中の誰もが心配していた矢先だった。この頃ではリタは、支障がない範囲で、家の者に彼からの手紙を読んであげることにしていた。じゃがいものたくさん入ったシチューの夕食を少し後にすることにして、みんなはリタの手先をみつめた。

手紙は、いかにも長旅をして来た、というように、少し汚れていた。宛名《あてな》の裏には日付けと中近東の地名が記されていた。日付けは今から四か月前のものになっていた。

「――愛するリタへ」

と言ってから、彼女はとっさに自分で言葉を作って加えた。「それから、エラとルーシーとラムゼイ並びにミスター・アンド・ミセス・カウンに」

ルーシーがうれしそうに顔を輝かしたが、エラはリタの嘘を見破ったのか、片方の眉《まゆ》を高々と上げてみせた。

「お元気のことと思います。ぼくの母をときどき訪ねてくれているそうで、うれしく思います。先日など、お土産のアップルパイがまだ温かったと母が書いてよこしました。ミセス・カウンのアップルパイは、なんといっても世界一ですからね。ところで、ぼくはアップルパイなんて、もう何年も食べていませんが」

そこでカウン夫人が、「なんて可哀そうに」と言って、エプロンで眼尻《めじり》を拭った。

「ところで、これはぼくの予想ですが、この戦争は夏までには終るでしょう。ドイツ軍は疲れています。そして、どこか自暴自棄の臭いがします。アメリカの参戦で、ぼくらがどれだけ力を得たか、とうてい口では言い表せません。

ぼくのことなら安心してください。体重を五ポンドばかり落として、スッキリとした以外、ほとんど変りません。

戦争にはあきあきしました。こんなことは絶対に正気の沙汰《さた》ではありません。男が命を賭《か》けるべき場所は、戦場ではないことだけは確かです。今度の戦争で、戦線を移動しながら、ぼくはそのことを学びました。だから、必ず生きて帰るつもりです。そして、リタ、きみと共に生き、この戦争が——いやこの戦争に限らず——いかに無意味なものであるか、必ず書こうと思うのです。ぼくは銃ではなく、ペンで闘いたい。

一日の終りに、リタ、ぼくはきみのことを考えます——」

リタはそこで唐突に、口をつぐみ、「これで終りよ」と手紙を畳んだ。本当はそれは嘘だったが、家族に読んで聞かせるべき内容のものでないことが、数行読んでわかったのだ。食事のあとで、ゆっくり部屋で読むつもりだった。

「そんなはずないわ。続きがあるはずよ」

と、鋭くエラが言った。あんなに陽気だったカウン家の娘たちにも、戦争の影響は、その暗い影を与えていた。特にエラは、顔色が悪く、前よりも痩《や》せて、口数が少ない娘になっていた。

考えてみれば無理もないことだった。彼女はいつのまにか十八歳になっていた。戦争がなければ、美しいドレスを着たり、ボーイフレンドとデイトをしたり、パーティーを開いたりして、一番楽しい年齢であるはずだった。

「エラ」

と、カウン夫人が短くたしなめた。エラは肩をすくめて黙りこんだ。

「ジョンのいるシリアって、どんな国なの？」

ラムゼイが父に質問した。

「あとで地図を見てごらん。砂漠の多い暑い国だよ。暑いけど、夜になると急激に温度が下がるんだ。マラリアにかかった人間と同じでね、砂漠の国では、自分の体の温度調節が上手にできないのさ」

ラムゼイの父は、医者らしい言葉でそう答えた。「いずれにしろ、楽な場所ではないね。もっとも戦争に楽な所なんてないだろうがね」

最近、お父さま、お疲れになっているみたい。それに、急にずいぶん年を取ったように見えるわ、と、リタはいきなり胸をえぐられるような気がした。ふだん見慣れているので注意をすることはなかったが、つくづく見ると、確かにカウン医師は以前のような精彩はなかった。

「Uボートってすげぇんだよな」

ラムゼイがルーシーに言った。

「すげぇなんて言葉は使ってはいけない」

テーブルの反対側から、シチューをめいめいの皿に注ぎ分けながら、カウン医師が厳しく言った。

「どうすごいの？」

ルーシーが弟に聞いた。

「とにかく、でっけぇんだ」

「ラムゼイ！」

「大きいんだ」

と、彼はあわてて言い直した。

「ねぇ、お父さま。ジョンは夏までに戦争が終るって手紙で書いてきたけど、本当にそうなるかしら？」

リタは期待をこめてそう言わずにはおれなかった。

「さよう、わしもそれを祈るがな」

医師は穏やかな眼で長女を見た。

「どうなさったの？　浮かない口振りですね」

と、カウン夫人が質問した。

「いや何ね。ジョンも言う通り、ドイツが自暴自棄だとすると、予断は許されないからね」

リタはその言葉を聞きたくなかったので、わざと明るくこう言った。

「夏が終ったら、ジョンは、きっと戻って来るわ。五ポンドも痩せちゃったのよ、お母さま。たくさんご馳走《ちそう》作ってあげなくてはね」

「あら、まぁ」

と、テーブルのむこうからエラの皮肉な声がした。「まるでジョンの奥さん気取りね。まだ結婚したわけでもないのに。それに、その手紙、四か月も前のものでしょう？　もしかしたら、もう生きてはいないかもしれないじゃないの」

エラはそう言ってから、すぐにひどく後悔して、青ざめてうつむいた。カウン医師でさえ、すぐにはその場の空気を繕えなかった。一瞬しーんとした食卓に、フォークとナイフとスプーンを使う音だけがしばらく続いた。

「ごめんなさい、リタ。許してちょうだい」

細い消えいりそうな声でエラがあやまった。

「いいのよ。許してあげるわ」

リタは寛大に答えた。

いっそのこと許さないわ、と言われたかった。寛大に許されてしまったことで、ますますエラは自制力を失ってしまった。

「だけど、お姉さんひとりが悲劇の主人公ってわけじゃないのよ。そんなに気取らないでちょうだい。あたしたちだって、この戦争でつらい思いをしているんだから」

エラはヒステリックにそう喚《わめ》くと、わっと泣きだして、食卓から立ち上がった。おかげで夕食はメチャメチャだった。

「我が家も戦場と化したねえ」

と、カウン医師は困ったように首を振った。

リタはほどなく自室に戻ると、ジョンの手紙の続きを読み始めた。

――リタ、きみのことをしばしば考える。そして一日の終りの死のような眠りに入る前に、ぼくはきみを力一杯抱きしめるのだよ。清い心で。安心してくれたまえ。清い心は、一時もぼくを見捨てはしなかった。

あの夏の終り、きみと二人だけだった最後の日のことを、後悔していないと、きみに言っておきたいのだ。ぼくはきみが欲しかったし、きみにもその用意があることを感じることができた。そしてついにぼくの理性が欲望を打ち負かした時、きみは訊《き》いたね？　どうしてなのかと。そしてきみはこうも言ったよ。後悔しないと。覚えているかい、リタ？　きみは、ぼくとそういうことになっても、絶対に後悔しないのだと言った。さらにきみは、何かをして後悔するのはかまわないのだと、言った。それよりも、そのとき何かをしなかったことで、ずっと後になって後悔するほうが、ずっとつらいに違いないと、そう言ったね。

ぼくはきみのその言葉をずっと考え続けて来た。そしてね、今頃になってようやく、あれでよかったのだと、確信がもてたような気がしている。あのとき誘惑に負けてぼくの欲望を満たしてしまったら、ぼくはそのことで一生自分を許さないだろうと思うからだ。

さらに言えば、性愛というものは、一時の欲望を散らせるためのものではなく、相手を慈しみ、その行為によって、お互いが幸福になることなんだと信じている。もしかして、生きて戻れないのかもしれないと、チラリとでも心のどこかで考えているとしたら、あの時、きみを抱くことは、できないはずだった。だから、きみに触れなかったのだよ。心のどこかで、死を恐れていたから。

そして今、ぼくには戦争の終結が透けて見えている。そしたら、きみのところへまっすぐに帰るよ。そして、今度こそ、きみをこの腕に力のかぎり抱きしめて、愛し合おう。リタ、そのときまで待っていて欲しい。もうすぐだ。そして今はとても眠い。真夜中の一時で、あたりは気味が悪いほど静かだ。信じられるかい？　この手紙を、星明りだけで書いているんだよ。砂漠では、星が降るほどあって、そして明るい。でも、瞼《まぶた》が自然に閉じて来て、これ以上書けそうもない、おやすみ。永遠にきみの――。

手紙はそれで終っていた。リタはその手紙だけはくりかえし読むことをしないで、胸に抱きしめて、眼を閉じた。すると、すぐ近くで、彼の呼吸が聞こえるような気がした。

どれくらい時間が経ったのだろうか。リタは自分を呼ぶ声で不意に目覚めた。何か夢を見ていたのか、掌が汗に濡《ぬ》れていたが、その夢の内容はまったく覚えていなかった。

気がつくと父、カウン医師の顔が仄白《ほのじろ》く暗闇の中に浮かび上がった。両頰にむかって軽くはねているご自慢の口髭《くちひげ》が、今ではほとんど真っ白になっているのに、リタは初めて気づいたかのような哀しみを覚えた。

「わしのポテトちゃんや」

と、老人はいきなり、ずっと昔の、もう忘れていた呼び名でリタを呼んだ。そして、彼女の傍らのベッドにそっと腰を下ろすと、甘やかすような、労《いた》わるような、可愛くてしようがないというような様子で、彼女の額から髪にかけてゆっくりと撫《な》でるのだった。

「なんなの、ダディ」

リタもまた小さな女の子に戻って、そう言った。そのように演技しながら、リタはじっと父親をみつめた。何かとても恐ろしいことが起こったのがわかった。

「ずいぶん悲しそうなのね、ダディ」

幼子の演技を続けた。

「そうなんだよ、リタや。とても悲しい、胸も張りさけるようなことなんだ」

老人の眼に夜目にもキラリと光るものがあった。

「ジョンに何かがあったのね？　彼は死んだの？」

とても静かに、とてもゆっくりと落着いてリタはそう訊いた。質問の前に、その答えがわかっているような気がした。そのとたん、何かが彼女の中でぷっつりと切れてしまっていた。彼女の中でも、何かがそのとき死んだのに違いなかった。その証拠に、それ以降、ずっとその後も、彼女自身が死ぬまで、彼女の喋《しゃべ》り方がその時を境に変ってしまった。リタは、どこか上の空の、きれいではあるが低いアルトで、ゆっくりと喋った。

「そう、ジョンはシリアで戦死した」

「それはいつのこと？」

父親ではなく、彼を透《とお》してその背後をみつめながら、リタはあくまでも冷静に訊いた。

「四月十一日未明だそうだ。ついさっき、マッケンジー夫人から電話で知らされたんだよ」

「昨夜読んだ手紙を書いたすぐ後だわ」

リタは胸の上で今でも握りしめている手紙を、いっそう強く握り直しながら言った。

「エラの言う通りになったわね。かわいそうに。また、あの子、後悔して死ぬほど苦しむわ。お父さま、どうかあの子を慰めてあげて。私はなんとも思っていないって。ジョンの死と、あの子の言葉は無関係よ……。そう言ってあげてね。私は……、私はしばらくひとりでいたいから、起きて行ってあの子を慰めてあげれないから……」

老人はそっと涙を拭《ぬぐ》うと訊いた。

「それより、おまえは、大丈夫かね？」

「ええ、大丈夫よ」

静かに、きっぱりとそう言ったので、老人は疑い深い眼差《まなざ》しで娘の顔を見た。

「神様を恨んではいけないよ」

「恨みませんわ。神様が私をお見捨てになったから、私も神様を見捨てるだけよ」

「それは違うよ、リタ。今のおまえには何を言ってもわかるまいが、リタ、そんなことはないのだよ。神様がジョンをお召しになったのには、それなりの理由があることなんだよ。そして、いつか彼にかわるものを、おまえにくださるよ、必ず」

ジョンにかわるものがあるはずはなかった。リタは首を振って、老人から眼を背けた。

「わしにできることはないかね？」

「あるわ、お父さま。もう少しそこにいて私の髪を撫でていてちょうだい。昔のようにね」

「いいとも、そうしてあげよう」

カウン医師は、それ以上に望めないほどのやさしさをこめてそう言うと、再び娘の青ざめた額に大きな老いた手を置いた。

やがて、リタが規則正しい寝息をたて始めたので、医師はそっとその場を脱《ぬ》けだした。リタは父の姿が扉のむこうに消えると、小さな溜息《ためいき》をついて寝返りを打ち、それから静かに、声を殺して泣き始めた。

その後かなり長いこと、カーカンテロフのカウン家の人々は悲しみの底に沈んで、肩を寄せあうように暮らしていた。

カウン夫人だけは例によって、雲雀《ひばり》のような声でみんなの気持をひきたてようとするのだが、今度ばかりは彼女の人の良い陽気さはあまり役に立たなかった。夫人だけが独り芝居をしているような具合になって、たいてい尻《し》り切れトンボに終るのだった。

カウン老人は娘リタの胸中を思って、心痛のあまりまた一段と年を取り、ラムゼイが食卓で悪い言葉を使っても、ちょっと眉《まゆ》を上げるだけで、ガミガミと叱らなくなっていた。もっともラムゼイのほうも声変りの頃から、あまり無作法な言葉づかいをすることが、少しずつなくなっていた。しかし誰もがそれぞれの胸の中で不思議に感じたことは、ジョンの死以来のリタの態度なのであった。リタは誰よりも落着いてみえた。ときどきあまりにも家の中が陰気だと、ジョンの死を父に告げられたあの瞬間に彼女にとりついてしまった低いアルトの震えを帯びた声で、冗談を言ってみんなを笑わせようとした。

けれども、よく観察してみれば、リタは常にわずかに上の空みたいで、美しい蒼《あお》い眼は、夕暮れ時の湖のように、静かな蒼さをたたえて、しーんと静まりかえっていた。そこにはむきだしの悲しさの色はなかったが、人の心を揺り動かすような、深い寂しさが見られた。

敏感な年頃にさしかかっていた三女のルーシーは、一番上の姉が、世捨て人のように生きているような気がして、小さな胸を痛めた。ルーシーは、いつも穏やかで決して大声で怒鳴ったりしないリタが大好きだったのだ。

ルーシーの観察は当たっていた。世捨て人でなければ尼さんのように、リタは何かをきっぱりと断ち切ったのであった。けれども尼僧には魂をささげる神の存在があるが、リタはもはや神さまとは絶縁状態にあったのだった。彼女は尼さんのように見えたかもしれないが、僧院のない尼僧、すがるべき信仰をもたない孤独な尼僧であった。

さて、リタの表面的な穏やかさに比して、対照的なのはエラであった。彼女はジョンの死を知らされた朝以来、ほとんど口をきかず、青ざめて狂おしいほどの顔をしていた。日中は夢遊病者のように歩き回り、大学へも一応足を運んでいたが、夜は一晩中輾転《てんてん》と寝返りを打つ音がたえることはなかった。

だからもしも事情を知らない人がいて、この一家の様子をみたら、婚約者を戦争で失ったのは、リタではなく次女のエラだと思ったのに違いない。エラを苦しめていたのは、もっぱら良心の呵責《かしゃく》であった。ジョンの死に対して、ある種の責任を感じていたのだ。

「ジョンなんて、戦争にでも行って死んでしまえばいいんだわ」

と三年前のダンスの後、言ったことを決して忘れていなかった。それだけではなかった。死んでも人に言えないが、姉のリタにジョンから手紙が来るたびに、ひそかに焼きもちをやき、姉を呪い、ジョンを憎み、いっそのこと彼が死んでしまったら、どんなにいいだろうと何度考えたか知れなかった。そうすれば、胸に巣くった嫉妬《しっと》という恐ろしい怪物から解放されるからだった。

ひとの死をひそかに願うなんて恐ろしいことだった。そしてそれが現実となって、本当にジョンは死んでしまったのである。エラの心は後悔と反省とでねじ切れそうだった。

もうひとつ、エラを苦しめていることがあった。それは自分のかたくなさに対する怒りであった。今こそ姉にやさしくしてあげるべきではないか。一番慰められるべきなのは、リタであって私なんかではない。ジョンの手紙を読んだ後にだってエラは姉にひどいことを言ってしまっていた。

それなのに、かたくなに結ばれた心は、反対へ反対へとエラの行動をかりたてる。素直でない自分に対する憤怒《ふんぬ》で、エラはますます陰気に押し黙ってしまうのであった。

一九一八年のクリスマスを迎えようとしていた。第一次大戦はドイツの降伏によって、十一月に終結していたが、戦争による傷あとと痛手はまだ生々しく、カウン家のクリスマスの食卓も質素なものであった。

毎年そうであるが、クリスマスの二十五日の特別のディナーは、親しいお客を呼んで、午後の三時頃に始められる。マッケンジー夫人がその年の一番大事なお客様であった。

痩《や》せてはいるが、とにかく七面鳥《ターキー》が食卓に並んだ。とび色のいかにも美味《おい》しそうな焼き色を見れば、再び平和な生活がカーカンテロフにも戻ったのだと、誰もが思った。ローストターキーの中につめられた、セイジとオニオンのスタンフィングが、家中にクリスマスの匂いをまき散らしていた。他にも、甘い甘いフルーツのミンツパイのとろけるような甘酸っぱい匂い。庭から切りたてのヒイラギの枝のすがすがしい匂い。

「クリスマスって、なんていいんだろう」

ルーシーは鼻をひくひくさせながら、二人の姉たちから順ぐりに下ってきた白いモスリンのドレスが汚れるのもおかまいなしに、暖炉の火を火かき棒で掻《か》きたてた。マキの燃える匂いも、パチパチという音も、やっぱりクリスマスにはなくてはならないものだった。

「エラはまだなの?」

と、カウン夫人が最後の仕上げのグレイビーソースを作りながら、キッチンでリタに訊《き》いた。

「ええ、そうなの。私も案じていたところなの」

エラはグラスゴーのマッケンジー夫人を迎えに行って、夫人と一緒の車で帰って来たのだが、急に用事を思いだして、車を降りたというのだ。

「十分後のバスで帰りますから」

と、約束したので、マッケンジー夫人は一足先にカウン家に乗りつけることにしたという。

だとすれば、もうとっくに帰って来てもいいはずなのに、エラは戻っていなかった。三時にディナーが始まることは充分に承知しているはずである。

「一体どこで何をしているんでしょうね？　あの子、困った子ね」

カウン夫人は溜息をついて首を振った。

「マッケンジー小母《おば》さま、どこでエラを降ろしたっておっしゃったかしら？」

チラチラと白いものが舞いだしたキッチンの外を見ながら、リタが訊いた。子供の時からクリスマスに雪が降ると、とてもうれしかった。だけど、今年だけは、少し違っていた。雪はいつものように真っ白には見えなかった。灰色で冷たそうだった。ジョンの真新しいお墓に積もる雪を思って、リタは胸をしめつけられるような気がした。さぞかし寒いだろう。

「あっ」

と、リタは思わず声を出した。エラがどこにいるか突然にわかったのだ。

「お母さま、私、出かけてくるわ。エラを迎えに行きます」

リタはそう言うなり、表のガレージにむけて走りだした。その頃、彼女は父の往診の送り迎えができるように運転を習い始めたばかりだった。

雪はまだそれほど積もっていなかったが、視界は悪かった。リタは前方に注意を払いながら、グラスゴー市内に通じる道路を急いだ。カーカンテロフとグラスゴー市のちょうど境い目になる丘陵地帯の丘の上に、ジョン・マッケンジーのお墓のある教会が見えて来た。

小さな石の教会の壁には無数のツタが這《は》い、尖《と》んがり屋根には、かわいい鐘が見えていた。リタは雪道を教会の中に進め、お墓の入口で車を停めた。

雪は本格的に降り出していた。スカーフで頭と首を包むと、彼女はまっすぐに墓地へと進んだ。

エラは、雪の降り積もる冷たい死者の国に、ひとり深く首を垂れてうずくまっていた。その姿を見ると、リタの胸は激しく突かれた。エラの肩や頭にはうっすらと雪が積もっていた。ずいぶん長い時間、妹はジョンの墓前に、そうして跪《ひざまず》いていたに違いない。リタの胸は哀れさと、後ろめたさで疼《うず》いた。

なんということだろう。私はあの子の苦しみを見て見ぬふりをして来たのだわ。あの子が何をどう苦しんでいるか承知なのに、それをどう慰めてやろうともしないで、苦しみの中に妹を放棄しておいたのだ。つまり、そうすることで妹を見捨ててきたのだ。後悔がリタの胸を咬《か》んだ。彼女は足をすべらせながら、妹の傍らへ駆けよると、一緒に跪いてエラの躰《からだ》を力一杯自分の腕の中に抱きしめた。

「まぁ、なんてあなた、冷たいんでしょう」

妹は半分、こごえていた。顔も唇もほとんど血の色がなく真っ白だった。妹はボンヤリした視線を姉の顔にあてた。

「可哀そうな子。可哀そうなエラ。ごめんなさいね」

リタは頬を妹に押しつけて何度もそう言った。すると、エラが言った。

「どうして、お姉さんがあやまるの？　あやまらなければならないのは、このあたしなのに」

「いいえ、そうじゃないわ。あなたが死ぬほど苦しんで、その苦しみだけを抱きしめるしか他にできないでいるのを知っていて、何もしてあげられなかった私がいけないのよ」

「いいえ、リタ。あたしはそんなふうにやさしくされる値打ちはないの。あたしはひそかに、お姉さんを裏切って、邪《よこしま》な心を抱いていたわ。ときどき、お姉さんを憎んで、ジョンが死ねばいいと思ったわ。どうかこんなあたしを許すなんて言わないでちょうだい。このあたしが自分を絶対に許さないんだから」

エラは姉の胸から顔を背け、そう言ってうめいた。

「でもね、エラ」

　低い震える声で、リタはゆっくりと言った。

「誰かを愛するということは、罪なことではないわ。それは人の心を豊かにするものなのよ。私もジョンを愛しているから、あなたの気持がよくわかるの。そして、あのひとが亡くなって、どんなにあなたがつらいか、それもよくわかるの。前に言ったでしょう？　覚えていないの？　あなたがジョンを好きでいてくれて、うれしいって。本当なのよ」

　エラはいっそう青ざめて、寒さで歯を鳴らしながら、声もなく姉をみつめた。

「ねえ、エラ。こんなふうに考えたらどうかしら。私たち――あなたと私のことよ――私たちの一番大事な方を、私たちの愛する祖国のためにささげたのだって」

　凍ったエラの頬を涙が次々と伝い始めた。それはあたかも慈雨のごとく、彼女の冷え切った躰と、魂とを溶かし始めるようだった。リタはそっと雪に濡《ぬ》れた妹の頬に接《せっ》吻《ぷん》してやった。

「ありがとう……リタ」

　エラはそれだけ言うのがやっとだった。それから二人はジョンのお墓に、彼の魂が永久に平和であるよう、それから、二人の姉妹がいつまでも仲良く助けあっていけるよう、心をこめてお祈りをして、ようやく別れを告げたのだった。

第二章　黒い瞳《ひとみ》

一　運命の出合い

スコットランドに再び春がめぐって来た。長くて陰鬱《いんうつ》な冬に閉じこめられた後の、スコットランドの春は、つらい期間が長い分だけ余計に浮きたつような陽気さに包まれる。春とともに戦争の傷跡は急速に癒《い》えて、ようやくカーカンテロフのカウン家にも落ちついた平和な日々がもたらされ、笑い声が聞こえるようになった。

春よりもさらに美しい初夏のある日、カウン家の食卓は、エラのもち帰ったニュースでいつになく活気づいていた。

「ねぇ、ラムゼイ、あなた今でもあのなんとかいうニッポンの技に興味をもっているの？」

大学生活が落ちついてくるとともに、エラ自身も自信を取り戻し、昔のように活発な娘に戻っていた。

「ジュウドウのこと？」

ラムゼイがキラリと眼を光らせた。いつのまにか、彼は小さな紳士と言うべき少年に成長していた。

「もし、あなたさえその気があるなら、先生がみつかるかもしれないわ」

その口調からすると、すでにエラには心当たりがあるらしかった。

「へぇ？　誰なの？　まさかニッポン人じゃ……」

「もちろんよ。ばかね。ニッポン人の他にジュウドウを教えるひとがいて？」

エラは得意そうに鼻を空にむけた。家族の全員が興味しんしんでエラの次の言葉を待っていた。

「それというのはね」

と、彼女はもったいぶって話し始めたが、このニュースを伝えるのが楽しくてたまらないといった感じが、あらわなのだった。

「グラスゴー大学の応用化学科に、ニッポン人の聴講生が新しく入って来たのよ。最初あたしはスペインの学生だと思った。お父さまみたいなお髭《ひげ》を生やした色の浅黒い人だったからよ」

「どうしてニッポン人だとわかったの？」

ルーシーが好奇心をおさえきれずに質問した。

「喋ったからよ。当たり前でしょ」

「へぇ」

と、久しぶりにカウン医師がユーモアを披露して言った。「おまえさんがニッポン語をあやつるとは、初耳だな」

「彼が英語をあやつったのよ」

と、エラがムキになったので、みんなが笑った。

「応用化学科で、その方、なんのお勉強をなさっているの?」

リタが少し興味を覚えて訊《き》いた。

「それがね、スコッチ・ウィスキー作りのお勉強なんですって」

「まぁ、はるばるニッポンからウィスキー作りの勉強にやってくるなんて、変ったひとだわね」

カウン夫人はそう言って、みんなの汚れた皿を集めだした。

「なんという名前なの、そのひと?」

「それが、なかなか覚えられないの」

と、エラは奇妙な音を発音してみせた。耳にしたこともない不思議な名前だった。

「タケツール。でも、正しくないかもしれないわ。なんでもバンブーと鳥の鶴《クレーン》という意味なんですって。ニッポンの字で名前を書いて見せてくれたけど、折れた釘《くぎ》をたくさん並べたみたいに、妙な文字なの」

「そのミスター鶴《クレーン》は、ジュウドウができるの？」

ようやく、ラムゼイの口から肝心の質問が発せられた。

「おできになるのよ」

エラは自分のことのように、得意そうに答えた。

「じゃ、ボクに教えてくれる？」

「そのことなら、とっくに訊いてみたの。教えてくれるそうよ」

「なんだ。手回しがいいんだな」

ラムゼイがちょっとませた口調で言った。

「そういうことだったら、一度ハイティーにお呼びしたらどうだろうね」

カウン医師が珍しく提案した。リタは、そういえば父親の本棚に、日本に関する書物がいくつかあるのを思い出した。

「ということになるだろうと思って、もうお呼びしてあるの」

エラは肩をすくめた。

「いつですって？」

母のカウン夫人は驚いて次女をみつめた。

「今度の土曜日よ。いけない？」

夫人は少し戸惑ったような顔をしたが、ラムゼイのキラキラした眼に出逢《であ》うと、

「いいでしょう」と承知したのだった。

「でも、どうしましょう。どうやって、その方をおもてなしすれば良いのかしら？」

「普通にすればいいのよ、お母さま。彼はとてもいい方よ。まだよくわからないけど、いい方だと思うわ。だって、それはきれいな黒い瞳をしているんですもの」

「いいですよ、エラ。もちろんあなたのお友だちをお茶にお呼びするのは大歓迎よ。それにその方、お国から遠く離れて、きっとホームシックにかかっているかもしれないから、私たちで慰めてあげましょう」

カウン夫人はもち前の寛大さでそう言ったが、リタには、母が父ほどに親日家ではないことを感じていた。日英同盟を結んでいる国なので対日感情は悪くはなかったが、実を言うとニッポン人の顔を見るのは初めてのことだったのである。

いよいよ、土曜日、変ったお客さまを迎える時間がやってきた。カウン家の人々はひとりのこらず緊張と、多少の興奮をおさえきれないといったふうだった。屋敷の前庭の砂利をはじき飛ばしながら静かに止まる車の音がして、やがて踏み石を踏む落着いて若々しい靴音がした。

「いらしたわ」

と、エラが息を止めた。ベルが鳴ると一、二、三と十まで数えて、わざと待たせてから彼女は玄関へと飛んでいって客を迎えた。

「ご招待いただいてありがとう」

低い感じの良い男性の声だった。多少緊張しているふうだった。エラは彼をリビングルームに通したが、いきなり家族全員が待ちかまえていては、そのニッポン人が固くなるだろうという配慮で、そこにはラムゼイと、ルーシー、それにパイプをくわえていかにも寛《くつろ》いでいるといった感じの一家の主人、カウン氏の三人がいた。エラは家族の一人ひとりを年の順から青年に紹介した。

「それから、こちらが――」

と、むずかしい名前なので口をもぐもぐさせていると、ニッポン人の青年は助け舟を出して、まずカウン医師に敬意を表して右手を差しだして言った。

「タケツルと言います。マサタカが名前です。マサタカ・タケツル。お見知りおきを」

なかなか堂々とした挨拶《あいさつ》であった。ただし、額にうっすらと汗をかいている。カウン医師は温かく微笑した。

「お国では米騒動があったそうですな。新聞で読みましたよ」

それを聞くと、タケツルの表情がぱっと輝いた。祖国のことに興味をもっていてくれる人間に逢うのは、実に久しぶりだったからだ。それから彼はさっきから穴があくほど自分のことをみつめている少年にむき直って訊いた。

「サムライが現れなかったので、失望しているみたいだね？」

「いいえ、でも」

と、ラムゼイが少し赤くなって口ごもった。「図書館で調べたのと、ずいぶん違うものだから」

「図書館の本にはどんなふうに出ていた？」

タケツルは打ちとけて訊き返した。

「それが変なの。男の人なのにポニーテールを結い、長いスカートみたいなものをはいて、腰に刀を差していました」

タケツルは、それを聞くと、真っ白な歯をみせて愉快そうに笑った。

「だとしたらおあいこだよ。なぜかっていえば、ぼくもここスコットランドへ来た時、男子が誰ひとりスカートをはいていないんで、期待を裏切られたような気がしたからね」

と、彼はやんわりとやり返した。

「それ、スカートじゃなくて、キルトというんです」

ラムゼイはプライドを少し傷つけられて抗議した。

「おっと失礼、じゃついでに教えておくけど、ニッポンのサムライが昔はいていたのも、スカートではなく、実はハカマというんだよ」

ちょうど良さそうな頃合いを見はからってカウン夫人がお茶の用意を整えた大きなトレイをもって、お客の前に現れた。彼女はにこやかに、だが素早く、そのニッポン人の青年のすべてを見てとると、顔の上の微笑をいっそう広げた。それを見て、エラは母が彼を気に入ったことを知ってうれしかった。夫人は手際よくテーブルにサンドイッチや、スコーンやクッキーや、お得意のスコティッシュ・ショート・ブレッドなどを山のように並べながら、さり気なく、

「あら、リタはまだなの？」

と呟《つぶや》いた。それも前もって打ち合わせていた通りの筋書だった。ニッポン人はひどく内気で恥しがり屋だから、という事前の情報を元にみんなできめたことだった。

それから、おそらく言葉がうまく通じないために気づまりな沈黙もあるだろうからと、他にも特別なプログラムが組んであった。つまり、リタがピアノで小品を披露し、もし場が盛り上がったら、みんなで歌えるような歌を二、三用意してあったのだ。リタが計画した時間通りに現れないので、お茶が始められなくて、なんとなくそわそわした雰囲気がたちこめていた。カウン夫人はこっそりとルーシーに眼配せをして、姉を呼んでくるようにと合図した。

リタは二階の自室で憂鬱《ゆううつ》な気分で鏡の中の自分の顔をみつめていた。カーカンテロフのカウン家に社交的な生活が回復するにつけ、彼女は逆に少しずつ内向的で消極的になっていく自分に気づいていた。それでも、言われたとおりにするのは、ひたすら両親を安心させるためだった。自分だけのことを考えれば、自室の窓際に坐《すわ》って、読書をしているほうがどれだけ気分が安らぐか知れない。そんなわけで、リタはお茶の時間が近づき、それが一分また一分と過ぎていくのを、ぐずぐずと見送っていたのだった。

ニッポン人の若い男性だなんて、あんまりうれしくはなかった。彼女はその国のことは何も知らないし、興味もなかった。本の中の写真でみるかぎり、ニッポン人は色が黒くて、猫背で、だらしのない服の着こなしで、少し脚が曲がっている。

コツコツコツとドアにノックの音がして、ルーシーの丸い顔が覗《のぞ》いた。

「みんな首を長くして待っているのよ」

ルーシーが眼をくりくりさせて言った。

「お姉さん、心配することないわ。ミスター鶴《クレーン》は、脚も曲がっていないし、スコットランドの若い人よりずっとおしゃれよ」

リタは妹が自分の胸のうちをすっかり読み取っていることに度胆《どぎも》を抜かれて、言い返した。

「あら、ルーシー。ミスター鶴《クレーン》なんて言っちゃいけません。本当の名前があるでしょう？」

ルーシーの様子から、階下の東洋人のお客がけっこう気に入られているのが見てとれたので、リタはどれだけ勇気づけられたことか。それで、すぐに行くわ、とルーシーを先に帰して、身なりを点検すると、階段を下りて行った。

ずいぶん待たせてしまったので、妹のエラが主役のパーティーに、まるで自分がしゃしゃり出たような気がして、リタは後ろめたさを覚えずにはいられなかった。案の定、エラは持ち前の鋭い率直さで、ずけずけとその点を指摘して、姉のもったいぶった登場の仕方を非難したのだった。

「あら、また、お姉さま。まるで女王さまの謁見みたいなご登場ね」

それからタケツルのほうに向き直って、「これが姉のリタ。我が家で一番美人で、カウン家の誇りなの」

と、ずいぶん大袈裟《おおげさ》に紹介するのだった。リタはそれ以上妹の機嫌を損ねまいと、できるだけあっさりと右手を差しだして、初対面の挨拶をすると、ろくに相手の顔も見ないで、隅のほうに引っこむように腰を下ろし、なるべく目立たないように努めた。

「ところで、ラムゼイ君。きみはどうしてジュウドウを習いたいんだい？」

ふっくらと温かいスコーンを、何か特別に貴重なものであるかのように咬《か》みしめ、熱いミルクティーでそれを喉《のど》にのみこんだ後、タケツルが訊《き》いた。

「もちろん、あいつらをぶちのめすためです」

「あいつらって？」

おかしそうにタケツルが訊き返した。リタはチラと盗み見て、エラが言ったとおり、彼の黒い瞳《ひとみ》がとても澄んで美しいのに気がついた。美しいだけでなく、強い意志的な眼であった。ふと、タケツルが眼を上げて自分のほうを見たので、あわてて視線を逸《そ》らした。

「上級生の奴ら、理由もないのに、ボクたちをこづき回すんです」

「そうか。困ったことだね」

と、タケツルはラムゼイに同情を示しておいて、こう言った。

「でもね、ラムゼイ君。柔道というのは守りの技なんだ。誰にしろ相手をぶちのめすためのものじゃないんだよ」

「なんだ。つまらない」

ラムゼイはひどく失望したようだった。

「いやいや、決してそうでもないのさ」

と、タケツルはおもむろに少年を説得した。一語一語、言い含めるような調子だった。「受け身というのはね、決して負けない方法なんだよ」

「でも、ボクの国では『攻撃は最大の防御なり』って言うよ」

「うん、それも一理ある。しかしね、こういうことも言えるんだよ、ラムゼイ君。攻撃する側には、相手を攻めようとしてはやるあまり、必ず一瞬のスキが生まれるんだよ。ところがね、受け身には、ただの一瞬のスキもないのさ。だから、決して負けることはないのだよ」

「ふうん」

と、ラムゼイはかなり心を動かされたようだった。彼だけではなく、ルーシーもエラも感心してタケツルをみつめていた。リタは、なんとなく彼が見れないでいた。というのは、彼のほうでときどき、お茶を口に運んだままポーズが止まってしまうくらい、リタのことをみつめるからだった。そのたびにエラが気づかないようにと、リタは心の中で祈った。

「決して負けることはないかもしれないけど、でも勝てないんじゃつまんないな」

ラムゼイが首を傾《かし》げた。

「勝つことが、そんなに面白いの？」

と、エラが横から言った。「ねぇ、タケツルさん、あのお話をしてあげたら？」

「そうだね。実はね、ラムゼイ君。ぼくはこの国に来るために、ニューヨークからリバプール行のオルドナ号というイギリスの軍用船に乗ったんだ」

まだ戦争が続いていて、船内はヨーロッパ戦線へ行くアメリカの兵隊で一杯だった。海にはドイツの潜水艦がうじゃうじゃしていて、それを避けるために船はジグザグで進んで行った。

真夜中のこと、タケツルが故郷の母親へ、ようやく留学先のイギリスに渡れることになったと、手紙に書いている時だった。大音響と共に彼は部屋の端まで投げとばされていた。

「下手をすれば壁にぶつかって死んでいたかもしれなかったのですよ」

と、当時の衝撃の大きさを思いだしながら、タケツルは説明した。

「ぼくが今でもピンピン生きていられるのは、まさに、柔道の受け身技のおかげなんです」

それですっかりラムゼイはやる気になったようであった。

「いずれにしろ、ラムゼイ君。男が命をかける場所は戦場じゃないよ」

その言葉にリタはドキリとした。死んだジョン・マッケンジーが手紙の中でくりかえし言っていたことだったからだ。

「じゃ、タケツルさんは、何に命をかけるの?」

タケツルというのを苦労しながら発音してラムゼイは訊いた。

「ぼくの場合はね、ウィスキー作りさ。男が命をかけるのは、自分の夢に対してなのだ、と思うな。夢を実現させるために、命がけで闘うのさ」

その夢を実現させる前に死んでしまったひともいる、とリタはうつむいた。その横顔をタケツルはじっとみつめた。この女性はなんと哀しそうな眼をしているのだろうか。なぜだかわからないが、どこかがひどく痛むような気がして、タケツルは彼女の白い横顔から眼を離した。

「もっと召し上がらないと」

と、カウン夫人がサンドイッチをすすめた。「少し痩《や》せていらっしゃるわ。もう少し太らないとね。スコットランドの食事はお口に合いませんか？」

「そんなことはないんですがね。あんがい日本と似た食品もあるんですよ」

たとえば、キッパースと呼ばれるニシンの燻製《くんせい》は、最初の頃、彼に故郷の干物を思わせた。

「でも、来る日も来る日も朝食にキッパースを食べていますとね」

彼は顔をしかめた。

「それとポリッジでしょう？」

そのとき、初めてリタが口をはさんだ。

「そうそう、ポリッジですよ」

と、うんざりしたようにタケツルが答えた。朝のポリッジと、キッパースはスコットランドの下宿屋の典型的なメニューであった。

「だったら、よけい、これを召し上がってくださいな」

薄いローストビーフをはさんだサンドイッチをすすめながら、カウン夫人が言った。

「食べもののご不満もおありでしょうけど、ホームシックの悩みもありますよね？　お可哀そうに……」

カウン夫人に広島の母の姿を重ねて、タケツルは我にもなくほろりとしそうになったので、照れかくしに言った。

「いかに柔道でも、ホームシックだけは打っちゃることができません」

「ほんとうにそうね。それで今日は、もしもあなたをお慰めできたらと思い、娘たちが小さな音楽会をやるらしいですよ」

それが合図となって、リタはピアノのほうへ無理やり押しやられた。でも、さっきまでとは違い、それほど重荷ではなくなっていた。彼女はそのスペイン人みたいな鼻をしたニッポンの青年のどこかに、スコットランド氏族《クラン》社会の勇士の姿を、少しだけ重ねて見ている自分に気がついていた。それは中近東の砂漠の塹壕《ざんごう》の中で無残な死を遂げた婚約者にも流れていた血であった。

シューマンの小品とショパンの「小犬のワルツ」を二曲だけ奏《ひ》いて、リタはピアノのふたをそっと閉じた。八歳の時からミス・ウィルソンという女性についてピアノを習っていたので、もうその頃には人に教えられるくらい上達していた。ピアノを演奏している間じゅう、リタは自分の背にくい入るような、タケツルの視線をずっと意識していた。

「タケツルさん、あなたは何か楽器をおやりかな？」

と、カウン医師はそろそろお開きになりかけたお茶の席で質問した。

「西洋の音楽は……」

と、タケツルは後頭部に手をやった。「日本の古い芸能で、謡《うたい》――つまり歌ですね――と、鼓というのを少々たしなみます。つまりドラムです」

ふとリタは顔を上げて、

「今度、そのツヅミというものをお持ちになりません？　一緒に合奏できるかもしれませんわ」

と、言った。そう言ってしまってから少し赤くなった。なんだかでしゃばりのような気がしたからだった。

「はい、もちろん。また呼んでくだされば喜んで」

と、答えたタケツルの若々しい頬にも、血の気がさしてほんのりと赤かった。それを見ると、リタはますますどうして良いのかわからない気持になり、助けを求めるように視線を室内に流した。そして、妹のエラの突き刺すような眼差《まなざ》しにギクリとして、思わず下をむいてしまった。

タケツル・マサタカがようやく腰を上げた。彼はまだまだ残っていたそうだったが、お茶はすっかり飲みつくされていたし、カウン医師はパイプを口に、お腹がくちくなったせいか、ねむそうであった。ラムゼイと柔道の練習日を打ち合わせてから、彼は一家の人々に見送られて別れを告げた。いったん車を家の前から走らせておいて、見晴らしの良いところで停めると、タケツルは外に出て、夕暮れ時の泣きたいほど甘い空気を胸一杯に吸いこんだ。

この地方独特の蒼《あお》く澄んだ夕暮れ時は、そのまま夜の十時頃まで続く。彼はその時間帯が好きだった。そしてその日はとりわけその感を強くした。花々のひめやかな匂いのせいとばかりは言えないような気がした。第一、泣きたいような甘やかな気分というのが、妙だった。日本男子のくせに、気がゆるんだのかと、自分をいましめた。甘やかな気分の底に、白い花のような風情のリタの面影が彷彿《ほうふつ》とした。

カウン家ではそれから何日間かは、タケツルという妙な名前のニッポン人の話題でもち切りだった。あれほど心配していたカウン夫人までが、あの方はニッポン人にもかかわらず、心根のとてもやさしい方だと誉めたのに対して、彼女の夫は、その言い方は変だぞ、それじゃニッポン人の男子がすべて心根のやさしくない人間みたいじゃないか、第一、おまえさんは他にニッポン人などひとりも知らないのではなかったのかね、とやんわりと釘《くぎ》を刺した。

しかし彼自身も、タケツルは確かにサムライの清い心をもっていると、手ばなしとはいえないまでも、彼としては最上級の誉め言葉で誉めたほどであった。

ラムゼイにとっては、タケツルは突然に出現した東洋のヒーローであった。夏休みはエジンバラの近郊ボネースというところで三週間の実習見習いがあるため、柔道の稽古《けいこ》は九月に入ってからということになっていた。ラムゼイには、その日が待ち切れない思いであった。

ルーシーは、東洋人そのものがめずらしくてしかたがなかった。彼のちょっと固い外国風のなまりのある英語も面白くてたまらなかったし、ときどきふとみせる東洋的な仕種《しぐさ》や、握手をしながら少し頭を下げるやり方などが、まるでどこかエキゾチックな国の皇太子さまのような気がしてならないのだった。

「ねぇ、ダディ、もしもよ」

と、ルーシーは大人と子供のちょうど中間にいる女の子らしい無邪気さで、ある時、自宅でうつらうつらとしている老医師に、いきなり質問を投げかけた。この頃カウン氏は、どこでもすぐに眠りこんでしまうのだった。そんな時、夫人はまるで自分の子供を見守るような世にも柔らかい眼差しで、じっと夫をみつめた。そしてふっと一瞬表情を哀し気に曇らせ、再び諦《あきら》めたように柔和な顔つきに戻っていった。

「なんだい、チャビーチークや？」

カウン医師はこっくりの途中で起こされて、訊《き》いた。

「あのね、もしもね、この家の誰か女の子のひとりが、タケツルさんみたいな東洋の男のひとと結婚するなんて言いだしたら、ダディは賛成？」

カウン医師は急に真面目な顔をして言った。

「そんな重大な問題は、仮定の話としては答えられないね。それに、はっきりしなくちゃいけないよ、ルーシー。タケツルさんのようなひとは、タケツルなのか、別のひとなのか。それだけだって返事は違ってくるんだからね」

「じゃ、はっきりするわ。タケツルさんと、うちの誰かよ。賛成？」

カウン医師は顔をしかめた。窮地におち入ったような表情だった。

「じゃ、答えよう。基本的には反対だね」

「どうして？　ダディはタケツルさんのこと好きでしょう？　サムライの清い心をもっているって、言ったでしょう？」

「好きだよ。彼はいい男だ。問題は、彼がニッポン人で、うちの娘たちはスコットランド人だということだ」

「それがどうしたの？」

「結婚というのは、家庭を作ることだよ、ルーシーや」

と、カウン医師は言いながら、二人の話に刺しゅうをしながら耳をかたむけている二人の上の娘たちを意識して言った。「どちらかが外国に住まなくてはいけないのだ。どちらがそうするにしろ、外国に住み続けるということは、たいへんなことなのだよ」

それがどれほどたいへんなことなのか、三人の娘たちの誰にもおよそ想像できないことであった。そしてまた、どの娘も、タケツルと結婚するつもりはなかったので、切実にどれだけたいへんなことか、想像の翼を広げる気にもなれなかった。

「ところで」

と、カウン医師は順ぐりに三人の娘たちを見わたして言った。「この中の誰かが、ニッポンへお嫁に行きたがってるのかね？」

娘たちは口々に、まさか、とか、そんなばかなこと、とか抗議の声を発した。

「良かった。それで安心したよ。人間というものはな、自分の国の言葉が通じるところで生き続けるのが一番幸せなことなのだ。いいかね、人間の感情の中で何よりもつらいのは、望郷の念なのだ」

老人の視線がリタの顔をとらえた。彼女はジョンがどれだけ故郷を思いつつ異国の戦場で明け暮れる日々を過ごしたか、いやというほど知っていた。ジョンが戦線を次々と移動するごとにリタは地図に赤い線をひき、彼の足どりを想像の中で追っていた。そうすることで、せめても、彼の傍らにわずかながらも近づける気がしたからだった。人間の感情の中で何よりもつらいのは、望郷の念なのだ。リタはその父の言葉を、しっかりと心に刻みこんだ。

カウン家のみんなが、しばしばタケツルのことを話題にのせる中で、エラとリタは、どちらかというと聞き手の側に回っていた。リタがそうしたのは、タケツル・マサタカがお茶に来た初めての日の終りに見た、エラの刺すような冷たい眼差しのせいであった。

それは明らかにこう言っている眼の色であった。

——お姉さん、タケツルさんはあたしのお友達なのよ。あたしから奪わないでちょうだい。

しかし、エラのほうが、それ以来めっきりタケツルについて何も言わなくなったのは奇妙なことであった。なぜなら、初めの頃、小鳥のように陽気に彼について喋《しゃべ》りまくったからであった。

そのことさえ抜かせば、姉妹の関係はこれまでにないほどうまくいっていた。去年のクリスマスの事件以来、リタとエラは何かというとお互いをかばい、譲り合うようになっていたのだった。

最初の訪問から三週間後に、再びタケツルがカウン家を訪ねて来た。約束どおり日本の打楽器、鼓をたずさえての訪問であった。

「ウィスキー工場の実習はどうだったのかね？　収穫はあったのかね」

と、温かく青年を迎え入れながら、カウン医師が訊《たず》ねた。

「それが期待どおりには」

と、タケツル青年は顔を曇らせた。というのは、一九一九年当時、大手のグレイン・ウィスキー業者が合併して作ったＤＣＬ《ディスティラリー・カンパニー・リミテッド》が次々と蒸溜所《じょうりゅうしょ》を買収して、巨大企業化しつつある時であった。もう少し後になって、有名なブラック＆ホワイト、ホワイト・ラベル、ヘイグ、ジョニー・ウォーカー、ホワイト・ホースといったウィスキーを作る各社も、ＤＣＬに吸収合併されることになる運命であった。

タケツルの実習した工場も規模が大きく、外部の人間に対する警戒心が異常に強かったのだ。

「どんなに頼んでも、肝心の一番知りたいところへは、近寄らせてもらえなかったんですよ」

「それは気の毒に。時間の無駄だったね」

と、カウン医師は慰めた。

「といって諦めたくなかったものですからね。この眼と、耳と鼻を最大限にきかせて、できるかぎりの情報を集めるようにはつとめました」

偉い連中には歯が立たない。けんもほろろに扱われる。だが現場で働く職工たちは、気は荒いが中には気の良いざっくばらんな男たちもいた。そういう連中にぴったり取りついてタケツルは離れなかった。

「ところが、彼らの英語の発音ときたらこれがひどいなまりで」

と、彼は自分のことを棚に上げて言ったので、これにはみんなが笑ってしまった。

「まぁまぁ、どんなにひどいものか聞こうじゃないか」

と、カウン医師が面白がって訊いた。

「ナイトをニヒト。デイをダイ。走ってくるバスをブスと言い、鴨のことをドックと言います」

工場では大っぴらにメモやスケッチができない。窮余の策で、手洗の中で大急ぎでできるだけのことを書きなぐった。夜になってから自室で記憶を書き足しながら、それをノートに写した。

大学でのウィスキー製造法の勉強は、すでに日本で勉強した醸造学の繰り返しだった。さいわい彼は大学のウィリアム教授からネトルトンという人の書いた『ウィスキー並びに酒精製造法』という六百ページにもわたる大判の書物を与えられていた。ウィスキー研究には欠かせない本であった。

しかし、これが難物であった。専門用語ばかりが並んでいる。だが、それは辞書を引けばわかることである。問題は想像力の限界にあった。ウィスキー作りの原理は頭ではわかっている。大麦を刈りとって麦芽を作り、糖化させてから醗酵《はっこう》させ、そして蒸溜の後に長いこと寝かせて貯蔵するのだ。

見たこともない実際のウィスキー作りの行程を、頭の中だけで思い描くのは、まったく無理な話なのである。彼の頭にあるのは、広島の造り酒屋の作業だけだった。彼の実家は「竹鶴《たけつる》」という名前の日本酒を作っていた。

彼をスコットランドに留学させたのは、「摂津《せっつ》酒精醸造所」の阿部《あべ》社長であった。蒸溜したアルコールをもとに、国産のブランディ、ウィスキー、甘味葡萄酒《ぶどうしゅ》などを作って売る会社である。

タケツルは、阿部喜兵衛《きへえ》の元でたいそう可愛いがられ、ウィスキー作りをまかせられたのだが、いかんせんアルコール調合の模造品の域を出ない代物であった。本場のスコッチとは似ても似つかぬ味。

タケツルは何がなんでも本物のウィスキーを作りたかった。中性アルコールに色と香りをつけてごまかしたものではないウィスキーを。摂津酒造に入社して一年目に、阿部喜兵衛から思いがけぬ申し出があった。スコットランドへ行って、本物のウィスキー作りの勉強をしてくる気はないか、という提案であった。タケツルの情熱がかわれたのだった。

夢のような話だ。自分がスコットランドへ行けるとは。彼は実家の両親を説得して、その留学話を受け入れた。そして日本で初めて、モルト・ウィスキーの製法をマスターする目的で、タケツルは日本を後にすることになったのである。一九一八年、大正七年六月のことであった。

そのような背景があって、タケツルはグラスゴー大学に籍を置いている身であった。ネトルトン著の参考文献も、多くの疑問点をのこしながら一通りなんとか読み終え、二度目になっても、わからないところはそのままなのであった。一度の実地体験をももたずに、書物の上だけでウィスキー作りを学びとることが、むりな話なのである。

そうした矢先、工場実習がようやく許可されたのだ。それがボネース工場であった。ところがせっかく工場に入りこめ、念願の蒸溜機を眼の前にしても、機器の仕組みに関しては、部外者が立ち寄れない。仲良くなった職工たちも、自分の部署以外のことには、驚くほど無知で、蒸溜釜《がま》の中がどうなっているのかさえ知らないのだった。

タケツルが何よりも知りたいのは、そこの工場の誇るカフェ式と呼ばれる連続式蒸溜機の操作法であった。十五メートルもある巨大な釜で、構造も複雑にできていた。

彼が日本へ持ち帰らなければならないのは、その蒸溜機に関する詳細な情報なのである。

タケツルはつい力を入れて喋りすぎたことに気がついて、照れたように笑った。ウィスキー作りのことになると、いつも我を忘れてしまうのだった。

カウン家の人々は寛大だったので、青年の話に面白そうに耳をかたむけた。

「それでどうしたの、タケツルさん？　カフェ式のなんとかいう機器の操作のコツは盗めたんですか？」

ラムゼイが身を乗りだした。

「まぁ、盗めたなんて、失礼よ」

エラが弟を睨《にら》んだ。二度目のタケツルの訪問は前の時よりも、みんなずっと気が楽だった。

「うん、とても親切な老職工がいてね。ぼくに同情してくれたのか、あるいはあんまりうろうろするのでうるさがられたのか、どっちだかわからないけどね、とうとう見学させてくれたのさ。もちろん、偉い人たちには知られないように、夜中にこっそりとだけどね」

タケツルはその時の様子を、いきいきとその場にいるように、カウン家の人たちに描写してみせた。裸電球が煌々《こうこう》と輝いていたこと。そこに二つの十五メートルもある巨大な鉄の塊のような蒸溜塔があったこと。バルブ操作は三階で行うことなどを。

タケツルは何事も見逃すまいと眼をこらした。いつか日本でモルトとグレインのウィスキーをブレンドできる日が来るのだ。その時には、今、自分が見ているこのバルブの動かし方が大事な鍵《かぎ》になるのである。彼はまさに歴史的事実に直面しているのを感じていた。ニッポンのウィスキー作りは、今、この瞬間から始まるのだ。信じられないことが起こった。老職工がバルブの操作を一度だけ、タケツルにやらせてくれると言うのである。

「おまえさんの眼が気に入った。その眼は、何事も見逃さん眼だよ。それにその大きな鼻もな。ウィスキー作りにぴったりの鼻だ」

タケツルは老職工の指導で、バルブを握った。醗酵液や蒸気の動きを注意しながら、ゆっくりとバルブを動かした。

あたりには、歯車と蒸気音がたえず耳を聾《ろう》さんばかりに響いていたが、その瞬間、彼の頭の芯《しん》は森閑と静まり返っていた。そしてタケツルは、ウィスキー作りの精髄を、頭の中ではなく、肉体を通して学び取ったのを感じたのであった。

「ぼくはとても幸運な男なのですよ」

と言って、タケツルは話をしめくくった。「阿部社長に出逢《であ》えたのも、スコットランドに来れたのも、ウィリアム教授と知り合えたのも、工場の実習で思いがけず老職工の親切を受けられたのも、それから——」と言って、タケツルはカウン家の全員に視線を移しながら、「温かい家族ぐるみのもてなしを受けられるのも……」

タケツルの視線はリタの顔の上に、他の誰よりもほんのわずか長く止まった。

「ただ幸運なだけではないと思う」

と、カウン医師が感想を言った。

「きみ自身が人を歓《よろこ》ばすことのできる何かをもっているからだよ。おそらくきみ自身、気づいていないことだと思うね」

誉められると急に居心地が悪くなるのか、タケツルは唐突に、鼓を披露しましょう、と言って、椅子から下りると、直接カーペットの上に膝《ひざ》を折りまげて坐《すわ》った。

そして背中をぴんと伸ばし、姿勢を正して顎《あご》を引くと、低く静かに不思議な歌を歌いだした。静かであったが力強い声だった。西洋の音楽とはぜんぜん似ていなかった。音階を三度位しか移動しない。ときどき左肩に乗せた鼓を、ポンと、指の平で打って、拍子をとっていた。

なんという静けさに満ちた歌なのであろうか、とリタは眼を閉じてタケツルの声を聞きながら、そう思った。それは地の底から聴こえてくるような、無窮の響きがあった。じっと耳を傾けているうちに、なぜかたとえようもなく哀しい深遠な世界に包みこまれるような気がした。そして、何か胸を突かれるような感動がこみあげてきた。

たぶん、その瞬間、真の意味で、リタは初めてこの日本人の青年を、自分たちと同じ人間として眺めたのだと思う。つまり、物珍しさや、言葉の多少変なところや、身振りのぎごちない点などは、とるに足らないことであり、彼女は、その時、ほんとうに初めて、劣等感も優越感もなしに、タケツル・マサタカという東洋の果てからやって来た男を眺めたのだった。

歌い終ると彼はとてもうやうやしく、誰にともなく一礼して鼓を脇に置いて言った。

「今のは日本の古典で、謡《うたい》というのです。曲目は『猩々《しょうじょう》』と言って、見た眼には人面獣身の猿のような化け物が、人里離れた山中に人間を誘い込んで酒盛りをするという物語なのです」

「それで、その人間はどうなるの？」

ルーシーがすかさず質問を投げた。

「ええ、ルーシー」

タケツルは椅子に戻りながらニッコリと笑って答えた。「たまたま、その人間は親孝行だったので、猩々は汲《く》んでも尽きないお酒の入った壺《つぼ》をくれたのだよ」

「グリムの童話みたいですね」

と、カウン夫人も微笑した。

「ひとつ、お願いがあるのですが」

と、タケツルが控えめに言った。「ピアノを奏《ひ》いていただけませんでしょうか」

この家で上手にピアノを奏くのはリタである。みんながいっせいに彼女を見た。

「それじゃ、何かみんなで歌える曲を」

と、リタは承知した。そしてスコットランドの民謡「今は懐しきその昔《オールド・ラング・サイン》」の前奏を奏き始めた。するとタケツルの表情がぱっと輝いた。彼は少年のような無邪気な笑いを浮かべると、

「その曲なら知っています。ぼくも歌えますよ、ただし日本語だけど」

カウン家の娘たちがリタを取り囲んで歌い始めた。

――Should auld acquaintance be forgot. And never brought to min'……。

タケツルは同じメロディをこう歌った。

――蛍の光　窓の雪……。

合唱がいつまでも続いた。ルーシーは可愛いい高音で、エラは透きとおるようなソプラノ。ラムゼイの声はまだときどきひっくりかえる。タケツル青年は、低く静かな寂しい声で。そしてリタは震えを帯びたアルトで。歌が終ると、少ししんみりとしてタケツルが言った。

「悲しい別れの曲ですね。日本ではこれを別れて行く時に歌うんですよ」

「あら、悲しい曲じゃありませんわ」

と、エラが言った。「友情の歌ですもの」

「ロバート・バーンズの詩だよ。彼はスコットランド人なんだ」

ラムゼイが得意そうに言った。

「あたしたち、この歌を大晦日《ニューイヤーズ・イブ》に、十二時の鐘と共に歌うのよ」

「でも……」

と、リタが控え目に口をはさんだ。「ミスター・タケツルのおっしゃる意味もわかるわ」

そこで彼女は唐突に口をつぐんだ。今まではそうは思わなかったけど、「オールド・ラング・サイン」は悲しい別れの歌のような気が急にしだしたのだ。

――Should auld acquaintance be forgot……。

昔馴染《むかしなじみ》が忘れ去られていいのだろうか、決して思い出されぬままに。

昔馴染が忘れ去られていいものだろうか、遠い昔の日々が……。

遠い昔のため、友よ、遠い昔のため、
我らの友情の杯を上げよう、遠い昔のため……。

自然に涙が滲《にじ》んで来て、視界が曇った。リタは今は亡きジョン・マッケンジーを思ってひたすら悲しかった。

二　もうひとつの死

気持の良い夏の終りの黄昏時《たそがれどき》だった。こんな宵の日にはよく、ポーチに椅子を出して一番星が出てくるまで静かに暮れていく庭を眺めるのが、カウン医師の習慣だった。カウン夫人は夕食の用意のためにキッチンで忙しく働いていたし、エラは女友だちの誕生祝いのパーティーに出かけていて留守だった。家の中からはルーシーが珍しくピアノをいたずらする音がしていた。ラムゼイは近くの公園でラグビーの練習を仲間たちとしており、ボールが見えなくなるまで帰らないはずだった。そんなわけで、老医師の傍らにはリタが坐っていた。

カウン医師は、いつものようにコックリを始めたので、リタはお喋《しゃべ》りを中止、そっと立って行くと家の中から膝かけを一枚取って来て、父親の胸元から脚にかけて、起こさないように覆ってあげた。動いて膝かけが落ちるといけないので、彼女は父の横で、ぼんやりとポーチの先の青々とした芝を眺めていた。

ラムゼイがさぼるので、芝を刈るのは、あいかわらずカウン医師の仕事であった。

だがこのところ、ずっと芝刈りはお休みで、芝が少し伸びかけていた。

カウン医師が鼾《いびき》をかきはじめた。お年でお疲れなのだわ、とリタは呟《つぶや》いた。それにしても鼾なんてめったにかかない父だった。なんだか苦しそうだった。

そのうちにふっと鼾が止まった。ルーシーのピアノの音もいつのまにかしなくなっていて、あたりはとても静かだった。鼾と同時に父の寝息も止まってしまったみたいで、不安にかられてリタはカウン医師の顔の前へ、自分の耳を寄せた。

「……お父さま」

すっと青ざめる思いで、リタは思わず父を呼んだ。やがて再び医師は静かに呼吸を始めた。リタはほっとして席に戻った。横でカウン医師がぶるっと震えて眼を覚ました。

「どうかなさって？」

と、リタはやさしく訊《き》いた。

「夢をみておった」

老人は疲れた声で言った。

「どんな夢？」

「何もなかった。一面の霧じゃった」

その場面を反芻《はんすう》しながら老人が答えた。

「まあ、怖しい」

リタは眉《まゆ》を寄せた。

「そうでもなかったよ、リタや。温かくてね、そして乾いた霧で、良い匂いがしておった。その奥をどんどん歩いて行くのは、実際良い気分なのだよ。ところが、誰かがわしの名を呼びおってな……。それで眼が覚めてしまったのじゃよ。惜しいことをした」

「妙な夢ですこと」

カウン医師は黙って眼を閉じた。リタは父の奇妙な夢について、少し不安を覚えた。カウン医師もどうやら、夢について考えているらしかった。けれども次に口を開いた時には、もう夢のことには触れなかった。空気の中に蒼《あお》い粒子が増え始めていた。西の空が紫色に染まっていた。

「どうだね、おまえは今、幸せなのかい？　ジェシー・ロベルタ・カウン」

父がリタを本名で正式に呼ぶ時には、リタはいつも緊張して次の言葉を待ったものである。「おまえは妙な子供じゃったな。ずいぶんチビちゃんの頃から、病気ばかりしていて、ときどき助からないのではないか、神さまがお連れになってしまうのではないかと、心配したものだよ。今ではすっかり元気で丈夫なレディになったが、やっぱりわしは、おまえがどこか遠くへ行ってしまうような気がするのだよ。おまえの魂はジョンの戦死以来、ここにあって遠くへさまよい出て行くのだね。しかし……」

と言って老人は少し黙って、また続けた。彼の真っ白い頭のずっとむこうに、一番星が光り始めていた。カウン医師の横顔はとても白かった。

「しかし、ありがたいことにどうやら、わしのほうが先に、遠くに行きそうだよ」

老人はリタの頭にそっと手を置いた。彼女が小さい時によくやった仕種《しぐさ》だった。

「リタや、自暴自棄な気持で人生をきめてはいけないよ。そしてひとたび人生の方向をきめたら、もう後戻りはできないんだ。ただ前へと進むだけだよ。だからいいかね。これから先、何かを決定しなければならない時には、こう自分に訊くのだ。決して同じところに戻ってはこれないのだ、と。それでもいいのか、とね」

「お父さまも、そうやって生きていらしたの？」

「その通りじゃよ。人生の中で何かを選ぶというのは、別の同じように大事な何かを捨てなければならない場合がしばしばあったんだよ」

お父さまは、その人生の中で何を捨てていらしたのだろうか、とリタは考えようとした。

その時、玄関がぱっと開いてカウン夫人が顔を出した。

「あらまぁ、リタ。空気がすっかり冷えているっていうのに、わたしの大事なサミュエルを、いつまでもあなたのお喋りで引きとめちゃ、だめですよ」

たとえ、父の捨てて来たものがなんであれ、あの陽気でやさしい女性のためであったのなら、父は決して後悔しないだろうと、リタは思った。

「お喋りで引きとめたのは、実はわしのほうだったのじゃよ」

老人は、骨を軋《きし》ませて椅子から立ち上がった。

「どんなお喋りですの？」

と、夫の腕を取って家の中へ導きながら、夫人は楽しそうに訊いた。

「そいつは、わしとリタの秘密だよ」

そう言って老人は、温かい夕食の匂いを胸の中に吸いこんだ。


翌朝、カウン医師が珍しく寝坊しているので、リタが気にすると、

「昨夜は足がいつまでも冷たくて、なかなか寝つかれないとおっしゃってたのよ。いいから気のすむまで寝かしておおきなさい」

と、カウン夫人が言った。「七時にわたしが起き出して来た時には、めずらしいことに少し鼾をかいて眠ってらしたから」

「鼾？」

わけもなく不安が胸を掠《かす》めた。リタは柱時計に眼をやった。九時を過ぎていた。

「ちょっとだけ、覗《のぞ》いてきてもいいかしら？」

「眠っていらしたら起こさないようにね」

胸がざわざわしていた。リタはできるだけ音をたてないように大急ぎで階段を駆け上がった。

両親の寝室の前に立つと、もっと胸騒ぎがした。そっとドアを押して、内側にすべりこんだ。

東の窓から、朝の日射しが柔らかく射しこんでいた。一瞬少女の頃の思い出が、堰《せき》を切ったように脳裏をかけめぐった。

両親の寝室にノックをしないで飛びこんでも良いという日が、一年に一度だけあった。それはクリスマスの朝だった。カウン家の子供たちは、昨夜のうちにサンタクロースが贈りもので一杯にしてくれた自分のピロケースをかかえて、歓《よろこ》びのあまりインディアンみたいな声をたてながら、次々と両親の部屋に飛びこみ、ベッドの父と母の間にぎゅうぎゅうづめに割りこんで、サンタさんからの贈りものを披露しあうのが、わくわくするような習慣なのであった。

その朝だけは、どんなに乱暴に両親のベッドに飛び乗っても叱られなかった。四人のチビ助たちが子犬のように躰《からだ》を押しつけあっても揉《も》みあっても、両親は我慢してニコニコしていた。

リタは、そうした情景を昨日のことのように思いだして、束の間、心配ごとを忘れ、幸福な思いになぎたおされそうになった。

両親のベッドからたちのぼるなつかしい匂い。温かくて、父の匂いと母の匂いが混じりあって、それこそクリスマスの記憶の中で最も忘れがたい匂いなのであった。子供たち全員がプレゼントの紙包みを次々と開いて、すべてのものを見終ると、父親が言うのだった。

「じゃ、もう一度、わたしたちを寝かしておくれ。夕べはサンタさんのために一晩中かかってエントツを掃除していたもので、眠いんだよ」

リタは戸口に背をもたせて、短い回想から我に返ると、あわてでじっと父の寝ているベッドを眺めた。格別、変っていることはなさそうだった。鼾《いびき》はかいてはいなかった。静かに眠っているようだった。

リタは行きかけて、ふと動作を止めた。静かすぎるような気がした。再び胸が騒ぎ始めた。引き返して、父の顔を覗きこんだ。父の呼吸は止まっていた。

「……お父さま」

あまり驚かさないように、小声で叫んだ。呼吸が止まっているのに驚かさないようになんて考えるのは変だ、とわかっていた。

「お父さま」

今度はもう少し大きな声を出して、父の肩に触れた。まだ躰は温かかったが、唇の色はほとんどなかった。

「もうお起きにならなくてはいけませんよ、お父さま」

そう口では言いながら、彼女は少し乱れた父の前髪を見良いように直してやった。

頭では死んだことがわかっていたが、彼女の行動はそれとはチグハグになるのだった。

「ママが来て、驚くといけないから」

と呟《つぶや》きながら、掛けぶとんを直した。それからゆっくりと後じさって部屋を出た。

自分でも驚くほど落着いていた。父の死を確認したとたん、嫌な胸騒ぎは、嘘みたいに消えていた。お父さまは、昨日、予行練習しておいてくださったのだ、と不意に思った。リタが取り乱さないように、今朝のことを予告してくだすったのだ。そしてその通り、リタは取り乱さなかった。あまりにも悲しくて、躰中の力がぬけてしまったけれど、しっかりと階下まで歩いて行き、母に告げた。

「ママ、お父さまが呼んでいらっしゃるわ」

「あら、そう?」

と、カウン夫人が行きかけた。その腕に自分の腕をかけながら、リタが重ねて言った。

「でも、お父さまはもうお話にはならないと思うわ」

ゆっくりと時間をかけて、カウン夫人は娘の言葉を呑《の》みこんだ。

「あなたは、お話できたの?」

意外にもカウン夫人は落着いていた。

「いいえ、ママ。私も間にあわなかったわ」

「可哀そうに」

と、夫人は片方の手を娘の手の甲に重ねた。

「それに可哀そうなサミュエル。たったひとりで逝ってしまうなんて」

それから夫人はそっと娘の腕をやさしくほどくと、ひとりで二階へ上って行った。長いこと、下へは降りて来なかった。リタは母が父に長いお別れを告げている間に、父の死を親戚《しんせき》の人たちに知らせ、それから母に置き手紙をしておいてから、妹たちを迎えに車を運転して学校へむかった。


サミュエル・カウンの葬式はしめやかに行なわれた。カーカンテロフのほとんどの人々が、カウン医師の死を悼み、生前献身的だった氏の医師としてのふるまいに、たくさんの花束が寄せられた。

お葬式がすむまでは、カウン家の人々は深い哀しみにとらわれながらも、気丈な態度を保ち続けた。なかでもとりわけカウン夫人の哀しみの中にも毅然《きぜん》としたふるまいは立派であった。父の死によって、カウン家ただひとりの男子となったラムゼイが、心に感じることがあったと見え、始終母の傍らに立ち、腕をそえるようにして母を支える姿もまた、感動的であった。ラムゼイは十四歳になったばかりだったが、父亡きあと、カウン家では一番の上背があった。

エラとルーシーは両眼を泣きはらし、鼻の頭を赤く膨らませていることをのぞけば、カウン家に恥しくなく振るまったといわねばならない。いつも汚れた靴のことで叱られてばかりいたルーシーは、この時ばかりは、きれいに靴を磨いていたし、エラも普段はあまりかまってやらない妹に対して、まるで自分が保護者であるかのように、やさしくめんどうをみてやっていたからである。

そうした中で、リタは他の誰よりも平静に見えた。妹たちのように眼を赤く泣きはらしてもいなかったし、カウン夫人のように、深い哀しみのあまり、ときどきよろけたりもしなかった。黒い喪服にほっそりとした躰をきちんと包み、いつも顔をまっすぐに上げ、こころもち視線を下げていた。リタは誰とも視線を合わせようとはしなかった。さもないと、自分の心の中の動揺をさとられてしまいそうだったからだ。

父の死の事実が少しずつ胸の中に沈澱《ちんでん》していくにつれ、リタはなんともいえぬ喪失の恐怖に囚《とら》われていったのだ。

ぽっかりと躰の中心に大きな暗い穴があいてしまって、それが内側から彼女を呑みこんでしまいそうな気がした。自分の内部の暗穴《あんけつ》に呑みこまれて、自分がどこにもいなくなるような、得体の知れないおののきだった。

ジョンの戦死を受け入れた時も、似たような暗穴を自分の内部に感じたが、それが彼女を内側から呑みこむといった恐怖は覚えなかった。なぜなら、カウン医師が傍らにいて、いつでも彼女を守ってくれると信じていたからだった。

ジョンを失い、そしてカウン医師がいなくなってしまうと、リタにはもうすがるような男性の存在はひとりもいなくなってしまったのである。

彼女はこっそりと妹たちを盗み見た。頭を垂れて、牧師の言葉を聞いている妹たちの胸にも、自分と同じような大きな穴があいてしまったのだろうか。もちろん、そうにきまっている。私だけではないのだ。自分だけが悲劇の主人公みたいに振るまってはいけないのだ。カウン夫人をみたらいい。一番同情すべきは、夫を失った母ではないか。その母があんなに背筋をしゃんとしているのだから。そしてリタは自分の哀しみと喪失感とを、躰の中のほうにねじこんで、急に無表情になり、もう何も見なかった。

「お父上のことはたいへんお気の毒でした。まだまだこの街の人たちのためにお力になれたはずなのに、非常に残念です」

九月になって、ラムゼイの初めての柔道の稽古《けいこ》に現れたタケツル青年は、儀礼にかなった挨拶《あいさつ》をした。彼は夏休みの後半をフランスのボルドー地方で、葡萄酒《ぶどうしゅ》作りの見学のために過ごして帰ってきたばかりだった。そして、サミュエル・カウンの突然の死を知らされ、彼なりに心を痛めての訪問だった。

家族の者たちは、この日本人の青年を喜んで迎え入れた。一家に大人の男が欠けた後、たとえ異国の男性であろうとも、なにかと頼りになるものである。タケツルは家族の歓迎の意を敏感に感じとって、うれしかった。ただ、リタだけが少し違っていた。上辺は他の家族と同じように温かく振るまってはいたが、タケツルの眼には彼女が変ったことがわかった。

二度目の訪問の時、オールド・ラング・サインの歌が悲しい歌だというタケツルの意見に、リタが同調したあの時、二人の間に何かが通いあったことを、タケツルは感じていた。リタもそれを感じたはずだった。白いバラのつぼみが、温かい日射しにあたって、少し開きかけた——そんな印象を受けた。それなのに、今のリタは、再び花びらを閉じ、かたくなに縮んでしまったような気がするのだ。彼はひどく落胆する自分に、少し驚いたくらいだった。

「フランスの話をしてくださいな」

と、カウン夫人は、タケツルを客間ではなく、家族が繕いものをしたり、ラジオを聴いたりする普段着の感じの居間へ案内してから訊《き》いた。青年は心の中で、それを喜んだようだった。

「戦争の傷跡がまだそのままでした。ぼくの立ち寄ったランス市は特にひどく、町のほとんどは破壊されて、未《いま》だに瓦礫《がれき》の山でしたね」

ドイツ兵の捕虜が焼け跡の復興作業に従事しているのを見かけた。不発弾があちこちに残っていて、作業中に爆発すると、捕虜が犠牲になった。まるでボロ布みたいに吹き飛んで死んでいる兵士たちを見かけると、タケツルは、ドイツ兵もまた、戦争の犠牲者なのだと思わずにはいられなかった。町で見かけるのは、薄汚れた子供たちと、黒い服装の女たちばかりで、働き手の男はほとんどいなかった。

「戦争は罪悪です」

と、彼はしみじみと言った。

「タケツルさんは、戦争に参加しなかったの？」

ラムゼイが質問した。

「ぼくはね。日本は参戦したけど、ぼくはまぬがれたんだ」

「どうしてまぬがれたの？」

「ウィスキーのおかげさ」

と、タケツルは真っ白い歯を見せて微笑した。「つまりね、ほとんど日本のウィスキーはアルコールで作っているんだよ。ところがアルコールというのは火薬を作るための原料でもあるんだ。それで徴兵にかからずにすんだというわけさ」

その時、リタはすっと顔を上げてタケツルを眺めた。

「幸運でしたわね」

誰の耳にも棘《とげ》のある言い方に響いた。「ウィスキー作りに従事していなかった世界中の若者たちが、たくさん死にましたわ」

タケツルは視線を伏せた。耳が真っ赤だった。それを見ると、リタはたちまち後悔にかられた。この純情な青年を、自分が不当に傷つけたことがわかったからだった。

「前にも言いましたが」

と、その純情な日本人は小声で呟《つぶや》いた。純情ではあったが、きちんと主張すべきところはする、という強い一面があるようだった。「男が命を賭《か》けるべき場所は、戦場ではありません。少なくとも、ぼくがこの眼で見たかぎり——」

と、彼はランスの町の荒廃した光景と、ボロ布のようにあちこちで死んでいた若いドイツ兵の姿を思い浮かべながら、そう言った。カウン夫人がそれとなく柔道の稽古のことを仄《ほの》めかしたので、それを機にタケツル青年とラムゼイが中座した。

その後、夫人はちらっと長女のリタを見たが、別に非難するような言葉は口にしなかった。口にしなくともリタの様子を見れば、彼女が後悔しているのは明らかだったからである。

事実リタは、もしもできることならば、自分の口からこぼれ出たさっきの皮肉を拾い集めて、もう一度口の中に押し戻すことができたらいいのに、と本気で思い悩んでいたのである。

タケツル青年がラムゼイに柔道の稽古をつけて帰って行った後、ラムゼイが後ろ手に何か隠して居間に戻って来た。この部屋は、お父さまがいなくなってから、ずいぶん広く感じられると思っていた矢先だったので、リタは、たとえニヤニヤと笑っている弟でも、うれしく感じて機嫌よく言った。

「お稽古はどうだった？」

「それがさ、基本ばっかりで、あんまり面白くないんだ。もっと派手にぼぉーんとやりたいんだけど」

「基本は大事よ、ラムゼイ。たとえば音階の練習をしないで、いきなりマズルカは弾けないのと同じことよ。それより後ろに隠しているのはなんなの？」

ラムゼイがもったいぶった動作で、隠していたものを頭上で振ってみせた。小さなフランス香水の入った小箱であった。

「パリより愛をこめて。さて、誰にかな？」

すっかり調子に乗ってラムゼイは三人の娘たちを順ぐりに眺めまわした。ルーシーは最初からすっかり諦《あきら》めているふうだった。エラは当然自分だと思って、ラムゼイにむかって顔をしかめた。リタはなぜかドキリとして、急いで香水の小箱から眼を背けた。

「ふざけないで早くしてよ」

エラが苛立《いらだ》って怒鳴った。

「早くって？　早くどうすればいいのさ」

「ちょうだいよ。あたしにでしょ？」

ラムゼイは、いっそう焦らすように、香水を空中に放り投げて、受けとめて言った。

「エラにだって？」

「ラムゼイ！」

と、リタが弟を叱った。「人をからかうものじゃないわ。早くエラにあげなさい」

「でも、どうしてエラにあげるのさ？　ミスター・タケツルは、リタさんにってボクに頼んで行ったんだぜ」

「じゃ、それをそこに置いて、さっさとお勉強をしなさい」

いったんはそう言ったものの、リタは身の置き所がないような気がした。自尊心をいたく傷つけられたエラは、真っ赤になると椅子から飛び上がって居間から出て行ってしまった。

「困ったわねぇ」

と、リタは溜息《ためいき》をついた。

「日本の殿方って、ほんとうに気がきかないんだから。うちには女の子が三人いるってこと、ちゃんとご存知なのに」

と、ぶつぶつと独り言を呟きながら、心のどこかで、あの青年が、自分だけにフランスから香水を買い求めて来てくれた、ということをうれしく思わないわけがなかった。

「そんなに困るんなら、お姉さん、あたしがもらってあげるわよ」

と、ルーシーが言った。リタは軽く妹を睨《にら》んでおいて、そっと香水を取り上げた。ゲランの「ミツコ」という名前だった。

それが日本女性の名前だということは、リタも知っていた。彼女は小瓶のフタを緩めると、ほんの少しだけ指先に取って、手首にその匂いを移して嗅《か》いでみた。はかないような花の匂いだった。その匂いの底にある東洋的な香りに、リタはなぜか郷愁のような思いを抱いた。

エラとは、香水を一緒に使うことを申し出て、なんとか機嫌を直させることに成功した。なんといっても、その提案を蹴《け》るには、「ミツコ」の匂いが素敵すぎたからだった。

リタは香水のお礼を言いたかったが、それにもまして先日の失礼な言動をタケツル青年にあやまらなければならないと思っていた。けれども、その後、彼はラムゼイの柔道のレッスンに来ても、勉強が忙しいからと言って、お茶も飲まずに帰ってしまうのだった。もちろん勉強のことは嘘ではなかったし、夏休みに見学した二つの工場についてのノートも、できるだけ早くまとめて、日本の阿部社長に報告しなければならなかった。この留学には莫大《ばくだい》な費用がかかっていたし、彼はスコットランドに遊びに来ているわけでもない。一刻も早く必要なことを学びとり、その成果を持ち帰らなければならない。そう考えると、カーカンテロフの男の子に柔道を教える時間ですら、もったいないぐらいだった。それを生活費の足しにする必要もなかったし、第一、カウン家からの報酬は辞退してもらっていない。

しかし、ぼくだって機械じゃない。感情もあれば、ホームシックにもなる。それも生やさしい代物じゃない。時には望郷の念に、自信の喪失や孤独感が重なって、胃の中がひっくりかえるくらい吐いてしまうことがある。自分では泣いているつもりはないのに、夜、枕がぐっしょり濡《ぬ》れることがある。男がたとえ真夜中にせよ泣くなんてことは恥しくて誰にも言えない。

カーカンテロフのカウン家へ行くのは、だから、ある意味では救いなのだ。ホームシックで何日も食事が喉《のど》を通らなければ、いつか本当の病気になって倒れてしまう。倒れてしまったら、肝心のウィスキー作りの勉強が続かない。元も子もないではないか。

そんなふうに理由をつけて、タケツルはカウン家を訪れるのだが、それだけが理由ではないことをうすうす知っている。知っていて気づかないふりをしているだけなのだ。彼はカウン家の娘のひとり、あの白い花のような風情の長女に、一眼見た時から魅かれ始めたことを、決して認めようとはしなかった。

ラムゼイの柔道の稽古《けいこ》後、逃げるように帰ってしまうのには、そういう理由があったのだ。それに香水の件でも、彼は恥しかった。リタから、戦争の話で冷たくあしらわれた後では、どうしても自分の手から、その贈りものを渡す勇気はなかった。女性に贈りものをする、という行為自体が、日本人のタケツルには、すでに恥しいことだったのである。

一方には、リタを恐れる気持もあった。自分の贈りものを迷惑に思っているやも知れないし、たとえそうでなくても、あの匂いが、好きでないかもしれない。心配しだすと何もかもが不安で連鎖式に悪いほうへと思いが動く。それが彼のその頃の心境であった。

リタはリタで、タケツルのことを気にしていた。香水のお礼を言おうにも、肝心の彼と顔を合わせることもできなくては、どうしようもなかった。できるだけ早いうちに、自分の冷たい言葉を訂正してあやまらないことには、彼女の良心が許さなかった。そんな後ろめたい思いで毎日を暮らすのは、苦痛だったのだ。さんざん考えたあげく、よく晴れた秋のある日、リタは思いきって、グラスゴー大学を訪ねることを思いたった。エラの情報によると、タケツルは毎日三時頃から閉館時間まで、大学内の図書館で勉強をしているということであった。

スコットランドの秋は早い。大学の並木がすでに黄色く色づいていた。リタは、落葉を踏みしめながら、ふと、ジョンが生きていたら、今頃、大学で勉強していたことだろうと考えていた。そうしたら、今日、こうやって並木の下を歩いているのは、彼に逢《あ》いに行くためだったのに。

そう思うと、図書館へ行く足がにぶった。さっきまでの期待感に満ちた思いが急速に退き、リタは重苦しい義務感だけを胸に抱いて、歩き続けた。とにかくするべきことだけして、さっさと帰って来ればいいのだ。そうすれば、自分の気はすむし、たぶん、それで精神的な貸し借りはなくなるだろう。

図書館はさほど広くはなかったので、タケツルはすぐにみつかった。後ろ姿ではあったが、日本人の彼はすぐわかった。なんとなく背中が歪《ゆが》んでいた。長いこと同じ姿勢で坐《すわ》り続けているためかもしれなかったが、その歪んだ男の背は、リタには、内部の苦しみの表れのように見えた。すると、それまで彼女の胸を満たしていた重苦しい義務感が少し消え、本来のやさしさが戻った。

「……タケツルさん」

小さな声で呼ぶと、黒い頭がゆっくりと振り返った。タケツルはリタの姿を認めると、ひどく驚き、次にみるみる笑いがその顔に広がっていった。笑うと悪戯《いたずら》っぽい男の子みたいになるその顔をみると、リタから闘争的な感情は完全に消えてしまった。

「ちょっと、お寄りしたの」

あたりを気にして、いっそう小声でリタは囁《ささや》いた。

「出ましょう」

手際よく広げてあった本をまとめると、タケツルは先に立って出口にむかった。

「お邪魔でしたわね？」

図書館の外に出て、近くの木のベンチに並んで坐ると、リタが訊《き》いた。

「ええ、そうですけど。うれしいお邪魔です」

タケツルは、そう無器用に答えたので、リタは思わず小さく声を出して笑ってしまった。

「やや、笑いましたね。あなたが声を出して笑うのを見るのは初めてだ」

タケツルは肩の力を抜いて、さもうれしそうに空を仰ぎ見た。抜けるように青い秋の空だった。こんなささいなことで、人間はすべての苦しみを忘れ、束の間ではあるが幸せな気分になれるのだ、と彼は青い空のエジンバラの方角を見ながら、ひとり心に言いきかせた。

ついさっき、図書館で勉強していた参考資料のページに弱音を書きなぐったばかりであった――わからぬ。なぜか。毎日が苦しい。なんの喜びもない。しかし耐えねばならぬ――。

「ほんとうに、よく立ち寄ってくれましたね」

ら、声が湿った。

「先日いただいた香水のお礼がまだでしたから——それに」

と言って、リタはバッグの中から一冊の詩集を取りだした。

「それに……私のこの間申し上げたこと、フェアじゃなかったと、ずっと後悔していました。おわびのしるしに、私が一番大事にしているものを、受け取っていただけたらと……」

それはロバート・バーンズの詩集であった。

「ああ、この前の『オールド・ラング・サイン』の詩人ですね」

と、タケツルは詩集を手にしてうれしそうに呟《つぶや》いた。表紙をめくると第一ページに美しい女らしい書体で献辞が記されている。

——私の最愛の詩集を、日本の大切な友に捧《ささ》げます——

それを読むと、タケツルは喉にこみあげてくる熱いものを感じた。これ以上のどんな贈りものを望み得ようか。彼は感情が表情に出るのを恐れて、詩集のページを次々とめくっていった。

——オールド・ラング・サイン

彼は低い声で最初の章を読んだ。リタが先を続けて朗読した。

——我らともに丘の斜面を駆けたもの、

腕一杯の雛菊《ひなぎく》を摘んで。

だが、我らいつか旅路にさまよい疲れた。

遠い昔のあの時以来——

我れ知らず、リタの頰を涙が伝い落ちていった。タケツルは驚いて、どうして泣くのか、と訊《たず》ねかけたが、質問をひかえた。リタが顔を背けて、素早く涙を拭《ぬぐ》ったからだった。再び彼のほうをむき直った時には、微笑がきれいな唇の両脇に刻まれていた。

「今度、弟にレッスンをつけにいらした時、必ずお茶に顔をお出しになって」

そう言って、リタは腰を上げた。

「ありがとう。願ってもないことです」

タケツルは本心から言った。図書館に戻る彼を玄関先まで送って、リタは別れを告げた。別れ際にタケツルがふと言った。

「エラさんはどうしていますか？」

「元気にしてますわ。大学でお逢いになりません？」

「いや、それが」

と、彼は困ったように頭を掻《か》いた。「近頃、ろくに口もきいてくれないんですよ。どうしてだろう」

リタはそれを聴くとほほえんでこう答えた。

「どうお答えすればいいのかしら？　妹と私、小さい時から趣味がぴったり同じなの。たぶん、そのせいよ」

けれども、タケツル青年はその意味がわかりかねるらしく、まだ腑《ふ》に落ちない顔をしている。リタはそれ以上説明をするつもりもなく、さよなら、と踵《きびす》を返した。


また、クリスマスが巡って来た。クリスマスは心楽しい行事ではあったが、一方ではひとを淋《さび》しくさせる面もある。ある年には、元気でクリスマスの食事を共にした若者が、別の年にはこの世のひとではなくなっていたり、七面鳥を切りわける役を毎年欠かさずにやってきた一家の主人が、もう二度とクリスマスの食卓にはつかなくなっていたりする。毎年お招きする特別のお客さまも、少しずつ顔ぶれが違ってくる。娘たちは年々美しく成長し、母は少しずつ老いていく。

その年のクリスマスに、カウン家はメインゲストとして、ラムゼイの柔道の先生を招待した。当日、約束の午後三時に、タケツル青年は髪をきちんと七三に分け、口髭《くちひげ》にオーデコロンをすりこんで整え、下宿のおかみさんにプレスしてもらったウールの三つ揃えに、懐中時計、たったひとつだけ日本から持って来ていた真珠のカフスボタンに、対になったネクタイピンといういでたちで、精一杯しゃれてカウン家の呼び鈴《ベル》を押した。

異国にいて、クリスマスくらい独り暮しの男にとってつらくわびしいことはなかった。それは、去年のクリスマスに、いやというほど味わっていた。町をちょっと歩いてみれば、どの窓の中も家族のつどいあう風景があった。戦後すぐとはいえ、キャンドルが燃え、ツリーが飾られ、食卓にはクリスマスを祝う料理が並んでいた。タケツルは、できるだけそういうものを見ないように歩いた。自分だけが世界中でたったひとり、置き忘れられたような、惨めな思いで、下顎《したあご》がズキズキしだすくらい、奥歯を嚙《か》みしめたものだった。

カウン家のクリスマス。何もかもがキラキラしていて、良い匂い、美味《おい》しそうな匂いに満ちていた。娘たちのコロコロとした笑い声。カウン夫人の雲雀《ひばり》の囀《さえず》り。蓄音機から流れるクリスマス・キャロル。ツリーは天使たちが舞い、雪が積もり、赤や青のガラス玉がきらめいていた。

「どうかなさったの？　さっきから窓の外ばかりごらんになっているけど？」

リタがそうっと訊いた。

「実は、自分が内側にいるのが夢のようなのです。去年は、外側の人間でしたから」

「外側の？」

ルーシーが訊いた。彼女はもう立派なヤングレディだった。

「つまりね、マッチ売りの少女だったのさ」

食前に出たエッグノッグには、クリームがたっぷり入っていて、とろけるように甘かった。辛口の酒しか飲まないタケツルでさえも、その味が大いに気に入ったらしく、三杯もおかわりをしたくらいだった。

クリスマス・ディナーの七面鳥のつめものに、リンゴの煮たのを添えるのも、タケツルにはめずらしかった。下宿や外食のレストランでは味わえない、とびきりの家庭料理の味がした。それは故郷広島の母の作る味と、どこか共通するものがあった。もちろん並んでいる料理は全然違うが、その底に流れるものは同じだった。愛情である。愛する者たちに食べさせたい、と願う思いがこもっているのだ。それこそタケツルの最も飢えている味であった。

食事がすむと、家族の者たちは居間に場所を移して、食後のコーヒーと、クリスマス・プディングで祝うことになった。クリスマス・プディングというのは、こんもりと小さな山型に作られたリッチなフルーツケーキである。何十種類ものドライフルーツを、ブランディにつけて柔らかくしたものを刻みこんであって、色は真っ黒で、たいそう甘い。これを蒸し器で一時間ほど蒸し、熱々のところへ、たっぷりブランディをふりかける。それにマッチで火をつけるのだ。

火をつけるのはラムゼイの役割だった。ぼうっと青紫色の炎がケーキをとりかこむ。そしてすっかりアルコール分が飛んだところで、自然に消える。いよいよ各自の皿に取り分けるのだ。

「さぁ、お祈りして。誰に指貫《ゆびぬき》が当たるかしら？」

カウン夫人が楽し気に言って、ケーキを小さな三角形に切って一人ひとりに分け与えた。

「なんのことです？」

と、タケツルがそっとエラに訊《き》いた。

「クリスマス・プディングの中に、指貫と、銀貨がひとつずつ隠してあるのよ。指貫をあてた女の子は、いいお嫁さんになれるの」

娘たちは興奮しながら、少しずつケーキをくずしては食べて行った。

「あらッ」

と、リタが小さく声を上げた。彼女のケーキの中から、ぽろりと銀の指貫が現れた。

「まぁ、リタ。おめでとう」

ルーシーが飛んで来てリタの頬に接吻《せっぷん》した。

「仕方ないわ。年の順だもの」

エラは減らず口をたたいて、みんなに笑われた。

「おや。ぼくのからはコインが出て来たよ」

タケツルが銀貨をケーキの中からつまみ上げた。するといっせいに大歓声が上がった。リタが頰を両手で挟んで赤くなった。タケッツルはわけがわからなかった。

「指貫の入っていた女の子と、銀貨の入っていた男のひとは、将来結ばれる運命になっているの」

ルーシーがタケッツルに説明してあげた。タケッツルの頰にもさっと血の気が射した。しばらく全員がさんざん二人をからかって大笑いした後、ちょっとした沈黙が訪れた。

「でも残念ね。いくら運命でも、タケッツルさんは日本へお帰りになるのだし」

沈黙の中から、エラが言った。

「もちろん、ただの言い伝えですよ」

カウン夫人もそう言い添えた。ほんのわずかだか、釘《くぎ》を刺すような響きがないでもなかった。

「そんなことないと思うわ。あたし、プディングのおまじない、昔から信じているもの」

ルーシーが口を尖《とが》らした。そういうところはまだ、あいかわらず子供子供しているのだ。

「でもね、ルーシー。世界中の人たちがプディングのおまじないで結ばれたってわけじゃないでしょう？　現にママとダディだって、プディングのおまじないとは関係なしに結婚したのよ」

カウン夫人にしては、いつになく、むきになって説明するような感じがあった。リタは、母が言外に言おうとすることを正確に感じとって、口をつぐんでいた。

「ところでタケツルさんは、いつまでこちらにいらっしゃるご予定です？」

実にさりげなく、にこやかに夫人が質問のほこ先を客にむけた。

「そうですね。足かけ二年になりましたのでね」

と、タケツルは語尾を濁した。「長くてもう半年くらいでしょうか」

「まぁ、そうですの。それではまた、わたしたち淋しくなりますわ」

いかにも残念そうに言うのだが、今度ばかりは夫人の演技は最上とは言えなかった。どこかホッとした感じが露呈していたのだ。本人もそれに気づいたのか、こう言い足した。「それじゃ、これからは、ちょくちょくお顔をお出しになって。スコットランドの家族の一員のおつもりで」

「ありがとうございます」

タケツルは頭を下げてから、言った。「そう願いたいのですが、もしかしたらキャンベルタウンのほうへ近々実習に出かけるかもしれません」

「実習に？　どれくらい？」

思わずリタは訊いてしまった。

「二、三か月になるでしょうか」

タケツルは浮かぬ表情で答えた。

「二、三か月も？」

リタは失望を隠すことができなかった。それまで自分の胸の中で起こりつつあった変化を、無視することに成功していたのだったが、タケツルがいなくなってしまうということを、現実に考えてもみなかった。

もちろん彼は日本人だし、いずれ日本へ帰って行く身だということは承知している。だが、それはまだ先のことだと思っていたのだ。せっかくお友だちになれたのに、とリタは胸の中で泣きべそをかく自分を感じた。また、ひとりぼっちになってしまう……。

まぁ、なんて変なことを私は考えるんでしょう、とリタは自分に対してあきれかえった。ひとりぼっちだなんて。タケツル・マサタカとそれとがどういう関係があるっていうのだろう？　ジョンが亡くなり、父を失ったあと、彼女にはすがるべき男性がいなくなっていた。まさか私はマサタカにそれを求めているのではあるまい？

もちろんそんなことはない。彼は外国人だし、いずれ帰ってしまうひとだった。マサタカは良いひとだが、私の彼に対する感情は、愛ではない。すべての愛はジョンに捧《ささ》げつくしたので、もうひとを真に愛することなどできなかった。愛ではなくて同情である。異国でたったひとり、ウィスキー作りの勉強をしている青年の孤独感や淋《さび》しさを、リタは無視することができなかった。彼のすさまじいまでの孤独の痛みをたとえ一部でも自分の痛みとして感じることができる。「お気の毒なタケツルさん」というのが、リタがよく呟《つぶや》く独り言だった。

リタがとっさに繕えなかった失望に、家族の人々も気がついて、気まずい空気が流れた。

「マサタカさんが、キャンベルタウンに行ってしまったら、淋しくなりますね」

と、リタは沈黙を破るためにそう言った。「いつ頃ご出発ですの？」

「年が明けたら早々にと思っています」

青年はそっと下唇を咬《か》んだ。

「そんなに早く……」

リタの額が曇った。タケツルの探るような眼差《まなざ》しが、顔の上に落ちるのを感じた。リタはふだんのように、すぐに眼を伏せてしまわず、恥しさに必死で耐えながら、彼の視線を受けとめた。

「いっそのこと、キャンベルタウンについて行ったらどう？　お姉さん」

エラの言葉がグサリと短剣のようにリタに突き刺った。姉妹は一瞬お互いの顔をみつめあった。その時、リタの表情がとても深刻だったので、エラは眉《まゆ》を寄せて眼を背けた。

カウン夫人が、「ばかなことを言うものじゃありません」と、止《とど》めを刺すように言ったのを潮に、再びラムゼイが蓄音機を回し始めた。

——マイ ハート ビロング ツー ユー——の曲が、すすり泣くような女性歌手の歌で流れ始めた。

「ぼくと踊っていただけますか？」

と、タケツルがルーシーにむかって騎士のようなおじぎをした。それに対してルーシーも、立派なレディのように礼を返して、二人は手を取りあうと、ワルツを踊り始めた。彼はダンスがうまくなかった。ルーシーの小さな足を踏むまいと、たちまち汗みどろになった。

それを見ると、再びカウン家のみんなの心がなごんだ。彼は、無器用で、真面目で、そして淋しい留学生なのだ。だから、みんなが親切にしてあげなければならない。ルーシーと汗だくになってダンスを踊っているかぎりにおいて、彼はほほえましくも歓迎すべき外国人であった。カウン夫人の顔に柔和さが戻った。

三　仲たがい

クリスマスから六日後、大晦日《ニューイヤーズ・イブ》の夕方、リタはある思いを抱いて亡くなった父の車ベントレーをグラスゴー市内のローゼスの街にむけて走らせていた。

街並みは陰鬱《いんうつ》な鉛色一色で、夕方から霧も出始めていた。タケツル・マサタカがいつだったか語っていたが、日本という国の冬は、毎日のように青空が続き、寒いがカラリと晴れ渡っているそうである。スコットランドの冬は来る日も来る日も鉛色で、太陽の顔などめったに見られない。それに空気がじとじとと湿っていて、底冷えがする。ベントレーを走らせながら、リタはタケツルの故郷の青い冬の空を想像しようとした。だが、二つの理由でそれはとてもむずかしかった。ひとつは、日本という国があまりにも遠い異国であること。そしてもうひとつは、冬の空がカラリと晴れて青いなんて、ただの一度も見たことがないので、想像のしようもなかったのである。いずれにしろ日本の空がどうであろうと、リタには無縁のことである。彼女はタケツルの住所を確かめるために車のスピードを落とし始めた。

彼の下宿はすぐにみつかった。車を駐車してベルを押すと下宿のおかみさんが顔を出した。

「マサタカなら、二階の自室で勉強していますよ」

と、奥の薄暗い階段を指差した。リタはうなずいて中に入った。ガランとしたホールには暖房もなく、花も絵もなかった。すりきれて色の褪《あ》せたカーペットを踏みながら、マサタカが二年もの間、こんな惨《みじ》めなところで生活をしてきたのかと思うと、またしてもリタの胸が疼《うず》いた。

部屋の前で呼吸を整え、ノックをした。

「どうぞ。開いてますよ」

マサタカの声。リタは少しだけドアを押した。男性の部屋を訪ねるのはジョンの死以来、初めてのことである。彼は入口に背をむけて机についていた。部屋の中もたいして温かくはなく、首にマフラーを巻いている。

大晦日《おおみそか》だっていうのに、なんて哀れなんだろうと、リタは胸に思わず手をやった。グラスゴーの人々は、夕食のあと親しい家々を訪ねあったり、街の広場に続々とつめかけ、深夜十二時の鐘が鳴るのを、楽しく待つのである。リタの家族も例外ではなく、マッケンジー夫人や近所の人たちが集まることになっていた。タケツルは呼ばれていなかった。カウン夫人は忘れたふりをしていた。リタには、彼を呼びたいと母に言いだす勇気はなかった。そこで、生まれて初めて嘘をついて抜けだして来たのである。たいして親しいとはいえない女友だちの名をあげて、そこで開かれるニューイヤーズ・イブのパーティーに呼ばれているから、と言って出て来た。カウン夫人は長女のリタがそんなに社交的だとは思っていなかったので、びっくりしたが、結局は娘の外出を認めた。なんといってもリタは年頃だし、誰か新しいボーイフレンドでもできればいいと、日頃から考えていたからだ。

母に嘘を言って出て来たことだけが、心苦しかった。あんなにやさしくてフェアな老婦人に嘘をつくのは、もうこれかぎりのことにして、二度と嘘をつくまいと、リタは心に誓った。

「マサタカ」

と、リタは呼んだ。その声が下宿のおかみさんではなかったので、驚いて彼が振りむいた。びっくりした顔がみるみる笑いで覆われるのを見て、リタは自分のしたことがまちがっていなかったことを知った。

「これはなんと」

と、マサタカは椅子から飛び上がらんばかりに立ち上がりながら言った。「なんとうれしいお客さまでしょう」

「突然で、ご迷惑じゃありませんでした？」

他に椅子はなかったし、部屋の三分の一をベッドが占領していたので、そのほうを見ないようにしながら、リタは立ったまま訊《き》いた。

「とんでもない。大歓迎です」

マサタカはあわててマフラーを外しながら、リタに自分が坐《すわ》っていた勉強用の椅子を勧め、自分は出窓に軽く腰をのせた。

「お勉強でしたの？」

と、リタは、男の部屋としてはずいぶんきちんと整頓《せいとん》の行きとどいた室内をざっと見回して訊いた。

「他にすることもないので、仕方なく」

マサタカは白い歯を見せて笑った。

「ニューイヤーズ・イブにお勉強するひとなんて、イギリスじゅう探してもいませんわ」

リタもつられて笑った。緊張が少しほどけた。

「実は、ぼくもそう思っていたんですけどね」

と、マサタカは頭を掻《か》いた。

「実はお誘いに来ましたの」

思いきって彼女は言った。「ジョージ広場で今夜、お祭りがあります。爆竹を鳴らしたり、楽隊がバグパイプを吹いたり、花火が上がりますわ。ご一緒に見に行きませんか?」

もしも相手が同国人の男であったなら、女の自分のほうからとてもそんな申し出はできないことだった。第一スコットランドの若い男なら、女性を放っておきはしないのだが。

タケツル青年はことのほか恥《シ》しがりや《ャイ》で、遠慮深いことは、これまでの様子をみればわかることだった。リタはむしろ姉のような気持で、このシャイな青年をお祭りに引っぱりだしてやりたいのだ、と自分に言いわけをした。

「これは思いもかけぬご親切」

と、マサタカは内部に湧き上がる感動を、必死に押し殺そうとつとめながら、口ごもった。「喜んでお供しますよ」

実は、二、三日前、彼はなにがなんでも海が見たくなり、エルギンの北、汽車で三十分ほどのところにあるロセマウスという漁港まで、ふらりと出かけて行ったのであった。

海は、故郷につながっている。そう考えると、矢もたてもいられなくなったのだった。浜に立つと北海を渡ってくるすさまじいまでの強風が、白波《ホワイトキャップ》を吹きとばしていた。他に人っ子ひとりいず、頭上を駒鳥が舞っているだけだった。マサタカは、波にむかって吠《ほ》えた。いくら大声で吠えても、その声は口を出たとたん、風がちぎり取って、どこかへ吹き飛ばしてしまうのだった。

まだ勉強すべきことは山のようにあった。それなのに時間だけがどんどん過ぎていく。マサタカは砂をつかんで握りしめた。砂は指の間からサラサラとすべり落ちていく。

急に悲しくなり、不覚にも涙が流れた。母を思い、自分をここへ送りこんでくれた摂津酒造の阿部喜兵衛の顔が浮かんだ。やがて故郷の人々の懐しい面々に重なるようにして、白い花のような女の顔が浮かび上がった。そしてマサタカは、今、自分の流している涙が、望郷の思いゆえではなく、いつのまにかあの青ざめた花のように美しいジェシー・ロベルタ・カウンへの慕情に変っているのを知って、愕然《がくぜん》としたのだった。

そんなことを思いだしながら、マサタカはコートを着、マフラーで首を包むと、リタと共に下宿を後にして、彼女の父のベントレーに乗りこんだ。彼らは小さなパブで、夜食の温かいスープをとり、とりとめのないお喋《しゃべ》りをして時間を潰《つぶ》した。真夜中の鐘が鳴るまで、だいぶ時間があったからだった。お喋りはもっぱらマサタカがして、リタは聞き役だった。彼の話は最初から終りまで、ウィスキーに関することばかりだった。

ボネース工場の連続式蒸溜機《じょうりゅうき》に較《くら》べると、前に実習した単式蒸溜機が、まるで玩《おも》具《ちゃ》のような気がすること。だからウィスキーの味のきめてはモルト・ウィスキーにこそあるものだと信じていること。モルト・ウィスキーは、単式蒸溜機を使って、手間ひまかけて蒸溜しなければならない。それに、連続式蒸溜機で作ったグレイン・ウィスキーをブレンドして、初めて本格的なスコッチ・ウィスキーが出来上がること。それに比べると彼が日本で作っていたのはウィスキーとは名ばかりのアルコールに色をつけたまがいものに過ぎなかったこと。ウィスキー作りが実は、実家広島の酒造りと同じで、機械だけに頼らず、あくまでも人間の手間と勘によって作られるものであること。それから自然の素材がいかに大事かということ。ウィスキーの味を決定するのは良い大麦とピートと空気、そして水であることなど。あとは気の遠くなるような長い歳月をかけての熟成。そうしたことを、彼はこの二年間に学んだのだった。学ぶだけなら、まだやさしいのだ。問題はそうした知識を日本へ持ち帰り、今度はスコットランドのウィスキー作りの職人や熟練工の助けなしに、たったひとりで彼がウィスキーを作っていかなければならないことであった。

そうしたことを喋り続けて、ふとマサタカは言葉を切った。

「なんてことだ。ぼくときたらこんな話ばかり。退屈でしたでしょう？　すみません。頭の中がウィスキーのことで一杯なので。それにあまり人と話す機会もないもので、つい……」

心から困惑の表情であやまった。リタはとんでもないと首を振った。

「退屈だなんて、そんなことまったくありません」

それは事実だった。そしてウィスキー作りの話などに少しも退屈しない自分が不思議だった。

「どうか遠慮なさらないで、お好きなだけお話しになって。私は、あなたがおっしゃることは、なんでも楽しいのです」

ジョージ広場では花火が上がり始め、爆竹の音もたえまなく続いている。広場を埋める人々も、どこからともなく続々とつめかけていた。いよいよクライマックスが来ようとしているのだ。

「私たちも、そろそろ行きましょうか？」

マサタカはうなずいて、リタに手を差しのべた。ほんのわずか躊躇《ちゅうちょ》した後、リタは彼の手に自分の小さな手をあずけた。数分後に二人はジョージ広場の人混みに揉《も》まれていた。人々の興奮は刻々と高まり、誰もが新年を告げる鐘の鳴るのを待ちかまえていた。

「ぼくの国でも、やっぱり鐘が鳴るんですよ。百八つ」

と、マサタカは、ジョージ広場を埋める大音響に負けないように、リタの耳の中へと大きな声で言った。

「百八つも？」

「そう。人間には百八つの煩悩というものがあるそうなのです。それを除夜の鐘がひとつずつ清めていくのです」

花火が夜空に、ひときわ華やかに上がって、弾《はじ》けた。人の心を激しく掻きたてるように、爆竹がいっせいに鳴り渡った。二人は知らず知らず、ぴったりと寄り添い、手を固く握りあっていた。広場の興奮が二人の胸をしきりに泡立てていた。前後左右の人々に押されながら、群衆それ自体が巨大な生きもののように、息づき、揺れ動いているようだった。

「リタ……」

と、マサタカの声があたりの大騒ぎの中からした。

「ぼくは……」

人々に揺られながら、マサタカが必死に言葉を探しているのがわかった。さらにリタには、彼がこれから何を言おうとしているのかも、わかるような気がした。

「ぼくは、その……あなたのことを、深く思っています」

それから、不安にかられたように言い足した。

「こんなことは、言うべきじゃなかったかもしれない」

「いいえ。取り消さないで」

リタはマサタカの顔を振り仰いだ。「私も同じ思いなのです……たぶん」

そして正にその瞬間であった。急に、しーんとすべてが静まり、広場に信じられないような一瞬の沈黙が流れた。その沈黙を破って、教会の鐘がおごそかに鳴り渡った。

あとは大歓声。人々は興奮してかたっぱしから誰彼となく抱きあい、「ハッピー・ニューイヤー」と叫び、見知らぬ者同士、頬にキスを交わしあった。タケツルもリタも大勢の人から祝福のキスを受け、衣服を揉みくちゃにされ、笑いながらどちらからともなくしっかりと抱きあった。

「新年おめでとう、マサタカ」

「おめでとう、リタ」

そして二人は頰をしっかりと押しつけあって、お互いを祝福しあったのだった。

広場の中央にいた楽隊が「オールド・ラング・サイン」の前奏を演奏した。それに続く何千という人々の深夜の大合唱。マサタカも声をかぎりに歌った。自分ひとりが日本語で歌っているのもおかまいなしに。

——蛍の光　窓の雪——

いつのまにか手はリタの腰をしっかりと抱いていた。

——いつしか年も過ぎの戸を、あけてぞ今朝は別れゆく——

リタが泣いた。彼女は自分が泣いているということさえ気がつかない様子で、歌いながら涙を流し続けるのであった。

広場から人々が三々五々に散り始めていた。おびただしい爆竹や花火の殻や、ゴミなどが後に残されてお祭りが終ったのであった。涙をハンケチで拭《ぬぐ》うと、リタが言った。

「ごめんなさいね、泣いたりして、許してください」

リタの蒼《あお》い眼が、これまでに見たこともないような悲しみのベールに包まれているのを見て、マサタカは胸を突かれる思いがした。

「どうしたのです？　あの曲は、友情を歌う曲で、エラは悲しい曲ではないと言ったよ」

リタは口をつぐんで黙っていた。

「さぁ、話してくれないか。あなたはぼくにとって特別な女性なのだから……。これからは、あなたの悲しみはぼくの悲しみでもあるのですよ」

マサタカは両腕にリタをかき抱きながら、うめくように囁《ささや》いた。だが、彼にはそれ以上のことは言えなかった。言いたくとも言えない。もしもリタに求婚したら、リタはどうなるのか。想像もつかないことであった。阿部社長はマサタカをウィスキーの勉強に送りこんだのであって、断じて嫁探しによこしたのではない。これだけは絶対に確かなことである。阿部夫妻からは正式に何も言われていないが、長女マキとゆくゆくは縁組させたいと、彼らが考えていることを、マサタカはうすうす知っている。だからスコットランドで外国人の女と結婚などしたら、それは二重の裏切りを意味することであった。

それよりもリタの立場はどうなのか？　たとえ彼女が承諾するようなことがあっても、リタを極東の日本になど連れて帰るのは、狂気の沙汰《さた》というものであった。言葉・習慣、それに人々の好奇の眼。とてもだめだ。眼の蒼い外国人など、ほとんどみたこともない国へ連れては行けない。すぐにもホームシックにとりつかれるにきまっている。それも重症の。男の自分さえ吐き気を覚えたほどの深いホームシックである。この病弱で可憐《かれん》なスコットランド人の女性がそれに耐えられるわけがない。マサタカはそこで深い吐息と共に、リタに求婚をしようなどという気持を締めだした。あたりにはもう人々はほとんどいなかった。

「どうかなさって？」

と、マサタカの切ない吐息をリタはいぶかった。

「いいえ。言えません。これ以上は……」

「ああ、でもおっしゃって。でないと、お心の中が見えないのです」

リタのような女のどこに、そのような強い意志がひそんでいるのだろうか、とマサタカは思った。彼女はあくまでも彼に言わせようとしているのだ。

「リタ……。このことについては、ぼくのほうから一線を越えるわけにはいかないのだ。ぼくにはとても背負いきれないような問題なんだ」

「でもね、マサタカ。あなたひとりでは背負いきれなくても、二人ですればなんとかなることだってあるわ。どうかひとりで何もかも背負いこもうとはなさらないで」

マサタカはめまいを覚えた。

「ぼくの国では、重荷は男が背負うものなのです」

「ですが、マサタカ。ここは日本ではないのですよ。スコットランドでは、男と女は、歓《よろこ》びも悲しみも困難もすべて、二人で平等に分かちあって進んでいくものなのです」

その言葉は直接マサタカの一番柔らかい部分、魂に触れた。彼は、自分が求めている理想の女性が眼の前にいることを、突然に感じた。彼が求めていたのは、夫唱婦随の結婚ではなかった。自分というものをきちんと持った、ある意味では強い女性が好きだった。そう、広島の母のようにだ。母は陰にひなたに父をたてながら、それでも自分の意見というものを持っている女だった。幼い頃から何かというと相談相手にして来たのは寡黙な父ではなく、母のほうであった。

自分は、この女性、リタに逢《あ》うためにはるばるスコットランドくんだりまでやって来たのだ、という思いが、めくるめくようにマサタカの内部を駆けめぐった。もう何事も恐れなかった。誰がなんと言おうとも、彼は自信をもってこう言ってやれる気がした。

――リタは美しい女だった。そしてやさしい女だった。強い女だった。自分はこの女と出逢う運命に導かれて、イギリスへやって来たのだ――。マサタカの心はきまった。

「リタ……。もしもあなたが望むなら、ぼくはこの国に留《とど》まってもいい。……ぼくと結婚してもらえますか……？」

長い時間、彼はリタの沈黙に耐えなければならなかった。やがて静かに、決意をこめて、リタが答えた。

「いいえ、マサタカ。私たちは日本へ帰るのです」

私たち、という言葉が、これほどまでに心に滲《し》みてうれしいことはなかった。マサタカは大きな黒い瞳《ひとみ》を瞬《まばた》かせた。

「私のために、あなたがあなたの夢を捨てたと思ったら、一生私は後悔し続けますわ。それに」

と、リタはニッコリと笑った。「あなたがそんなにも簡単に、日本でのウィスキー作りの夢を手放すことができたら、私、きっともうあまりあなたを尊敬できなくなると思うの。覚えていらっしゃるでしょう？　男が命をかけるべきは戦場じゃない。それは夢に対してなのだと、あなたがおっしゃったのよ」

タケツル・マサタカは言葉もなく、リタを抱き寄せ、固く固く抱きしめた。

「ですから、どうかマサタカ、私にもあなたの夢を共に生きさせてください」

長い抱擁をようやく解くと、二人はどちらからともなくゆっくりと駐車してあるベントレーにむかって歩きだした。牛乳のように濃い霧が、あたりに渦を巻いていた。外灯の光が黄色く霧に滲《にじ》んで、いくつも蛍のように点々と広場沿いに輝いていた。二人は口に出さなかったが、この新年の光景を生涯忘れないだろうと、それぞれの胸の中で誓ったのだった。

車に乗って、エンジンをかけ、車内が温まるのを待った。その時、リタが静かに喋《しゃべ》りだした。

「さっき、『オールド・ラング・サイン』を歌いながら、私がなぜ泣くのかと、あなた、お尋ねになったわね？　その答えをこれから申し上げるわ。聞いてくださるわね？」

マサタカは神妙にうなずいた。リタの声と表情が彼にそう命じたからだった。

「私には婚約者がおりました」

と、彼女は話し始めた。そして彼が第一次大戦中、終戦を目前にして中近東で戦死したこと。それ以後、リタは神を見捨てたこと。もう誰も本気で愛せなくなってしまったことなどを、淡々と語って聞かせた。

「私は、私にとって一番大切なものを、イギリスという国に捧《ささ》げてしまったのです。けれどもイギリスは、私になんのつぐないもしてはくれませんでした。この国は私に歓びを何ひとつ与えてはくれなかったし、今後もそうだろうと思います。とりわけ、あなたに出逢った後には……」

リタの白い首が今にも折れそうにうつむいた。そして低い震える声でリタはこうつけ足した。

「ですから、私をこの国から連れ去ることで、あなたが思い悩む必要はないのですわ。私は亡き婚約者の命をこの国に捧げることで、充分に忠誠をつくしましたから。もうなんの未練もないのです」

マサタカはそれを最後まで聞き終ると、リタの手を取って言った。

「よくわかった……。正直に話してくれてありがとう」

リタは顔を上げて微笑した。

「『オールド・ラング・サイン』は、昔馴染《むかしなじみ》が忘れられてもいいのだろうか、と歌った歌なのよ、マサタカ。私が泣いたのは、その昔馴染に心の中で別れを告げていたからですの」

それから彼女は誠実な表情で、

「さぁ、私の胸の中の重荷をすべてお話ししましたわ。もう何も秘密はありません」

今度はあなたの番だとでもいうように、リタはマサタカの言葉を待った。だがマサタカは、

「日本の男は、心の中のありようをすべて口には出さんものなのだよ」

と言って逃げようとした。「男というものは、自分の妻に、不必要な心配をかけたり、不安に落としいれるのは、沽券《こけん》にかかわるのです」

「あら、それは違うわ」

と、リタは晴れやかな声で言った。「自分の愛する人が心に苦しみをかかえているのを知りながら、何も知らされないことのほうが、女には苦しいのです。それにマサタカ、あなたが妻にしようとしているのは、スコットランドの女なのよ。心の苦しみを分け合わないのは、女に対する裏切りだと考えている国の人間ですよ」

そうまで言われると、マサタカはまるで自分がやさしくあやされているような、揺すぶられているような気がしてくるのだった。それでついに、摂津酒造の阿部喜兵衛の長女、マキのことをリタに打ちあける気になった。阿部社長が大金を費やしてタケツルをスコットランドに留学させた背景には、ゆくゆくは娘の婿として彼を養子に取り、摂津酒造を継がせようという気持があるらしいということ。そして、マキに対しては恋愛感情は抱いていなかったが、好感はもっていたこと。リタとの結婚を知らせてやれば、阿部社長の失望はともかくも、マキの心痛を思うと、穏やかな気持ではいられないことなどを、誠実に話したのだった。

それを聞くと、リタは美しい額を曇らせた。

「もしも私がそのマキさんの立場だったら、さぞかしあなたと私を恨むことかと思いますわ」

「しかしぼくは、正式にはなんの約束もしていなかった……」

「たとえ、そうでも……。でもね、マサタカ、私たちの陰で傷ついて泣く女性があることを、二人とも忘れないようにしましょうね。その方の犠牲の上に、私たちの幸せが築かれるのだということを……。そしてその方のためにも、私たち、幸せにならなければなりませんわ」

そういう発想は、タケツルには新鮮な驚きであった。日本の女は、現状を受け入れるだけで精一杯だが、このスコットランド人の女性は、積極的に未来までも受け入れて生きている。そして自分は、日本という国でスコットランドの酒を作ろうとしているのだ。リタは、その意味で、彼の触媒となる存在ではあるまいか。マサタカは束の間、自分の将来が希望に輝くのを感じた。

一九二〇年、一月二十日、タケツル・マサタカとジェシー・ロベルタ・カウンは、グレートハミルトン街にあるカールトン地区登記所で、ひっそりと署名による結婚をすませた。立会人はわずか二人、リタの一番下の妹のルーシーと、やはりリタの幼友だちのエリザベスという娘だけという淋《さび》しい門出となった。

結婚登録書にサインをしながら、リタはこれまでの嵐のように吹き過ぎた日々を思った。それは去年の大晦日《おおみそか》に二人が予想した以上に、困難で悲しい日々であった。たったひとりの夫を得るために、リタは、母と二人の妹とひとりの弟、そして親戚《しんせき》の者たちすべてを失ってしまったのであった。

大晦日の夜更け、リタは家には戻らず、そのままタケツルの下宿で夜を明かした。彼女がそのような大胆な行為に出たのには、理由があった。

まず、既成事実をこしらえてしまわないことには、とうてい母カウン夫人の反対に立ちむかえないだろうと、恐れたからであった。母だけではなく、すぐ下の妹エラの反撃と敵意とを想像するだけで、力がなえそうになるのだった。そのためにもマサタカと深く結ばれなければならなかった。そのことはリタに勇気を与えてくれるはずである。

それから、もうひとつ別の理由があった。ジョンが戦場におもむく直前、お互いの気持は一致していたのにもかかわらず、二人は結ばれることなく別れ別れになったという苦い体験があった。

ジョンは手紙で自分はそのことを決して後悔しないと書いて来た。なぜなら、やがて兵役から解放され、リタの元へ戻っていく日のためにこそ、あの別れがあったのだと言うのだった。

けれども、彼は二度とリタの元には帰って来なかった。何か重要なことをやりのこしたまま、もう彼は手の届かない遠くへ行ってしまったのだ。ジョンはリタを傷つけたくないからだと言った。後で後悔させたくないからだと言って、指一本触れずに発《た》って行った。戦場におもむく若者の潔癖さであったが、残される者にとっては、ある意味で残酷な潔癖さでもあった。

ついに帰らぬひととなった時、リタを襲ったのは名状しがたい後悔の思いだった。それは、何か過ちを犯してしまって後悔するのではなく、二人の間に何もなかった——温かい肉体を一度として共有しあわなかったことに対する、身を切られるような虚《むな》しい後悔であった。決して埋めることのできない、人生における欠落として、その記憶は永久にリタの痛みとなったのである。

「私は自分のしようとしていることが、どういうことかわかっているわ。そして自分の行動に対して、自分で責任を負う自信もあるの。私はある痛ましい体験から、今、自分がするべきだと思うことを、実行しながら生きていこうと決意した女なの。そして今、私がするべきだと思っていることは……あなたとひとつになることなの……」

リタは寒さのせいだけではなく、震えながら、けれどもしっかりとそう言い切った。

「その痛ましい体験というのは、婚約者だったひとと係《かかわ》りのあることなのだろうか」

と、マサタカはリタを安心させるように胸に引き寄せて、訊《き》いた。リタはうなずいた。

「あのひとは、私に指一本触れないで、逝ってしまいました。そのことを悔やんでも悔やみきれないのよ、マサタカ。こんなことを今あなたに言うのは残酷なことかもしれないけど、それが正直な気持なの。でも同時に、こうやってあなたの前に清い躰《からだ》を差し出せることが、私にはとても嬉《うれ》しいのですけれど……」

「もういい。もういいんだ、リタ。もう何も言う必要はないよ。ぼくたちは、ぼくたちの意志で今夜、二人だけの結婚をしよう」

そう言ってマサタカは、しっかりとリタの手を握ると、ベッドのほうへと導いて行ったのであった。それから彼は、それ以上は望めないようなやさしさと愛情とをもって、リタに肉体の愛を授けたのだった。それはずっと後々になっても、リタに、彼女がその時に良き選択をしたと確信させるに値するような、誠実で美しい性愛であった。

今、リタは登記所の殺風景な一室で、牧師もなく、二人の立会人と登記官だけによる結婚の儀式を取り行ないながら、傍らの夫となった男にぴったりと寄りそい、小雪のちらつき始めた窓の外を、濡《ぬ》れた眼で眺めているのである。できることなら、すべての人に祝福して欲しかった。マサタカはそれに値する人間である。そのことを誰よりも知っているのはリタであるが、それを他の人に知ってもらえない自分の無力さが悔しくてならなかった。自分のためだけになら、今のままでもかまわないが、夫マサタカのために、ひとりでも多くの人々の祝福が欲しかった。

朝帰りの日のことを思いだすと、今でもリタは躰が震えだすほどであった。それは彼女の生涯の中で最も痛ましく、屈辱に満ちた朝となった。

午前六時。できるだけ静かにベントレーのエンジンを切ると、リタは家人を起こさないように、鍵《かぎ》を回して家の中に忍びこんだ。そのまま足音をたてずに階段へむかうと、背後に人の気配がした。ぎくりとして振り返るとエラであった。一晩中眠らなかったのか、青くむくんだ顔をして、リタを睨《にら》みつけていた。

「まるで泥棒ネコみたいにコソコソ歩くのね、リタ。何か後ろめたいことでもして来たの？」

あまりの悪意にかっとして、リタは妹を完全に無視して階段を駆け上った。

「ママが一晩中寝ずにお部屋でお待ちかねよ。すぐに行って、申し開きをしたほうがいいわよ」

覚悟はできていたが、さすがにリタは疲労感を拭《ぬぐ》えなかった。母にすべてを話すつもりであったが、いざとなると、心の準備がまだだった。自分のしたことについてはなんの後悔もしていないが、それを母に伝えるのには勇気がいる。なぜならば、母がどんなに驚き、ショックを受け、嘆き悲しむか、わかるからであった。

母の寝室の前で長いこと迷いに迷った末、リタは恐る恐るノックをした。

「お入り」

という母の声でドアを押した。

カウン夫人はベッドの中で、ピローを背にして坐《すわ》っていた。読みかけらしい本が、胸の上に置いてあったが、老眼鏡をかけていないところを見ると、本を読んでいないのは明らかだった。

「どこにいたんです？」

静かだが有無を言わせぬ訊き方だった。リタは下唇を咬《か》みしめ、勇気が湧いてくるのを待った。

「……タケツル・マサタカと一緒でした」

「でも」

と、カウン夫人は言った。「友だちの家のパーティーに呼ばれたと、あなたは言いましたよ」

「ええ、でも、それは嘘です。お母さま、それは私の最初で最後の嘘だと誓います。私はマサタカと、彼のアパートで夜を過ごしました」

固い緊張した表情がカウン夫人の顔を覆った。

「どういうことですか」

声も固く凍っていた。リタは足がなえるような思いとひそかに闘わねばならなかった。悲しみ嘆く母を見るほうがはるかに楽だった。とりすがって、心から慰めることができるからだ。けれども氷のような母に対しては、とりつくしまもないではないか。

それは予想外の反応だった。

「私たち、結婚を約束したのよ、お母さま」

リタは絶望の思いで、そう伝えた。

「そんな勝手は許しません」

と、母は即座に申し渡した。「私も許さないし、お父さまも生きていらしたら、決してお許しにならない」

「でも、もうきめたのです。どんなに反対なさってもだめよ、お母さま。もう後戻りはできないわ。私はあの方のものです。あの方も私のもの。昨夜、契りを結んだのです」

「なんて汚らわしい」

カウン夫人は吐き捨てるように言った。そんな恐ろしい光景をリタは見るに忍びなかった。むしろ心のどこかで、リタは母からしっかりと抱きしめられたいと願っていたのだ。初めて男性によって肉体を刺し貫かれた女の喜びと哀しみを、母だけはわかってくれるだろうと……。

「違います。マサタカには清い心があるのよ。愛しあうことは汚らわしいことではありません。そのことを一番よくご存知なのはお母さまのはずよ」

しかし、カウン夫人の表情は変らなかった。これが同じあの陽気で、心やさしい女性なのかと思うくらい、母は一晩で面変りがしてしまっていた。それが自分のせいだと思うと、リタの胸は張り裂けそうだった。

「過ちは、誰にでもあることよ」

と、カウン夫人は少し語調を変えた。「すぐに後悔して、過ちを過ちと認めれば、年月がそれを忘れさせてくれるでしょう。もう二度とタケツルに逢《あ》うことは許しません。わかりましたね」

リタは喉《のど》を押えて後じさった。

「あれは過ちではありません。これっぽっちも後悔なんてしていないのよ、お母さま。

わかってちょうだい。私はうれしいの。あの方を得て、幸せなの。今まで誰も私にしてくれなかったことを、あの方は私にしてくださったの。つまり私を幸福にしてくださったの」

「つまり、あのニッポン人のほうを取るということなのね？　そうですか、リタ？　私たちを捨てて、あの風変りな外国人と暮らすというのね？」

母のこめかみに青い筋が、小さな蛇のようにのたうつのをリタは茫然《ぼうぜん》と眺めた。

「お母さまを捨てるなんて」

悲しく情けなくて後は言葉にならなかった。

「でもリタ、おまえはたった今それを選択したんでしょう」

母とこんな言い争いをするようになるなんて、夢にも考えたことはなかった。いつだって温かく、理解に満ち、公正だった母が、旧敵のように眼の前にそそり立っているのだった。

「二つにひとつの選択しかないのならば……」

と、死んだような気持で、ついにリタが言った。「私は、タケツル・マサタカをとります」

躰が冷たくなるような気がした。

「それが結論ですか」

と、カウン夫人が冷ややかに念を押した。

「お母さまを裏切るようなことになったのは本意ではないけど、私はマサタカにすべてを託したのよ、お母さま。ええそう、それが結論ですわ」

「では、できるだけ早く荷物をまとめて、この家を出ることね、ジェシー・ロベルタ。あなたはもうカウン家の娘ではありません。カウンの姓を名乗ることは許しません」

リタは打ちのめされてうなだれた。ここまで母と反目しあうとは。

「けっこうです。……私はこれからジェシー・ロベルタ・タケツルと名乗りますから」

それが最後だった。その朝の会話を境に、リタの母は二度と、娘と口をきくことはなかった。

さらにもうひとつ、痛々しい口論がその後にくり広げられた。エラとの対決である。いずれいつかこの対決はなされなければならない運命にあったのだが、母との決定的な断絶の後では、それはリタにとっていっそうつらい出来事となった。

「お姉さん、あのニッポン人のサムライと結婚するんですって？」

何を考えているのかわからない表情であった。リタが母との口論を終えて、ズタズタになった心でベッドに身を投げだした直後の、エラの訪問だった。

「ええ、そういうことになったのよ」

リタはしぶしぶとベッドに起き上がりながら妹の質問に答えた。

「じゃ、祝福してあげるわ」

キラリとエラの蒼《あお》い眼が光った。「お姉さんたちが世界一不幸になりますよう。この国際結婚が呪われますよう、これから毎日お祈りすることにするわ」

「まさか……。本気じゃないでしょう。エラ、本気じゃないわよね」

妹の荒廃したような表情をみると、その大半が自分のせいであるような気がして、リタはおろおろと言った。

「いいえ、本気よ」

エラが急に大声で言った。

「あなたの気持はわかるわ、エラ。すまないと思う。でもそんな憎しみを抱えて生きていくことなんてできないわ。それは不幸というものよ」

この言葉に、エラは一気に怒りをつのらせ、爆発させた。

「あたしの気持がわかるって？　すまないって？　嘘ばっかり。もしも、あたしの気持が、これっぽっちでもわかっていたら、拍手してあげるわよ。あたしの気持はね、リタ。あんたを憎んでる。子供の時からずっとずっとあんたが憎かった」

「もう止めて」

リタは恐ろしさに眼を閉じて耳を塞《ふさ》いだ。けれどもエラはそのまま叫び続けた。

「いつだって、お姉さんは一番いいものを着て、一番大事にされて、一番愛されて来たわ。お姉さんは、そうやっていつもあたしから大事なものを奪って来たわ。最初はママの愛。それからダディ。物心ついて、ダディが大好きでしようがなかった時、わかったの。ダディが大好きなのはリタだって。リタが一番可愛いいんだって」

「違うわ。それは私が病気をするから、特別に注意深くしてくれただけよ」

「それが愛なのよ、リタ。特別に注意深くしてくれることが。姉さんはそれをいいことに、病気を理由にダディの愛を完全に独り占めにしたのよ」

憎しみが、エラの顔を醜くしていた。リタは慄然《りつぜん》とその顔を眺めるしかなかった。

「ジョンの時もそうよ。最初は顔を見るのもいやがって、あたしに譲るとか言って、後ではわたしから、さっさと取り戻したわね。当然の権利でもあるように」

「ジョンとは、本当に深く愛しあうようになったのよ……」

「へぇ！　深くね。じゃ、タケツルのことはどうなの？　やっぱり深く愛しあってるの？　ずいぶん簡単に深く愛せるものなのね。タケツルは、あたしのボーイフレンドだったのよ。あたしが気に入って、家へ連れて来たのよ。あんなことするんじゃなかったわ。外で逢っていればお姉さんに取られずにすんだのよ。それにしてもお姉さんも利口じゃないわね、結婚するなんて。あたしだったら、友だちに止めておくわ。当然でしょう？　ニッポン人と結婚なんて、カウン家の恥さらしだわ。カーカンテロフの恥よ。スコットランドの恥」

「エラ、どうか心を鎮めて。あなたが怒るのはよくわかるわ。でも、そんな酷なことは言わないで。本気じゃないわね。いつだってあなた、後で本気じゃなかったって言ってくるじゃないの」

そして、猫のように躰《からだ》を押しつけて来て、姉妹は泣き笑いをしながら、仲直りして来たのだ。今度もリタはそれを期待した。だが、エラの態度は信じ難いほどの敵意を露《あら》わにしていて、リタのどんな哀願も拒絶するかのようであった。

「あたし、ジョンとあることを約束したのよ」

と、エラがずるそうに眼を光らせた。

「ジョンと？　どんな約束をしたの？」

「どんなことがあっても、我慢してお姉さんの身方になるって。そして、そうして来た。ずいぶん耐え難いこともあったけど、ジョンとの約束を守り通したつもり。でも今度はどうかしら？　お姉さんのニッポン人のサムライとの結婚をジョンはどう思うかしらね？」

「ジョンはもういないのよ、エラ」

リタは沈んだ声で呟《つぶや》いた。

「でも、お墓の下で、どう思っているのかしら？　喜んじゃいないわね、おそらく」

「ジョンは亡くなったの、エラ。そして私は生きているの。これからも生き続けなくてはならないのよ。そのことを忘れないで」

「せいぜい楽しく、あのニッポン人の男と、地の果てで生き続けるがいいわ。ダディが亡くなる前に言ったこと覚えている？　人生の中で最も耐え難く苦しいのは、望郷の念だって。お姉さんが今後苦しむのはそれよ。地の果てのニッポンで、故郷を恋こがれてのたうちまわるがいいわ」

リタは青ざめて、それを聞いていた。そして最後に妹のほうに手を差しのべて、こう静かに言ったのだった。

「あなたを許してあげるわ。可哀そうな私のエラちゃん」

昔そっくりの言い方だった。眼に涙さえ浮かべて。

けれどもエラは姉の手を激しく振りのぞくと、冷えびえとした声で、

「止めてよ。その尊大な態度。反吐《へど》が出るわ。お姉さんを死ぬまで憎むわ」

そう言い残すと、くるりと背を見せて歩み去った。

四　新生活

リタはあの身を切られるように悲しかったエラとの口論を思いだしながら、夫マサ

タカと共に登記所の階段を下りて、立会人の二人の少女たちとベントレーに乗りこんだ。これから内輪だけのささやかな結婚披露の宴を、ノース・ブリティッシュ・ホテルで取り行なう予定であった。

リタは自分の結婚がルーシーをのぞく家族全員に受け入れられないあまり、自己憐《れん》憫《びん》にとりつかれるのは、マサタカに対してすまないと思い、もうくよくよするのは止めようと、運転席で背筋を伸ばした。

マサタカはマサタカで、やっぱりつらい思いをしていることはわかっているのだった。ほとんど事後承諾になるけれど、広島の両親と、阿部喜兵衛に、結婚の許しを求める長文の手紙をしたためて投函《とうかん》してあった。

手紙の往復に二か月は要するので、返事が届くのはまだ先の話である。いずれにしても色良い返事が返ってくるとは思えず、あまり期待は抱いていなかった。時間をかけて説得するしかない、というのが彼の結論だった。要は嫁となる女性の人柄の問題だ。リタならきっと誰からも気に入られる。そのことだけは、マサタカは信じて疑わなかった。

ホテルの食堂は、一番混雑するランチ時を少し外れていたので、他の客もなくひっそりとしていた。ただでも淋《さび》しい披露宴なのに、いっそう淋しさがつのって、それが女たちの顔に表れた。すると、すかさずマサタカが、

「これはラッキーだな。まるでぼくたちのための貸切りの宴会場みたいだ」

と言って、しょんぼりした気分をひきたてるのだった。それからフランス産の特上のシャンペンを頼んだので、リタがそっと囁《ささや》いた。

「ねぇ、あなた《ディア》、家計は私があずかるのよ。節約してちょうだい」

「スコットランド人というのは、ケチンボだとは聞いていたが、婚礼のシャンペンまでケチるのかね」

マサタカがわざと眼をむいてみせたので、これで二人の立会人たちはすっかり元気を取り戻したのだった。リタとマサタカはこっそりとテーブルの下で握手をして、演技が功を奏したのを喜んだ。シャンペンの乾杯がすむと、ルーシーが言った。

「やっぱりクリスマス・プディングのおまじないがきいたのね。お姉さん、マサタカさん、ほんとうにおめでとう」

「きみの親切は生涯忘れないよ、ルーシー。最後までリタの味方をしてくれて感謝している」

マサタカはやさしい眼でルーシーに礼を言った。「どうやってこのお礼をしたら良いのか、今はちょっと分からないんだ。でも何かして欲しいことがあったら、いつでも言ってくれるね？」

「さっそくして欲しいことがあるわ」

と、ルーシーが眼をクルリと動かした。

「まぁ、ルーシー。あんまり無理難題を言って、マサタカを困らせないでね」

リタが横から言った。

「あたしのお願いと言うのはこうよ」

と、ルーシーはマサタカのほうをむくと、かってないくらい真面目な顔つきで言った。「お姉さんを、世界一幸せな奥さんにしてあげて欲しいのよ、マサタカお義兄《にい》さん」

たちまちリタは眼をうるませ、友人のエリザベスも鼻にハンケチをあてた。

「うん、それなら約束できる。世界一というのはわからないけど、ぼくにできるベストをつくすよ」

マサタカも大真面目にそう言って、ルーシーと約束の握手をした。

「じゃ、ぼくからルーシーにお礼の意味をこめて、いつか、日本へ招待することを、ここにみんなの前で誓うよ」

「うれしいわ。あたしお義兄さんからの招待状が届くのを、首を長くして待っているわよ」

ルーシーが眼を輝かせた。

「あんまり長く待たせないようにするよ。さもないとルーシーの首がツルみたいに長くなるといけないから」

マサタカのこの冗談にみんなが笑いころげ、淋しい婚礼のお祝いの席がすっかりごんだものとなった。リタは急に無口になって、最後までこの結婚を支持しつづけてくれた末の妹を、感謝と愛情をこめてみつめた。

それはそれほどたやすいことではなかった。そのためにルーシーはエラから絶交を言い渡され、弟のラムゼイとは小競り合いになって、かっとしたラムゼイに柔道の背負い投げを喰《く》らい、足首を軽くねじってしまったのだ。それでラムゼイにはルーシーのほうから絶交を申し渡し、母カウン夫人はおかんむりだった。ラムゼイの言動にも、リタは傷ついていた。

彼はカウン家の跡取りの立ち場を笠《かさ》にきて、高圧的な態度を示したのだった。ラムゼイはこんなふうに挑発的な発言をして、リタを悲しませ、ルーシーの顰蹙《ひんしゅく》を買った。

「ぼくはカウン家を継ぐ者として、我が血筋に呪われた東洋の血が混じることを、断じて反対する」

それを聞くと、ただちにルーシーはこう言って、こっぴどく弟をやっつけた。

「へぇ！　マヌケなラムゼイくんは、いつのまに語彙《ごい》をそんなに増やしてお利口さんになったの？　ダディが生きていらしたら、その生意気な口を思い切りひっぱたいたでしょうけど、残念ながらダディはいらっしゃらないから、かわりにあたしが正義の制裁をしてあげるわ」

と言いざま、テーブル越しに平手で弟の口をピシャリとやったのだ。それでラムゼイが怒って、取っ組みあいになってルーシーを投げ飛ばしたという事の成行きだった。

リタは、呪われた東洋の血という言葉を吐いた弟をどうしても許すことができなかった。そしてタケツルもタケツルで、自分が心をこめて教えた柔道の技で、姉のルーシーを投げ飛ばしたことで、心を痛めていた。

——柔道を進んで攻撃の手段に使ったことも許せないが、女性を投げ飛ばしたことはさらに許せないことです。ラムゼイ君、ぼくは甚《いた》く失望しました。君に柔道の本当の精神を教えこめなかったぼく自身にも失望しています。君のしたことは最低のスポーツ精神です——

と書いた短い手紙を、ラムゼイに書き送ったほどだった。

「ダディがもしも生きていらしたら、きっとこの席にお出《いで》になってくださったと思うわ」

と、最後にルーシーがそう言ってリタを慰めた。

「ええ。私もなんだかそんな気がしているの」

リタは微笑した。そうなっていたら、どんなにうれしいことか。カウン医師さえ許してくれれば、ママもエラもラムゼイもきっとわかってくれたのに。

「でも心配しないでね、ルーシー、それにエリザベス。私にはマサタカという夫がいるんですもの。私が正しい道を選んだということがきっといつか、みんなにわかってもらえるわ」

リタ・タケツルはそう言って妹の頰に心をこめて接吻《せっぷん》した。そして、その日がカーカンテロフにおけるリタの二十三年間の生活の最後となった。ランチをすませた後、二人はルーシーを家まで送り届け、そのまま車首をキャンベルタウンにむけた。

バックミラーの中で、トンガリ屋根の我が家が次第に小さくなり、裏庭のリンゴの木や、生前、父が手入れをした生垣もみるみる小さくなって行った。もしかしたら思い違いであろうか。リタは遠ざかる懐しい両親の家の窓のひとつのカーテンが揺れたような気がした。そしてやっぱりもしかしたら見まちがえかもしれないが、母の老いた白い顔が、ちらりと覗《のぞ》いたような気がしたのだ。さようなら、ママ。さようならカーカンテロフの家。さようなら幼い日の思い出。リタは胸の中で呟《つぶや》いて、バックミラーからフロント・ウィンドーに眼を投じた。

そこには岩肌を剝《む》きだしにしたヒースの丘が横たわっていた。冬の猛々《たけだけ》しい風景であった。低いゴースの繁みは寒さにかじかんだままだし、窪地《くぼち》には風が吹きすさんでいた。その荒涼とした風の音は車窓を通してさえも、二人の耳に突き刺った。そこに前途を見るような思いで、彼らはともすると沈黙がちだった。

「さぁ、リタ、元気を出そう」

と、マサタカが重い口を開いた。「あんな荒れ果てた土地でもね、実はあの曠野《ムーアランド》はピートの宝庫なんだよ。あの死神みたいな黒い枯れた繁みやイバラの下に、豊かなピートを隠しもっているんだ。ピートっていうのはね、きみも知っての通り、ウィスキーにスモーキーなフレーバーを与える重要な役割をもっているんだ」

ウィスキーの話になると、再び彼は元気を取り戻し、熱の入った口調でしばらくはピート談議にひとり熱中するのだった。その傍らで、リタは夫の話に耳を傾けながら、注意深くベントレーを運転しつづけた。家を出る前に、他に何もいらないけど車だけくださいと、母に哀願したのだった。

二人が新婚生活を送ることになるキャンベルタウンは、グラスゴーの西南キンタイアー半島の先端にある人口七千ほどの小さな町で、鰊《にしん》漁とウィスキー作りが盛んであった。

タケツルが、見習いとしてではなく、初めて技師として職を得ることになったのは、ヘーゼルバーン蒸溜所《じょうりゅうしょ》。そこの工場長をしているイネス博士が、たまたま日本酒をつくる麴《こうじ》に興味をもっているということで、タケツルの受入れが可能になったのである。

タケツルのほうでも願ったりかなったりであった。ヘーゼルバーン蒸溜所は、「ホワイト・ホース」で有名なマッキーン社の蒸溜所だった。単にモルト・ウィスキーを作って売るだけではなく、自社のグレイン・ウィスキーを持っている。それらをブレンドして「ホワイト・ホース」が作りだされる。ここで学びたいのは、ブレンドの方法や、会社の運営のしかたなどであった。タケツルは留学の最後の行程に、真剣に取り組み始めた。ここでの実習が終れば日本に帰れる。そしてウィスキー工場を作り、蒸溜機を置き、本物のスコッチ・ウィスキーを作るのだ。

キャンベルタウンに落ちつくと、新婚生活を楽しむ間もなく、彼は朝早くから夜は遅くまで、ヘーゼルバーンの工場で一刻を惜しんで働いた。

当面のあいだ、リタのほうは二人のために借りた小さな家を整えるのに、情熱と時間のほとんどをさいた。それはカーカンテロフの、ベッドルームが六つもある大きな屋敷とは違って、天井も低く、部屋数も最低必要限で、庭もとても小さかった。

リタは、黄ばんで埃《ほこり》をタップリと吸ったモスリンのカーテンを洗って小ざっぱりとさせた。洗濯してみると、その古いカーテンの紫の小花模様が蘇《よみがえ》り、小さな居間は田園風になった。小花模様と同じ紫色の無地で、クッションをいくつも作り、坐《すわ》り心地は良いのだが、古ぼけたソファーをひきたてることにも成功した。

食堂のカーテンは、油や煙を吸って見るに耐えなかったので、思いきって取り替えることにした。清潔な真っ白い木綿の裾《すそ》に、ブルーのリボンを縫いつけ、アクセントにした。ついでにケトルもブルーのホーローびきのものを新調した。

ベッドルームは北側に面してただでも寒いのに、なんの装飾もなかった。マサタカはどうせ長くはいないのだからと反対したが、たとえ二か月でも三か月でも、リタは居心地よくしたいと思った。そこで真っ白い羊の皮毛を二つ買って、ベッドの両側の床に敷いた。壁紙の中の一色と同じ、薄荷色《ミントグリーン》のベッドカバーを自分で縫い、余った布で、ベッドサイドランプの傘を張り替えた。

キッチンは小さかったが、東向きで朝日がタップリ射しこむようになっていた。もっとも晴れていればの話で、スコットランドの冬に、太陽が顔を出すのは、まずまれな話だった。

キャンベルタウンのこの小さな田舎風の家で過ごした約半年の間、リタが一番好きだったのは、このキッチンであった。そこで夫のために食事を作る時、リタは結婚の実感と幸福感とを思う存分味わうことができた。

数日のホテル暮らしの後、その家に引越した最初の朝、リタは新妻らしく夫より先に起き出し、髪にブラシをあて、薄くメークアップをすると、そっとマサタカの額に接吻して夫を起こした。

「あなた《ディア》、朝食に何を召し上がりたい？」

するとマサタカは悪戯《いたずら》っぽい眼をして、

「おまえ」

と言って、妻を恥しがらせた。

「朝食か――」

と、次に遠い眼をした。

「ぼくが朝食に所望するのは」

と、マサタカは大真面目に言った。「ミソシルとナットウと、白い飯、そしてツケモノ。それに鯵《あじ》のヒモノ」

リタが眼を丸くした。

「ミソ……なんですって？」

「ミソシル」

マサタカは笑いながら起き上がった。「大豆《ソイビーン》で作った日本のスープのことさ。冗談だよ。ちょっとおまえを困らせてみたかったのさ。なんでもいいよ。ただし、鰊の燻製《キッパース》だけは当分顔もみたくないからね」

マサタカがグラスゴーに下宿していた時、くる日もくる日も朝食に出て来たのが、塩辛いキッパースだったのだ。スコットランド人の朝の常食で、バターでソティーして、温めたトマトと一緒に出される。初めのうちは、日本の魚の干物に味が似ていると歓喜したものの、それが毎日のように出たのでは、鼻についてうんざりしてしまう。

その話を夫から何度も聞かされていたのでリタは、初めからキッパースを朝食のメニューから抜いていた。

キャンベルタウンの生活は、平和のうちに過ぎ、春を迎えようとしていた。その頃には、リタもいっぱしのウィスキー通になっていた。夫の口から聞かされる耳学問に過ぎないが、自分でもウィスキーが作れるのではないかしら、と思うくらいだった。スコットランドという土地に住みながら、そこで作られるスコッチ・ウィスキーに対して、自分たちがどんなに無関心で無知であったか、あらためて驚くほどだった。

ウィスキーというものの歴史は、それほど古くはないということ。その昔はほとんど無色透明だったのが、ピートで燻《いぶ》すことによって、独得の焦げ臭い香りと、あの美しい琥珀《こはく》色がつくようになった。三、四百年前のことである。当時のウィスキーは、モルト・ウィスキーだけで、香りは良かったが、重くて万人向きではなかった。

連続式蒸溜機が一八二六年に発明されて、ウィスキーの運命が変った。それで作られるグレイン・ウィスキーとハイランド・モルトをブレンドすると、これまでにない飲み心地の良いウィスキーが誕生した。これが今日まで伝わるブレンディッド・ウィスキーなのである。そしてイギリス人の間でもあまり飲まれなかったウィスキーが、イギリス全土はおろか世界中の人々にまで愛飲されるに至ったのである。おおざっぱに言って、そんなことをリタは知った。

「ウィスキーのブレンドというのは、正に神の技を感じるね」

と、マサタカが夕食後に妻に語ったことがある。「そいつがここに宿るんだよ。神の技がね」と彼は自分の大きな鼻を自慢そうに指した。たしかにその鼻は、香りを嗅《か》ぐためにグラスの中に突っこむにはいかにも具合が良さそうだ、とリタは微笑した。「キャンベルタウンで作るモルト・ウィスキーはひどく癖が強くてね、とても飲めた代物じゃない。その上重くて、香りときたら鼻をつまみたくなる」

マサタカはさんざんこき下ろしておいて、こうつけ加えた。「ところが不思議なことに、このキャンベルタウンの悪名高きモルトに、ハイランドのものを混ぜ合わせると、奇跡が起こるんだ。理由は神のみぞ知るだね。とにかく旨《うま》くなる。それにさらにグレイン・ウィスキーとブレンドすることによって、たとえば『ホワイト・ホース』が出来上がるのさ」

夫の口調から、彼がこの地での学習で成果を上げていることがわかって、リタはうれしかった。

「イネス博士がすばらしい人物なんだよ。心の広い人でね。ぼくに何ひとつ包み隠さず教えてくれる」

以前の実習では、機密保持で、部外者が近寄ることもできないような箇所がたくさんあった。けれども今度の工場長はそれを一笑に付すのだった。

「ウィスキー作りに、秘密なんてないと言うんだよ、イネス博士は。たとえば彼の工場でさえ、同じものを作っているつもりが、毎年微妙に味の違うものが出来上がる」

「どうしてかしら？」

と、リタが夫のカップにコーヒーを注ぎながら訊《き》いた。

「自然というやつさ。空気とかその年の気候とか、我々人間の力ではどうしようもないものたちの仕業なのだよ」

夕食の後、マサタカは机にむかい、その日一日のメモを整理することに費やした。寛《くつろ》ぎリタは夫の仕事の邪魔にならないよう、傍らの肘掛椅子《ひじかけいす》で読書をして過ごした。寛《くつろ》ぎと信頼にみちた平和な日々であった。その日々こそ、おそらくリタの生涯の中で最も穏やかに過ぎていった時ではなかったろうか。

キャンベルタウンに花々が咲きこぼれる頃、タケツル・マサタカに宛てた一通の手紙が舞い込んだ。それは長らく待たれた日本からの手紙であったが、一方ではそれが永久に来ないことを、若夫婦は口にこそださなかったが、心の片隅でそれぞれが考えていたことであった。読まなくとも、そこに何が書かれているか、火を見るよりも明らかだからだ。

それはマサタカの母の筆跡でしたためられた、長文の手紙だった。数行読み進むうちにマサタカの顔が曇った。やはり……とリタは、夫をその場にひとりにしておいてあげるために席を外し、キッチンでできるだけ物音をたてないよう、夕食の後片づけを始めた。夫の両親が自分を受け入れないであろうことは、容易に想像がついていた。ヨーロッパにあるイギリスでさえ、国際結婚はまれである。ましてや東洋人と西洋人の結婚は、奇異な眼で見られる。日本はイギリスでの比ではあるまい。

愛だけでは乗りきれないものが、この世にはある、とリタは思った。それが習慣とか風俗などではないということは、リタはつい最近学んだばかりだった。そんなものは努力と時間と情熱さえかたむければ、いずれ乗り越えられるものなのだ。どんなに努力をしても、かたくなに凍りついてしまったひとの心は溶かせない。マサタカとの結婚が、母アイダ・カウンをあれほどまでも理不尽に、頑固に、変えてしまったのだ。あの誰からも慕われた温情あふれるやさしい婦人が鉄骨のようにひややかにそそり立ってしまったのだ。

一方、マサタカは一通り母の手紙を読むと、怒りとも哀しみともつかない思いで、肩から力がぬけ悄然《しょうぜん》と宙をにらみつけた。今さらこの結婚を見合わせるようにとは、どういうことか、と彼は奥歯を咬《か》みしめた。両親の驚きもわかる。ショックもわかる。だが、最後に書かれてある一行は一体何事なのだ？　別に良い女がいるから見合いの写真を送りましょう、だなどと。

親族会議が開かれ、親戚《しんせき》中が一致して二人の結婚に反対だといったところで、どうということはない。勝手に反対すれば良いのだ。だが次の一文には、さすがのマサタカも良心がとがめた。

――突然のウィスキー作りのための留学にあたっては、寛大にもおまえの願いを聞き入れました。おまえが継ぐべき酒造りの家業も、それほどまで言うならばとおまえの情熱に負けて、涙を飲んで親戚に譲りました。そこまで父と母は許しました。しかし今度の一件ばかりは、かえすがえすも見合わせ下さるよう。蒼《あお》い眼の異人の女との結婚は平にご容赦たてまつります――

いつのまにかリタが来て、マサタカの足元に跪《ひざまず》き、その頭を夫の胸に埋めた。

「マイ・ディア。悪い知らせなのね。お気の毒だわ《アイム・ソーリー》」

マサタカはリタが日本語が読めないことを内心感謝していた。さもなければ、こんな手紙を読ませたら、彼女がどれほど傷つくかしれない。

けれども、マサタカは知らなかった。読めないなりに、想像くらいはつく。そして人間の想像力ほど、時と場合によっては、ひとの魂を傷つけるものはないのだ。

「いいさ、リタ。たとえ全世界が敵に回ったって、ぼくはおまえと添い遂げてみせる」

そう言って彼はリタの頭を胸に掻《か》き抱いた。

「いいえ、マイ・ディア。そんな固い心を抱いてはだめよ。考えても見て。一体誰が一番不幸だと思う？　私たちじゃないわね？　私たちは今、世界一幸せな二人だわ。

不幸なのは、私たちのために一家の秩序が破壊されてしまったと考えているあなたのご両親や、私の母たちなのよ。その人たちの心の痛みを考えてあげましょうよ」

マサタカはその言葉に深く感動したようであった。

「そのとおりだよ。今の言葉を広島の親たちに聞かせてやりたいくらいだ。リタ、ぼくはおまえをとても誇りに思う」

摂津酒造の阿部喜兵衛からの返事はまだだった。彼はマサタカのスポンサーでもあり、その返事を郷里の親からのものとはまた違う恐れをもって、マサタカは待ちあぐねていた。

いずれにしろ自分は、ウィスキーの勉強は真面目にしたのだ。その成果も、日本に帰ればおめにかけられる。恩はそのようにして返すことができる。だが……。

だが、阿部マキのことを思うと心が揺れる。なんの約束もないし、阿部喜兵衛の口からも言われたわけではないが、マサタカはどうしてもマキを裏切ったような気持をまぬがれない。

それと、彼はこのところ別の心配事に心を奪われていた。

ウィスキー作りについての学問はすべて頭にたたき込んだ。克明なノートもとった。工場の設備や器材・技師や職工の待遇問題も学んだ。イギリスの職工たちに比べると、日本の職工の待遇がいかにお粗末かということも知った。低賃金の問題だけではない。

休日の保証、それから生活の安定を保証する日給制など。一人ひとりの生活が向上してこそ、生産も向上するのだ。日本に帰ったらやらなければならない改革が山のようにあった。

しかし、それだけでは、ウィスキー作りは実現しない。工場設備、立地条件、販売網、原料の供給。再びふりだしだ。果たして日本などで本格的なスコッチ・ウィスキーが作れるのか？　二年前にこの地に足を踏み入れて以来、同じ疑問だ。

自然風土が違う。大麦はどうする？　草炭《ピート》は？　ピートなどどこを探せば採れるものか？　日本に第一、ピートなるものがどこに存在するのか？

マサタカは再び自信を失いかけた。しかしありがたいことに、もうひとりぽっちではない。家に帰れば妻がいる。それにホームシックともこのところ無縁だ。それだけで、どれほど自分は救われることか。

「ねぇ、マサタカ？　暖かくなったから一緒にピクニックに出かけましょう」

ふと眼を上げて楽しそうに妻が提案した。

「ピクニックか……。うん、行こう、一緒に」

そうなのだ。一緒に、リタと共に。これからもずっと生涯一緒なのだ。愛《いと》しき妻よ。

タケツルは心の隅の重い憂鬱《ゆううつ》をようやく追い払うことに成功した。

阿部喜兵衛からの返事がついに届いた。それはさんざん二人を待たせたあげく、短い電報であった。

――ワレ　イギリスヘイク　アベ――

まさか本人が乗りこんでくるとは予想もしなかった。リタはいつになく冷静さを失った。考えられることはただひとつ、マサタカを自分から引き裂いて、連れ戻そうとしに来るのではないかと、ひそかに怯《おび》えた。夫はそれを言下に否定したが、不安は覆うべくもない。

「あの人はたいそう心の広い方だ。私情を混同するようなことは、まずありえないよ」

と、妻を慰めたが、それは同時に自分を慰める言葉でもあった。不安と疑惑のうちに二か月が過ぎた。その間もマサタカはウィスキー作りの最後の行程を、着々と学び、吸収しつづけた。

原料の大麦やピートに対する不安もある程度解決の見通しがついて、憂鬱な中で明るいニュースになった。日本から取り寄せた大麦を、タケツルは工場長に鑑定してもらったのである。ある日彼はイネス博士に呼ばれて、工場内の敷地にある彼の研究室を訪れた。

博士は、掌に二粒の大麦をのせて、タケツルに質問した。

「どちらが日本産のものかわかるかね？」

手に取ってしげしげと眺めたが、区別はつかなかった。タケツルは首を振った。

「つまり、そういうことさ」

と、工場長のイネス博士は片眼をつぶって見せた。

「ところでタケツルくん。今のひとつは君が持って来た日本の大麦。もうひとつはカナダ産の大麦だ。うちで使っているものだよ」

スコッチを作るのにカナダ産の材料を使っていたとは知らなかった。スコットランドでは農業に従事するよりも炭鉱の仕事をしたほうが、はるかに収入が良いので、大麦を作る人間が少なくなり、スコッチ作りに必要な大麦の絶対量が足りないのだ。それで、かなりの量を輸入に頼っているということがわかった。

ヘーゼルバーンのモルト・ウィスキーの独特の輝きのある重厚さは、カナダ産の大麦によって作られたものだったのだ。タケツルはにわかに自信を取り戻した。それでは、カナダの大麦と見分けのつかない日本の大麦でも、ウィスキーは立派に作れるのではないか。その日、彼はその二粒の大麦を大事に家へ持って帰り、妻に見せて言った。

「どっちが日本のものか、当ててごらん」

リタはさんざん迷ったあげく、右のほうの粒を取り上げた。

「そう！　どうしてわかったんだい？」

「まぐれよ。じゃあ、あなたにはどうして当たりだってわかるの？」

「やっぱりまぐれさ」

「つまり、あなたにも、どっちがどっちだかわからないってことじゃないの。おかしなひと」

そこで二人は久しぶりに大笑いをして、大麦問題に無事決着をつけたのだった。

ピートのほうは、それほど簡単に解決できたわけではなかった。それについてはイネス博士は次のような提案をタケツルにした。

「ウィスキーのスモークト・フレーバーは、ピートによって添えられる。これは事実です。が、必ずしもピートのみによって作られるものでもないのだよ。大麦自身の香りの中にも、ある種のスモークト・フレーバーは含まれている。したがって、乾燥の過程で大麦の芳香を最大限に引きだすよう、工夫をしたらどうかと思うんだよ」

それから博士は元気づけるように訊《き》いた。「日本にもどこかスコットランドに似た土地が、きっとあるに違いないよ」

その時、白い稲妻のようにある考えがタケツルの頭の中をひらめいた。北海道。もしかしたら、北海道にピートがあるかもしれない。それにあそこは気候風土がスコットランドとよく似ている。一筋の光明がその時、タケツルの顔を輝かせた。

阿部喜兵衛が日本からはるばる船で到着する前日、マサタカはリタを伴ってロンドンに入った。彼はすでに数回ロンドンの地を踏んでいるが、リタにとっては初めての大都会であった。街の様子、激しい車の数、それから外国人の多さ、婦人たちの流行の服装や華奢《きゃしゃ》な靴などに、彼女は眼を見張り通しだった。

「そういうのを日本語でオノボリさんと言うのだよ」

と、マサタカは笑いを禁じ得なかった。

夫はそんな妻を、ボンドストリートの中ほどにある婦人装飾店に連れていき、目の玉が飛び出るほどのお金を出して真っ白いツーピースと、それに合う白と青のコンビネーションのハイヒール、青地に白いリボンのついた帽子とをそろえさせた。白いツーピースには、リタの瞳《ひとみ》と同じ色の青い替え衿《えり》がついていて、腰のベルトでしめるようになっていた。彼はなかなか、眼が肥えていた。結婚して数か月、かつては青ざめた花にたとえられたリタは、心もち頬がふっくらとして赤味が増し、まさに咲き誇る花のようであった。

「まぁ、どうしましょう。こんな高いものをお買いになってはだめよ、あなた。でも、なんて素敵なんでしょう」

グラスゴーはもちろんエジンバラだって、どこを探しても決して手に入らないような一式だった。

「どっちにするんだい？　買うのかね、それともいらないのかい」

マサタカは笑いながらリタをからかった。

「買います! 買っていただくわ。でも、もう二度とこんな高価なものは、おねだりしませんからね」

両腕に、良い匂いのする新しいドレスを抱きしめて、リタは輝くような笑みを浮かべた。明日に阿部喜兵衛との対面を控えて、極度に神経質になっている妻を、そんなふうに慰めることができて、マサタカも嬉《うれ》しかった。それに彼女が美しく着飾って、きちんとした優雅なレディに見えることが、彼を喜ばせた。

翌朝、二人はロンドン港に出向いた。リタは昨日買ったばかりのドレスを着て、頭のてっぺんから爪先《つまさき》まですべて新品づくめだった。

「こんなきれいな格好を、カーカンテロフの母や妹たちに、ぜひ見てもらいたいものだわ」

と、彼女は心からそう思い、切ない吐息をついた。

タラップを下りてくる船旅の人々の中に、阿部社長をみつけだすのはたやすかった。帽子を被《かぶ》った日本人を認めると、むこうからは見えないのに、リタは思わず夫の背中に身を寄せた。

夫より一回り小柄な日本の紳士が、眼の前に立った。彼はまずマサタカをみつめ、しばらく無言でいたが、

「よお、タケツルくん。苦労をしたと見えるな。なかなか立派な風貌《ふうぼう》になったよ」

と、なんの屈託もない声でそう言い、マサタカの肩に手を置いた。

「ご迷惑をおかけいたしました」

と、タケツルは言葉少なに深々と頭を下げた。それから傍らのリタの腕を取って、阿部喜兵衛と引き合わせた。

「妻です。リタと言います」

「そうか」

と、阿部社長の表情が一瞬だけ鋭くなった。何事をも見逃さない眼だった。鋭い表情はすぐに消えたが、リタは自分が厳しく観察されていることを痛いほど感じた。

「なるほど、美しいご婦人だな」

と、彼はゆっくりとうなずいた。

「タケツルの妻でございます。お目にかかれて大変にうれしゅうございます」

リタはできるだけ誠実に言った。マサタカがその通り日本語に直して伝えた。

「それはどうかな？　うれしいと言うのは本音じゃないだろう？」

意外にもからかうような調子で、阿部はニヤリと笑った。

「わしが何しにはるばるロンドンくんだりまで来おったのかと、はらはらしておったのだろうが。二人ともそう顔に描いてある」

「ばれましたか」

と、タケツルもニヤリと笑って、顔をつるりと撫《な》で上げた。

「社長はぼくらの心をお見通しだよ」

と、彼はリタに伝えた。

「では、ミスター・アベにおっしゃってくださいな。最初はおっしゃるようにびくびくしていましたが、もう怖くはありませんって。なぜならミスター・アベにはあなたと同じ種類の血が流れていらっしゃるのですもの。それは、ユーモアとやさしさの温かい血ですわ。ね、ぜひ今のことを伝えてちょうだい」

リタの言葉をマサタカが通訳した。それを聞いているうちに阿部の眼からきつい光が消えた。

「奥さんが率直だから、わしも率直に言おうかね。実はわしも反感を抱いて、この場にのぞんだんじゃがね。なぜかは、わからんが、そんな反感はきれいさっぱり、どこかに消えちまったよ」

最初のぎごちない空気は嘘のようだった。三人は、もう旧知の友だちのように打ちとけて、ホテルへむけて歩きだした。

「君も因果な男じゃな」

「どうしてですか」

「こんなきれいな奥さんを、何も日本くんだりまで連れ帰って、苦労させせんでもいいのにさ」

その言葉には一抹の真実が含まれていたので、タケツルは返答につまった。

それから阿部はリタの横顔に眼をやり、こう言った。

「奥さんの第一印象は、白い鶴のようだったよ。ハハハ、竹鶴《たけつる》くん。白い鶴が海を渡って竹鶴家へ嫁いだというわけだ」

マサタカがその言葉を妻に伝えると、リタは恥しそうに笑って、そのたとえ話は美しいので、ずっと忘れません、と小声で礼を言った。ホテルで休憩をとった後、三人はロビーで再び顔を合わせた。阿部の態度は先刻よりいくぶんあらたまった感じで、まず大事な話をしてしまおうと、二人に言った。タケツル夫妻は神妙にうなずいた。

「まず、わしはここに君の両親及びご親戚《しんせき》の親族会議の結論を持って来ておるのじゃよ。すべては、最終的にわしの裁量にまかされたのだが、わしの意見を言う前に、ご両親の考えを話そう。結論から言うと、きみはその外国の婦人との結婚を認められたよ。ただし、竹鶴家から除籍され、新たに分家届けを出すという条件つきだ」

ほっとした表情がマサタカの顔の上に浮かんだ。それを見て、横で手を握りしめていたリタも、思わず安堵《あんど》の吐息をもらしたほどだった。

「次にわしのほうのことだが、きみと奥さんはただちにスコットランドの家を畳んで、わしと共に日本へ帰ってもらいたい。そして一日も早く、こちらで学んだことを、日本で形にして見せてもらいたいのだ。異論は、あるかね？」

マサタカが深々と頭を下げた。リタもつられて思わず同じことをしたが、あまり様にはならなかった。

「異論はありません」

マサタカはきっぱりと言った。「おっしゃる通りにいたします。そして一刻も早く日本でスコッチ・ウィスキーを作り、社長のご恩に報いたいと思います」

「ご恩は、いいよ。これはビジネスなんだ。わしは君に投資したんだ。だからあとは回収させてもらえばいい」

「申しわけありませんでした」

と、阿部社長の娘マキを念頭に置いて、マサタカは三度頭を下げた。その意志が通じたのか、阿部は、「うむ……」とうなずき、しばし沈黙した。それから気を取りなおすように、

「スコッチ・ウィスキーを作るには、本場スコットランドの嫁さんをもらうのが一番近道かもしれんさ」

と言って、白い口髭《くちひげ》の下で微笑した。自分自身に言いきかせるような調子だった。

「リタさんや」

と、彼は語調を変えた。

「日本へ行く決意はついておるのかね？」

「はい。夫の行くところが、私の行くところですから……」

「うむ」

阿部は腕を組み、その美しいスコットランドの女性を眺めた。

「なかなか意志が強そうなお人じゃ」

「スコットランドの女ですからね」

横から、マサタカが口を添えた。ロビーに入れかわり入ってくる客たちが、この三人連れを好奇心露《あら》わに眺めて過ぎる。ロンドンで日本人の男たちをみかけるのは珍しくはないが、そこに蒼《あお》い眼の婦人が同席すると話は別だった。

マサタカと結婚してからというもの、リタはたえずその種の好奇心と、あからさまではなかったが蔑《さげす》みの視線を感じていた。時には、見てはならないものを見てしまったかのように、あわててタケツル夫妻から眼を背ける婦人もいた。険しく眉《まゆ》をひそめる老人とか、陰でペッと唾《つば》を吐く野卑な労働者も、皆無ではなかった。日本では果たしてどうなのだろうか、と一抹の不安がリタの胸を掠《かす》めた。夫の国でも自分たちは人々の好奇の視線にさらされるのだろうか。

「何か気にかかることでも？」

と、顔色を読んで、阿部がリタに質問した。

「すべてが未知ですから……」

「うむ、その通りだ。リタさんにとっては何もかもが初めての経験になるだろうね。しかし考えようによっては、我々、あんたを迎え入れる側もまた、外国婦人の扱いについては、未知のことばかりだ。あんたも怯《おび》えていなさるだろうが、あっちで待っている人たちも、やっぱり心の中に不安を抱いているということを忘れないように」

その言葉は、リタにとって思いがけないことであった。そう言われればなるほどそうであろうと理解はできるが、日本で自分たち夫婦を受け入れる人たちの心情までは、それほど深く考えなかった。彼らもまた、自分と同じように動揺しているのか、と思いあたると、なぜか、リタの心は明るくなるのだった。同じ人間ですもの、と彼女は自分に言いきかせた。人が考えたり感じたりすることは、きっと同じなのよ。だからもし人の心がわからなくなったら、自分の心の中をよく覗《のぞ》きこんでみればいいのだわ。

「できるだけ早く日本人になりきることだよ。それが日本人に嫁ぎ、あの国で幸せになる一番の近道だ」

最後に阿部喜兵衛はそう忠告した。

「日本人になりきること……」

リタは彼の言葉をかみしめるように呟《つぶや》きかえした。

「うん。日本人になりきるということは、かならずしもキモノを着ろとか、髪を黒く染めろとか、ヌカミソをつけろとか、そういうことではない。そうではなくて、日本人の心になりきるということです」

旅の疲れが出たのか、阿部はそう言って腕時計を見た。

「もうひとつだけ、お伺いしてもいいですか？」

リタは必死だった。

「いいけどね、リタさん。そう先を急ぎなさんなって。日本に帰るまでには、まだだいぶ時間があるよ」

阿部はそう言って、ゴマ塩の口髭を震わせて笑った。

「でもひとつだけ。日本の女のひとの心って、どういう心なのでしょう」

阿部はちょっと考えてこう答えた。

「夫の幸せを自分の幸せとする心。夫の恥を自分の恥とし、つつましくやさしき中にも自尊心を失わず、常に夫の一歩後を、出すぎず、しかし遅れすぎもせず、一生ついていく女性、ということになるかね。ねぇ、タケツルくん」

マサタカは、ちょっと心配そうにリタを盗み見た。誇り高いスコットランドの女性に、今の言葉が素直に受けとれるか、彼は大いに疑問だった。しかし、妻に今の言葉を正確に通訳して伝えると、意外にもリタの顔が晴れやかに輝いた。なんだ、そんなことなの。それならママがしてきたこととそっくり同じことではないか、と彼女は思ったのだ。

「でしたらご安心くださいな、ミスター・アベ。今おっしゃったことは、そのままスコットランドの女の心と同じことですわ」

それを聞くとマサタカの顔に深い安堵の色が浮かんだ。彼が溜息《ためいき》をつき、額の汗をハンケチで拭《ぬぐ》ったので、阿部がそれを見て大笑いした。つられてリタが笑い、そしてマサタカも心からうれしそうに笑った。こんなにも無防備に夫が笑うのを見るのは、リタには後にも先にも初めてのことであった。

その後、二人の日本の紳士とスコットランドの若いレディの三人連れは、場所をホテル内のレストランに移し、上等のローストビーフで夕食を共にした。そこでの話題はもっぱら帰国の途中立ち寄ることになったニューヨークやシアトルのことに終始した。阿部喜兵衛にとってもアメリカは初めて訪れる国であったが、リタとて同様である。マサタカだけがアメリカを知っていた。彼はニューヨークの街の美しさについて語り、船がニューヨーク港を出て行く時に見た自由の女神の力強い美しさについて、感動的に喋《しゃべ》りつづけた。延々と続く夫の話に耳をかたむけながら、リタは、その旅が自分たちのハネムーンとなるのだと思った。幸せな気分と共に未知に対する期待と不安の混じった、めまいのような感覚を覚えながら、夫の力強い声に聞き入るのだった。

第三章　ミセス・タケツル

一　異国へ

海の色が変った。

ついに航海の終りに近づいたのだ。深い藍《あい》色の大海原だった太平洋。まだ日本の陸影は見えないが、海の色だけは、明らかに異なり始めていた。

シアトルを出航していらい四十日近く、ほとんどたえまのない船酔いに悩まされ続けた。船室を出るのは夕食の時くらいで、あとは自室で熱いミルクティーとサンドイッチやビスケットを、ほんの少しとる程度。夕食に出るのは、夫や阿部社長に対する礼儀からで、テーブルに着いてもほとんど食べられない。

けれども青い顔をして食事に手をつけないのでは、同じテーブルの他のメンバーに対しても失礼である。リタは努力してフォークやナイフをさかんに動かし、サラダの葉をドレッシングなしで口に入れ、水で流しこみ、いかにも楽しげに食事をしているようにふるまった。それが毎日のことなので、すっかり食べる演技が身についたが、夫マサタカは、阿部社長を相手に、スコットランド時代のウィスキー作りの苦労話に花が咲いて、リタの皿の残った料理のことなどに神経が届かなかった。

この時だけは、リタは夫の豪放さというか、無頓着《むとんちやく》な性格を心から歓迎した。

船室の丸窓から、じっと黒ずんだ海面を眺めていると、イギリスを発《た》ってからの長いハネムーンのような旅の思い出よりも、過ぎし日のカーカンテロフの家族のことが、彼女の胸を一杯にする。最後のお別れに懐しい両親の家を訪ねた時、母とはなんとか和解ができたのだが、すぐ下の妹のエラとは、逢《あ》えずじまいとなった。最後の訪問の件は電話で一週間前に伝えておいたのだから、エラが自分を避けたとしか思えなかった。

お茶を中心に小一時間ばかりの別れの集まりであったが、ついに母はただの一度も涙を見せなかった。ルーシーが涙でベタベタの頬を押しつけてよこしたので、リタは自分の涙をごまかすことができた。しかし、ラムゼイはマサタカの差し出した右手を、握り返さなかった。

もう自分には帰って行く家はないのだ、という思いが、切々とリタの心を満たしていった。もう帰るところはないのだから、これから行く国でどんなことが待ち受けていようと耐えることができるし、第一耐えなければならない。

「何を考えこんでいるんだい？」

船旅の間、毎日午後の日課にしている、資料やノートの整理から眼を上げて、マサタカが妻の背に声をかけた。この旅でリタが日に日に痩《や》せていくのと反対に、彼のほうは日本の土を再び踏む日が近づくにつれて、眼に輝きを増し、躰《からだ》全体に精気がみなぎっていった。

「いいえ、別に――」

と、リタは嘘をついた。「ただ、急に海の色が変ったと思って……」

マサタカが立って来て、リタの背後から丸窓の外を見た。

「このあたりは日本海溝といってね、世界でも一番深い海の上なんだよ」

おそらく一万メートル以上の深海が、足の下に横たわっているのだろう、と彼は妻に説明してやった。

「それであんなに青黒いのね」

想像を絶する海の深さを、現実感としてとらえると、再び胃の中に吐き気を覚えて、リタは窓際から離れた。

「お仕事によく精が出るのね」

と、彼女は気を紛らわせるように、夫の机の上を見た。

「うん、他にすることもないんでね」

珍しくマサタカが額を曇らせた。

「どうかなさって？」

リタはできるだけやさしく訊《き》いた。

「別にこれといってはないんだがね」

と、マサタカは、めったにないような途方に暮れたような声で呟《つぶや》いた。

「でも何かあるって、お顔に描いてある。どうか話して。どんな小さなことでも、心配事は口に出してしまえば、半分以上は解決したようなものよ」

マサタカの口元に微笑が浮かんだ。

「おまえと結婚してつくづく良かったと思うのは、今のような瞬間だよ。わかった、話すよ。実は、気のせいかもしれないが、阿部社長の態度が、どうも腑《ふ》に落ちなくてね」

「ミスター・アベが？　どんなふうに腑に落ちませんの、あなた？」

「どうも、はっきりせんのだよ。ぼくがウィスキーのことを喋りだすと、このごろあの人の眼が虚《うつ》ろになるんだ」

「それはね、あなた」

と、リタはおかしそうに笑った。

「あなたったら顔をみればウィスキーのことばっかりですもの。あの方じゃなくたって、眼が虚ろになるというものよ」

「そうかねぇ」

と、マサタカは半信半疑の表情。

「そうよ、そうにきまっています。たまにはウィスキー以外のお話をなさらなくてはだめよ」

「なるほどね」

ようやく妻の言葉に納得して、マサタカの顔色が晴れた。航海の間、甲板で日光浴をしてきたために、夫の顔は鞣革《なめしがわ》のように日焼けしていた。そして彼には日焼けが良く似合った。強い光をたたえた黒い眼と、しっかりとした輪郭の鼻と広い額、立派な口髭《くちひげ》、真っ白い歯、ひきしまった口元から意志的な顎《あご》。がっしりした肩から胸にかけての線は、少年時代から柔道で鍛え上げたものだった。そして躰と同じようにしっかりとして大きな手。大きいけれども、どこか繊細さをもつ美しい男の手である。そうしたものすべてを、今ではリタはとても愛していた。いつだったか亡くなった父カウン医師が言っていた言葉が、胸に蘇《よみがえ》った。

――リタや。失ったものが貴重であればあるだけ、神はおまえにそれ以上のものを、後にお返しくださるよ――

あの時は、婚約者を失ったばかりで悲嘆に暮れていたので、父の言葉は一時しのぎの慰めにさえもならなかった。今ようやく、父の言葉の意味と、その正しさとが、つくづくと理解されるのであった。もしもお父さまが生きていらしてくださったら、きっと私たちのこの結婚を心から祝福してくださるだろう。そう思うと、リタの心は落着くのであった。

翌日の朝、曇っていた水平線から雲が切れると、その裂けめに突如として陸影が青々と浮かび上がった。そしてついに同じ日の午後、二人を乗せた日本郵船の客船〈伏見丸《ふしみまる》〉は、横浜港大桟橋に接岸した。一九二〇年十一月のよく晴れた日のことであった。

その午後は、昼食の後からずっと、一等船客用のデッキに出て、身じろぎもせず刻々と近づく陸を凝視していたマサタカの横に、リタもまたぴったりと寄り添って、夫の国、しいては自分の国となる日本の陸地を眺め続けた。降船の準備はすべて整い、スーツケースも持ち出せば良いだけになっていた。

風はすでに晩秋から冬を思わせる冷たさであったが、スコットランドに比べれば物の数ではなかった。港が近づくにつれ、横浜の町や建物や、桟橋の模様が次第に克明になってくる。

その国にはその国の匂いというものがある。この四か月余りの旅行で、リタはその感を深くしていた。ニューヨークにはニューヨークの匂いがあった。潮やガソリンや、食べものやそこに住む人々の体臭などが混じりあった独特の匂いだった。お金や贅沢《ぜいたく》の匂いも、それに混じった。

シカゴにもシカゴの匂いがあった。樹木や埃《ほこり》や河の匂い。悪徳と頽廃《たいはい》の香り。シアトルもまたしかり。横浜の匂い。リタは眼を閉じて胸一杯に空気を吸いこんだ。オゾンや潮風の他に、他のどの国とも異質な匂いが含まれていた。神秘的な香りや、食べものや、人々の吐く息や、木やワラでできた家の匂いなどだった。

異国なのだ、という思いがあらためてリタを圧倒した。アメリカやイギリスとは、なんという違いであろうか。港は小さく、すぐ後ろに山が控えていた。家々の軒は低く、どれも黒々として暗かった。桟橋に集まっている出迎えの人々の顔も、一様に土色で、女も男も真っ黒い髪一色。着ているものも、ヨーロッパやアメリカのように色とりどりではない。一瞥《いちべつ》した印象は、すべてが灰色に塗りつぶされている。

得体の知れない恐怖と違和感が、リタを覆った。彼女は自分の躰が支えきれないような気がして、傍らの夫の腕をしっかりと握りしめた。マサタカは、三年ぶりに見る日本に声もない様子だった。出迎えの人々の顔が見分けられるところまで船が近づくと、彼の興奮は極度に達して、一瞬自分にしがみついている妻の存在を忘れたほどだった。

彼は大きくデッキの手すりに胸から上を乗りだして、見知った顔にむかって大声で叫ぶと、両手を振った。声もかれんばかりだった。夫の興奮が続いている間、リタは一歩退いてじっとしていた。なんだか自分が忘れられたような、空漠とした淋《さび》しさが胸に灯《とも》った。

私はマサタカの妻だけど、夫は自分だけに属するわけではないのだ、とあらためて思い知らされた気がした。スコットランドではそうではなかった。二人は、お互いだけに属していた。船旅の間もそうだった。

だが今、桟橋の人々にむけて狂気のように手を振っている夫を見ると、リタは、マサタカが自分の他に、彼の両親や兄弟たちに属しているということにいやでも気づかざるを得ないのだった。

「あぁ、リタ、ご覧よ」

ようやく妻の存在を思い出したのか、マサタカが振り返って、リタの肩を抱き寄せた。

「あれが妹だよ、一番下の。沢能《さわの》というのだ。きっとおまえはあの子が気に入るよ。それからあれが阿部さんの奥さんで、その横にズラリと並んでいるのが摂津酒造の社員たちだよ」

そう言われても、リタには誰が誰だかまるで見分けがつかない。男と女は見分けられるが、あとはみんな同じように見えるのだった。平たい顔、小さな眼。そして背格好も見なれたスコットランドの人たちより、ひとまわりもふたまわりも小さい。夫はあの人たちとはずいぶん違う風貌《ふうぼう》だと、リタはあらためてそんなことを感じた。

マサタカの様子から、彼の両親が出迎えに来ていないことがリタにも感じられた。彼はそのことを言葉にはしなかったが、失望したことをあまりうまく妻の眼に隠せなかった。自分たちの結婚が、必ずしも心から歓迎されているわけではないと、両親が顔を見せないことから察せられた。リタは前途の多難さを想像しかけて、それを大急ぎで頭から追いだした。あれこれ悩む時間はあとで充分にあるのだからと。

いよいよ降船の時が近づいていた。桟橋もデッキも共に黒山のような人だかりで、それがステップを通じて少しずつお互いに混じりだし、桟橋の人間の数が一遍に倍になった。あちこちで悲鳴のような喜びの声や、泣きだす者や、笑う声などがしていた。すでに少し前から、リタは熱気にあてられて完全に上の空の状態になっていた。自分の前後左右でくりひろげられる大騒ぎが、人ごとのような気がしてならなかった。女たちは金属音の含まれる甲高い声で笑い転げ、男たちは異様な蛮声を発していた。わけのわからない言葉が、蜂のように顔の前を飛び交っていた。男も女も、何度も何度も交互に深々とお辞儀をしあっていた。お辞儀はいつ果てるとも知れなかった。誰もかれもがリタを凝視していた。まるで初めて見る動物園の珍しい動物にでもなったような気分だった。いつのまにか夫は数メートル離れてしまい大勢の人々に取り囲まれていた。リタはその時、自分の肌が、白いということを生まれて初めて切実に意識したのだった。そして横浜港で日本人たちに取り囲まれていると、それは白いだけではなく、白すぎるという胸が焦げるような感覚で意識された。

桟橋の上を海上からの寒風が吹き抜け、女たちのキモノの裾《すそ》をはためかせた。すると色とりどりの裏地が、華やかにひるがえって見えた。日本の女性は、あんな見えないところにおしゃれをするのか、と、リタは好感を覚えた。よく見ると、地味なキモノではあっても、赤や紫の裏地の色と重ねた衿《えり》の一部の色とがマッチしている。本物の着物を見るのは初めてのことだった。

マサタカの自分を呼ぶ声にはっと我にかえった。夫は上品な中年の女性をリタに紹介して言った。

「阿部さんの奥様だよ。このたびは、我々の家を探してくださったりして、たいそうお骨折りをいただきました」

細面の夫人が深々と頭を下げた。リタは一瞬どうして良いのかわからず、夫人が顔を上げるのを待って右手を差しだした。

「リタと申します。お世話をおかけいたします」

心をこめてそう言った。夫人はわずかに躊躇《ちゅうちょ》したが、リタの右手を取らずに、もう一度お辞儀をした。

「日本では握手の習慣がないのだよ」

と、マサタカが妻の耳にそうっと教えた。

夫はその他、会社の人々に自分の妻を紹介し、親戚《しんせき》の数人に挨拶《あいさつ》をし、最後に若い丸顔の娘の前にリタを押し出した。

「妹の沢能だよ」

その娘のことなら、何度も夫の口から訊《き》いていた。マサタカが一番可愛いがっている一番下の妹であった。まん丸い顔の中で、マサタカと共通の光を宿した眼が笑っていた。一瞬、リタは妹のルーシーを沢能に重ねた。

沢能の顔の上には、憧憬《あこがれ》と恥しさとがあふれんばかりで、リタはこの義妹に自分が気に入られたことを敏感に感じた。それが日本に上陸して出逢《であ》った初めての好意の眼差《まなざ》しだった。

「一日も早くお逢いしたかったのですよ、サワノさん。これからも末永くよろしくね」

そう心をこめて言い、リタは娘の小さな手を取って、両手に重ねた。沢能は赤くなったが、ニコニコしてリタの首に巻いた銀狐をまぶしそうにみつめた。その銀灰色のストールと真紅の口紅のあざやかさが、永久に沢能の記憶に刻まれた。

「サワノさん、あなたの背中についているのはなんですか？」

さっきからいかにも奇妙な感じに眼に映るお太鼓が気になってならないのだ。

「これ？　帯というのですの。お見せしましょうか？」

活発な沢能はひょいと羽織の裾をはしょって、リタにお太鼓のなんであるかを見せてやった。

「なんだ、沢能。そんなはしたない真似をするから、いつまでも売れ残るんだぞ」

と、マサタカが困ったように妹を叱った。

「ところがお兄さま。こんな私でも、是非にとおっしゃる方が、いらっしゃるのよ」

と、妹は兄に最近の婚約のニュースを嬉《うれ》しそうに伝えるのだった。

「それにしてもお義姉《ねえ》さん、おきれいね。まるでアメリカの活動写真に出てくるスターさんみたい。それに着ているものも華やかで、まるでお姫さまみたいだわ」

一通りの挨拶がすみ、桟橋の人出も半分ほどになっていた。リタはほっとしてあたりを見回し、冷たい風から首筋を隠すように、狐の衿巻の中に顎《あご》を埋めた。

その時、一人の若い女の姿がリタの注意をあらためてひいた。その女性は阿部夫人の背後にずっとたたずみ、出迎えの人々ではなく、海のほうばかり眺めていたのだ。

誰もかれもが珍しそうにリタを凝視するなかで、その若い女性だけがひとり例外のように、ただの一度もリタに眼をくれなかった。そのどこか、かたくなな感じゆえに、彼女の存在がずっとリタの意識に引っかかっていたのだ。

マサタカが彼女に挨拶するのは見たが、妻にわざわざ紹介はしなかった。若い女性の横顔は白く強張《こわば》って、無表情であった。もしかして、阿部夫妻の長女マキではなかろうか。稲妻のように、リタの脳裏にその名がひらめいた。たった一度だけ、マサタカから聞いた名前であった。

だとすれば、あの若い女性が、母の背の陰でそっぽをむいている理由もうなずける。おそらく、マサタカの出迎えということで、無理矢理に連れて来られたのだろう。

リタは、さりげなくマキと思われる娘を観察した。マサタカが結婚したかもしれない相手だと思うと、見ずにはいられなかった。もしも自分があの若い女性の立場であったらと、風の吹きすさぶ晩秋の桟橋で、リタは胸が塞《ふさ》がれるような思いに打ちのめされた。別の女のために、マサタカを失ってしまう自分を想像しただけで、めまいがするようだった。

自分は彼を奪った立場でありながら、リタはマキの胸の内を思って心を痛めた。できることなら駆け寄って、彼女をしっかり抱きしめたいと思った。かけてやる言葉は思いつかないが、黙ってしっかりと抱きしめ、ごめんなさい《ソーリ》、と言いたかった。

だが、少なくとも今は、その時機ではない。この場に出てくることでさえも、マキにしてみれば身を切られるほどつらく残酷なことであったろう。今、リタが公衆の面前でそんな行動に出たら、マキのプライドは一生傷つけられたままになるだろう。

ふと、マキの視線が動いた。誰かに見られているような気がしたからだろう。空ろな眼が人々の上を焦点の定まらぬまま流れて、リタの上に一瞬だけ止まった。リタは、かすかな合図のような視線を、とっさにマキに送った。それは微笑とも言えぬ微笑だった。理解と哀しみと愛情のこもった素早い、印のような眼差しだった。

マキの眼に焦点が定まった。黒い哀しいほど澄んだ瞳《ひとみ》。二人の視線が、人々の肩や頭ごしに絡んだ。それは束の間のことだったが、リタにはわかったのだ。彼女の送った印のような視線の意味を、マキが正確に受け止めたことを。それは当事者同士のみがわかる印であった。

マキがゆっくりと踵《きびす》を返すのが見えた。それから彼女は母に何か言って歩き出した。それが、リタが彼女に逢った最初で最後のことであった。マキは翌年、別の男性と結婚した。

帰国した竹鶴夫妻の、日本で最初の夜を過ごすのに選ばれたのは、皇居に近い帝国ホテルだった。それはどっしりとした石造りの美しい建物で、ライトというアメリカ人が一九〇〇年に設計したものである。

灰色の石でできた建物の天井は、低くできていて、どこか寛《くつろ》いだ石の迷路を思わせた。アメリカやロンドンの素晴らしいホテルにも泊ったが、リタは日本の初めての夜を過ごすことになった帝国ホテルを、一眼みてとても気に入った。

なぜなら、横浜から東京へむかう車の中から眺めた日本の建物や民家は、ほとんどが木でできており、しかも建物と建物の間に透き間がなく、密集している。スコットランドではたいていの家が、建物の何倍もある庭を持っているし、道路も広く街路樹がいたるところに植わっている。そのような光景を物心ついた時から見なれていたので、日本に来て眼に映る街並みも民家も、すべて異質なものに思われた。

街路はせまく、細くて曲がりくねった道は舗装していない。黒く塗った電柱がいたるところに露出し、電線がたれさがって縦横に走っている。家々は肩をすぼめるようにお互いにくっつきあっていた。今にも崩れそうな木造家屋が、隣りの家でようやく支えられているような光景にも出喰《でくわ》した。夕方近くなると、そうした家々から灰色の夕餉《ゆうげ》の細い煙が立ち昇り、魚を焼く異様な匂いがあたりにたちこめていた。近くに見る日本人男女の服装は、リタが想像したよりも貧しく、人々は一様に小さく痩《や》せていた。

その国にはその国の匂いがあるように、その国の人の表情というものもあるのだった。ニューヨークで、人々は陽気だった。ロンドンはきまじめな顔。スコットランドは厳しい顔。そして東京の人々の表情は——無表情。

人がたまに表情を無くして、ぼんやりしているというのはよくあることだ。けれども国民が一様に無表情に見えるということは、リタにとって異様な体験である。

「ねぇ、マサタカ、あの人たちどうして表情を失っているの？」

と、走る車の中で夫に訊くと、

「日本人というのは、感情をあまり顔に出さないのだよ。喜怒哀楽というものを激しく表現するのは、つつしみのないことだと、教えられて育つからね」

「じゃ、あなたはつつしみがないの？　それとも日本人じゃないの？」

「一本取られたな、リタ。そう、ぼくは昔から感情を外へ出すほうで、日本男子としては決して優雅な男ではないね」

「いいえ、あなたはエレガントよ。日本中の誰よりもエレガントだわ」

それから再び車窓の外に眼を転じて、流れる風景をじっと眺めた。初めて見る日本。決して東洋のパラダイスなどと想像して来たわけではなかった。

グラスゴーの冬の光景の陰鬱《いんうつ》さになれた眼にさえも、晩秋の黄昏時《たそがれどき》の東京の風景は暗かった。グラスゴーの鉛色の低い空に、もくもくと昇る石炭の暖炉の煙といったあの胸もつぶれるような暗鬱《あんうつ》な情景よりも、夕焼けの茜色《あかね》の空を背景にした黒々とした低い街並みのほうが、はるかにはるかに、彼女の胸を押しつぶすのだった。

「おまえが今、何を感じているか、ぼくにはわかるよ」

と、横から静かにマサタカが言うのが聞こえた。

「日本は美しくない、と思っているんだろう？　隠さなくてもいい。実はぼくも同じことを感じて、少なからずショックを受けていたところさ。三年間日本を離れて帰って来たら、何もかもが違って見えるよ。街は以前と同じなんだが、ぼくが変ってしまったんだ。昔はなんとも思わず自然に受け入れていたことが、今ではいろいろひっかかってくるんだ。自分がその中にいる時は見えなかったものが、いったん外に出ることで、はっきりと見えるようになるんだね」

それは素晴らしいことであるはずなのにもかかわらず、マサタカの口調は重かった。

そうかといって、彼が魔法を使って街並みを美しく変えてしまうわけにもいかない。何かが余計に見えてしまったり、わかってしまうということは、必ずしも心穏やかでおれるものではない、ということだけがわかるのだった。

「でもね。日本中どこもかしこも、こんなんじゃないからね、リタ。ぼくの郷里の竹《たけ》原《はら》は、田舎だけど、そのたたずまいは優雅で美しいと信じている。そのうち、おまえにもぜひ見せるよ」

「ええ、わかっているわ。都市というものは必ずしも美しいというわけではないと、ニューヨークでもロンドンでも学びましたから」

車が都心に近づく頃には、あたりはすっかり夕闇に包まれていた。家々に明かりが灯《とも》り、ビル街にも点々と灯がともった。夜はすべての醜いものを、その黒いベールの下に隠してしまう。東京の夜は、あの輝かしい光の洪水となったニューヨークの夜には遠く及ばないが、それでも大海原ばかり見続けた眼には華やかに見える。今頃、あのマキさんはどこにいるのだろう、と唐突にリタは思った。

「――あの方、いらしてましたわね」

とても静かにリタはそう言った。それが誰のことを指すのか、マサタカは敏感に察して、うなずいた。

「おまえが気づいていたなんて？　知らなかったよ」

「あなたを愛している人のことなら、たとえ百万人の中からだって、見つけることができるわ」

リタの口調はあくまでもやさしく、今はわずかに痛みを含んで震えを帯びていた。

「そのことは忘れなさい」

夫は妻の膝《ひざ》に手を置いた。

「いいえ、あなた、忘れてはいけないの。私がわがままで横暴になったり、反対に気弱な女になってあなたを苦しめないためにも、あの方の存在を忘れてはいけないのよ」

「ときどき、おまえという女が怖くなるよ。果たしてぼくがおまえにふさわしい男かどうか。それよりも、この国の習慣や、仕事の関係で、ぼくが心で望んでいても、必ずしもおまえの満足がいくようなことができないかもしれないと思うと、今から非常につらいんだよ」

「何をおっしゃるの、あなた。一番大事なことは、あなたの心の中で起こることよ。あなたが心の中で私を愛し、喜ばせたいと望んでくださるそのことが、私を幸せにしてくれるのよ」

マサタカはうなずき、黙って妻の頭を自分の肩に抱きよせた。二人は長いことそうやって、車に揺られていた。

帝国ホテルでは、竹鶴政孝《まさたか》夫妻帰国歓迎会なるものが、二人を待ちかまえていた。旅装を解く間もなくマサタカとリタは宴会場に引っぱり出されるはめになった。せめて熱いバスにつかり、髪を洗ってきれいにセットしたかったし、ドレスもニューヨークで買ったシフォンジョーゼットのツーピースに着替えたかったと、さすがのリタも内心お冠であった。

「仕方がないよ、リタ。みなさん、ぼくたちのために集まってくださったんだ」

顔を洗い、髭《ひげ》だけあたったマサタカが、タオルで水気を拭《ぬぐ》いながら慰めた。

「でも、思いやりとか常識が感じられないわ。私、こんな汚れた髪じゃ、人前に出たくないの。初めてお逢《あ》いする方たちに、きちんとした姿でお目にかかりたいのよ」

「今のままでも、充分にきれいだよ」

マサタカは真実そう感じたので、思った通りに言った。

「いいかげんな慰めを言わないでちょうだい。パーティーに出るのに、こんなみじめな格好で行くのなら出ないほうがましだわ」

リタの語調の強さに、マサタカが驚いたように妻をみつめた。夫婦が口論をするのは、それが初めてのことだった。

「出ないですむと思うかね」

信じられないほど冷静な声だった。リタは恨めしそうに視線を落とした。

「他の場合とは違うんだよ。しかしこれからもおそらくしばしばこのようなことは、状況こそ違え、起こり得るだろう。ぼくが妻としておまえに望みたいのは、与えられた状況の中で、できうるかぎりの努力をするという姿勢なんだよ」

今までのマサタカと、少し違ったひとのように、リタは感じた。威厳があり、確固とした信念のようなものが滲《にじ》み出ていた。スコットランドにいた頃には、見せなかった面である。

「日本に帰ったとたん、急にいばるのね」

と、リタはたちまち機嫌を直して、冗談を言った。それから大急ぎで髪にブラシをあて、顔を生き生き見せるために、薄く頬紅をはたき始めた。

「三年ぶりに竹鶴政孝、帰国いたしました。行きはひとりだったのですが、なぜか帰りはご覧のように二人になってしまいました」

スピーチを迫られて、マサタカは妻をともなって会場の中央に進むと、照れながらも、しっかりとした声で、そう言って、いきなり客たちを笑わせた。

立派な髭もそうだが、着るものもスピーチも、イギリス仕込みじゃなぁ、と誰かが呟《つぶや》いた。カミさんまで本場もんだ。会場の片隅で明るい忍び笑いが起こった。

「スコットランドでは、三年間スコッチ・ウィスキー作りの勉強をさせていただき、感謝の言葉もありません。帰国しましたからには、留学の成果をお目にかけるべく、一日も早く日本でスコッチ・ウィスキー作りに励むつもりでおります。それが阿部社長並びに重役の皆様、関係者の方々に対して私ができます最大の恩返しと信じます。さいわい妻も本場もんのスコットランド人でありまして――」

竹鶴政孝のスピーチが続いていた。リタには夫の言葉がまったくわからなかったが、人々の表情から、おおよその内容は汲《く》み取ることができた。夫のスピーチくらい、わかるようにならなければいけないのだ、と自分に言いきかせた。

言葉が理解できないので、リタは夫の傍らに控えながらも、注意深く人々の反応や顔の色を観察した。そして気になることがひとつあった。

阿部喜兵衛を取り囲む摂津酒造の重役たちの顔色が、どうも今ひとつ冴《さ》えないような気がするのである。政孝のスピーチが終ると、他のテーブルからはやんやの喝采《かっさい》だったが、阿部たちのテーブルは、ひかえめな拍手の音がしただけであった。

リタと政孝は、阿部社長らと同じテーブルへ通され、祝いの食事が始まった。一通りの挨拶《あいさつ》がすむと、政孝がさっそく口を開いた。

「ともかく、一日も早く本社に戻り、ウィスキー工場を建てるにあたっての企画書を作り上げるつもりです」

「うんうん、まぁまぁ、そう急がんでもいいよ」

阿部が両手で政孝を制して、ビールをグラスに注いでやった。

「三年ぶりの帰国なんだ。せいぜいゆっくり休んで休養をとるさ」

重役のひとりが、鷹揚《おうよう》に言った。

「とんでもありません。休養なら帰りの船旅でたっぷり取りすぎるほど取りました。心の中はもう大阪本社に飛んでおります。私の頭の中にはすでに我が社の規模にあったウィスキー工場の見取り図が出来上がっとります」

政孝は重役の一人ひとりの顔を見渡して、熱心な口調で語った。

けれども何か独り芝居の感がなくもない。熱くなればなるほど、自分だけ浮き上がってしまう。冷静に考えてみれば、無理のない話かもしれない。うちの連中は、ウィスキー作りのなんたるか、などという話には、まだ現実感がないのだ。自分ひとり、本場から帰って来て興奮しているのだ。とにかく本社に帰り、計画書と工場の設計図を作り上げることが先決だ。それを読めば、自分の興奮を人々と分かちあうことができるだろう。政孝はそう思って自分に反省を加えた。それにしても、阿部社長はなぜ、眼を伏せたのであろうか。

「竹鶴くん、スコットランドはどんな国なのかね。ウィスキーのこともいいが、少しむこうの話を聞かせてくれないか」

大株主のひとりが口調を変えて質問した。

「そうですね。スコットランドというのは、一口に言うと美しき荒れ地、というべきですか。人々は、もっぱら牧畜と炭鉱とウィスキーで生計をたてています」

「日本でいうと北海道のようなところかね？」

「気候的にも風土的にも、かなり似ていると思いますよ。それで考えたのですが、いずれ将来、工場を拡張するようなことが起こるとして、その時には、北海道でウィスキーを作ったらどうかと――」

すべてを言い終らないうちに、財政担当の重役が口をはさんだ。

「スコットランドの労働問題は、どうですか、竹鶴君。最近炭鉱のストライキで労使双方とも大変苦しい思いをしていると、伝え聞くが」

「はぁ、それなんですけどね」

と、政孝は身を乗りだした。横で会話についていけないリタが緊張しているのがわかった。可哀そうだが仕方がない。彼は話を続けた。

「炭鉱労働者の賃金は、他の職場と比べればかなり高いんですよ。ぼくのいたヘーゼルバーンあたりのウィスキー工場の職工の週給が平均四十円として、炭坑夫は残業時間も入れると、週給七十円もの収入になるのです」

「七十円というのは、月給ではなく、週給なのかね？」

重役たちは顔を見合わせた。当時の日本では、大学出の初任給が月額四、五十円というところであった。工場労働者は日給制で日銭を稼ぐ時代だった。

「そうですよ。しかもそれだけじゃないんです。日曜日が定休なんです。その休みの生活費も保証されています。ですから、職工たちが安心して働ける。ぼくは、これからの日本もそうならねばならないと思います。日給制でなんの保証もなく、日曜日も休まず働くというのは、人間的ではありません。日曜日は家庭団欒《だんらん》で過ごしてこそ、生きる意欲も喜びも生まれましょう。その結果が、必ずや仕事にはね返ります。まず、働く個人個人の幸福があって、それから生産を考えるべきです。ぼくは、ウィスキー作りを実現させると同時に、職工たちの賃金制や、休日のあり方などを、ぜひとも見なおすつもりです」

政孝は自分の考えをのべるのに熱心なあまり、重役たちの白けた眼配せに気がつかなかった。

「まぁまぁ、竹鶴君。イギリスの話はたしかにためにはなるがね。イギリスはイギリスさ。そいつをそのまま日本に持って来たって、そうはうまくいかないさ。まずは長い眼で見ることだよ。あせってはいかんよ」

財政担当重役がそう言って政孝の発言に水をさした。

「もちろんです。何もかもイギリスを見習えとは言いません。しかし毎週休みを取らせなくともいいじゃありませんか。月に二度でも御の字です。そのかわり、せっかくの休みも無給というのでは、安息にはならない。だったら、せいぜい平日の賃金の半額くらいは払ってやったらいいと思うのです」

「そんな、君ね。口で言うのはたやすいんだよ」

大株主が冷ややかな口調で言ったので、その話はそれでいったん終りになった。リタは夫の顔の上に浮かんだ焦燥の色をみて、心ひそかに胸を痛めた。

「そうそう竹鶴君」

と、それまで黙っていた阿部喜兵衛が急に思い出したように言った。「君たちのために家内に言って用意させた帝塚山《てづかやま》の家だがね、こんな苦労話があるんだよ。何しろ異人さんの奥さんだろう。便所が何よりも困るだろうとね。いろいろ尋ね回ったあげく、神戸のイギリス領事館と渡りをつけ、今はもう廃屋になっている片隅の洋館から、ただ同然で譲り受けて来てね。そこまでは良かったのだが、前と後ろがわからない。ずいぶん苦労したらしい」

政孝はその言葉をリタに通訳した。彼女はまだ日本のトイレットを知らなかった。帝国ホテルの部屋には洋式の便器がついている。

「ありがとうございます」

と、リタは阿部にむかって礼を言った後で、こうつけ加えた。

「けれども私は、これからはニッポン人になるつもりでまいりました。ですから、ニッポン人と同じように暮らすつもりでおりますの。ご配慮は心から感謝いたしますが、今後はどうぞ、あまりご心配のないよう」

「しかしね、リタさん」

と、社長は久しぶりに笑いを浮かべた。「あんたが日本の便所というものをまだ知らんから、そんなことが言えるのだよ。まぁ、そのうち、いやでも体験することになるだろうがね」

その言葉に、みんなが大笑いし、座が少し寛《くつろ》いだ感じになった。政孝は阿部が久しぶりに笑顔をみせたことでホッとすると同時に、なぜ今夜、この席で社長はひと言も、自分を擁護してくれなかったのかと、不審感を拭《ぬぐ》うことができないのだった。重役達の態度にもどこか腑《ふ》に落ちないものを感じた。三年ぶりの対面で、お互いぎごちなさも手伝っているのだろうと、政孝はみずからに言いきかせたが、胸の内に宿った一抹の不安がどうしても払拭《ふっしょく》できない。

だが、あれこれ想像を巡らせて心配しても詮のないことだった。政孝は、すべては帝塚山へ落着いてからのことだと心に言いきかせ、妻と共にわざわざ遠方から集まってくれた客たちの間を回って、できるだけにこやかにパーティーの後半を過ごした。

帰国したその夜に政孝の胸に灯《とも》った疑惑は、彼が心から望んだように単なる杞憂《きゆう》には終らなかった。そしてそれは日を増すごとに増殖してゆく癌細胞のように、彼を苦しめることになっていったのである。

しかし、リタは夫の心の中の悩みの真相を知らなかった。政孝は、日本に帰ってくると、もう以前のように、仕事や人間関係の悩みを、妻と分かち合おうとは決してしなかった。

そのことについては、リタは再三、夫の苦しみは妻の苦しみなのだから、なんでも話してくれなくてはいけないと言いもし、時には哀願もしたが、政孝は、なぜか頑としてリタの願いを聞き入れなかった。

「仕事は男の分野だ。家庭の中にまでそれを持ちこんだら、ぼくには安まる場所がなくなるよ」

と、答えは、常にきまっていた。

その点さえのぞけば、リタは帝塚山の生活にはまず満足であった。日本で初めて住むことになった家は、敷地が三百十坪もある洋館作りで、彼女を何よりもほっとさせたのは高い天井と、南向きの出窓がたくさんあることだった。彼女がピアノを奏《ひ》けるということがわかると、阿部夫人がどこかから中古のピアノを探してきてくれた。

リタがすることはいくらでもあった。何よりも日本語を習うこと。夫が好む日本料理の作り方も学ばねばならない。これからずっと日本に住むことになるのだから、日本人の心も理解したい。そのためには歴史とか、日本の文学などにもなじまなければならなかった。

そうしたこととは別に、日常生活はいやでも流れていく。手伝いの若い女性が毎日通ってくれるとはいえ、広い家を管理するのは大変なことである。夫は七時には家を出てしまい、夜は八時を過ぎないと帰って来ない。夫がいなくなると、たちまちリタは、手足をもぎとられた人形のように自分を感じだす。ナツという手伝いの女性とは、手ぶり身ぶりでしか話が通じない。季節は冬をむかえていて、めったやたらに寒かった。外はグラスゴーのほうが寒いが、木でできている家の中には、たえずどこからともなく吹きこむすき間風があって、しんから暖まらない。

朝から晩まで石炭ストーブをたきっぱなしにするので、石炭置場がすぐ空になる。後で知ったのだが、その最初の月の石炭代に三十円の請求書が届いた。ふつうの男たちの月給が五十円と聞かされていた時代の三十円である。

「ニッポン、セキタン、高スギルワ」

と、うろ覚えの日本語でナツに不平を言うと、その手伝いの女は、

「奥さん、石炭、使いすぎる」

と、つられてリタ風の日本語で言い返して大笑いになった。

食費もばかにならなかった。家賃が五十五円。百五十円の政孝の月給は月の四分の三あたりでなくなってしまう。

「ニッポン、タベモノ、高スギマス」

と、また愚痴が出る。

「奥さん、ゼイタク。牛肉とバターばかり。高くてあたりまえ」

ナツはよく働く気の良い女だった。一週間に一回、ベッドからふとんを剥《は》がし、太陽にあて、陽をたっぷりと吸わせることを教えてくれたのもナツだった。

昼のうち太陽にあてたふとんで眠ると、思いのほか熟睡できることを知った。ひなたの匂いが綿に滲《し》みこんで、そんな夜はちょっぴり幸福な気分になるのだった。

ナツは簡単な家庭料理もいくつかリタに教えた。料理とまではいかないが、日本食の基礎――米のとぎ方から、味噌《みそ》汁の味噌の量、煮干しの出し汁の取り方、味噌が溶けたら決して煮たててはいけないことなども教えられた。

学ぶべきことは山のようにあった。ナツは良い先生だったが、最良の教師は必要に

迫られてという状況がそうだった。その日に学んだことがその日のうちにテストされた。味噌汁を一口飲む夫の顔色で、リタはそれが合格か不合格かをいやでも知るのだった。

政孝は妻の努力を常に評価してくれたが、不出来のものや不味《まず》いものは、絶対に誉めなかった。だから誉められないと、それは失敗なのであった。一言も誉められない日がいやになるくらい長々と続くこともあった。

帝塚山の竹鶴家の居間には石炭の火が赤々と燃え、食卓には牛肉や、新鮮な魚や野菜が並び、食後は輸入豆をひいた香りの良いコーヒーが出た。そして本場のスコッチ・ウィスキーがちびちびと夜の更けるまで毎晩のように飲まれていたが、世間一般の生活からみれば、それはまったく別天地の世界だった。

世は第一次大戦後の恐慌にあえぎ始めていた。産業界は不況の色が濃く、工場が閉鎖になったり倒産する会社も少なくなかった。竹鶴家で、リタが無頓着《むとんちゃく》に消費する石炭の量が、ゆうにふつうの家庭の一か月の生活を支える金額を上回っているということを、その当時のリタはうかつにも知らなかった。

政孝のほうは妻とは違い、毎日のように現実に直面していた。大阪住吉《すみよし》の摂津酒造に復帰した一日目にして、彼は現実の厳しさを眼のあたりに見せられたのだった。会社の様相は、明らかに三年前と同じではなかった。空気が違った。活気も違っている。

建物は汚れ、手入れも充分にされないまま放置されていた。工場のいくつかの棟では、操業が停止されていた。雑草が生えたままの姿で枯れており、それが寒風で震えていた。そこに吹いていたのは、世間と同じ不況の風だった。

それでも彼は、帰国後、必死で働いた。『本格スコッチ・ウィスキー醸造計画書』を完成するまで、二か月の日々を要した。もっとも朝から晩まで机にむかっていたわけではない。一日の大半は技術長としてウィスキー作りに時間をとられた。もちろんスコッチではない。従来通りアルコールにエッセンスを加え、色をつけるだけの「にせウィスキー」である。

それは三年間の留学を終えてきた政孝としては、屈辱的な作業であったが、計画書さえ完成すれば、工場ができ、設備が整えられ、モルト・ウィスキーを作ることができるのだ。だから、それまでのあいだの辛抱だ、という思いがあるからこそ、できる仕事だった。計画書は、帝塚山の自宅へも持ち帰られ、深夜過ぎまで机にむかう夜も少なくなかった。

もちろん政孝とて、現実の不況に眼をつむることはできない。最初に考えていた彼の理想は最初から大幅に狂い、大規模な設備投資はひかえねばならなかった。そんなことは阿部喜兵衛や重役に言われなくとも、政孝にはわかっている。まずは小さな作業場に、単式蒸溜機《じょうりゅうき》を据えつけることさえできれば、あとは景気の回復を待ってどうにでもなる。ともすれば焦る気持をおさえて、彼はたえず冷静になることを己に課し、歯を噛《か》みしめていた。

『本格スコッチ・ウィスキー醸造計画書』が、ついにまとめられた。政孝は諸設備と予算見積りからなるその部厚い書類を、さっそく阿部社長に手渡した。

「できたか」

と、阿部喜兵衛は言葉少なに、だが誠意をこめて、政孝をねぎらった。そして提出された手書きの書類の重さを手で計り、ふっと一瞬表情を曇らせた。

「時期が悪いんだよ」

沈黙が社長室を満たした。

「こんな状況だ。すぐにというわけにはいかないかもしれないよ」

阿部の声にも沈痛な響きがあった。それを政孝は不吉な思いで聞いた。

「設備も最小限に抑えましょう。もしそれでもむずかしいのなら、全部を本格ウィスキーにきりかえろとはいいません。たとえわずかでも、モルト・ウィスキーを加えれば、品質はこれまでとは比べものにならないほど、良くなるのです」

政孝の真剣さが通じないわけはなかった。

「わかっとるよ、竹鶴君。君の気持は充分すぎるほどわかっている。いずれにしろ、一日も早く実現するよう、わしも努力しよう」

阿部はそう言って約束した。

しかし、そう約束した日から、二か月、半年という歳月が、無益に流れ去った。政孝にしてみれば気の遠くなるような裁決待ちの日々であった。

精神も肉体も強靭《きょうじん》なさしもの彼も、焦燥の色を隠せなくなっていた。週に一度は社長室を訪ね、あの計画はどうなりましたか、と訊《き》かないではおられなかった。できることなら毎日のように押しかけて行って、まだか、まだなのかと言いたいところを、彼なりの努力で抑制しているのだった。

社長の返事は常に同じで、

「わかっておる。もう少し辛抱してくれ」

であった。

一方リタは、焦燥感が夫を蝕《むしば》む様子を、もうこれ以上黙って見過ごすわけにはいかなくなっていた。以前、夫から家庭に仕事の話は持ちこみたくないのだと言われて以来、努めて自分のほうからうるさく訊かないように自制してきた。

けれども最近の夫の様子はどうもふつうではない。自宅に戻る前から酒の匂いをさせて帰ってくる夜もあった。そのようなことは、前には考えられないことだった。

「マサタカ、私はあなたに言われて、じっと我慢してきました。それは別に、良い妻の鏡になろうとして自分を抑えて来たわけではないわ。ただ、私があれこれ言うことで、余計あなたを苦しめるのは避けたいと、思ったからです。でも、もう見ていられないわ。最近のあなたは病人みたいです。病気なら手当てをしてあげられるけど、あなたの病気は側で見守るだけしかない。でもせめて、どんな思いが自分の夫の胸を苦しめているかということくらい、知るわけにはいきませんの？」

夏も近い夜のことだった。冬にはあんなに寒かったのに、夏は夏で湿気が多く、まだ本格的な暑い季節でもないのに、リタの呼吸は苦しそうだった。日本の夏を迎えるのは初めてだった。

「心配をかけて悪かった。自分でも顔や態度に出さないように努力しているのだが——」

政孝は肩を落とした。

「そんなことを言っているのではないのよ、マサタカ。心配をかけられることなど、私、なんとも思わないの。もしも心配があるのなら、私に話してくださいと申し上げているの。そうしたら妻としてうれしいのよ」

政孝は黙って自分の手をみつめていた。

「言ったところでどうなる？　ぼくの悩みが軽くなるとでも思うのかね？」

やがて、まっすぐリタを見て言った。「軽くなるどころか、外国人のおまえにまで苦しみを押しつけたと、ますます気が重くなるだけだよ」

「今、なんておっしゃった？」

リタはゆっくりと訊き返した。

「外国人のおまえって、言わなかった？」

政孝は両手を言いわけのように広げかけた。リタが続けた。「外国人の妻だからなの？　それで苦しみが分かち合えませんの？　もしも、日本人同士の結婚なら、もっと心が近く寄りあえるということ？　もしも、私ではなく、あのひと――マキさんなら」

「止めてくれないか、リタ」

と、政孝は言った。「ぼくはもしもどうこうだったら、なんていう会話は嫌いなんだ。そんな仮定の質問に答えるつもりはない」

いつになく強い夫の態度だった。

「それなら私も言うわ。外国人の妻なんて言葉、私も大嫌いです」

「それはわかった。その点は認めるよ。悪かった」

政孝は和解の手を差し伸べた。それでリタも折れ、マキの名前など持ちだしたことを恥じ、素直に詫《わ》びた。

「結局こういうことさ」

と、不意にポロリと政孝が本音をもらした。「来る日も来る日もアルコールに色をつけただけのイミテーション作りを、相も変らずにやっているとね、あのぼくの三年間の血の滲《にじ》むような苦労はなんだったんだろうって、つくづくと情けないのだよ」

深い溜息《ためいき》のような声だった。リタはすぐには何も言わずに、黙って夫の手を取って、自分の両手の間に、さも愛《いと》しそうにはさんだ。かなり長いこと、二人は手を取りあったまま、身じろぎもしなかった。やがて政孝が言った。

「妙だな……」

「どうして?」

「おまえに、生まれて初めて愚痴を言ったら、ここんところにこりかたまっていたものが、なくなったような気がする。……全部ではないがね」

と、政孝は胸を押えた。

「そうね。きっと、さっき深い溜息と一緒に、外へ出て行ったのよ」

夫婦はそこで顔を見合わせた。

「私に話して、後悔してる?」

「いや。むしろ、今では良かったと思っている」

「うれしいわ……」

リタの眼に力がこもった。強い不思議な眼の色だった。顔がこころもち紅潮していた。政孝はその顔をひどく美しいと感じた。

「あのね、マサタカ……。別の時にお話ししようと思ったのだけど、私、ベイビーができたらしいの」

夫は妻を眺め、足元に膝《ひざ》をつくと黙って彼女の膝に額を押しつけた。長いこと妻の肉体の温かさを額に感じていた。

胸には、仕事上の行きづまり、会社の不況、社会全体の不景気、今後の見通しの不安、それから生まれてくる子供の肌の色のことなどが嵐のように吹き荒れていたが、そうした考えをすべて凌駕《りょうが》するかのように妻への愛の思いが、政孝を圧倒していた。それはかつてないほどの感動をともなったので、彼はしばらくの間言うべき言葉を知らなかった。やがて妻の膝の上から顔を上げると、政孝はリタを見上げた。

「こういう時、おまえの国の男たちが何をどう言うのか見当もつかないのだよ……」

するとリタは両手でやさしく夫の顔を包みこんだ。

「イギリスの男の人がどう言うのかなんて、そんなことはどうでもいいことなのよ、マサタカ。あなたの言葉でいいの。私が聞きたいのは、夫であるあなたの言葉なの」

「うん」

政孝はうなずいた。

「とても驚いているよ。いつか子供はできるだろうとは思っていたが、それが現実となると、どぎまぎするよ。正直言って怖しい気もする」

彼はいつになく真剣に言葉を探していた。「不思議で奇妙な気持もする。後じさる心もある。だがリタ、それにも増して、おまえが愛しい。おまえが愛しいゆえに、勇気と意欲が湧いてくるのを感じているよ。それが今のぼくの嘘偽らざる正直な気持なんだ」

政孝はゆっくりと立ち上がり、妻の坐《すわ》っている椅子の肘掛《ひじかけ》の部分に腰を下ろした。そして彼女の肩をしっかりと抱いて、自分のほうに引き寄せた。夜の庭にむけて開いた窓の青いカーテンが、吹きこんでくる夜風をはらんで膨らんでいた。風は金木犀《きんもくせい》の花の甘哀しいような香りを含んでいた。リタは、その星屑《ほしくず》のような金色の花の香りが好きだった。イギリスにはない、東洋の香りだった。

そうして夫にもたれかかって眼を閉じていると、彼女の脳裏には次々と花のイメージが浮かび上がった。沙羅双樹《さらそうじゅ》の白い花。沈丁花《ちんちょうげ》。どれも東洋の神秘的な香木の匂いを含んだ花たち。きっと生まれてくるのは女の子なのだわ。リタは幸福のあまり眼を閉じたまま微笑した。

「いつだったか、京都のお寺で一緒に見た沙羅双樹のお花のこと、あなた覚えている？」

「白い花だね？　香りの良い」

「ええ、そうよ。真ん中の芯《しん》のところが黄色くて、とても可愛いかったわ。あのね、もしも、生まれてくるベイビーが女の子だったら、あのお花の名前から取りましょうよ。サラ――」

「サラか。漢字で沙羅でもいいね。竹鶴沙羅か――」

リタはすでにそれにきめたように微笑していた。その様子を見ると政孝は喉《のど》まで出かかった言葉を黙ってのみこんだ。あの花は、朝に咲いて夜には首がもげるように、ポトリと散り落ちてしまうはかない命の花なのだ。諸行無常の思いをうたった昔の歌人の文句がチラっと頭に浮かんだ。

「そうあわてることはないさ。それに何も女の子ときまったわけでもないんだし」

そう言って、彼は妻の額にそっと口づけをした。

二　喪　失

うだるような暑い残暑が続いていた。政孝は工場で相も変らず、偽ものウィスキーに添加するエッセンスの処方をしていた。彼は決して諦《あきら》めきれなかったし、諦める気もなかった。そして日ごとに彼の内部の怒りがつのるばかりだった。

こんなありさまをイネス工場長が見たらなんと思うだろうと考えるだけで、恥しさと屈辱のあまりひとりでに汗が吹きだしてくる。政孝は自分の中で日に日につのる不満と怒りをもはや一瞬たりとも制御できないような気がした。

汗がしたたって、眼に滲《し》みた。かつてない狂暴な憤りで、息がつまりそうだった。彼は手にしたフラスコを、いきなり壁にむかって叩《たた》きつけると、工場の技術室を飛びだした。ノックもせずに、開いている社長室のドアの中へ、大またに入っていった。

阿部喜兵衛が驚いて顔を上げた。

「もう限界です、社長。これ以上生殺しのような状態には耐えられません。今日は社長の口から返事を聞くまで引き下がらないつもりで伺いました」

思いつめた口調で、政孝が一気に言った。

「その顔色じゃ、そうだろうな」

阿部は、政孝の固い表情を見て、憂鬱《ゆううつ》そうに答えた。

「だがね、限界と言っても、それはあくまで君にとっての限界であって、我々には必ずしもそういうわけではない。酷な言い方だがね」

それから彼は顎《あご》の下で手を組んで、じっと自分の前に仁王立ちになっている技術長を眺めた。政孝のほうは汗みどろで顔を光らせていたが、彼はひとつぶの汗さえも浮かべていなかった。

「とにかく、その様子じゃ一日中、ここに坐りこみそうだな。それも困ったものだ」

と、阿部は政孝から視線を宙にすえた。「では、こうしよう。近々、緊急重役会議を招集することにするよ。そこで、ある程度の結論を出すとしようか」

「近々と言うのは、いつのことでしょうか？　明日でしょうか、明後日でしょうか」

政孝はそう勢いこんで質問した。そうせずにはおれなかった。握りしめた両手が白くなって震えていた。阿部喜兵衛は表情をひきしめた。

「来週早々にでも――」

「そんなに待てません。今週中に、どうしてもお願いしたいのです。そろえるべき資料はすべて、お手元にあるはずです。木曜日の定例の重役会に、是非とも――」

「まいったね」

と言って阿部は椅子の背に背中をあずけた。「よし、わかった。そうすることにしよう」

「お願いついでに、もうひとつ、いいでしょうか」

「なんだね」

阿部はできるだけ穏やかに訊《き》いた。

「私も、その会議に出させてもらうわけには、いかないでしょうか」

「重役会議にかね？」

「もちろん、その、説明役としてです。書類だけではわかりにくいことが多いと思いますから、是が非でも自分の口で説明したいのです」

「是が非でも、かね――」

ふっと阿部の口元に微笑が浮かんだ。

「いいだろう。そうしたまえ」

それを聞くと、政孝の全身からみるみる強張《こわば》っていた力がぬけて行った。彼は深々と頭を下げ、呼吸を整え、感謝の眼差《まなざ》しで、こう言い足した。

「私の出すぎた真似を、どうか許してください。ただ、一日もはやく本物のウィスキーを作っておみせすることが、私にできる社長への唯一の恩返しなのです。恩をひとつも返しもせず、ご好意に甘えるだけで何もむくえないまま月日が過ぎていくのが、たまらんのです……」

そう言って政孝は、眼鏡の下で眼をしばたたいた。帰国してからもうすぐ一年になる。阿部喜兵衛の顔の上にも疲労や心労が滲《にじ》んでいた。社長も資金ぐりで苦労しておられる。その上、自分と他の重役たちとの板ばさみだ。だからこそずっと遠慮して来たのだが……。

「わかっているよ、政孝君。……わかっているのさ」

阿部の瞳《ひとみ》に柔らかい光が射した。この男《ひと》がこれほどまでに良い人間でなければ、自分はもっと楽だったろう。強硬な態度に出ることもできるし、場合によっては辞表を叩きつけるかもしれない。だが、阿部喜兵衛はあまりにも誠実で寛大だった。彼が帝塚山に用意してくれた家のこと、手伝い女のこと、破格なほどの高給と、どれひとつとっても、阿部の好意を感じないわけにはいかなかった。そこで、政孝は溜息《ためいき》をつき、視線を落とし、深々と一礼すると、社長室を辞した。

摂津酒造の会議室は六坪ほどの小部屋で、その上に窓が工場の建物と隣接しているために、開かない。扇風機が回っていたが、それは単に室内のうだるような熱気を、ただかきまぜているのに過ぎなかった。スコッチ風ウィスキー作りに取り組むか否かの重役会議には、もうさっきからずっと沈黙がちの重苦しい空気が淀《よど》んでいた。

「どうでしょうね。竹鶴君の話も充分に聞いたことだし、このあたりでそろそろ結論を出したらいかがでしょう」

営業の重役が沈黙を破った。「言い出しっぺということで、私の意見を言わせてもらいますが、まぁ、冒険だろうと思いますねぇ」

このままでは結論が目に見えていた。政孝はあわてて立ち上がった。もういいよ、充分に君の発言は聞いたよ、と誰かが言った。政孝は強引に口を開いた。

「最後に、もうひとことだけ言わしてください。もちろん冒険です。しかしこの先、ウィスキーがのびることだけは、確かです。もうそのことは四年前にすでに阿部社長も感じておられたから、私をスコットランドに送りこんでくださった。模造ウィスキーが、今日にも通用しているということさえ、私には信じられない気がします。しかし、この先はいけません。それは眼に見えています。みなさんの眼にも見えるでしょう。しかし、その時になって、スコッチ・ウィスキーを作り始めたのでは、遅いのですよ。ウィスキーというものは、作ってすぐ右から左へ売れるものではない。四年も六年も寝かせる必要があるのです。今すぐ作り始めても、少なくとも四年は貯蔵庫の中です。一日も早いに越したことはないんですよ」

その時、経理担当重役が割りこんで発言した。

「その寝かしとく四年六年、金利だけでも首が回りませんな」

「時勢が悪いよ、竹鶴君。景気が回復するまで、待ったほうがいい。第一、今無理して作っても、四年後に必ずしも売れるという保証もない。万が一、スコッチとは似ても似つかぬ代物が出来上がっていたなんてことになったら、この会社潰《つぶ》れますよ」

「では私はなんのためにスコットランドへ——」

「あの時は日本中が軍需景気で沸いとった。君にも判断力というものがあるだろう。あの頃と今とでは、状況がまったく違うんだ」

「ということは、私が勉強して来たことは、無駄だったと？」

政孝は焦った。

「しかし君だって、スコットランドから空手で戻ったわけじゃあるまい。ちゃっかり美人の異人さんの奥さんを手に入れたじゃないか」

悪意はないのかもしれないが、大株主のこの発言に、会議室は失笑の渦に巻きこまれた。阿部喜兵衛が、まぁまぁと手をかざした。

「それはともかく、竹鶴君に投資した点も考えなくてはいけません。投資したものは、回収する。これが経営哲学の基本です」

その言葉に、政孝は一筋の光明を見る思いがした。

「そこでですね、わたしの提案だが――」

と、阿部が一同を見まわした。「この竹鶴君の計画案を三分の一に縮小して、現工場の一部をそのまま利用し、単式蒸溜機《じょうりゅうき》だけでも据えつけたらどうかと思うのだがね」

それで結構だと、政孝は思った。モルト・ウィスキーさえ作れれば、目的に一歩も二歩も近づくことになる。

「阿部社長はそうおっしゃるが、疑問ですな。大麦はどうします？　それをどこに貯蔵する？　それから樽《たる》は？　この計画によると最初の段階で三年分の樽三千個が必要となるが、現規模の三分の一としても千樽だ。その金、一体どこにあると思います？」

「それでなくとも、業界はニッチもサッチもいかなくなっている」

と、大株主が口をはさんだ。「我々酒造業者も軒並みに操業停止に追いこまれている。いつ我が身にふりかかる災難やもしれんのに何がスコッチ風ウィスキーなものか」

「そんなふうに言っては、竹鶴君が可哀そうです」

と、阿部社長が言いかけた。それをさえぎるようにあちこちから声が上がった。

「阿部社長は竹鶴君に甘すぎる」

「そうや、はるばるスコットランドにたいそうな金をかけて勉強に出しただけでも、充分じゃないですか？」

「そればかりか、養子さんにとひそかに考えていた竹鶴君が、蒼《あお》い眼の女を連れ帰って、裏切られたも同然。それをまた許したばかりか、法外な給金まで支払うて、その上にスコッチ・ウィスキーを作らせてやろうとまで言われる。いったい阿部さん、あんたこの男のために、会社傾いてもよろしいのですかいな」

いっせいに反対の声が上がっては、阿部喜兵衛でも押し切れない。政孝は奥歯を噛《か》みしめて、じっと眼を閉じた。これ以上何を言っても阿部社長を苦しめるだけだろう。彼はひそかに敗北を受け入れた。結局、スコッチ風ウィスキー作りの計画は、無期延期という結論が出された。

ふと気がつくと、重役連中の姿が消えていた。どれだけ長いこと、自分が茫然《ぼうぜん》自失していたのかと、政孝ははっとしてあたりを見渡した。室内には、阿部喜兵衛の沈痛な顔があるだけだった。

「というわけだ。気の毒だったな」

阿部は心より政孝を慰めた。

「言うべきことはすべて言わしてもらいましたから」

と、政孝は重い腰を上げた。残る言葉は、あとひとつだけであった。だが、今それを阿部にむかって言うことは、できそうにもなかった。こうなっては自分としては会社を辞めるしかない。けれども、そうしたらどうやって阿部喜兵衛に恩を返していけるのか。

「残酷な言葉も耳に入れてしまったな」

「いいえ。ある意味ですべて事実ですし、私は確かに社長の好意に甘えすぎておりました。申しわけありませんでした。私のために社長までつらい矢面に立たされようとは……」

後は絶句で、言葉にならない。

「わしのことはいいさ。それよりこんなことになってしまい、君のためだけでなく、会社のためにも残念だよ」

「マキさんのことでも……」

「それはまた、別のことだ。重役連中がその話をもちだしたのは、筋違いというものだよ」

阿部はゆっくりと椅子を引いて立ち上がった。「それに、マキは大丈夫だ。この秋、縁があって片づくことになったよ」

政孝はちらと阿部の横顔をみた。疲れ老いた顔であった。

「そうですか。それではマキさんもお幸せになれるでしょうね」

「そうあってもらいたいものだ」

それだけ言い残すと、阿部は会議室を去って行った。政孝はなおもしばらくその場にたたずみ、夢も希望もなくなった自分の将来を暗澹《あんたん》と思いめぐらしていた。

リタは肩で息をしながら、薄闇に包まれ始めた室内でぼんやりしていた。このところずっと気分が悪くて、食事も喉《のど》を通らない状態が続いていた。躰《からだ》もだるかった。

昔、何度も妊娠した母が悪阻《つわり》は病気のうちには入らない、と言っていたことを折につけて思いだしていた。口に入れられるのはナツが八百屋から買って来てくれた夏ミカンだけ。重曹をふりかけて、ぶくぶくと泡が立つところを食べると甘味が増すのだと教えられたが、リタはその巨大な夏ミカンをそのまま食べた。

夫が帰宅するまでにはまだ少し時間があった。電気をつけると蒸し暑さが増すようでつらいので、彼が戻るまで室内を暗くしておくのだ。リタは政孝のことを思うと、我知らず重い溜息《ためいき》が出てしまう。このところ、心の重圧のせいか、彼は上の空の状態でいることが多かった。

リタはそのことで、帝塚山へ来てからすぐに親しくなったジェーン・ローリングに相談したばかりだった。ジェーンの夫は英国人の牧師で、彼女は近くの桃山《ももやま》中学で英語を教えていた。リタがこの地に着くとほどなく訪ねて来てくれて、それ以来親しく行き来するようになっていた。ジェーンは日本での生活が長かったので、リタにとって必要な知識、情報など手にとるように教えてくれる。夫が上の空で困るのだ、とリタがお茶を出しながらこぼすとジェーンは言った。

「きっと彼、スコットランドのことを思って、ホームシックにかかっているのよ」

と、リタを笑わせた。「あなたはどう？」

「私？　ホームシックにかかっているひまなんて、ぜんぜんないわ」

「それは結構ね」

リタが焼いたショート・ブレッドをつまみながら、ジェーンがうなずいた。

「この間、竹原の夫の実家に行った話はしたわね？」

「ええ。それでどうだったの？　お姑《しゅうとめ》さんとはうまくいった？」

「いくわけないでしょ。実の母ともうまくいかないっていうのに」

英語が話せるというだけで、この頃のリタはうれしくなるのだった。それに夫との会話とは違い、女友だちとの話はたわいもなく陽気だった。ジェーンは質素だが、センスのあるおしゃれをして現れるので、それを見るのもリタは楽しみだった。その日の彼女の服装は、日本のカスリで作った袖《そで》なしのツーピース。衿《えり》とベルトが白いピケでできている。

「今のは冗談よ。たぶん気に入っていただけたと思うわ」

だが、竹原の家に受け入れられたというわけではなかった。政孝とリタは、広島県の竹原という、文字通り竹にかこまれた美しい町を訪れた際、結局夫の実家には寝泊りしなかった。町の旅館で過ごした。夫は、そのほうがリタが気がねしなくてすむからだと言ったが、彼女はかすかに不満を覚え、納得できない気持だった。

それは別にして、瀬戸内海に面した竹原という土地に、リタは恋をしてしまった。竹林を背景にした民家。家々はおとぎ話に出てくるみたいに小さくて、可愛いかった。不思議なくねくねとした路地が一杯あり、そのどこで立ち止まっても、絵のような風景があった。海はあくまでも静かで、見たこともないようなやさしい青さをたたえていた。そして、あちこちに浮かぶ夢の小島。

日本に来てようやくめぐりあえた美しい風景であった。こんなきれいな故郷をもつ夫が、リタはますます誇らしかった。

その夫に対して、リタはひとつだけ不満があった。彼が母の肩をもたないかわりに、リタの肩ももってはくれないことだった。そしてほんのわずかに、妻であるリタよりも、老いた母の方に身方をするような気がすることだった。イギリスではそうではない。イギリスの男だって、自分の母をとても大事にする。だが、結婚したら、あくまでも夫は妻の側について、母親に対するのだ。息子対母ではなく、夫婦対母の関係になるのだ。

「ねぇ、お母さん。ぼくはこう思うよ」と言うかわりに、「ぼくたちはこう思うんだ」というふうに言うべきなのだ。どっちの身方もしないで中立にいるのは、ほんとうは一番ずるいやり方だ。そんなふうにしているかぎり、姑と嫁の対立は永久に続くにきまっている。

それが竹原滞在中の、リタの夫に対する感想だったが、彼女はそのことを政孝に言わずに腹の中に収めることにした。どっちみち、義母《はは》と一緒に生活するわけではなかったし、これからお互いに行き来するとしても、一年に一度か二年に一度のことであろうと思われた。それならば、姑と嫁の問題で争うこともあるまいし、夫をイギリス風に作りかえるまでもないだろう。第一、リタの知り得たかぎり、竹原の義母は立派な女性だった。

「私、旅館というものに初めて泊ったのよ」

と、数か月前の出来事を楽しげに思い出しながら、リタが言った。

「タタミの上に直《じか》におふとんを敷いて眠ったのも初めてだし、膝《ひざ》を折って食卓の前に坐《すわ》ってお食事するのも初めてよ。タクワンというものには、閉口したわ。だってひどい悪臭なんですもの」

「わかるわ。私なんて、未《いま》だにタクワンとナットウだけは、どうしても手が出せないの」

ジェーンがそう相槌《あいづち》をうった。

「椅子なんてものがひとつもないのよ。あんなに長い時間、膝を折って暮らしたのも初めて。だから、しびれをきらしたのも、あれが初体験。でも何よりも驚いたのはね――」

「それ以上言わないで」

と、ジェーンは、リタの言わんとすることを察して、おかしそうに笑い転げた。

「あら言わせてよ、ジェーン。このこと誰かに言いたくてたまらなかったんだけど、誰にも言えなかったのよ。あなたなら絶対にわかってくれるし、一緒に笑えるから、楽しみにしていたの」

「いいわ。それではどうぞ。つつしんで拝聴しますから」

ジェーンはおどけて椅子の中で坐り直した。

「お便所のことなの」

「だと思っていました」

「穴があいているのよ。私、中を覗《のぞ》きこんだら、落ちるんじゃないかと思って、怖くてしゃがめなかったわ。おかげで、ずっと便秘」

そこで二人のイギリス人の婦人たちは、涙が出るほど笑い転げた。それから急にリタは真顔になって言った。

「マサタカのお父さまにもお逢《あ》いしたわ」

「どんな方？」

「わからないわ。一度も口をお開きにならないんですもの。ずっと黙って、表情も硬かった。後でわかったことだけど、私たちのこと、家名が汚れるって最後まで反対されたらしいの」

しかし、リタはそのことで義父を恨むような気持はまったく抱いていない。カーカンテロフの母から受けた仕打ちを思えば、自分の不満はじっと胸に収めて耐えているように見える義父の姿に、むしろ心を打たれた。

「私の姿、田舎ではとても目立つらしいの。それでね、私が竹原の実家に訪ねるかわりに、次の日からマサタカの母と妹たちが交互に訪ねて来てくれたわ」

リタはさりげなくそう説明した。ほんとうは、竹原の竹鶴家の敷居を、蒼《あお》い眼の嫁がたびたびまたぐ姿を、隣近所の人たちに見られたくないためだったが、そのことをリタはあからさまにジェーンに話したくなかった。帝塚山や神戸には外国人の姿は少なくはないが、あちらでは、生まれて初めて眼の蒼い人間を見る人がほとんどだった。あの時ほど、リタは自分の肌を白すぎると感じ、髪が明るすぎ、眼が蒼すぎると感じたことはなかった。

「でも、気に入っていただけたんでしょう？　マサタカのお母さまに？」

ジェーンがクッキーをつまみながら訊《き》いた。

「と思うわ」

「それで、あなたのほうはどうなの？　マサタカのお母さまが好きになれて？」

「そうね。あの方は、日本人にしては珍しく、偏見のない自分の尺度をもっていらっしゃるわ。色眼鏡で私を見ようとしなかった、日本で最初の人ね。私自身の母親より寛大で、意識が進んでいると思ったわ。ええ、私、お義母《かあ》さまのこと、とても好きだわ」

リタは、最後の一言を咬《か》みしめるように言った。

「それを聞いて安心したわ。ところでお腹の赤ちゃんのほうはどうなの？　元気に育っているかしら？」

ジェーンは急に陽気に訊いた。リタも話題がベイビーのことになると、表情が輝くのが自分でもわかるのだった。

「ええ、ええ。私のサラちゃんはとても元気」

「じゃ、すべて順調ね？」

と、最後にジェーンが訊いて、探るようにリタの顔を見た。

「ええ、なんとかね。うちのナツが、ベイビーにはカルシュウムが大事だって言って、干した小魚を頭から無理矢理に食べさせるのには、へいこうするけど、……それと……」

「それと？」

「ううん、いいの。何でもないわ」

「嘘ね、リタ。顔色でわかるわ。私たち、友だちでしょう？　話せることなら話してちょうだい。でないとあなたの力になれるかどうかもわからないわ」

ジェーンはそう言って、妊娠のために透きとおるような青いリタの手を握りしめた。

「ありがとう」

リタは少しだけ涙ぐみそうになったので、五つばかりたて続けに瞬《まばた》きをした。「実はね、マサタカのことが心配なの。あのひとこのごろ、ウツウツとしてなんにも楽しまないの。会社から帰ると食事をして、新聞を読み始めるだけで、私に話しかけよう

「ともしないのよ」

「何か心配ごとがあるんでしょう」

「ええ、そうなの。それは私にも何かということはよくわかっているんだけど。この間なんてね、ジェーン、聞いてくれる？　私が彼を慰めるつもりで、ピアノの小曲を奏《ひ》きだしたの。そうしたら、なんて言ったと思う？」

「…………？」

「『悪いがリタ、ピアノの練習なら昼間のうちにもできるだろう？』ですって」

強い口調ではなかったが、リタは自分の思いやりがかえって夫を苛立《いらだ》たせる結果になってしまったことに深く傷ついたのだった。

「あのひと、音楽をとても愛していたのに」

ジェーンはリタの手をいっそう強く握りしめてこう言った。

「大丈夫よ、リタ。長い人生には雨の降る日もあるし、嵐もあるわ。それでも太陽はいつも雲の後ろにいるのよ。やがて晴れて、青空が見えるようになるわ」

「そうね。そのとおりだわ」

リタは何度もそう言って、うなずき続けた。

夕方遅くになって、ナツが風呂敷《ふろしき》に包んだものを、両手に大事そうに抱きかかえて帰って来た。近所の奥さんに頼んでおいたユカタがようやく出来上がってきたのだ。それは、この頃元気のない夫を、驚かせて笑わせようという目的で、リタがひそかにナツを通して頼んだものだった。

いきなり着物を着ようとしても無理である。ユカタなら、素肌の上にガウンをはおるような感覚で着れる。さっそくリタはナツの手を借りて、それを身につけた。

「まぁ、奥さまって、腰がずいぶん上にあるんですのねぇ」

と、ナツは帯をしめながら、驚いたように言った。実際、腰が高いので、帯の位置が上すぎて、なんとなく落ちつかない。

けれども、ユカタは白地に紺で朝顔の花が描かれ、それがリタによく似合った。帯は眼も覚めるような黄色。魚屋がお盆にくれたウチワを手にすると、なんとか格好がとれた。

そんなわけで、リタはもうさっきから、夫の帰りを今か今かと待っていたのである。

薄暗い室内で、時々ウチワで風を送った。なれない帯のせいか、少し胸苦しかった。早くマサタカが戻ればいいのに。ちょっと見せて、ウェストのゆるいワンピースに着替えたかった。額に薄く汗が滲《にじ》み、彼女は肩で息をした。

――あぁ、サラ、私のサラ、とリタはお腹の子に話しかけた。あなたがいてくれて、私はもう淋《さび》しくないのよ。こうしていても、もうひとりぼっちじゃないという気がするしね。そう心の中で呟《つぶや》いて、そっと下腹のあたりを撫《な》でた。

このところまったく食欲もなくて、躰《からだ》もだるい日が続いていた。ときどきお腹が張るような感じと、短いさしこむような痛みもあったが、医者に言うと、心配するほどのことではないという。

その時、玄関のドアが開くかすかな物音がした。ナツが迎えたようだった。リタは手を伸ばしてスタンドの電気をつけた。

「お帰りなさい」

顔を上げて夫に言った。マサタカは側まで歩いてくると、「ただいま」と、妻の頬に接吻《せっぷん》をして、着替えるために寝室のほうへ歩き出した。リタは、夫がまったくの上の空で、生まれて初めて身につけたリタのユカタ姿に気がつかないことに、ショックを受けた。そして無闇に悲しくなってウチワを取り落としてしまった。けれども彼女はけなげにも、自分を奮いたたせると、できるだけ陽気に、からかうような声で夫を引き止めた。

「あらあら、マサタカ。あなた何か変ったことを見落としていてよ」

ふりむいた夫にむかって、リタはユカタの袖《そで》を広げて見せた。

「ああ、ユカタね」

夫の眼が一瞬やさしくなった。リタの心が躍った。が、それだけだった。政孝は再び寝室のほうへ歩きだした。

「ユカタね、ってそれだけなの？　誉めてもくれないの？」

拍子抜けして、声に不満が混じった。

別に詰問したわけではなかった、それなのに、夫の背中が急に闘争的に強張《こわば》るのがわかった。

「犬みたいに、おまえの回りをピョンピョン跳ね回れとでもいうのかね」

政孝は理不尽にも、苛立ちをつのらせた。そんな悪意のある夫の態度は初めてだった。リタの動作が凍りついた。彼女はしばらく息もできなかった。いったい私が何をしたというのだろう？　夫はなぜあんなに意地悪なのだろう？　リタの眼がみるみる涙で膨れ上がった。

しかし政孝のほうも、とっくに今の自分の言葉を後悔していたので、妻の涙を見ると、なおさら自責の念にかられた。

しかし彼の胸の中は、今日の重役会議で起こったこと、そこで決定されたこと、つまり当分ウィスキー作りは実現しないという最終宣告などで一杯だった。死刑を言い渡された囚人だって、今の彼ほどに憂鬱《ゆううつ》ではないだろうと思われたほどだ。その上にこの耐えがたい大阪地方の夏の夜の蒸し暑さだ。政孝はリタの涙をもてあましたように、茫然《ぼうぜん》と眺めた。駆け寄って行き、彼女を抱きしめ、悪かったと慰めてやるべきところを、逆の態度に出てしまった。

「ぼくは日本人だからな。おまえの国の男たちのように、女にちやほやしたりはできないんだ」

そういう先から、彼は猛烈に自分に対して怒りを覚えていた。自分への腹立ちのあまり、さらに言い足した。「そんなにちやほやされたかったら、おまえの国の男と一緒になれば良かったのだ。今からだって遅くはないさ。そうしたければ、お帰り」

政孝はいきなり妻の足元にひれふしてあやまりたい衝動で、躰が動きかけた。もちろん今のは本心なんかではない。男なら口が裂けても言うべきことではなかった。いたたまれないような悔恨と、恥しさで身を震わせながら、彼は和解を求めて、一歩妻のほうへと足を踏みだした。

すると同時に、椅子から立ち上がっていたリタが一歩退いた。よろめくような感じだった。そのために二人の間の距離は縮まらず、前と同じだった。リタの表情は紙のように白く、彼女はすっと背筋を伸ばした。そうしなければ、悲しみのあまり自分が支えられなかったからだが、気も動転したようになっている政孝は別の受け取り方をした。

彼は、妻が自分を軽蔑《けいべつ》し、心が遠のいてしまったような感じを一瞬受けて、たじろいだ。そのために、和解のきっかけを完全に失ってしまうことになった。もちろんリタは、夫を軽蔑もしていなければ、心が遠のいたわけでもなかった。彼女には夫の日頃の苦悩や苛立ちがいやというほど理解できたので、夫を責めるよりはむしろ自分のほうに反省を加えたくらいだった。

ユカタのことなどで、疲れた夫を刺激したのは、大人気のないことだった。政孝と一緒になってもう二年にもなるというのに。彼がどんな性格かということくらい、わかっていたはずなのだ。

彼は照れやだし、心の中で思っていることをあまり口に出して言ったりはしない。もちろん、ふつうの日本人の男性よりは、はるかに感情を露《あら》わにするが、それでも西洋の男に比べれば、まだまだ少ない。誉めそやさないからと言って、そういう感情がないわけではないのだ。そのことを自分は肝に命じてわかっていたはずだったのに。

リタは青ざめたまま静かに夫に言った。

「私の国の男のひとたちも、女にちやほやしませんわ。それにお互いに夫婦がやさしい言葉をかけあうのは、ちやほやすることとは違います。ほんとうに強くて心の広い人間だけが、真にやさしくふるまえるものだと思うの。それは国籍でも男と女の違いでもないし、そのひとの質の問題ですわ」

そこでリタは、愛情のこもった穏やかな眼の色で夫をみつめた。

「あなたはこの世で、私が尊敬してお慕いするただひとりの強い男性です。たぶん、今夜はあなた、とてもお疲れだっただけなのよ」

妻のその言葉は、彼の良心に短刀のように突き刺さるような気が、政孝はした。まだ泣きわめかれたほうがはるかにましだった。罵倒《ばとう》されたほうが良かった。今の自分は、妻の寛大な言葉に値しない。政孝のプライドは、彼自身の反省と悔恨のためになおいっそう傷つき、彼は妻の期待に応《こた》えるかわりに、肩を落とし、彼女に背をむけて、書斎へ閉じこもるために歩きだした。西洋人のカミさんには、頭が上がらんな、と、口の中でぶつぶつ呟きながら。

そしてそれがリタには限界だった。タガが外れたみたいに躰が揺れた。下腹部に鋭い痛みが走りぬけた。白い稲妻によって切り裂かれるような一瞬の痛みだった。彼女は息をつめて、その場にうずくまった。書斎のドアが音をたてて閉まるのが、次第に遠ざかる意識の底に聞こえた。

リタは見知らぬ白い部屋の中で眼を覚ました。室内に漂う消毒臭で、そこがどこかの病院の一室であるらしいことがわかった。頭は重く、瞼《まぶた》が熱かった。意識が完全に戻ると、はっとして彼女は上掛けの下の自分の下腹を両手で押えた。彼女は何も覚えていなかった。ただ、何かとてつもなく怖しいことが起こったに違いないという、胸騒ぎで気分が悪くなるほどだった。

リタが覚えているのは、真っ赤な染みのようなものだ。それが朝顔の白い花を真紅に染めていた。彼女ははっとして、震える手をさらに下のほうに伸ばしてさぐった。そして指先が股《また》にはさまれた部厚い脱脂綿とサラシの布に触れた。

「おお神さま」

横たわったまま、彼女はひび割れた声で叫んだ。なんて怖しいこと。私のサラが流れ出てしまったのだ。記憶の断片が戻った。帝塚山の自宅の居間で、リタは突然出血して気を失ったのだった。ナツが、血に染まった彼女のユカタを脱がせたのだ。朝顔の花が真紅の色をしていたのは、そのせいだったのだ。

「お目覚めですね」

と、いう声がして、白衣の女性の顔が近づいた。

「私、どれくらい眠っていましたか？」

と、リタが質問した。

「十二、三時間くらいかしら」

「そんなに……。主人はいますか？　あのひとは今どこですか？」

「あなたの着替えを取りに、たった今いったんお帰りになりましたよ。でも、ご主人は一晩中、一睡もせずにあなたを見守っていらっしゃいましたわ」

「……そう」

気の毒なマサタカ、どんなにか苦しんだことだろう。夫の心の内を思うと、リタの胸もまた重くふさがれてくるのだった。

「……私の赤ちゃん……」

「残念でしたね」

中年の看護婦は、憐《あわ》れみをこめてリタを慰めた。

「教えてください。私の赤ちゃん、女の子でした？」

彼女はちょっと躊躇《ちゅうちょ》して、

「ええ、そうでしたよ」

と、低い同情にあふれた声でそう答えた。

「……やっぱり」

と、リタは眼を閉じた。涙が次から次へとあふれだして、耳を濡《ぬ》らし枕に染みていった。人間がこんなにも涙を流せるものなのかと思うほどの量だった。リタは声も出さず、その朝、静かに泣き続けた。看護婦は、リタがそうやって心おきなくひとりで泣けるよう、そっと席を外した。

医師がドアをノックした時には、リタはすでに泣き止んでいた。枕カバーも看護婦が替えてくれたので、乾いていた。リタは、悲しみが彼女から去ったのではなく、心の底に沈澱《ちんでん》したことを感じた。彼女はほほえんで医師を迎えた。

「顔色がずっと良くなりましたね。安心しましたよ」

と、髪に白いものが混じった医師が言った。人を安堵《あんど》させるような温かく落着いた声だった。リタはその瞬間から、その医者に好意を抱いた。

「先生、教えてくださいな。どうして赤ちゃんが流れ出てしまったのでしょうか？」

リタはなんとしてでも、その理由が知りたかった。医師は、彼女の傍らにたたずみ、言葉を探すように口もとをひきしめた。

「胎盤剝離《はくり》という言葉を知っていますか？」

その医師は、その単語を英語でリタに伝えた。

「ええ、知っています。私の父は内科医でしたが、お産もみましたから」

「そうでしたか。それでは説明がしやすい」

と、彼はリタの眼をまっすぐに見た。

「あなたの躰《からだ》は、その胎盤剝離をしやすい体質なのですよ」

「つまり……」

と、リタは、どこかがひどく痛むかのように、表情を歪《ゆが》めた。

「子供が、生めませんの？」

「そうです。妊娠はしますが、充分に成長するまで子宮の中で育てることができないのです。胎児のまま、胎盤と一緒に、ある時期に、流れ出てしまうのですよ」

リタは黙って医師の言葉に聴き耳をたてた。ひとことも聞きもらすまいという表情だった。

「ひとつの例外もなく？」

「ええ、例外はないでしょうな。少なくとも、現在の我々の医学では無理でしょう。非常に残念ですけど」

「希望はなし……？」

「お気の毒です」

リタは口元に薄く微笑を浮かべた。心は張り裂けそうだったが、彼女にはまだスコットランド魂が残っていた。

「こんな時、お医者さまって、ちょっと嘘をつくものなんじゃないんですの？　希望はなくても、『たぶん、次の時にね』とか、言って慰めるものじゃなくて？　先生は、とても正直な方ね」

二人の視線が絡んだ。

「そうかもしれない。正直だということは、時によっては残酷なことかもしれませんな。性分でね、その場逃れの嘘がつけんのです」

リタはほっそりした手を医師にむけて伸ばした。その手を彼が握った。温かく乾いた手だった。

「正直におっしゃっていただいて、よろしいのです。私は感謝いたしますわ」

そう心をこめてリタは呟《つぶや》いた。

いつのまにか眠ってしまったらしい。気がつくと、政孝の顔が心配そうにリタを覗《のぞ》きこんでいた。髭《ひげ》をあたる時間も余裕もなかったのか、彼の頰から顎《あご》にかけて、伸びかけた一ミリほどの髭が、びっしりと覆っていた。そのために夫は、やつれてみえた。肉体の疲労もあったが、それ以上に精神的に追いこまれているのが、感じられた。

「あなた……」

と、リタは言った。

「病人はいったい誰？　私ではなくて、あなたのほうが病人みたいよ」

「おお、リタ」

深い溜息《ためいき》と共に政孝が言って、彼女の両手を握りしめた。

「許しておくれ。すべてぼくの責任だ。どうか許してくれ」

彼の眼鏡はたちまち涙で曇ってしまった。

「あなたの責任じゃないのよ」

姉のような口調でリタはやさしく言った。「先生はそうあなたに説明しなかった？」

「いやいや、ぼくがいけなかった。自分のことで心が一杯で、おまえやおまえのおなかの赤ちゃんのことを、深く考える余裕がなかったのだ。悪いのはぼくだよ」

リタは、困惑したように夫を見上げ、吐息をついた。

「ねぇ、マサタカ、もしも私がそうだとあなたに同意したら、あなたの心は少しでも楽になるの？　そうなら、私、イエスって言うわ。でも違うでしょ？　そんなこと認めてもちっとも気持は救われないでしょ？　第一それは事実じゃないもの、先生がおっしゃったわ、私は流産をしやすい体質なのだって。だからぜんぜんあなたには関係ないのよ」

「しかし」

と、彼はリタの手の中に自分の口を埋めてうめいた。

「それよりもこう考えてくださらない？　ご自分をそんなふうに責めないで欲しいの。自分を責め苛《さいな》んでいる夫を見ていることのほうが、はるかに私は苦しいのよ。ですから、マサタカ、私を苦しめたくなかったら、あなたのせいだなんて、二度とおっしゃらないで」

「…………」

「ね？　約束して？」

リタは夫の眼を深々と覗きこんだ。

「わかったよ、リタ。約束するよ」

政孝はついにそう言って、リタの手に顔を埋めて少しだけ泣いた。彼女は、人間の涙というものが、とても熱いのを、その時初めて知ったような気がした。

その時政孝は、身心共に深く傷ついた妻を心配させたくないので、口にだしては言わなかったが、摂津酒造を退社しようという決意が固まるのを感じた。

自分はスコッチ・ウィスキーを作らなければ決して心が満たされないだろう。そうすれば、また今度のようにリタを深く傷つけることも起きるに違いない。摂津酒造にいては、当分本場ものウィスキー作りはできない。それだけは確かなことだった。

会社を止めたら、作れるというあてはなかったが、百パーセント希望が持てないわけではない。一パーセントでも二パーセントでも希望があるなら、自分はそっちに賭《か》けよう。

「いいかい、リタ。一日も早く元気になっておくれ。ぼくは、いよいよ本物のウィスキーを作るために、一人で歩きだすよ」

彼はそう言って、妻の額に接吻《せっぷん》した。果たしていつになったらそれが実現するか、今の彼にはまったく未知だったが、ひとつだけわかっていることは摂津酒造に止《とど》まっては、本物のウィスキーは絶対につくれない、ということであった。

「まさか。マサタカ、あなた？」

リタの顔が不安に曇った。

「大丈夫だよ。おまえは何も心配することはない。心配はぼくがする、安心してぼくについてくればいいんだ、わかったね?」

そう言って政孝は何度もリタの柔らかい巻き毛を撫《な》で続けた。

政孝はその病院の帰り、摂津酒造の阿部社長の部屋を訪ね、自分の決意を伝え、辞表を出した。今の会社に止まることだけが、これまでの六年間の恩を返すことではない。別のかたちで必ずできるのではないか。阿部は政孝の辞表を手に、長いこと眼を閉じ、何ごとか瞑想《めいそう》していたが、やがて静かに言った。

「そうか。……残念だが、こうすることが誰にとっても一番良いのかもしれんな」

社長の眼の中に、苦渋と同時に、安堵の色をみて、政孝は、自分の存在が阿部にとっても重荷だったと気がつき、自分の決意がまちがいではなかったと、わずかにホッとするのだった。

病院で回復を待つ日々、リタは故郷の母や妹たちに手紙を書いた。それまで、絵葉書などで、日本の風景や、習慣の違いなどに触れて、彼女の近況をそれとなく知らせてやったが、まだ心の中を吐露するような手紙は、一度も書き送っていなかった。

子供を流産して、もう決して自分には子供が産めないのだとわかった時、リタの中で、何かが変った。彼女は無意識に自分をお腹の子に託し、その子と共に生きていこうとしていたのが、突然ひとりぽっちになってしまったような気がしていたのだ。

もちろん夫はいる。けれども彼女はスコットランドの女で、この日本では数えるほどしかいない外国人である。身方が欲しかった。自分と同じスコットランド人の血をもつ分身がとても欲しかった。もうそれも不可能だとわかった時、彼女は初めて、自分が真のニッポン人にならなければならないと、さとった。それ以外に、この国で幸福に生きていくことはできないのだ。その決意をどうしても故郷の愛する人たちに伝えたかった。

自分は日本人なのだ。だから、この国に生き、この国に骨を埋めるつもりだ。もうスコットランドは外国なのだ。旅で訪れることがあっても、もはやあの美しい国は、私の故郷ではない。そう伝えることで、リタは自分の決意をゆるぎのないものにできると考えた。私は、スコットランドを、心のふるさとを、自分のほうから切り捨てるのだ。

不意に故郷の原野がリタの瞼《まぶた》に浮かんだ。青く静まりかえった湖や、湖のほとりのお城や、輝きながら蛇行する故郷の川。広大な牧場に点々といる羊の群。のんびりと草をはむ牛の姿。春の虹《にじ》。二重、三重に空に架かるスコットランド特有の虹の橋。春の雨。夏の夕暮れ刻《どき》。ひんやりとした高原の風。厳しい冬。灰色の町に降る灰色の雪。すべてが内側からリタに咬《か》みついてくるような望郷の念につながっていく。こうしたものをすべて断ち切らなければ、自分は決して真のニッポン人にはなりきれないだろう。つらいことや苦しいことがあるたびに、心の中の故郷に逃げ帰るだろう。だから、私は望郷の念を断ち切るのだ。今日かぎり。私には政孝しかいない。だから政孝の望むような日本人の妻になるのだ。そこでリタはペンを取ると書き始めた。

——懐しいお母さま、そして妹たち並びに弟へ

夕べはとても悲しいことがありました。私の赤ちゃんを流産してしまったのです。今朝、眼を覚まして、病院の外の風景が変ったことに気がつきました。これまで、常にどこか違和感があった外国の風景でしかなかったニッポンの風景が、突然見なれた心懐しいものに変っていたのです。

私はこれまで、心のどこかで常に、自分はスコットランド人なのだということを意識していました。でも、ニッポン人になりきろうとして、キモノやユカタを進んで身につけるのですが、鏡に映った姿は、いっそう自分が外国人であることを強調しているだけだったのです。

もしも、心がほんとうにニッポン人であるならば、ユカタやキモノにこだわることもないのです。洋服を着ていても、ニッポン人でありうるのです。そのことに、今朝気づいたのです。私がなぜ、こんなにニッポン人であることにこだわるかと言

うと、私にはもう二度と赤ちゃんが産めないということがわかったからです。そうしたら、夫マサタカに対する愛で、私の胸は一杯になってしまったのです。マサタカを愛し、マサタカの国を愛したいのです。そのために、私は心の中で故郷を捨てます。お母さまや、妹たちを捨てます。

マサタカと二人で、カーカンテロフを後にした時も、さよならを言いましたね。でも、あのさよならには、あいまいなものがありました。私の心の何分の一かを残して来たような、そんなさよならでした。

今度のさよならは、本当のさよならです。なぜなら私の故郷はカーカンテロフではなく、ニッポンにあるからです。どうかいつか、私とマサタカの住む美しいこの国に訪ねて来てください。そして私がどんなにこの国の中で幸福かということを、現実に見てください。

赤ちゃんのことは神のおぼし召しです。おかげで私とマサタカの心は前よりも密に結びつきました。私は私のもてる時間のすべてと能力と愛を夫に捧《ささ》げるつもりです。そして彼もまた彼の情熱と愛と力のすべてを私に――私とウィスキー作りに――捧げるでしょう。

お母さまとそして妹たちに私の弟。これは絶縁状などではありませんよ。私は故郷とお母さまたちを捨てるといったけれども、私はそれらを、自分の心の中へ移しかえたのです。お母さまも妹たちも弟も、スコットランドも、すべて私の心の中で生き続けています。

リタ・タケツル

その年リタは二十六歳、夫政孝は二十八歳であった。

三　夫、政孝を訪れた紳士

一年の月日が過ぎた。リタにとっても夫にとっても、この一年間ほど、時間が遅々として進まない時はなかった。

二人がしていることが、彼らの人生でほんとうにしなければならないことでも、したいことでもなかったからだ。二人は人生の中で、望まない道草を食っているような気がしていた。

リタは、もしも夫さえ、現状に満足で、幸福でいてくれれば、それで良いのだった。彼女は、近所の子供たちにピアノを教えたり、近くの帝塚山学園で英語を教えたり、あるいは良家の子女の家庭教師をすることは少しも苦痛ではなかった。それどころか、自分の技術が役にたち、立派に仕事につながり、家計費を捻出《ねんしゅつ》することに喜びと誇りさえ感じていた。

けれども、すぐに彼女は、その喜びと誇りとを上手に自分の中に隠すことを覚えた。というのは、どうも夫が、妻の働きに助けられるということを、表面はともかく、胸の内で快く思っていないらしいことが、わかるからだった。

できることなら、妻に働かせたくないというのが、政孝の正直な思いであった。ピアノを教えるのではなく、リタにはピアノを楽しみで奏《ひ》いてもらいたかった。

だが、桃山中学校で化学の教師という職を得た政孝の給料では、とうてい帝塚山の家の家賃を払ったり、牛肉やバターを買うだけの余裕はない。どうしたって、リタの働きに頼らざるを得ないというのが現状であった。

しかし、そうした状態がいずれ終る見通しでもつけば、彼はまだ救われたのだが、依然としてウィスキー作りの道は遠かった。その入口さえも見えてはいなかった。

男の沽券《こけん》の問題さえのぞけば、その一年間の政孝の浪人生活の日々は、リタにとっては、むしろ楽しい日々だった。彼女は次から次へと人を介して、さまざまな人々と知りあい、やがてその時代に彼女が親交を結んでいった人々は、そのずっと後々まで彼女を支え、彼女を通して夫政孝を支えてくれることになったのである。

一九二三年の梅の季節のことであった。ひとりの紳士が帝塚山の竹鶴家を訪れた。

意志の強い顔をしたその紳士は、鳥井《とりい》信治郎《しんじろう》と名乗った。「寿屋《ことぶきや》」の名が、彼の差し出した名刺には印刷されていた。

「『赤玉ポートワイン』の、鳥井さんですか？」

と、政孝は表情をひきしめた。

輸入した生葡萄酒《きぶどうしゅ》に甘味と香料を添加した寿屋の「赤玉ポートワイン」は、その当時、戦後恐慌下の不況の風も知らず、ひとり売れ続けたヒット商品であった。寿屋は「赤玉ポートワイン」のヒットで巨額の収益を上げたはずである。鳥井信治郎の宣伝力と販売力の巧みさは、政孝の耳にも入っていた。

その鳥井信治郎が、帝塚山の奥座敷で、きちんと膝《ひざ》を折って坐《すわ》っているのである。

「ご存知のとおり」

と、彼は話し始めた。

「わたしのところではヘルメスウヰスキーというものを作っております」

ここで鳥井は言葉を切って政孝の顔を見た。

「何やら一言がありそうですな？」

「いや。どうかお続けください」

「顔に描いてありますぞ。ヘルメスもトリスも本物ではない。アルコールにちょっと色と香りをつけただけのものだ。ズバリ当たったでしょうが？」

政孝はこの時、かすかな希望の光を、寿屋の社長の言葉の中に見たような気がした。

鳥井が続けた。

「わたしはね、竹鶴さん。もう模造ウィスキーの時代は終ると見とるんですよ。これからは本物のウィスキーを作らなければ、いかんのです」

それを聞いて、政孝は自分の顔が輝いてくるのを感じた。

「ところがな、会社中の総スカンを食いましてね。全役員が大反対しおった」

「わかります」

「ん。だが、わたしは、どうしてもあきらめきれん、さいわい、うちには、『赤玉ポートワイン』という安定商品がある。新製品を作るなら、今こそその機会だ。今なら冒険が許される。そう言って、半ば強制的にですな、役員を説き伏せました」

「よくわかります」

もしも摂津酒造に、寿屋の「赤玉ポートワイン」のような売れる商品があったら、自分は一年も二年も前に、本格ウィスキーを作り始めていたはずであった。政孝はつらく長かった待機の日々を思いだして、複雑な気持になった。

「実は、三井物産のロンドン支店を通して、スコットランドから技師を迎え入れるべく、手配をしましてな。これがその返事なのです」

と、言って鳥井信治郎は、背広の内ポケットから一通の手紙を取りだした。

「返事というのはこういうことです。三井物産から、スコットランドのウィスキーの権威ともいうべきムーア博士という人に、問い合わせたんですがね。しかるべき技師の人選をして、すみやかに日本に送りこんでもらいたい、と。すると、こう言われたというのです」

鳥井はそこで、リタが運んで来た日本茶を、一口啜《すす》った。

「ウィスキー技師なら、日本にひとりいるはずだ、とムーア博士が言ったというのです。名前は、竹鶴政孝」

そこで、彼はじっと政孝に眼を注いだ。

何かが起ころうとしている。奇跡が、今、起ころうとしている。政孝は握りしめた掌に、じっとり汗をかいた。

「ムーア博士が太鼓判を押すのなら信用できる、という物産の声もあって、失礼ながら、あんたのことを調べさせてもらった。我々にとって幸運なことには、一年前に、摂津酒造を退社されているそうですな?」

「その通りです」

そこで長い沈黙が流れた。政孝は待った。

「どうでしょうね、竹鶴さん。わたしはこうして手の内をすべてお見せしました。一切がっさいあんたにまかせるという条件で、寿屋で働いてくれませんか」

願ってもないことであった。

「ありがたいお申し出、痛み入ります」

と、政孝は両手を畳についた。

「充分に考えさせていただいたうえで、お返事をいたしたいと思います」

すぐにでも飛びつきたいところだが、政孝は即答を避けた。鳥井は腕を組んだ。

「年俸四千円出しましょう。不足はないと思いますがね」

「二日ばかり、時間をいただいて――」

もちろん内心で、政孝は度胆《どぎも》を抜かれていた。当時、大学卒の初任給が月額四、五十円というところである。年俸にして五百円前後だ。年俸四千円という額がいかに破格の待遇であるか。それゆえに鳥井信治郎の決意の深さが、感じられた。

「いいですか、竹鶴さん。年俸四千円は、ムーア博士に提示したのと同額です。同じ仕事をしてもらうのだから同じ年俸を払って当然です」

「そこまでおっしゃっていただいて、うれしく思います」

つまり自分の腕を信じ、それにかけようというのだ。政孝は感謝の眼差《まなざ》しで、寿屋の創立者を見つめた。

そして、その年の六月、竹鶴政孝は正式に寿屋に入社した。

政孝のひきしまった表情を見ると、リタは、夫がいよいよ彼の夢の実現のために歩きだしたことを知った。その顔はあらためて妻に、過去一年に及ぶ浪人生活のいかに不本意で不幸であったかということを、わからせた。

皮膚の輝き、眼の光が違った。歩きかたも違った。力強く一歩一歩踏みしめるような感じだった。

リタは、夫のためにこの幸運を心から喜んだ。

「ずいぶん回り道をしたが、結局はこれでよかったんだろうね」

政孝は不毛であった摂津酒造時代とそれに続く半ば失業状態であった一年間をふりかえって、妻に言った。

「ぼくはどちらかというと気の短い人間で、待つとか耐えるとかいったことが苦痛なのだよ。しかし、ウィスキー作りというのは、熟成を待つという途方もない忍耐を強いられる仕事なんだ。いい勉強になったと思っている」

夫を見ていてリタが思うことは、人の人生というものは、結局その人が望んだ通りのものになっていくのではないかということだった。人並み以上のものを望めば、当然それに見合った努力と試練がそこに待ちかまえている。ひとつだけ言えることは、何も望まなければ、何も手に入りはしないということだ。少しを欲する人は少しだけ。人生はつまり誰に対しても平等なのである。

政孝は幸運という言葉を使ったが、運そのものだって彼が引き寄せたといえるのではないだろうか？　ぼんやりと、その日暮らしをしている人の家のドアを、幸運がノックしてくれるわけではないのだ。ぼんやりとした人は、自分の足元にころがっている運にさえも、気がつかないのかもしれない。

夫が水を得た魚のように、生気を取りもどし、精力的に生き始めると、リタはそのことをうれしいと思う反面、夫が自分から少し遠ざかったような気持もいなめなかった。ウィスキーが、政孝を彼女から奪うのだ。時間も、そして情熱も。リタのライヴァルは、今やウィスキーであった。彼女にはそれがわかるのだ。もしそんなことを夫に仄《ほの》めかせば、政孝は一笑にふすだろう。仕事を愛する男の気持と、妻を愛するのとでは、愛の種類が違うのだ、と。

普通ならそうだろう。一般的には。けれども政孝は一度だって常識的な普通の男であったことはなかった。彼はいつだって、何かに熱狂的にとりつかれているようなところがあった。他の男たちのことは知らないが、竹鶴政孝だけは、妻を愛するような仕事を愛する男なのだ。そしてそういう男を、自分は尊敬し愛しているのだ。だから不平は言うまい。

帝塚山の家から、山崎《やまざき》に引っ越す日が近づいていた。その数か月、政孝は一足先に山崎の工場内の敷地に建てた仮の家で寝起きをし、ウィスキー製造を始めるための工場建設から諸設備の設置指導に当たっていた。

すべて、日本では初めてのことばかりだった。工場の設計はもとより見積りから発注、その取付けまで。ざっと数えてみても、発芽室、乾燥室、粉砕室、糖化室、醱酵《はっこう》室、蒸溜《じょうりゅう》室、ボイラー室、貯蔵庫、試験室といった具合だ。それら各室に必要な機器は四十種以上。

日本国内ではどうしても作れないものもあった。大麦の粉砕機と濾過《ろか》機はイギリスに注文し、醱酵の時に使う木製の大桶《おおおけ》は、アメリカから買い入れた。

単式蒸溜機は、竹鶴の設計図をもとに、大阪の鉄工所と銅工所に作らせた。くの字型の首をした高さが十五メートル、直径三メートル以上もある、奇妙な大釜《おおがま》である。

その他にも政孝は敷地内に建築中の、リタと自分たちの住む住宅の監督もしなければならなかった。帝塚山の自宅に帰るのは、ひどい時には二週間に一度という具合になった。リタが不平を言うまいと決心したのは、そのような状況の時なのであった。

夫が多忙をきわめている間、リタはピアノを教えたり、英語を教えたりする他に、本格的に日本料理の勉強を始めていた。他にはジェーンの関係の教会で、バザーとか、ボランティアの仕事も手伝った。

帝塚山の教会で、養護施設に寄付する寄付金集めのバザーがあると、リタはビスケットやショート・ブレッドを焼いて提供した。それだけではなく、教会内のテントの中で、実際にビスケットを売ったりもした。リタのショート・ブレッドはすっかり有名になっていて、真っ先に売り切れるのだった。何しろバターがふんだんに入っている贅沢《ぜいたく》な味なのである。

それは政孝が山崎工場に詰め切っている日曜日の午前中のことだった。リタはナツに手伝ってもらいながら、キュウリだのナスの糠味噌漬《ぬかみそづけ》の最中だった。手はもちろん、肘《ひじ》のあたりまで糠がこびりつき、額や鼻にも飛び散った。

「奥さん、だいぶベテランになりました」

と、ナツが誉めた。

「お味、今ひとつかしらね？」

「外人さんの作るお味にしては、上出来です」

ナツは最上級の誉め言葉のつもりでそう言った。

「外人さんの作るお味、って言われる間は、まだだめね」

甕《かめ》の中に肘まで突っこんで、糠床を上下にかきまわしながら、リタは白い額を曇らせた。

「だって奥さん、ようおやりになります。よくそんな臭いもん、搔《か》きまぜられると思って、わたしら、みんな感心してますよ」

「ナツだって、お隣りの八重子《やえこ》さんだって、日本中の女の人たちみんなやってることだもの」

糠の表面を押して平らにならしながら、リタは苦笑した。

「でも、外人さんだから」

「あのね、ナツ。外人さんだって、糠くらい漬けられますよ。外人さんだって、三日も練習すれば、箸《はし》、自由に使えるようになります。外人さん、子供じゃないのよ」

リタが器用に箸を使うのを見て、これまで何回、いや何十回、大仰にそれを誉められたことか、日本人というのは、よほど外国人を不器用だと思っているのだろうか。

その時、家の中で電話が鳴っていた。ナツが土間を駆け上がってそれを取った。

「奥さまに。教会のジェーンさんからです」

戻って来てナツがそう告げた。リタは大急ぎで両手の糠を洗い落として奥へ上がった。

「もしもし、ジェーン?」

「あぁ、リタ。お邪魔じゃない?」

「いいのよ。糠漬していたの」

「あなたが? まぁ、驚いた。あなたツケモノなんて、食べるの?」

「まだ、ちょっとね。でもマサタカが大好きなのよ。それでジェーン、何かご用だった?」

「そうなの。この間のバザーの売上げが六十五円あったので、どこかの施設に届けようと思うのだけど」

「どこにするか、もうきめたの？」

「いいえ、まだよ」

「だったら、ひとつ心あたりがあるのだけど。実はマサタカの遠縁にあたる方が、赤ちゃんを産んですぐに亡くなったのよ。それで赤ちゃんは、そのまま乳児院にひきとられているの。一度、お見舞いしなくてはと、とても気になっていたの」

「わかったわ。その施設に、今度の売上げを寄付しましょう。あなたはいつがひま？」

「午後ならあいてるわ。私、大急ぎでクッキー焼いていくことにするわ」

「マサタカは？」

「ちょうどいいのよ。留守なの」

「日曜日なのに、仕事？」

「どうかあなたの神様に、罪深きマサタカのために許しを乞《こ》うてちょうだい。あのひと、休息日をこれで七回も無視しているのよ」

「可哀そうなリタ。さぞかし淋《さび》しいでしょう」

ジェーンの声に同情が混じった。

「でも、あと二か月ばかりの我慢なの。二か月したら山崎に私たちの家が建つのよ」

「じゃ一時に。車で迎えに行くわ」

そう言ってジェーンの電話が切れた。リタはナツに命じて、粉と卵とバターの用意をさせると、小一時間でクッキーを山のように焼き上げて、空き缶の中に収めた。ジェーンに連れられて各種の施設を訪ねるのはこれで三度目である。一番最初は孤児院。次は養老院であった。

そういう場所では、数時間、実際に世話をしたり、散歩のお供をしたり、一緒に遊んだり、手押し車を押したりするから、動きやすく清潔な服装でないといけない。ジェーンはいつも、そういう時は、カスリのもんぺに、白いブラウスという妙なスタイルで現れるのだが、リタはプリーツのグレーのスカートに、青い花の散ったブラウス。洗いたてのエプロンをバッグに入れ、クッキーの一杯詰まった缶を手に、ジェーンの車の助手席に収まる。

帝塚山から下に降りると、民家が密集していて、その光景は貧しそうにリタの眼に映った。木も少ないし、公園なんてまるで見当たらない。そしてイギリスと一番違うのは、家々が道路にじかに面して建っていることだ。イギリスでは、道路に平行して人の歩く歩道がたっぷり取ってあり、街路樹が植わっている。そして歩道に面して家々の前庭がある。芝が植わり、短く刈りそろえた繁みや植え込みがあり、季節の花々が咲いているのだ。その奥に、玄関と窓が見える。窓にはそれぞれ趣向をこらしたレースのカーテンがかけてあり、鉢植の花が咲いている。

歩道に迫《せ》りだすように建っている日本民家は窮屈そうに軒をつらね、お互いがお互いの突っかい棒みたいに支えあっている。ときおり開いている障子戸や入口の奥に、薄暗い室内が見えた。そして必ずといっていいほど、暗い室内には背中を丸めた老婆の姿があった。

四十分ほどゴミゴミした市街地を走って、車は灰色に塗られた木造の小さな病院の前で停った。

入口に「エンゼル乳児院」という剝《は》げかけたペンキの看板が掛けてある。ジェーンが格子戸をほんの少し開いて、「ごめんください」と言った。

しばらくして奥のほうで声がした。続いてバタバタと頰の真っ赤な若い女性が出て来て、二人を内部に招き入れた。

リタはジェーンと共に、そのひとつひとつのベッドを覗《のぞ》いていった。

生まれてから二週間もたたないような赤んぼうもいた。リタの知るかぎり赤ちゃんというのはピンク色をしているはずなのに、そこにいる子たちは全員が黄疸《おうだん》にかかったように黄色い顔をしていた。

眠っている子は、赤んぼうながらも、どこか淋しそうな寝顔であった。眼を覚ましている子たちの瞳《ひとみ》は、色が薄く空ろだった。

「愛されていない子たちの眼ね」

と、ジェーンが小声で言った。

「毎日、母親からしっかりと抱きあげられていない赤ちゃんたちの表情よ」

その通りだと、リタは思った。不憫《ふびん》さで、胸が一杯になった。ここにあずけられている赤ちゃんたちの母親は死別したか、あるいはわけがあって育てられないか、または、生活のために朝から夜遅くまで働いている者ばかりであった。

七人いる赤んぼうのめんどうを、二人の女性がみていた。七人のうち、眼が覚めているものはみんな泣いていた。その泣き声は弱々しく力がなかった。

泣いても、彼らの欲求がすぐに満たされるわけではない。母親が飛んで来て、

「どうしたの？　赤ちゃん？　お腹が空《す》いたの？　お尻《しり》が汚れたの？　それとも抱っこして欲しいの？」

と言いながら、しっかり抱き上げてくれるわけではない。ここの赤ちゃんたちは、それを知っている。だから、泣き声が弱々しいのだ。

ふとリタの足が止まった。小さな女の赤ちゃんが眠っていた。その寝顔にリタの視線は釘《くぎ》づけになった。その子の眉根《まゆね》には、くっきりと縦皺《たてじわ》が刻まれていた。怒っているような寝顔なのだ。人生の不幸を生まれながらにして背負って来たことに対する悲哀のようなものが、赤んぼうの寝顔には色濃く滲《にじ》んでいる。名札のところにある生年

月日から親戚《しんせき》の子と知れた。

ふとんから少し出ている両の手は、固く握りしめられていた。リタは思わず手を伸ばして、その握りこぶしをゆるめようとした。

しかし、赤んぼうの力は意外に強く、こじあけようとでもしないかぎり、握りこぶしは解けそうもなかった。リタは諦《あきら》めて、人指しゆびで、女の子の眉間《みけん》の皺を伸ばしてやるように、そっと何度も撫《な》でてやった。

「気の強そうな赤ちゃんね」

ジェーンが一緒にベッドの中を覗きこんで言った。

「その子なの？　遠縁の赤ちゃん」

「ええ、そう」

リタはじっと赤んぼうの顔をみつめた。

「私のサラも、生まれていたら、ちょうどこのくらいだわ」

リタはそう呟《つぶや》いた。ジェーンは、リタがお腹の赤ちゃんをサラと名付けていたらしいことを知っていた。彼女はそっと、リタの肩に手を置いた。

長いこと、リタはその女の子の傍らにたたずんでいた。ジェーンにうながされて、他の子たちも見たが、再びそこへ戻って女の赤ちゃんの顔を覗きこんだ。自分でもなぜか理解できない、その子には何か訴えてくるものがあった。

ふと、赤ちゃんが目覚めた。ゆっくりと閉じていた瞼《まぶた》が上がり、物憂いような黒い瞳がまっすぐにリタの顔を見上げていた。

「ハロー・スウィート・ベイビー」

リタは思わず英語で囁《ささや》くように言ってほほえみかけた。リタの蒼《あお》い瞳が珍しいのか、赤んぼうは、まばたきもせず、リタをみつめ続けた。

「スマイル、マイ・ベイビー」

リタは無意識にマイ・ベイビーと呟いて、赤ちゃんの頬を指先で愛撫《あいぶ》した。けれども彼女は一度も笑わなかった。

「笑い方を知らないの？」

激しい痛みがリタの胸を刺した。

「その子、めったに笑わないんですよ」

と、そこで働いている女性がそう教えてくれた。

「笑わないけど、あまり泣きもしないんです。手がかからなくて、助かるんですけどね」

リタは赤んぼうに再び話しかけた。

「でもねぇ、ベイビー。赤ちゃんはうんと泣くものなのよ。それからうんと笑うものなの」

なんて哀れな赤ちゃんなのだろう。リタは顔を寄せて、赤んぼうの頬に自分の頬をすり寄せた。赤ちゃんがじっと息を止める気配が伝わった。

「誰もあなたに頬ずりをしてくれたことがないのね、可哀そうな赤ちゃん《プアベイビー》」

入口の所でジェーンがリタを呼んだ。

「まさかリタ。あなたその子が欲しくなったんじゃないでしょうね」

と言って、ジェーンは笑った。

「そうじゃないけど」

と、リタはジェーンのほうへ歩きだしながら言った。「なんだか、とても気がとがめるのよ」

「気がとがめるって？」

「変よね。でも、あの子を見ていると、妙に気がとがめるの」

ジェーンは施設の責任者に六十五円の寄付金を渡し、握手をして別れを告げた。リタは何かが棘《とげ》のように彼女に刺さってしまい、今でもずっと刺さっているような気分のまま、ジェーンに続いて、「エンゼル乳児院」を後にしたのだった。

リタに刺さったその得体の知れない棘は、日を重ねるごとに、いっそう彼女の皮膚深くに食い入ってくるような感じだった。

眼に見えないところで、それは膿《うみ》をもち、シクシクと痛んだ。あまりの不快さにその棘を引きぬきたいと、彼女は喉《のど》や胸を掻《か》きむしりたい衝動にかられた。そして、泡立つ胸の底に、あの哀れな渋面を刻んだ女の赤ちゃんの顔が、浮かび上がるのだった。それが何を意味するのか、リタにはわからなかった。私はあの子が育てたいのか？と自分の胸に問えば、返ってくるのは否定の言葉と、怯《ひる》む心であった。

山崎に新築したばかりの家の下見の日であった。ジェーンが車で送ってくれるというのでリタは喜んでその好意に甘えた。

新緑の天王山《てんのうざん》の山麓《さんろく》の一画に、そのあたりの風景とは異質な、数棟の建築中の建物が並んでいた。それは斜面に折り重なるように建った真新しい洋風の建物だった。煉《れん》瓦《が》の色が、背景の中に美しく浮かび上がっていた。乾燥塔のとんがり帽子が、工場という重々しさを救っていた。

まるでスコットランドにあるウィスキー工場を、そのまま切り取って運んで来たみたいな光景が、車窓の中に横たわっていた。リタはジェーンに知れぬようこっそりと涙をぬぐった。

山崎の工場内の敷地を、ジェーンはゆっくりと車を走らせた。大勢の人々が建設にたずさわっており、あちこちで陽気な物音がしていた。完成するまでにはまだ少し間があった。政孝の話だと竣《しゅん》工《こう》式は十一月頃になるという。

巨大な黒いツルを思わせる単式蒸溜機《ポット・スティル》は、建物内に運び入れられる直前らしかった。何十人もの人々がそれを取り囲んでいた。リタはその中に、いち早く夫の姿を認めて、車窓から身を乗り出して手を振った。

政孝が駆けて来て、工場の背後を指差した。

「あの裏だよ。樹木に隠れてここからは見えないが、あそこにぼくたちの家がある。悪いけど先に行って見廻《まわ》ってくれないか。ぼくもできるだけ早く行くから」

それだけ言い残すと、政孝はジェーンに「やぁ、いろいろとすみません」と声をかけておいて、再びポット・スティルのほうへ駆け戻って行った。

「あの調子なのよ」

と、リタは肩をすくめて微笑した。

夫の顔色で彼が興奮していることがわかった。彼は今、歴史的な瞬間に立ち合っているのだ。日本のウィスキー作りの歴史のページに、書き記されることとなのだ。

それは妻の喜びでもあり、誇りでもあった。けれども同時に、どうしようもなく彼女は自分が取り残されたような気持がぬぐえないのだった。

「さぁ、ジェーン、急いで。早く家が見たいわ」

リタは気分を引き立てるように、陽気な声で、ジェーンをうながした。工場の背後はかなり切りたった山が迫っている。その急斜面に九十九折《つづらお》りの新しい道が刻まれ、それを登って行くと樹木の陰に突然、瀟洒《しょうしゃ》な洋風住宅が現れた。

薄い緑色に塗られた木壁に、赤い屋根。白いペンキの窓。二人は待ち切れないように、車から降りると建物の中に飛びこんで行った。

居間の窓辺に立つとジェーンがリタに叫んだ。

「すばらしい眺めよ。見てごらんなさい」

言われる通り、そこには広々と横たわる景観が広がっていた。眼下に乾燥塔のトンガリ屋根があり、川が三つ合流していて豊かな川洲《かわす》が横たわる。そのさらに先にはなだらかな曲線を持った山が見えた。

「あれはきっと男山《おとこやま》という山よ」

と、在日生活の長いジェーンがリタに教えた。

「景色もいいけど、工場もちゃんと見えるわね」

と、ジェーンが笑った。

「この分じゃ、昼はともかく、夜もここから、ウィスキー工場を見張るつもりなのよ」

一階には眺望のすばらしい居間と、ダイニングルーム、台所などがあった。リタは玄関からすぐに居間に続かず、ちょっとしたホールがあるといいと設計図の段階で夫に頼んだのだが、どうやら彼の頭の中は、ホールなどよりウィスキー工場の設計でいっぱいだったとみえる。

リタはジェーンの腕を取って二階へ駆け上った。

そこには南に面した夫婦の寝室と、客用の寝室、納戸風の小部屋、そして風呂場《ふろば》と洋式のトイレがついていた。ベッドやその他の家具を運びこみ、カーテンをつければいいだけになっている。リタはこの新居が大いに気に入った。

彼女は納戸に興味を示し、歩幅でサイズを計りながらひとり言を言っていた。

「なんなの？　さっきからぶつぶつ言って？」

と、ジェーンが訊《き》いた。

「第一そんな暗いところで、あなた何してるのよ？」

「暗いわよね。私もそう思ったから、ここに窓をつけようと思うの。さいわい東向きだから、朝日がたっぷり射しこんで、きっと気持がいいわ」

それから彼女は隅のほうに立ち、首をひねった。

「ここにベッドを置くと、入口に近すぎるかしら……」

ジェーンが不思議そうな顔をした。

「どうして納戸に窓をつけたり、ベッドを置く必要があるのよ、リタ？　ゲストルームなら、むこうにとってあるじゃないの」

「ゲストルームじゃないのよ。赤ちゃんの部屋」

そう言ってから、リタは自分の言葉に自分でびっくりしたように、ジェーンをみつめた。ジェーンも眼を丸くしてリタを見ていた。

「まさか、リタ……。あなたあの乳児院の赤ちゃんのことを考えているんじゃないでしょうね」

リタは困ったように、自分で自分を抱きしめる仕種《しぐさ》をした。

「それが、どうやらそうらしいのよ」

と、人ごとのように言った。

「やっぱり、そうなのね」

と、ジェーンは近くまで歩いて来てリタの肩をそっと抱いた。

「あの日、あなたがあんまり思いつめたような顔をしてあの子を見ていたので、そんな予感がしたのよ」

リタはますます困ったように眉《まゆ》を寄せていた。

「でも、よおく考えるのよ、リタ。いったんもらってしまったら、犬の子みたいに捨てるわけにはいかないんだから」

「あら、ジェーン。私、犬の子だって絶対捨てたりはしないことよ」

「どうしてあの赤ちゃんがいいの？」

「………」

「そりゃ、可哀そうだとは思うけれど、あの子、なんだか暗い感じよ。他にももっと可愛い赤ちゃんがいるはずよ」

不意に、ほんとうに不意にリタの決意が固まった。

「ううん、ジェーン。あの子がいいの。あの子でなくてはだめなの」

リタはそうきっぱりと言った。

「あの子でなければ、誰も欲しくないの。私、あの子にきめたの」

ジェーンは押し黙った。それから彼女は無言でしっかりとリタを抱きしめた。

「わかったわよ、リタ。あなたがそうきめたのなら、私もできるかぎりの応援をするわ。それよりマサタカにはこのことを話したの？」

それを聞くとリタの顔が曇った。

「いいえ、まだよ。まだぜんぜん」

「ひとことも？　じゃ、彼、ひどく驚くわね」

「驚くでしょうね」

「大丈夫？　説得できる？　彼、承諾するかしら？」

「一生懸命説得してみるわ」

リタは不安そうにそう言って、親しい女友達の肩に額を押しつけた。どう言えばいいのだろう？　もしもあのひとが全然聞く耳をもたなかったならば？

その時リタの頰に、あの子の頰の感触が蘇《よみがえ》った。リタの顔のすぐ下で、固く息をとめていた時の。そうなのだわ。あの子に温かい母の頰が必要なように、私にも、赤ちゃんの柔らかいほっぺたが必要なのだ。そのことを夫に言おう。リタは少しだけ安心して、ジェーンの肩から額を離した。

それから二週間後に、政孝は引越しの準備のために帝塚山に帰って来た。一日中、手伝いの男たちに荷作りの指図をし、夕方には、家の中からほとんどの家具が運び出されてガランとしていた。

荷物を積んだ二台の中型トラックが、山崎にむけて出発するのを見送ると、夫婦は再び家の中に戻った。政孝はねぎらうように妻の肩を片手で抱き寄せて言った。

「さてと。いよいよこの家ともお別れだな」

リタは、養子の件を夫に切り出す機会を一日中うかがっていたが、なかなか言いだせなかった。

「ねぇ、マサタカ、私、このところずっと考えていたんだけど……」

「ん?」

と、政孝は妻の顔を見た。「なんだい? それより腹が空《す》いたな。ここではもう料理はできんのだろう? どこかで何か美味《おい》しいものを食べようか」

二人でレストランで食事をするということは、ほとんどなかった。どこへ行っても、リタは人々の凝視のまとになる。一挙手一投足を見知らぬ人々に眺められながら食事をしたって、ろくに食べた気がしない。リタのほうからレストランは嫌だと言いだしたのだが、政孝もあえて反対しないところを見ると、彼も外国人の妻をあまりおおっぴらに連れだしたくはないのだろう。

「美味しいものはいいけど、どこで？」

「そうだな。どこか天ぷら屋の個室でもとるか？」

リタがうなずいたのでそれにきまった。二人は外で待たせてあった会社の車に乗りこんで、帝塚山の家を後にした。

日本に来て最初に住んだ家だった。リタは養子の件を言いだせないまま、車の後部座席から、いつまでも住みなれた家を眺め続けた。

政孝は、山崎の新しい家の二階の納戸に、東向きの窓がひとつ作られ、真新しいベイビーベッドが運びこまれたことを、しばらくの間知らないでいた。そしてベイビーだんすの中に、ひとつひとつ女の赤ちゃん用のピンク色をした衣類や、下着やソックスや帽子などが増えていったことなど、さらに知らないことだった。

仕事場の敷地の中に家があるとは言え、政孝はほとんどを工場で過ごし、家には寝に帰ってくるだけのような日が続いていた。

夏も近いある夜のことだった。やけに蒸し暑く、風は凪《な》いで、空気は湿って重かった。

「あれはどこだったかな」

と、政孝は読んでいた夕刊を置きながら言った。

「あれって？」

「ユカタだよ」

「二階のクロゼットの中よ。取って来ましょうか」

「いや、いいよ。自分で行くよ。ついでにシャワーを浴びて来よう」

政孝が二階に消え、かすかに水の流れる音がしていた。それからしばらくなんの物音もしなくなった。リタは読みかけの本に視線を落としていた。久しぶりに寛《くつろ》いだ夜だった。

階段を下りてくる政孝の足音がした。

「あら、ユカタ、みつからなかったの？」

夫が白い開襟シャツとズボン姿なので、リタが訊いた。

「あぁ」

政孝は探るようにリタの顔を見た。

「ユカタがみつからないんでね、隣の納戸を見たんだよ」

「………」

リタは吐息をついて夫を見上げた。

「あれは、なんだね？」

「ご覧になったとおりよ、あなた。ベイビーベッドですわ」

観念したように彼女は答えた。

「それじゃ、答えにはならんよ」

夫の声には、注意深いやさしさがあった。

「前からお話ししようと思い続けて言い出せなかったのよ、マサタカ。でも、あなたにみつかって、かえって良かったわ。私、赤ちゃんが欲しいのよ」

「しかし」

と、政孝は妻を見て顔を曇らせた。

「まさか……」

「違うのよ、妊娠したわけじゃないの。それに私とあなたの赤ちゃんのことを言っているわけでもないの」

「ぼくはまた、きみが……」

と、政孝は額の汗を拭《ふ》いた。「赤んぼう欲しさに、狂乱してしまったのかと思って、一瞬血の凍る思いだった」

と、リタは両手を広げた。「私、狂ってなんていませんわ。実はね、とっても可愛いい女の赤ちゃんをみつけたのよ」

「まぁ」

「どこで？」

「あなた覚えているかしら。あなたの親戚《しんせき》のまた親戚という若い夫婦に赤ちゃんが生まれて、不幸にも奥さんが亡くなってしまったことを、いつだったか私に話してくれたわよね。私、実はその子の乳児院に行って来ましたの」

「逢《あ》ったのかね、その子に？」

政孝はようやく椅子に腰を下ろしながら、そう訊《き》いた。

「ええ、逢ったわ」

政孝はじっと考えるように、胸で両腕を組んだ。

「それで？」

「育てたいの」

「どういう意味だね？」

「あなたと私とで、その子を幸福にしてあげたいの」

「つまり、養女ということかい」

「ええ、そうしたいの。もちろん、あなたの許しが得られればだけど。でも、まんざら知らない赤ちゃんじゃないのよ。あなたの親戚の子ですもの。ぜひ、お願いしてみてちょうだい」

「そうだな」

政孝はなおも考え続けた。「女の子と言ったね？」

「ええ。とっても小さい子なの」

「女の子なら、後にさして問題にもなるまい。男の子は別だ。竹鶴の姓を名乗り、竹鶴を継ぐのだから、慎重に考えなくてはならない。しかし、女の子なら……」

それを聞くとリタは思わず両手を胸の前で握りしめた。

「では、許してくださるのね？」

「少し待ってくれ。考えてみたいんだ」

「ええ」

仕方がないとリタは肩を落とした。「その子をご覧になる？」

「いや、決心したら見てもいいが。その子がどうのということじゃないからね。子供のことなんて、考えてもいなかったからね」

それで、その夜の話は終りになった。リタは不安なまま、ベッドに入ったが、なかなか寝つけなかった。ずいぶん夜もふけた頃、横で夫が溜息《ためいき》をつくのが聞こえた。

「……あなた……」

政孝が寝返りを打った。「眠れないの？」

「うん。おまえも一睡もしていないようだね」

夫はリタの髪に手を触れて言った。

「考えていたんだよ」

「わかっていたわ」

「そして思ったんだ。ぼくは自分の立場から物を考えようとするきらいがあるからね。今度の養子の問題を、きみの立場から考えると、どういうことになるのか、とね」

「…………」

「そしたら、眼から鱗《うろこ》が落ちたよ。ぼくにはきみがあり、きみにはぼくがある。ところがぼくにはきみの他にも命をかけるものがあるんだ」

「ウィスキーね」

「うん、そうだ。だが、きみにはない。ぼくにウィスキーがあるなら、きみにもウィスキーにかわるものがあって当然だ。リタ、いいよ。きみのしたいようにしたらいい。ぼくたちは女の子の養子を持つことにしよう」

「……まぁ」

と、言ったきり、リタは夫の胸に顔を埋めた。それ以上言葉も出なかった。そこでリタは、口の中でアイ・ラブ・ユーと、たて続けに呟《つぶや》いた。

四　養女サラ

歳月が流れた。山崎のウィスキー工場の貯蔵室では、初めての年に蒸溜《じょうりゅう》された原酒《モルト・ウイスキー》が、深い眠りをむさぼっていた。これからようやく熟成期に入ろうという時だった。一方沙羅《さら》と名付けられた政孝とリタの養女は五歳半に成長していた。

最初から予想していたとはいえ、本格ウィスキー作りも、子供の養育も、並み大抵の苦労ではなかった。その二つに共通するのは、忍の一字。

その頃、山崎工場に対する寿屋本社の風当たりも相当強くなっていた。

「覚悟はしていたが、竹鶴さん。ウィスキーというやつはたいへんな金喰《く》い虫だな。わたしも大変な放蕩《ほうとう》息子をかかえこんだものだ」

鳥井信治郎はそう言いながらも、何かというと、防波堤の役割をみずからひきうけ、本社から吹き寄せる非難の風から、陰に日向《ひなた》に政孝を守ってくれていた。

その鳥井自身も、四年目の冬を迎える頃からときおり、

「もうそろそろいいのではないかね」

と、政孝に訊《たず》ねることがあった。

政孝にしても、鳥井の胸の内が理解できないわけではない。山崎工場の設備費に二

百万を投じた上、原料費や人件費が増え続ける一方だ。そして金喰い虫の放蕩息子といえば、のんきに温度調整された気持の良い貯蔵室で惰眠をむさぼり続けていた。

理想は、八年、十年ものの原酒作りである。これさえ作れば、あとは四年もの五年ものといった原酒と混合すればいい。

「竹鶴さん、『赤玉ポートワイン』の儲《もう》けをそっくりそのまま、山崎の工場が吸い上げているんだよ」

七年目に入ると、鳥井は連日のように山崎を訪れ、じっと竹鶴の陣頭指揮に立つ姿をみつめている。蔵に入れば必ず後について来て、熟成の進み具合を、

「どうですか？」

と、期待をこめて判で押したように、そう竹鶴に訊ねるのだった。

ついに時機が訪れた。七年の原酒をブレンドして一九二九年すなわち昭和四年の四月一日、ついに国産初の本格ウィスキーが寿屋に誕生した。

「白札サントリー」と、それは命名された。赤玉の太陽《サン》と、鳥井がトリーとなって、サントリーである。

「醒《さ》めよ人！　舶来盲信の時代は去れり。酔はずや人　吾《われ》に国産　至高の美酒　サントリーウヰスキーはあり！」

新聞広告の宣伝文はこう続いた。「サントリーウヰスキーは　本場　蘇格蘭《スコットランド》の風土

「天王山谷の大洋酒工場で内地移植の大麦を原料に　彼地仕込み出藍《しゅつらん》の技師が精魂傾けて造り上げ　空気清澄な酒庫で　まる七年貯蔵した生一本！　恐らく舶来陶酔の虚栄は　やがてもう昔譚《むかしがたり》となるでせう！」

を凌《しの》ぐ山崎在

この年、竹鶴政孝は三十五歳の働き盛り。鳥井信治郎は五十歳であった。

沙羅は、ミシンを縫うリタの傍らで人形遊びをしていた。神戸の輸入雑貨の店で、リタがみつけて与えたフランス製の人形だった。五歳の誕生日に与えたもので、沙羅はそれにメリーという名をつけて呼んでいた。

リタはときどきミシンから眼を上げて、小さな娘を慈愛深い眼差《まなざ》しでみつめた。いくらみても少しもあきることはなかった。ただ見守るということだけで、彼女の胸は温かく満たされてくるのだった。このような喜びを与えてくれる小さな存在と、沙羅を彼女に引き合わせてくれた神の御加護に感謝するのだった。

ときどきナツの口から沙羅を非難するような言葉を耳にしたり、工場内の噂も耳にする。「沙羅ちゃんは、強情もんだ」とか「ひねくれている」とか、「愛想のない子」だとか、「めったに笑わない」とか。そんな噂は、リタをかえって沙羅に近づける結果にしかならない。なぜなら、だからこそ沙羅を守ってやらなければならないと思うからだった。

白のよく似合う子で、栄養が良いためにふっくらと太ってくると、うっとりするほど愛らしいのだった。横顔の線は、正面とくらべると多少きついが、それも成長した暁には、さぞかし美人になるだろうと、リタはひそかに確信していた。

その頃、彼女はまだ、子供を教育するのに充分なだけの日本語をマスターしていなかったので、沙羅の教育は英語でした。どうせなら完璧《かんぺき》なレディに育てたいと思うからだった。下手な日本語でタドタドしく喋《しゃべ》っては、良いお手本にはならない。そんなわけでリタと沙羅の日常会話は英語だった。沙羅の最初の片言は、「ダダ」であった。つまり、ダディ。政孝のことである。次が「ママ」そして「ノー」。「イエス」「グ（グッド）」「ナイ（ナイス）」「プィティ（プリティ）」と次から次へと覚えていった。

政孝が沙羅に対して日本語の日常会話を使い始めたのは、彼女が三歳の時であった。日本人だし、日本に住んでいるのだからというわけで、その後も政孝と沙羅の会話は日本語である。

もっとも子供というものは覚えが良くて、不思議なことに、二つの国の言葉がチャンポンになることはほとんどない。ふと、リタは沙羅の手元に眼を止めた。

「サラ。ちょっとこっちへいらっしゃい。そのお人形さんを持っていらっしゃい」

沙羅はちらりとリタを見て、それからしぶしぶ言われたとおり立って来た。言われたとおりにしないと、リタは厳しくおしおきをするからだった。二度言われても言うことをきかないと、小さい時は、必ずスパンク。今は、場合によってはデザート抜きになったり、食事そのものが食べさせてもらえなかったりする。

リタの考えは、自分がそう躾《しつけ》られてきたように、ごく小さいうちにこそ厳しくマナーやルールをきちんと覚えこませ、大きくなったら本人の常識を尊重するというのが基本だった。

政孝は、だいたいその基本に賛成だった。それでも彼は妻が小さい子供に厳しすぎると心の中で思っているらしかった。たとえば仕事で遅く帰ってくる。「沙羅は？」ときく。

「とっくに寝ましたよ」

と、リタが応《こた》えると、政孝は二階へ行き、眠っている沙羅をわざわざ起こす。時には抱き上げて来て、膝《ひざ》にかかえながら夕食の相手をさせようとする。そういう際に、リタは沙羅ではなく政孝を非難する。子供の寝る時間を大人が勝手に変えてはいけないというのだ。もちろん理屈はわかる。だが、月に一回か二回のことではないか。例外を認めたって、たいしたことはあるまい。政孝はそう言うが、そういう点でリタは例外を認めないし、決して譲歩しない。

「おまえも、強情だな」

と、政孝が苦笑する。しかし、彼は妻を信用していたし、彼女の良識を尊敬もしていたので、おおかたの点では満足であった。

「お人形さんをマミーに見せてちょうだい」

リタは静かに命じた。沙羅は人形の手を持って背中に隠した。

「サラ」

「あたし、デザートいらない」

「いいから見せなさい」

「ディナーもいらない」

「見せなさいと言ったのよ」

笑いだしそうになるのをこらえるのがやっとだった。自分の悪さを先に認めるなんて、妙な子だけど、思わず駆け寄って抱きしめたくなる。

沙羅がしぶしぶと人形を差し出した。リタはそれを手にとって、しげしげと眺めた。人形を起こすと、眼がパッチリと開いた。そのガラスの蒼《あお》い眼の上に、クレヨンが黒く塗られていた。遠くから見た時、ふと奇妙な感じを受けたのは、そのせいだった。

「黒いお眼めのほうが好きなの?」

蒼い眼が嫌いなのかと訊《き》くかわりに、リタはそう問いかけた。沙羅は答えない。リタは人形の黒く塗られた眼をもう一度見た。下のガラス玉の青が透けて見える。光を失った人のような眼で、気味が悪かった。

「メリーには蒼い眼のほうが似合うと思うけどね」

と言って、リタは人形を娘に返してやった。

「サラには黒いお眼めが似合うようにね」

そのことを夜になって夫に話すと、政孝はたいして気にすることはないと言った。

「あの年頃の子というのは、ひとと違っていることが気になるんじゃないか。だいたい子供というものはそんなもんさ。子供の成長というのは模倣そのものだからな」

「そうね、あの子はとても潔癖なところがある子ですから」

リタは、人形の黒く塗りつぶされた瞳《ひとみ》のイメージを脳裏から閉めだすように、そう言ってこの件は終りになった。

「白札サントリー」が市場に出廻《まわ》ってから一週間が過ぎた。リタは夫が日本で初めて作った本格ウィスキーの売行きに無関心でいることができなかった。

沙羅を幼稚園に迎えに行きながら、必ず酒屋に寄って、ズラリと並んだウィスキーボトルの減り具合をそれとなく確かめずにはおれない。

酒屋に寄るたびに、塩だとか、砂糖だとか、時にはフランスワインだとかを買い、それとなく「白札サントリー」の評判を訊き出そうとした。酒屋のほうはリタが寿屋

のウィスキー技師竹鶴の妻だということはとっくに知っているので、言いにくそうに、

「かんばしくありませんな」

と言う。

どうしてか、リタには信じられない。今までの国産ウィスキーに比べたら、格段に香りが良く、味もまろやかなはずである。

「値段が高すぎますな」

と、酒屋の親父は、リタの注文した薄力粉と強力粉を新聞紙で包みながら言った。

「五十銭余計に出せば本場もんのジョニー・ウォーカーが買えるんですよ、奥さん。国産で四円五十銭というのは、べらぼうですよ」

「でも、ジョニー・ウォーカーと味、変りませんです」

リタは思わず夫の肩をもってそう言ってしまった。夫が家に持ち帰ったウィスキーを何度か試飲してみたが、率直なところジョニー・ウォーカーの豊かなまろやかさにはまだまだかなわない。だが、これまでの国産のものとは雲泥の差である。しかし、たとえ試飲にしろ、私がウィスキーなどに手を出すようになったと、カーカンテロフの母が知ったら、どんなに驚くだろう。リタは酒屋の薄暗い土間で、思わず苦笑した。

「その味ですがな」

と、酒屋が言った。

「ちょっと焦げくさすぎるんと違いますか」

「それがウィスキーの特徴です、酒屋さん。そのことスモークト・フレーバーといいます。スコッチ・ウィスキーには、みんなこの独特のスモークト・フレーバーがついていますのよ」

リタの口調が熱してくる。

「そう言われてもなぁ、竹鶴さんの奥さん。みんなそう言うのですわ。焦げくそうてかなわんて。うちかて、こうして棚にぎょうさん並べても、ちっとも売れんでは商売になりまへん。どうか奥さん、ご主人に言ってくださいよ。売れないウィスキー作ってもしょうもないで」

「売れないって、酒屋さん、一本も売れませんか？」

リタは心を痛めて訊いた。

「ただの一本も売れしまへんがな」

「一本も売れていないのに、どうしてみんなに焦げくさいなんて、わかるの？」

「こういうことは、巷《ちまた》の風に乗って、早々と人の耳に届くんですわ」

「じゃ、私が一本、いただきます」

「え？　奥さんが？」

リタは粉の代金と共に五円札を差し出した。

「私に一本くださいな」

「しかし何もあんたはんが、酒屋で高いウィスキー買うことあらしまへんのに」

と、酒屋はひどく恐縮し、結局五十銭値引きしてくれることになった。

リタはそのウィスキーを、食料貯蔵庫の戸棚の奥深くにこっそりと仕舞いこんだ。

一か月ほどの間に、そこに仕舞いこまれたウィスキーの数は七本にもなっていた。

政孝が寿屋に入社してから、いつのまにか八年の歳月が経過していた。リタの流産事件以来、政孝は仕事に関する苛々《いらいら》を一切、自宅に持ちこまないようにしてきた。それに関して、リタは逆に淋《さび》しい思いもしていた。すべてとは言わないまでも、夫が今何を考え何を悩んでいるか、妻がまるっきり知らないのでは、結婚の意味がないではないか。

「お仕事のほうはどうですの？」

と訊くたびに夫は、

「ああ、大丈夫」

とか、「うまくいっている。きみは心配しないでいい」と答えた。

仕事から帰った夫に「おかえりなさい」とねぎらいの声をかけ、

「今日は会社で変ったことありました？」

と問うても、答えはきまっていた。

「別に、これといってないさ」

「いつも同じ答えね。でも、あなたの顔に、心配ごとがあるって描いてありますよ」

時にはそう言って、リタは食い下がる。

「しかし、仕事のことをおまえに相談したって仕方があるまい」

最後にはそう言って会話が打ち切られる。それから政孝は沙羅を招き寄せて膝《ひざ》に抱き上げ、自社製のウィスキーを、水も氷も入れずに飲み始める。

「よしよし、いい子だな、沙羅。今日は何をしたかダディに話しておくれよ」

三杯目のウィスキーが空になる頃には、政孝の眉間《みけん》に漂う緊張も消えている。

「えっ？　沙羅。返事はどうした？　今日は幼稚園で何があった？」

「別に。これといってないわ」

沙羅はませた口調で肩をすくめる。

「何にも？　なあんにもないのか？　幼稚園ではみんなと仲良くやっとるのか？　うちの沙羅は誰かにいじめられたりすることはないかな？」

政孝はそう言って、かすかに酔いの現れた顔で娘をみつめる。

「なんにも」

「嘘だ。ダディに嘘をついちゃいけない」

「だって言いたくないんだもの」

「どうしてだい」

「男に相談したってしようがないもの」

そこで政孝が腹を揺すって笑い転げる。

「どうやら沙羅に一本とられたらしいな。わしの言葉をそのまま真似しおる」

そんな養女との会話があった夜、沙羅を寝かせてしまうと、めずらしく政孝が、愚痴めいたことをもらした。

「鳥井さんという人物は、どうしてなかなかのお人だ。あの人がおらなかったら、日本には本格ウィスキーはまだ日の目をみていなかったろうね」

リタは夫の言葉をひとことも聞きもらすまいと耳を傾けた。秋の終りの頃で、生き残った鈴虫がか細い声をふるわせていた。スコットランドには鈴虫はいない。いるかもしれないが、日本の鈴虫のように夏の夕暮れ時になんとも美しく物悲しい声で鳴いたりはしない。鈴虫の声は、来日していらいリタが大好きになったすすきとともに、日本の最も美しいイメージであった。

政孝が先を続けた。

「鳥井さんをとても尊敬してはいるんだがね」

と、政孝は眼鏡を外して、その曇りをシャツの裾《すそ》でぬぐいながら言った。

「どうやら、鳥井さんとぼくとでは鼻が違うんだよ」

「うん、鼻だ。嗅覚《きゅうかく》のことだがね。ウィスキーに関して言うと、この嗅覚の違いはいずれ二人を決定的に引き離すことになるかもしれないな」

政孝は眼鏡を顔に戻すと、わずかに溜息《ためいき》をついた。リタは、夫が珍しく心の中の思いを自分に吐露してくれたことがとてもうれしかった。

「あまりよくわからないわ。もっと具体的におっしゃってみて」

嗅覚の違いとはどういうことなのだろうか？

「つまりね、リタ。経営者と一介のウィスキー技師の相違かもしれん。ぼくはあくまでも、スコッチ・ウィスキーを作りたいんだよ」

「あなたはご自分のなさりたいことをなさるべきよ」

リタは心をこめて言い、夫の手を取って、自分の手の間にしっかりとはさんだ。

「となると、この家も、贅沢《ぜいたく》な暮らしも、失うことになるよ」

「そんなこと、なんとも思わないわ。貧乏は少しも苦にならないの。私にとって一番大事なことは、あなたが今のご自分に満足しているかどうか、それだけなの。今のご自分に不本意であると知ったら、どんなに贅沢に暮らしていても、私もサラも幸福だとは思わない」

「ありがとう」

「鼻が？」

政孝はふと遠い眼をした。「考えてみれば、おまえもぼくも、どちらかというと裕福な家庭に育ち、金の苦労をしていない。貧乏というものの恐ろしさや惨めさというものを、知らなすぎるかもしれないよ」

「私、思うのだけれど――」と、リタは考え考え言った。「貧しいことが恐ろしいのは、その貧しさになれてしまうことであって、貧しさそのものではないと思うの」

リタは、グラスゴーで、父のおともをして訪ねた年取った炭鉱労働者の一家のことを思い出していた。貧しく生まれ、一生を貧しく生き、そして貧しいまま死んでいく人々。彼らが悲惨なのは、食卓に肉がのらなかったり、祭日に着飾るドレスや服がなかったりすることではなく、想像力というものがないからだった。想像力すら生まれようもない貧困が問題なのだった。

「いずれにしろ、あと二年は鳥井さんのために全力を尽すよ。鳥井さんの下にいるかぎり、ぼくは彼が望むウィスキーにできるだけ近いものを作るよう、妥協も必要だと思う。たとえば日本人の嫌うスモークト・フレーバーを少しひかえるために、ピートの焚《た》きかたを加減するとかね」

「二年後には、どうなさるおつもり？」

リタはやさしく訊《き》いた。

「わからない」

と、政孝は首をふった。

「それはその時に考えることさ。ぼくはね、二年後の自分の身のふり方を、今からあれこれ算段したくないのさ。あと二年は、ぼく自身を鳥井さんにすべてあずける。それが男の約束というものだ」

リタはうなずいた。

「あなた、私たち結婚してそろそろ十年になるのよ、でも、ますます私、あなたが好きになるわ」

二階の窓ガラスを夜風が打つ音がしていた。秋風が鈴虫を驚かしたのか、鈴をころがすような鳴き声が不意に止まった。冬が近いのだろうとリタは思った。

「白札サントリー」の売行きはかんばしくなかった。鳥井信治郎はウィスキーの欠損を埋めるべく、新たにビール製造に乗り出すことにきめた。

「日英醸造」のビール工場が経営難のために競売に付されたのをタイミングよく落札し、その工場の責任者として竹鶴政孝が工場長に命じられた。そこで彼は一家の本居地を横浜の鶴見《つるみ》区《く》に移し、家族をそこに住まわせた。そして自分は、山崎のウィスキー工場と横浜のビール工場とを頻繁に往復することを余儀なくされた。

鳥井の予想ではビールは儲《もう》かる商品であるはずだった。「赤玉ポートワイン」の収益をすべて吸いこむウィスキーを作っている政孝としては、ビールの成功が、ウィスキーを守る唯一の方法だという鳥井の言葉に、従わざるを得ないのだった。それでも政孝は、山崎工場及びウィスキー作りから、一時でも遠ざかることは、我が子を手放すような淋《さび》しさがあった。

山崎から横浜に移って一年ほどたった。沙羅はすでに横浜にある小学校に通い始めていた。そんなある朝、リタは沙羅の小学校の校長から突然電話で呼びだしを受けて、沙羅に何事が起きたのかと、ほとんど動転しながら、駆けつけた。

沙羅の通う聖ペトロ小学校はカソリック系の、比較的良家の子女たちを集めた私立の小学校で、施設も整い、教師も充実していた。沙羅も毎日、喜んで通うし、帰ってくると、リタにはその日の出来事をいかにも楽し気に報告するので、リタはとても満足していたのである。

校長室に通されると、ほどなく、五十年輩の校長が現れた。教会の牧師を思わせる風貌《ふうぼう》であった。穏やかな態度で挨拶《あいさつ》がすむと、「さっそくですが」と校長は表情をひきしめた。その顔つきから、リタは何か不快なことが話題にされるのだろうと、確信した。

「実は沙羅さんのことなのですが、非常に困っています」

「はぁ……？」

リタは腑《ふ》に落ちないというように、小柄な校長のストイックな顔を見た。

「あの子はめったに他の児童たちと口をききませんし、一緒に遊ぼうともしません。それで先生をほとんどひとり占めにしましてね。担任の先生の手を何時間も握って離しません」

そのことなら何か月も前に聞かされていた。けれども、その時はまだ沙羅がなれないせいだと思っていたし、どちらかというとひとみしりの傾向があるので、そのうち他の子供たちとも打ちとけて遊ぶようになるだろうというのが、リタと先生たちとの見解だった。

「そういう子は、一クラスに一人はいるものですしね、私たちもそれほど神経質にめくじらをたてもしませんでした」

と、校長の話が続いた。校長室の窓からは、春の校庭が見えていた。乗り手のないブランコが、春の風でかすかに揺れている。

「それが、この二か月ほど前から、少々おかしくなりましてね。もっと早くお話しすれば良かったのですが、私どもも一時的なものだろうと、タカをくくったのがいけませんでしたな」

「と、おっしゃいますと？」

不安と心配とでリタの声が震えた。こと沙羅のことになると、病的なまでに神経質になるのが自分でもわかっていた。たいていのことには冷静で良識のある判断ができる自分が、養女のことでは、すぐにかっとなるのである。そのことが不審でもあり、リタのひそかな悩みでもあった。

「非常に暴力的になりましてね。沙羅ちゃんが」

「暴力ですって？」

虫も殺せないような子なのだ。しかし、リタの胸に急速に不安が広がった。

「すぐに他の学童を突き飛ばすのです。ごくささいな事でどうしてあんなに腹を立てるのでしょう。これまでのところはさいわいに怪我をするものもなかったのですが、つい昨日――」

校長は口元をいったん引き結んだ。リタはその時、つい三日ほど前の出来事を思いだして、背すじにそって冷たい汗がしたたり落ちるような気持を抱いた。

その日は日曜日で、政孝は山崎工場に出張していて留守だった。鶴見区の高台にある元イギリス商社の人が住んでいた洋館には、リタと沙羅と、それからリタから英語と、外国の習慣やマナーを習うために住みこんでいる鳥井信治郎の十七歳になる長男吉太郎《よしたろう》とがいた。

吉太郎はその頃、山崎との往復で家をあけることの多い政孝が、留守宅が妻と沙羅の二人だけになるのを無用心だと考え、鳥井信治郎からの要請もあったりしたので、竹鶴家にあずかっていたのである。鳥井の期待は、いずれ寿屋を正式に継ぐ長男に、政孝からはウィスキー作りの基本を、リタからは英語と欧州事情とを授けてもらいたかったのだ。彼の口ぐせは、これからの世の中は、国際人でなければならないというものだった。吉太郎はこの年の春、神戸の高等商業を卒業したばかりであった。吉太郎に、英会話を教えている時だった。

「ヨシタロさん、違いますよ。THの発音はこうやって歯と歯の間に舌を出すのよ。ほら、TH。あなたのはSUと聞こえますよ」

南向きの日だまりの中に、例によってメリーと遊ぶ沙羅の幼い背中が見えていた。思わず吉太郎の勉強に熱を入れるあまり、もう二時間近く沙羅を放っておきっぱなしだった。

吉太郎が来てくれるようになってから、家の中がずいぶん明るくなった。たとえ少年のような若い男の子でも、男性は男性である。リタは昔から、ひとりでいる時も決してだらしのない格好をすることはなかったが、家の中に吉太郎がいるようになると、前よりも気をつけて身なりをととのえ、いつもは政孝が帰る頃つける香水を、朝からほんの少しだけつけるようにしていた。

「ヨシタロさん。お勉強がすんだら、一緒に元町へ買物に行ってくれませんか？　少したくさん食料品を買おうと思うのよ。なにしろ、あなたみたいな育ち盛りの男の子をお預りしているんですもの。そうだ、今夜はステーキ・アンド・キドニー・プディングを作ってあげましょうね」

リタはいつになくうきうきと言った。

「なんですか、それ？」

吉太郎は好奇心を露《あら》わに訊いた。

「イギリスの家庭料理なの。牛肉とキドニーのシチューにパイ皮をかぶせて蒸し上げたものよ。あなたきっと、それ好きよ」

その時、沙羅がむこうから言った。

「あたし、ステーキ・アンド・キドニー・プディングなんて、大嫌い」

リタは驚いて養女をみつめた。ステーキ・アンド・キドニー・プディングは、沙羅の好物のひとつであった。

「それは嘘でしょう？」

と、穏やかにリタはたしなめた。「それに嫌い《ヘイト》なんて言葉を使ってはいけません。嫌いというのなら、アイ・ドント・ライクでいいのですよ、サラ。ヘイトなんて、めったに使うものじゃないの。いいわね、わかったわね？」

それからリタは吉太郎に向き直って微笑した。

「それにヨシタロ、あなたはイギリスのお味に今のうちからなれておかなければいけないわ」

八月に、政孝がイギリス及びフランスにウィスキーとリンゴ酒の視察に出かける時、吉太郎をともなうことがきまっていた。

「ミセス・タケツルは、どうして一緒に行かないのですか」

と、吉太郎が訊《き》いた。その時、吉太郎がDON'T YOU GO.のGOを抜かして言った。意味は通じるがおかしいので、リタが直してやろうと口を開きかけると、沙羅の甲高い笑い声が切り裂くように室内に響いた。

「Why don't you with us. って！　バカみたい《ユーフール》」

「サラ！　バカみたい《ユーフール》、なんて言葉、許しませんよ。訂正しなさい。それからヨシタロにあやまるのよ。そしてわかっているわね。今夜のデザートはなしですよ」

「いいんですよ、ミセス・タケツル。ぼくがまちがったんだから」

吉太郎が口ごもった。

「よくないのよ。これはうちの躾《しつけ》の問題。サラはマナーを破ったんだから、罰を受けるのが当然なの」

沙羅が突然立ち上がると叫んだ。

「デザートなんていらない。大嫌いよ《アイ・ヘイト・ユー》、大嫌い二人とも《アイ・ヘイト・ボス・オブ・ユー》！」

そして彼女は室内を駆け抜けると、ドアにむかった。リタは一瞬怯《ひる》んだ。気弱くなるのを感じた。このところ何かというと吉太郎に気をつかってきた自分の行動にも反省の余地があった。

小さな女の子が、仮にも人を憎むなんて怖しいことだった。それ以上に、そんな感情を幼い胸に植えつけた大人のほうに、責任があった。そのことを認め、反省するのが自分の務めであったが、だからと言って、沙羅の無礼と暴言とを見過ごしにしてはいけないのだ。ともすると、血を分けた自分の娘ではないのだからと、気弱になり、甘くなりがちだが、それこそ差別というものだ。遠慮や他人行儀や上辺だけのやさしさは、長い眼から見れば母と娘の関係を希薄なものにしてしまう恐れがある。自分の実の子供を育てるように厳しくしなければ。リタは椅子から飛び上がると、入口のところで沙羅の華奢《きゃしゃ》な肩と腕をつかんで引き戻した。

「マミーとヨシタロにあやまりなさい。それから、そんな恐ろしい言葉を二度と使わないと、約束しましょう」

沙羅は唇をきつく引き結んだまま、リタに引きずられるように吉太郎の前に立った。

「さぁ、サラ」

リタは辛抱強く待った。

「言いなさい」

「……ごめんなさい。きらい《ヘイト》なんていうことばは、もう使いません」

「そう、それでいいのよ。いい子ね。あやまるというのは、ときどき、とてもむずかしいことなの。マミーにも憶《おぼ》えがあるわ。あやまるのには勇気が必要なのよ」

リタはやさしく言い含めるように言って、沙羅の強張《こわば》った頰に接吻《せっぷん》してやった。

「平気よ、あたし」

と、沙羅が固い声で呟《つぶや》いた。その声と強張ったままの頰の感触から、リタは、彼女が本当に悪いと思っていないことがわかった。何か言いかけたが、リタはそれを引っこめた。今日のところはそれ以上叱るまい。この子の胸は、新しく入って来た人気者に対する嫉妬《しっと》で真っ黒なのだ。そこでリタは沙羅を人形のほうへやさしく押し戻した。

「お話は、どこまで行ったんでしたっけ？」

と、彼女は鳥井信治郎の長男を見た。少年と大人のちょうど中間あたりの青年は、まぶしく彼女の眼に映った。

「一緒に欧州旅行にいらっしゃらないかと思って——」

と、吉太郎が言った。今度は日本語だった。

「六か月も日本を留守にできないでしょう？　それに——」

と、リタは口ごもった。私はもう日本人で、スコットランドは外国。そう自分に言いきかせた。

「でも、きっと楽しいと思うな。ぼくと、竹鶴さんとリタさんと三人で——」

少年の声は活発で明るかった。

「そうね、楽しいでしょうね」

思わずリタの表情がほころんだ。母に逢《あ》いたい。妹たち、とりわけルーシーに逢いたい。エラともなんとかして和解したい。エラからは何度手紙を出しても返事が来なかった。リタはスコットランドの夏の蒼《あお》い空を思った。それからクローバーの繁る丘を思った。その上に身を投げだし、うっとりと横たわる自分の姿を重ねた。青草の匂いがするようだった。耳元に、いそがしく飛びまわる蜜蜂《みつばち》の陽気なうなり声まで聞こえる。彼女は切なそうに言った。

「そうね、私も行きたいわ」

その時、居間のカーペットの上で遊んでいた沙羅の姿が、いつのまにか消えていることにリタは気づいた。しようがない子。人形で遊びっぱなしでお片づけもしないで。そして、リタの眼は、茶色と緑のカーペットの上の人形の、バラバラの手に釘《くぎ》づけになった。哀れにもメリーの手は腕からもぎとられ、軽く曲がったまま、転がっていた。リタの表情から血の気が引いた。

そんなことが一瞬、校長室に坐《すわ》っていた時、リタの脳裏をかすめたのだった。校長の声が遠くのほうから近づいてくるような感じで、不意にリタの耳に届いた。

「我々がひそかに怖れていたことが現実になってしまったのですよ」

と、校長が言った。その眼は非難するようにリタに注がれていた。

「子供のひとりが怪我をしたのです」

リタの心が凍りついた。

「サラが？」

「そうです。あの子が突きとばした拍子に、よろけた子が、窓ガラスに倒れこんだのです。ガラスが割れて、顔が切れました。六針も縫う怪我だったのです」

リタは救いを求めるように、室内を見廻《まわ》した。沈黙が重かった。

「すぐにお見舞いにまいりますわ。その子とご両親をお訪ねして、サラにあやまらせます」

「それもいいですがね」

と、校長は重々しく言った。

「沙羅ちゃんに頭を無理矢理に下げさせたところで、根本的な解決にはならないと思うんです。こんなこと申し上げたくはないんですがね。何しろ六針も縫う怪我人が出たのでは、私も責任を感じますよ」

リタはただ頭を下げるしかなかった。政孝が不在なことが悲しかった。

「言いたくないんですが、おたくの躾、少し厳しすぎるんじゃないかと思いますよ」

その言葉は、リタの胸を粉々に打ち砕いた。自分のせいなのか？　私が沙羅を追いつめたというのか？　もげて転がっていた人形の手が、生々しく瞼《まぶた》に浮かんだ。可哀そうな沙羅。あの子の心は、何かの心配事で引き裂かれているのだ。けれどもリタには、それがほんとうにはなんであるのか、わからなかった。

「失礼ですが、血を分けたお子さんではないために、かえってお母さまが厳格になりすぎるという話をよく聞きます」

「でも私は、実の母のつもりで育てています。たとえ実の子でも、同じようにしますわ」

「しかし、実のお子さんではない。それは見た眼にも明らかですよ。あの子自身がそれを知っています」

「ええ。私たちもあの子が物心ついた時から、自然な形で、それを伝えてあります」

――あなたは、もらって来た子なのよ。あんまり可愛いかったんで、とても欲しかったの。マミーもダディも、あなたが来てくれた日から、とても幸せになれたの。すごく小さい時はそれで充分だった。「あんまり可愛いかったんで、とても欲しかったの」という言葉が、三歳の女の子の胸を喜びで震わせた。四歳の時、沙羅がこう訊《き》いたことがあった。

「あたし、捨て子？」

驚いてリタは否定した。

「どうしてそんなことを言うの？」

「みんな言うもの。捨て子だったた。ひろわれたんだって」

「それは事実じゃないわ。あなたはちゃんとした病院のベッドでスヤスヤ眠っていたわ。それは愛くるしい顔をして」

リタは眉間《みけん》に縦皺《たてじわ》を刻んでいた赤んぼうの時の沙羅の顔を瞼から閉め出しながら言った。

「あなたの本当のママは、病気で生きていられなかったの。でもマミーは、あなたを育てることができた。あなたを育てたかった。あなたを一眼見た時、そう思ったの。この子は私の子だって。これでいい？　わかってもらえる？」

四歳の時には、その説明で納得した。しかし今は？　沙羅の胸を引き裂いているのはなんなのか？

「最近、何か変ったことはありませんでしたか？」

と、校長が質問した。

「変ったこと……」

我にかえってリタは呟いた。

「十七歳の男の子を一人預かるようになりましたけど。それから、夫が出張でしばしば家をあけますけど……」

途方に暮れたようにリタは呟いた。

「おそらく、新しい住人のせいで、一時的に自分がのけ者にされたような気がしているのかもしれませんな」

と、校長が考え深い口調で言った。

「ええ。それなら、私にも思いあたることがございます」

と、リタはうなずいた。そしてほどなく彼女は、聖ペトロ小学校を辞したのだった。

次の日曜日、リタはさり気なく沙羅に言った。

「さぁ、一緒にお弁当を作るの手伝って。ピクニックに行くのよ」

沙羅はただ肩をすくめただけで、うれしそうでもない。

「チーズとローストビーフとトマトのクラブサンドイッチを作るわよ。大好きでしょ?」

「ダディは?」

「今日はお留守番。ヨシタロに囲碁を教えるんですって」

沙羅は黙ってサンドイッチ用のパンに、柔らかくしたバターを塗り始めた。どうやら気が動いたらしい。リタは内心ほっとした。

リタは会社の車を借り、サンドイッチと魔法瓶に一杯つめた甘い紅茶と、クッキーとリンゴで一杯になったバスケットを、車の後部座席に積むと、いよいよ出発。沙羅は、青い麦のような色のワンピースにレースのいっぱいついたエプロンをして、助手席にちょこんと坐っていた。前髪が、三日月型の眉《まゆ》の上でまっすぐに切りそろえられ、横は頰の長さでやっぱり切られていた。そういう髪型にすると、彼女は日本人形みたいに可憐《かれん》に見えた。

「とってもきれいよ」

と、リタはほんとうにそう思ったので、つい口に出して言った。

「マミーもあなたみたいに、まっすぐで黒い髪の毛が欲しいわ」

ほんの軽い会話のつもりだった。けれども沙羅が、

「あたしも。マミーが黒い毛だったらいいな」

と言ったので、リタの顔の上の微笑はそれ以上は広がらず、たちまち悲しげな苦笑に変ってしまった。幼子は幼子ゆえの残酷さで、さらにこうつけ加えた。

「ついでに、マミーのお眼めも、黒いといいのに」

「でもね、サラ。ママのお眼めはメリーみたいに、クレヨン塗って黒く染めるわけにはいかないのよ」

車で三十分走ると、丘の中腹に小公園になっているところがある。それはその昔、武家の誰かの屋敷跡とかで、屋敷のほうは取り壊して跡形もなかったが、広い庭園は、

その後手入れされて、今ではちょっとした家族の憩いの場となっている。小さな池もあり、池の端には木製のベンチがあった。この場所をリタに教えたのはこちらに来てから知りあいになったイギリス人だった。

リタはベンチではなく、草が密生して芝生のようになっているところへ、草の汁がスカートを汚さないように大判の風呂敷《ふろしき》を敷き、その上にバスケットを開けておいた。五月の日射しが、すでに初夏を思わせていた。日本で一番美しい季節は、五月と十一月だった。新緑の頃と紅葉の季節が、リタは好きだった。風が柔らかく、沙羅のおかっぱの髪を乱して吹き過ぎていく。眼下には横浜の町と、その先の埠頭《ふとう》。そしてそこに停泊している外国からの船。その白い船体が春の日射しに輝いている。リタが政孝と共にその港に着いてから十年の月日が過ぎていた。

沙羅はサンドイッチを四つも食べ、クッキーと紅茶とリンゴも食べて、すっかり満腹すると、リタの脇腹に躰《からだ》をこすりつけるようにして、よりかかってきた。

「お腹一杯で、眠いんでしょ？　眠ってもいいわよ」

リタはやさしく言った。

「でも、ご飯食べてすぐ眠ると牛になるのよ」

と、沙羅が言った。「知らないの？　マミーって、日本のこと、なんにも知らないのね」

「日本ではそうかもしれないけど、スコットランドでは違うわよ。お腹が一杯になって横になるのは、とっても贅沢《ぜいたく》なレジャーなの。つまりね、貧乏な人はご飯食べた後、すぐに働きにいかなくちゃならないでしょ？　ご飯の後、寝ころんで休息をとれるのは、お金持にしかできないの。でも、躰にはいいのよ。胃が一生懸命消化作用をしている間は、あんまり躰を動かさないほうが、健康にいいの」

そう言ってリタは沙羅の頭を自分の太股《ふともも》にのせてやった。

「さぁ、私たちは特別に貧乏ってわけじゃないから、ちょっとなまけて牛になりましょうよ」

静かに時間が過ぎて行った。安心しきって自分に身をまかせている沙羅の表情が柔らかくなっていた。百のお説教より、無言のスキンシップが、彼女に慈雨か何かのように滲《し》みこんでいくのが、刻々とリタにはわかった。この特別に感じやすい神経質な子を、守ってあげ、幸せにしてあげるのだ、という思いがリタの胸を一杯にしていた。

「マミーね、ずっと考えてたんだけど、スコットランドに行こうと思うの」

びくりと沙羅の閉じていた瞼が動いた。草の上に横たわる躰が一瞬硬直した。

「もちろん、サラ、あなたも一緒によ。あなたに、マミーの生まれた所を見せてあげたいの」

たちまち柔らかさが沙羅の小さな躰に戻った。

「それもあるけど、マミーは一週間だって、たとえ一日だって、サラと離れたくないからよ。いつだって、マミーはサラと一緒。ずっと一緒よ」

リタの指先が沙羅の頬をそっと撫《な》でていた。リタは、その小さな養女がそれで確実に慰められるのを知ってうれしかった。

ふと気がつくと、十数人の人々が遠巻きに二人を取り囲んでいた。しゃがんでいる者、立っている者、子供連れ、老人、若者、男も女もいた。その全員が、じっと動かない黒い瞳《ひとみ》でリタたちを凝視していた。なかには口をあんぐり開いている者もいた。外人だ、と囁《ささや》きあう声。なかには毛唐という言葉も混じった。見な、ガラス玉みてぇな眼ん玉だ。あの子は誰だ？　日本人じゃないか。どこかで拾って来たのかいな。

リタはそれらの眼の中で、比較的好意的な眼にむかってほほえみかけようとした。けれども、すべての眼は固くあからさまな好奇心を剝《む》き出しにして、リタの全身を刺しまわした。膝《ひざ》の上から沙羅の頭がむっくりと持ち上がった。彼女は、自分を取り囲んでいる人々を眺めた。そして、リタのよく知っている無表情で無感動な表情がその幼い顔に宿るのを見た。

「私たち、猿でもゴリラでもないのにね」

と、半ば冗談のようにリタは英語で沙羅に囁いた。「宇宙人でも、サーカスのピエロでもないわ。なんであんなにじろじろ見るんでしょうね」

「それはね」

と、無表情のまま沙羅が言った。「マミーが外人だからよ」

その瞬間、沙羅の眼もまた二人を取り巻く人々と同じ、敵意を宿していた。リタはせっかくのピクニックが、これで台無しになったことで、彼女をじろじろ眺めまわしている日本人たちを心の中で深く恨んだ。

五　里帰り

紅葉した秋の木の葉の間に、懐しい両親の家が見えていた。その後ろには、点々と星を散りばめたような紫色のヘザーの花が、半ばドライフラワー化して秋風に揺れるなだらかな丘陵がひかえている。沙羅の手を知らず知らずのうちに、リタはきつく握りしめていた。

「あれがマミーの生まれ育ったお家なのよ」

と、リタは誇らしげに説明した。再び帰ってくるとは思わなかった。黒っぽい大地の力強い色。起伏して果てしなく続くたくさんの丘。ヒースやゴースの繁み。甘い空気。リタは急速に癒《いや》され、力づけられるような気がした。これまでの苦労も心配も心痛も、心の表面からだけでも消えていくのを感じた。娘時代の陽気で楽天的な気分がもどってくるようだった。

「ほら、あの二階の左から二つめの窓が、マミーの娘時代を過ごした部屋なの」

屋敷に通じる杉並木越しに、リタは指差した。

「あの部屋であたしたち寝るの？」

沙羅がまぶしそうに眼を細くして見上げながら質問した。

「さぁ、どうかしら」

と、リタは答えた。「おばあちゃまがどういうかによるわね。どっちにしても、私たちの泊るホテルはきまっているわ」

「でもあたし、マミーのお部屋に泊りたい」

「あら、どうして？」

「だって、マミーがどんな女の子だったかわかるでしょ？」

「マミーはね、小さい時、とても神経質で、病気がちで、親に心配ばかりかける子だったの」

砂利道を踏みしめながら、リタが語った。「ずっとそういう子だったの。ある時ね、マミーは恋をしたのよ」

「恋って？」

沙羅が切れ長の黒い瞳をキラキラさせた。

「ひとを好きになることよ。そしたらもう、ママの病気が嘘みたいに治っちゃったのよ」

リタは素早い一瞥《いちべつ》で、居間の窓のレースのカーテンの揺れと、その背後の人影を認めた。お母さまかしら、それともルーシー？

「どうして治っちゃったの？」

「それはね、ひとを好きになって、心がやさしくなれたからよ。やさしくなってそのひとのために何かいろいろのことをしてあげたいって思うようになったの。それで病気している暇がなくなったのよ」

ふうん、と沙羅は首をかしげた。

「ひとを好きだってことは、そういうことなのよ。そのひとのために何かしてあげるのが、とてもうれしいの」

玄関のアプローチの所で、リタは不意に立ち止まった。そして靴が汚れていないか、髪が乱れていないかと点検した。その昔、リタの母はその二つのことに関しては、それは口やかましかったからだ。

「マミー、あたし、どうしてもおばあちゃま《グランマ》に逢《あ》わなくてはいけないの？」

リタがナーヴァスになっているのがわかるのか、沙羅がスカートを引いた。

「もちろんですよ。ここであなたが引き返してしまったら、おばあちゃま、きっととてもがっかりなさるわ。それと、マミーもよ」

娘をそして自分をも力づけるように、微笑しておいて、リタは手を伸ばし、ドアの上の真鍮《しんちゅう》のノッカーを引いた。ライオンの顔をしたノッカーは昔の輝きを失っていた。その昔、家中のドアのノブやノッカーをぴかぴかにしておくのは、カウン医師の役割だった。医師が亡くなると、ラムゼイがそれを引きついだが、そのラムゼイも何年か前に結婚して、今ではエジンバラで家庭を持っている。ノッカーをピカピカにしておく人はもういないのだ。リタは無性に寂しさを覚えた。

ドアのむこうにゆっくりとした足音が聞こえ、鍵《かぎ》が外された。細めに引かれたドアの間から、カウン夫人の老いた顔が覗《のぞ》いた。蒼《あお》い眼が不安そうに見開かれていた。

「リタなの？」

と、カウン夫人は掠《かす》れた声で呟《つぶや》いた。

「いいえ、違うわ。近所を通りかかった物売りですわ」

リタはわざとそう言って、できるだけ陽気に両手を広げた。

「まぁ、ばかね」

たちまちカウン夫人は涙ぐみながら、リタの広げた両腕の中に肥えた躰《からだ》を投げかけた。十年間の確執が、一瞬にして溶けて消えさるのを、リタは感じた。

「それで、近所を通りかかった物売りは、何を売りたいの？　このかわいい日本人形なの？」

カウン夫人はそう言いながら抱擁を解くと、傍らでもじもじしている沙羅へ視線を移した。

「いいえ、お母さま。この子は売らないわ。だって私の一番大事な宝ものですもの」

カウン夫人の反応を何ひとつ見逃すまいと見守りながら、リタはなおもふざけて言った。

「きれいなアーモンドのお眼めだこと」

カウン夫人は、やさしく沙羅の頭に手を置いた。

「これが私のサラよ。それからサラ、こちらがあなたのおばあちゃま。ご挨拶《あいさつ》なさい」

「初めまして《ハウ・ド・ユー・ドー》」

と、沙羅はハキハキと言った。

「初めまして、サラ。あなたに逢えてとてもうれしいわ」

カウン夫人は二人を中へ請《しょう》じ入れながら、そう言った。

「あたし、マミーのお部屋見に行っていい？」

だしぬけに沙羅が子供らしく聞いた。

「いいけれど」

と、カウン夫人が口ごもった。「鍵がかかっているのよ。……それにその鍵だけど、ずいぶん長いこと使っていないから、みつかるといいけど……」

リタはなぜ、自分の娘時代の部屋に、母が鍵などかけたのかと、訝《いぶか》った。

「あとで探してみるわ。それより、お茶にしましょう。もうじき、ルーシーも子供たちを連れて訪ねてくるはずだから」

ルーシーの名が出ると、リタの表情が輝いた。

「ルーシーの子供たちですって！　あぁ、ドキドキするわ。あのおちびちゃんのルーシーが、もう子供たちのお母さんだなんて」

亡くなったカウン医師から、チャビーチークと呼ばれていたルーシーも、もう二十九歳になるのだ。

「マサタカは元気なの？」

カウン夫人がリタに質問した。沙羅はリタに、これ以上ぴったりとくっつけないほど、躰を押しつけるように坐《すわ》り、神妙にしている。

「ええ、彼はとても元気。マサタカは今、寿屋の社長の息子さんを案内してエジンバラに行っているわ。五時にヨシタロと一緒にここに顔を出して、お母さまにご挨拶する予定よ」

玄関のアプローチに子供たちの声と走るような靴音がしたのに、誰よりも早く気がついたのは、沙羅だった。彼女はするりとリタの横から抜けだすと、窓辺に寄ってガラスに額を押しつけた。

間もなく、母親のルーシーの、「静かにしなさい」という声と共に、五歳の男の子と三歳くらいの女の子が二人、部屋の中に飛びこんで来た。

「おばあちゃま、コンニチハ。ごきげんよう」

そして、両側からふっくらと盛り上がったカウン夫人の頰に接吻《せっぷん》した。それからリタを眺め、子供たちの視線は窓際の沙羅に釘《くぎ》づけになった。

あぁ、神さまどうか……とリタは心の中で祈らずにはいられなかった。イギリスに来ていらい沙羅は人々の好奇の視線にさらされどおしだった。

「リタ！　あぁ、リタ。私の大事なお姉さま！」

と叫びながら、ルーシーが部屋の中に飛びこんで来た。二人はしっかりと抱きあい、お互いの頰にキスの雨を降らせた。

「とっても待ち遠しかったわ。毎日首を長くして指折り数えていたの。お姉さま元気そうね？　それにまぁ、なんてきれいなドレスなの！　マサタカに買ってもらったの？　マサタカは今でもお姉さまに夢中なのね？　彼はどこ？　そうそう、あなたのニッポン人の愛するダンナさまは、ついにウィスキーを日本で作ることに成功したんですってね。グラスゴーではちょっとした話題になったものよ。あたしの義兄《あに》なのよって、ずいぶん鼻が高かったわ。クリス！　手を洗わないでクッキーを食べちゃいけません。メアリーもよ。あんたたちってお行儀が悪いんだから。リタ伯母《おば》さまにちゃんとご挨拶したの？　それから――」

とルーシーは怯《おび》えたように立ちすくんでいる沙羅の眼をとらえて、いっそう陽気に声を張り上げた。

「あの子なの？　あの子がリタお姉さまのベイビーなの！　まぁ、なんて愛らしいんでしょう！　さぁ、こっちに来て、ルーシーおばちゃんにキスしてちょうだい。それからあなたのきれいなお顔をもっと良く見せてちょうだい」

「ルーシーったら！」

と、リタは吹きださずにはいられなかった。

「あなたって雲雀《ひばり》みたいによく喋《しゃべ》るのね。昔のお母さまにそっくりよ」

「ひとりくらいは似るものよ」

と、ルーシーはカウン夫人にウインクを送りながら言った。「リタはお上品だし、エラはツンツンしてお高いのよ。だから、あたしがママのやり方をそっくり受けついだってわけ」

「エラと言えば、彼女は元気にしていて？」

結局、エラとは仲直りできないままになっていた。手紙を二度だしたが、返って来た返事はなかった。

「ロンドンで、ますますツンツンお高く止まっているわ」

ルーシーがケロリと言った。

お茶が大騒ぎのうちに始まった。カウン家のお茶の時間。リタは感傷的になって、口をつぐんだ。かつてそこにはカウン医師の威厳ある髭《ひげ》の顔があり、ジョンや、ジョンの母親の姿も見られた。姉妹たちは髪にブラシをあて、お互いに助けあってリボンを結びあい、あとで叱られないよう靴の汚れを拭《ぬぐ》ってから下へ降りて行ったものだった。お茶の時間は、大人やお客様に混じって、レディの会話を勉強する大事な場であった。そこで、リタは沙羅にそそうがないかと、自分の養女に温かい眼差《まなざ》しを送った。

沙羅はよくやっている、と彼女は思った。けなげなほどだ。すすめられないかぎり自分からはクッキーに手を伸ばさないし、すすめられても、ひとつ以上は取らない。ただ、あまり食欲がないらしく、ほとんど食べないので、膝《ひざ》に広げたナプキンの上にはクッキーが三枚もたまっている。遠慮してノーサンキューも言えないのだ。リタはひそかに微笑した。

「うちの幼稚園にも一人チャイニーズガールがいるよ」

と、ルーシーの長男が妹に言った。

「あたしのクラスにはチャイニーズの子はいないけど、インドの子がいるわ」

沙羅は全然聞こえもしなかったみたいに、表情を変えない。

「あんたたち、サラは、チャイニーズじゃないわ。ジャパニーズなのよ」

と、ルーシーが子供たちに注意した。もっとも彼女自身だってチャイニーズとジャパニーズも同じようなものだと思っているのは明らかだった。

「それにサラと仲良くしなくてはだめよ。なんたって、あんたたちの従姉《いとこ》なんだから」

「変なの」

と、クリスが子供らしい無邪気さで言った。

「ジャパニーズ・カズンなんて変だ」

「変でもカズンはカズンです」

ルーシーが長男を軽く睨《にら》んだ。

その時、サラが初めて口を開いた。

「その子たちとあたし、本当はカズンじゃないと思うわ。だってあたし、養女だもの」

「養女でも、やっぱりカズンになるのよ」

ルーシーはやさしく言ってやった。

「養女って？」

と、メアリーが邪気のない声で質問した。

「もらいっ子ってことよ」

と、沙羅が自分より年下のルーシーの娘に説明してやった。

「あたしの本当のお父さんとお母さんは、二人とも日本人なの」

そのことに誇りを抱いているような言い方だった。

「へぇ！　じゃきみ、捨てられたの？」

違うのよ、とリタは口を開きかけた。それよりも早く沙羅が答えた。

「お母さんはあたしを生んですぐに死んだの。でも、本当のお父さんはいつかあたしをお迎えに来るって約束したの。それまでマミーにあずけられたのよ」

リタは内心愕然《がくぜん》とした。沙羅の口調はきっぱりしていて、嘘を言っているようには聞こえなかった。おそらくそうくりかえし自分に言いきかせることで、自分でもそれを真実だと信じるようになったのだろう。しかしリタには、内心の動揺が隠せなかった。

「いつお迎えにくるの？」

と、メアリーが好奇心のあまり、躰《からだ》を椅子から落っこちそうに乗りだした。

「わかんないけど、もうすぐだと思うわ」

沙羅は、六歳のわりにはませた口調でそう答えると、もうそのことはお仕舞いといった感じで肩をすくめ、クッキーを少しだけ齧《かじ》った。リタは何を言うべきか、とっさにわからなかった。ルーシーがまるで全責任は自分にあるのだといわんばかりに、背中を丸めてうつむいた。

リタは理不尽にも傷つけられたような気がしていた。ほんの六歳の女の子が、リタのような大人の女を、まちがいなく傷つけることができるということが、不思議だった。

ふだんはあんなにも私に頼りきっている子なのに。リタの前では、二、三の例外をのぞいては実にいい子だし、口答えをしなかった。だから学校の校長に呼ばれて、沙羅が暴力をふるうと聞いた時には青天の霹靂《へきれき》であった。山崎から連れて来ているメイドのナツが、ときどき沙羅が子供らしくないとか、ひねくれているとかこぼすのを聞くと、リタは本気で腹を立ててナツを叱った。沙羅はいい子です。沙羅をそんなふうに言うのは、あなたが色眼鏡をかけて見るからです。

事実、沙羅は常にリタの慰めであった。その柔らかな頬に自分の頬を押しつける時だけ、リタは無条件に自分を幸福だと感じた。

だから、沙羅にはいつも上等で清潔なドレスだけ着せ、ナツがスポイルしすぎると眉《まゆ》を寄せるけど、贅沢《ぜいたく》な食事をさせて来た。夫が出張で留守の夜には沙羅だけが自分の話し相手だった。英語には幼児語とか、赤ちゃん言葉がないので、大人と話す時のように、あるいは対等の友達に話しかけるように、沙羅にそれはたくさんのことを話しかけて来た。そして沙羅はリタの言葉に、いつだって熱心に聞き耳をたてたのだった。沙羅のいない自分の人生はもはや考えられなかった。そしてそれは沙羅のほうもそうであった。沙羅はすべてをリタに頼り、甘え、ゆだねているのである。そのことを二人とも、口には出さなくとも充分に感じあっている。

それなのに、たった今の言葉は、リタの胸に深く、バラの棘《とげ》のように突き刺さった。

そしてその棘は、抜こうとすればするほど、彼女の内に深くくいこんだ。リタはそれから長いこと、カーカンテロフで養女の沙羅の言ったその言葉の棘を、自分の肉体から引き抜くことができないでいた。

その事件をのぞけば、六か月に及ぶ今度の旅行は楽しいものであった。政孝は吉太郎に対して、いつのまにか実の息子のような親近感を覚えており、旅の先々で、自分がこれまでに学んだこと、得た知識、実際に見たものなどを、吉太郎に語って聞かせた。スコットランドでは、ウィスキー工場をつぶさに視察し、フランスではボルドーでワイン作りの一から十まで見学をした。それは政孝自身のためでもあったが、寿屋を継ぐ予定の吉太郎の血となり肉となった。

政孝と吉太郎の様子を間近に眺めていると、リタは、自分たちに男の子がめぐまれなかったことを、夫のために心から残念がった。おそらくこの旅の間に、政孝も身に滲《し》みてそのことを痛感したのに違いない。彼はもちろん、そんなことは口が裂けても妻には言わなかったが、夫の吉太郎を見守る寛大でいて厳しい、なんともいえない慈愛に満ちた眼の色を見れば、それは言われなくとも明らかであった。

一方、リタのほうも沙羅だけに集中できるその旅を、二人の関係のために非常に有意義に感じていた。リタと沙羅は片時も離れず、ベッドルームも一緒だった。政孝と吉太郎が一部屋に寝泊りしたからだった。

朝から晩まで、沙羅と一緒で、彼女のめんどうだけを見ているうちに、沙羅の様子が眼に見えて安定してくるのがわかった。特に、政孝が吉太郎だけをともなって、ウィスキー工場を見学に行った時など、沙羅は、リタを誰とも共有しないですんだ。リタのほうも同じ思いであった。

カーカンテロフの母を訪ねた時、リタと政孝夫妻は、母の家のガレージで埃《ほこり》をかぶっていた旧式のベントレーをみつけ、懐しさのあまり声を上げてしまった。当時でさえ旧式の車が、あれから十年たってみると、それはもうおとぎ話の中に出てくるような、前世紀の遺物の観がある。

「ママは一体なんだってこの車を売ってしまわなかったのかしら」

と、リタは笑いながら運転席に坐《すわ》ってみた。固い皮革の椅子がお尻《しり》にゴツゴツとあたった。何もかもがしゃちほこばっていて、そのままでこの車は亡くなったお父さまにそっくりだわ、とリタは眼が自然に濡《ぬ》れてくるのを感じた。

試しにと思って回したキイで、エンジンが咳《せき》こんだ。

「あら！　動くかもしれないわ」

リタの声が明るくなった。

「ねぇ、ガソリンを入れ直し、オイルを交換すれば、この車、動くかもしれないわ」

「動かしてどうするんだい」

政孝はボンネットの上に厚くつもった埃に眉を寄せて訊《き》いた。

「そしたらサラとヨシタロを乗せて、スターリングとか、湖水地方を車で回れるし。そしたらきっととても楽しいと思うわ。ほら、ピーターパンをそこで書いたってホテルがあったじゃないの？　覚えていない？　新婚旅行で一泊した小さな可愛いホテルよ。やっぱりこの車で行ったのよ。今度は四人よ。私、サラにあのホテルを見せてあげたいわ。あの子、ピーターパンの童話が大好きなんだもの」

リタの熱意に政孝は苦笑して折れた。二人はカーカンテロフのガソリンスタンドまで十分ばかり歩いていって、さしあたって必要なガソリンを買った。それから、それを古いベントレーに注入した。

ベントレーは老人のように咳こんではあえぎ、あえいでは咳こんで、しかしついにエンジンがかかった。命が蘇《よみがえ》ったのである。リタはそれに二人の子供たちと夫を乗せ、まるで凱旋《がいせん》将軍のような心持ちで出発した。もちろん、ガソリンスタンドでオイルをとりかえ、それから四人で力を合わせて車をピカピカに磨きたてたことは言うまでもない。

とりわけ吉太郎がこのポンコツ車に興味を抱いた。彼は一眼でその不細工な車体に恋をしてしまったのである。リタは、車も人通りもない田舎道に差しかかると、吉太郎に簡単な運転技術を教え、運転させてやった。初めのうちはすぐにエンストを起こしていたが、若い彼はたちまち車のあつかい方を覚えてしまった。

「ぼくは、東京に帰ったら真っ先に車の免許を取りますよ、竹鶴さん。そしたらこの車を父に頼んで日本へ運んでもらいましょう！」

と、彼は眼をキラキラさせて言った。

「しかしなぁ、吉太郎くん。東京にだってもっと新しいましな車があるよ。スピードだって、ぐんと早いやつがさ」

政孝は首をふった。おいぼれベントレーに太平洋を越させるのに、いったいいくらかかるものやら知れなかった。

「ぼくはリタさんのこのベントレーがいいんです。スピードなんて興味がない。ねぇ、リタさん、いいでしょう？　竹鶴さんにあなたからも頼んでくださいよ」

吉太郎の熱意に、リタは微笑した。

「それじゃヨシタロさん、心の中で強くお願いなさい。心の中で強く願えば、たいていのことはそのとおりになるものよ」

「そうします。これから毎日何度も心で願ってみます」

そして彼らの珍道中が始まった。一九三一年の晩秋、散りかけた紅葉の並木道を行く、ポンコツの骨董《こっとう》車ベントレーと、それに乗って笑い転げていた三人の日本人の親子と、ひとりの蒼《あお》い眼の夫人を見かけた人々は、しばし呆然《ぼうぜん》として、口をぽかんとあけ、黒々と上がる排気ガスのむこうに遠ざかる一団をあきずに眺めていた。

ピーターパンのホテルは、沙羅を幸福にした。それはスターリングの外れにあるとても小さな、そしてしゃれたホテルで、軒も低く、温かみのある建築物だった。ホテルの前庭が眼の高さの生垣に取り囲まれており、小さな池と、その池のほとりに、ピーターパンの石像があった。

それは苔《こけ》むして、冷たく湿っていた。沙羅の半分ほどのサイズの石像で、ノーブルな表情の男の子の顔が彫られていた。

ホテルの南側は、かなりの大きさの川辺に面していて、庭に立つと川の音がしていた。ウィークデイということもあって、他に泊る客はなく、リタと政孝と二人の子供たちの専用だった。

吉太郎が沙羅の手を引いて、鹿やリスを見に庭の奥の小さな森のほうへと歩いて行った。お茶の前の平和なひとときだった。庭のひだまりのベランダに、椅子を出して、そこで日向《ひなた》ぼっこをしながら、リタは夫に言った。

「平和ですことね」

政孝はもうさっきから、眼を閉じて川の流れに耳を傾けていた。

「あぁ、平和だな」

「ヨシタロさんがすごく好きなのね、あなた……？」

と、リタは微笑した。赤い実をつけた針葉樹に、小鳥が飛んで来て、ひょいと止まった。

「うん、好きだね。いい子だ。きっと鳥井さんの立派な後継者になるだろう」

植込みの内側に沿って、真っ赤な葉鶏頭が並び、コスモスがあるかなきかの秋風にはかなげに揺れている。

「この平和が、ずっと続くといいと思いますわ」

リタは、自分たちが横浜を発《た》ってすぐの、九月に始まった満州事変をちらっと頭に浮かべて呟《つぶや》いた。具体的に差し迫った恐怖ではないが、満州での戦争が拡大したら、夫はどうなるのだろう。その頃には成人に達している吉太郎は？　戦争はリタを不安にする。かつて最愛の婚約者を戦争で失っていたからだ。

「そうだな」

と、政孝が遠くを見るような眼差《まなざ》しをして、額を曇らせた。

「どうかなすって？」

夫の顔を探るように眺めて、リタが訊いた。

「何か、隠していらっしゃるわ。その顔にそう書いてありますよ」

リタはやさしく、夫をゆすぶるように言った。

「おまえには、何事も隠しだてができんようだな」

と、政孝が妻をみつめた。リタも夫をみつめかえした。夫もとうとうカイゼル髭《ひげ》が似合う年齢に達していた。彼は四十歳に近づきつつあった。

「実はな、リタ」

と、政孝は語り始めた。

「ずっと前に話したことがあったと思うが、――ぼくと鳥井さんとでは、鼻が違うらしいっていうことさ」

「ええ、とても良く覚えていますわ」

夫は何を言おうとしているのだろうか。リタは不安そうに瞬《まばた》きをした。

「鼻の違いは、ウィスキーに対する思い入れの違いだということだ。そしていずれ、我々の鼻の違いが、ぼくと鳥井さんを引き離すことになるだろうと言ったよね。そしてリタ、今ぼくは思うのだが、ついにその時が来たような気がするのだよ。もちろん、帰国してすぐということではない。残務整理などに時間がかかるだろう。鳥井さんもきっと、ぼくを引き止めようとなさるだろうし……」

政孝は庭の隅で顔をふっている色とりどりのコスモスに視線をやった。そのずっと先に、手をつないで戻ってくる背の高い吉太郎と沙羅の姿が見えた。

リタは夫がすべてを話し終るまで口をはさむまいと、軽く顔をうつむけていた。その横顔に、秋の琥珀《こはく》色の透明な陽光があたっていた。

「鳥井さんは、日本人の好みにあう本格ウィスキー作りを目ざしているお人だ。それは、あの人が一番初めからずっと主張してきたことだし、今、彼の寿屋の方針もそうだろうと思う。

ところが、ぼくはあくまでもスコッチ・ウィスキーに負けないものを作りたい人間だ。そこのところが決定的に違うのだよ。いろいろなウィスキーがあって当然なんだ。アメリカにバーボン・ウィスキーがあり、カナダにカナディアン・ウィスキーがある。イギリスにだってスコッチあり、アイリッシュ・ウィスキーありだ。日本に寿屋のウィスキーがあって、そして、ぼくの理想とするウィスキーがあってもかまわないじゃないか。それにね、リタ、ぼくは、朝も昼も夜も、ウィスキーの樽《たる》の側にいたい。あの暗い穴蔵のようなひんやりした貯蔵庫の中で、樽がひっそりと汗をかいたように湿り気を帯びるのから片時も眼を離していたくない。

樽の中で、息づき、次第に豊かな色あいを帯び、熟成していく液体の、呼吸する音を感じていたいし、その色をこの眼で逐一眺めたい。ウィスキー工場の壁や外壁が、黴《かび》で黒くなるのをみつめていたい。あの黴が、ウィスキーを守るんだよ」

リタにも、山崎の工場の赤煉瓦《れんが》が、黒い黴で粉を吹いたみたいになっている様子が浮かんで来た。

「しかし、現在のぼくは、ビール作りの傍らでしか、ウィスキーと接しられないのだ」

政孝はどこかが痛むかのように顔をしかめた。

「鳥井さんにお願いしたらどうですか？　ビール作りは他の方にまかせてもらうよう？」

リタはそう言って忠告してみた。

「それはまだ無理というものだよ。第一、もしもまかせられる人材がいたら、鳥井さんはきっとそうなさっているよ。それにはまだ一、二年かかるだろう。その時こそ、ぼくは鳥井さんにきっぱりお別れを告げようと思う」

リタはひどく驚いて夫の顔をみつめた。鳥井さんと別れなくとも山崎でウィスキーを作り続けることは可能ではないか。

「ぼくの夢は、ぼく自身のウィスキーを作ることだよ、リタ。鳥井さんは鳥井さんがベストと考えるウィスキーを作る。そしてぼくはぼくで、ぼくがベストと思うウィスキーを作る」

政孝は自分の年齢と、体力とエネルギーとを思った。今ならまだ充分にやれる。しかし十年も先になっては、体力のほうで続かないだろう。

「でもどこで？　どこでそんなウィスキーが作れますの？　それにどうやってあなたご自身の工場など建てられます？　お金はどうするのですか？」

リタは静かに質問した。

「すべて未定だよ、リタ。すべては未定なんだ」

政孝は溜息《ためいき》と共に重々しく言った。「今はまだその準備の段階ではない。ぼくの躰《からだ》は、寿屋の鳥井さんに属している。退社するまでは、自分のウィスキーのことよりも、鳥井さんのウィスキーとビールのことを一生懸命考えるさ。ぼくは無器用な男でね、二足のワラジははけんのさ」

リタは眼を閉じた。ようやく平和が訪れ、生活も精神も安定してくると、政孝は次へと進む。女の立場から言えば、今の生活は充分にして余りがある。なんの不自由もない。将来の不安もない。

けれどもどうやら、夫にはそうではないらしいのだ。

もちろんいつの場合だってリタは、夫に従うつもりである。たとえ、それが不安定なゼロからの出発であろうとも、リタには夫を信じる以外に生きる道はない。

ついさっきまでの満ち足りた束の間の幸福感——平和をむさぼるようなあのあせりにも似た気持は、たぶん、やがてその安定が砂の城のように崩れ落ちることを予測していたからではないだろうか。心のどこかで、その不安を感じていたからこそ、現在の四人の親しい者同士の旅が、こんなにも楽しく、輝かしいのだ。そうリタは思った。

「ただ——」

と、最後に政孝がつけ足した。子供たちはコスモスのむこうを回りこんでこちらへ歩いて来ようとしていた。

「ぼくの予感だが、北海道のどこかに、ぼくの考えている理想の土地があるような気がしている」

「北海道……」

「そうだ。北海道だ。スコットランドと気候がとても良く似ていてね」

「そう……。北海道ですか。スコットランドに似ているのね。そして、私たち、いつかそこに住むようになるのね」

リタはそう、自分に言い聞かせるように呟いておいて、吉太郎と沙羅を迎えるために椅子から立ち上がった。

「マミー、鹿が四頭もいたわ。それから、マウンテンゴートも見かけたわ。牛も羊も何もかも一緒に、とても仲良く草を食べていたわ」

沙羅が興奮した声で言った。

「それにとても利口そうな眼をしたコリー犬と、シープドッグがいましたよ。シープドッグの奴ら、それは堂々と羊共を扱うんですよ。吠《ほ》えもせず、嚙《か》みつきもせず、気配だけで羊たちをコントロールするんです」

吉太郎も、自分たちがたった今目撃してきた動物の世界に魅せられたようだった。

リタと政孝は、眼を合わせて微笑しあった。今度のこの旅が成功であったことを確認したからだった。

第四章　試練

一　第二の故郷

親愛なるリタへ――

昨日、余市《よいち》川を遡《さかのぼ》ってみました。そしたら、なんと、湿原から切りだした草炭《ピート》を乾かして、農家では竈《かまど》や風呂《ふろ》を焚《た》いているではないか。その時のぼくの驚きを想像してみてください。思わず血が逆流するような、目眩《めまい》のような、筆舌に尽しがたい感動に襲われました。

草炭が出るくらいだから、その地下から湧き出る水質は清冽《せいれつ》で申し分ない。

ついに理想の土地をみつけました。

余市といっても、リタ、おまえにはぴんとこまい。沙羅に北海道の地図で教えてもらいなさい。積丹《しやこたん》半島の付け根の部分、小樽《おたる》の西にあたる。背後に山。余市川が小さな町の真ん中を流れて日本海に注ぎこんでいる。

自然の条件は完璧《かんぺき》です。オゾンをたっぷり含んだ空気は適当に湿っている。つまりスコットランドの気候風土と酷似しているのです。グラスゴーに留学していた時から、ぼくはひそかに北海道に狙いをつけていたのだが、摂津酒造の時代も、寿屋の時代も、資金ぐりや地理的に遠隔地であるということで反対をうけました。

ぼくは余市にきめたよ。ここにウィスキー工場を建てるつもりだ。さいわい余市はリンゴの産地でも有名です。ウィスキーが商品化するまで、リンゴジュースを作れば、資金援助を申し出てくれた加賀《かが》さんや芝川《しばかわ》さんや柳沢《やなぎさわ》伯爵に多大な迷惑をかけずにすむと思います。

さっそく今日は、一日がかりで工場用用地にふさわしい場所を探し出しました。それは幸運にも駅と余市川のほぼ中間に位置する三千六百坪の土地で、雑草と土塊《どかい》だけで民家も建っていません。ここに、ぼくのウィスキー工場を建設するつもりです。そしてぼくたちの家もね。ほぼ一年後になるだろうが、それまでおまえは沙羅と力を合わせて元気にしていてください。ぼくはほとんど単身で、こちらに止《とど》まりおまえたちを一日も早く迎える用意をします。

ところで、余市というのは鰊《にしん》漁で栄えた町で、今でもかなりの漁獲高を誇っています。ぼくはどうも、鰊とは因縁があるらしい。覚えていると思うが、ぼくたちが新婚生活を送ったキャンベルタウンも鰊漁の港町でした。そしてグラスゴーにあったぼくの下宿では、朝食といぅと判で押したように鰊の燻製《キッパース》で、閉口しましたが、早いものであの時代から十五年もたってしまったのだね。考えてみればぼくも今年で四十歳だ。不惑という。不惑の意味は四十にして惑わず。ぼくの夢ははや、余市にやがて建つだろう赤い煉瓦《れんが》造りのウィスキー工場に飛んでいます。

ここは北海道でも二番目に過ごしやすい土地だと、この地の人たちは自慢しています。もっとも一番目がどこなのかは聞きもらしましたが。人口二万人。雪もそれほど多くなく、気温も氷点下をそう大きく下がらない。

それでも冬になると海からの烈風で、このちっぽけな町全体は、雪煙りにすっぽりとつつまれてしまうらしい。そんな様子が眼に浮かぶようです。

では、今日はこの辺で筆を置きます。また、書きますが返事は無用です。何しろ当分住所不定だからね。

沙羅をあまり甘やかさないように。あの子は少し我儘《わがまま》すぎる。あれは一種、おまえの愛情を試しているんだとぼくは思う。おまえがそのことに気がつかないかぎり、あの子は底無しに増長するだけです。それはおまえたちどちらにとっても苦しいだけなのだから、心を鬼にするのも愛情と思ってください。

それとは別に、おまえの完璧主義も、子供には少々重荷なのだろうと思う。不思議なもので、離れてみると、いろいろなことが冷静にしかもよく見れるものなのです。子育てというのは苦労ばかりではない、楽しむのもまた大事なのだ、と思います。躰《からだ》にくれぐれも気をつけて。風邪をひかないように。それからウィスキーを飲み過ぎないように――(これは冗談だが、実はおまえがときどきこっそり飲《や》っているのを知っているのだ。ウィスキー屋の女房だ。少しくらい飲めるほうがいいでしょう)

一九三四年四月十八日　余市にて

政孝

翌年五月、政孝の最初の手紙の日づけからちょうど一年ほど後に、リタは沙羅と共に北海道余市にむかう列車に乗り込んでいた。

列車は、車輪を軋《きし》ませて走っていた。横浜を出てもうかれこれ三十時間を過ぎている。目的地まであとわずかだったが、リタは車窓の光景に食い入るように見入っていた。

おそらく、これからむかう土地こそ、政孝とリタの終生の地となるのであろう。

一面の草原で、ところどころにリンゴや杏《あんず》、桃といった果樹が見える。ちょうど花盛りで、白や薄もも色の花が咲き乱れている。

汽車の右手には、さし迫った山があり、頂上に残雪をいただく山並みが浅葱《あさぎ》色につつまれている。

荒涼としている原野を想像していたリタは、思いがけない絵葉書のような風景に戸惑い、少しずつ未知の土地に対する心配や不安などが消えていくのを感じていた。函館《はこだて》本線の一等車はガランとしており、二人の他には、夫の命令で横浜まで迎えに来てくれた会社の技師が乗っているだけだった。

乗物の旅というのは、奇妙なものだとリタは、さっきから思わずにはいられない。なぜなら、汽車は未来にむけてひた走っているのに、乗っているリタの思いは、過去の記憶のひとつひとつに戻っていくからだ。そのように三十時間のほとんどを、リタは過ぎ去った日の追想の中で過ごしたのだった。

夫が寿屋を退社した日、若き副社長となった吉太郎が思わず号泣したこと。それからの日々を沙羅とナツとで過ごした鎌倉での一年間にわたる生活。横浜に五年、その前に山崎に五年、帝塚山時代は二年。次々と住いが変った。それとともに、周囲の人たちの顔触れも違ってしまった。友達になると別れが来た。そしてまた新しい友達ができた。沙羅をはじめてみかけた乳児院の光景も唐突にリタの瞼《まぶた》に映る。この子は、ときどき今でもあの悲しげな諦《あきら》めきったような眠たげな顔を見せることがある、と、不意に彼女は胸苦しさを覚える。かと思うとスコットランドの春。クローバーの密生する草地に身を投げだして見上げた空の色が蘇《よみがえ》る。若き日の少年の面影をわずかに残していた政孝。その真っ白い歯がとても清潔で魅力的だったことなど。亡くなったジョン。カウン医師。エラの冷たい怒りの表情。いろいろなことがあった。

沙羅の盲腸騒ぎ。飼い犬のお産。さまざまな場所で広げたピクニックのお弁当。鳥井吉太郎との出逢《であ》いと別れ。政孝の母の死──夫は鶴見から病床に駆けつけたが臨終に間に合わなかった。住いを横浜に移して以来、竹原の家との行き来はなかった。世界的な出来事としてはヒトラーの首相就任。ルーズベルト大統領就任。日本の国連脱退。そしてリタは、沙羅をともなって今、余市へ。リタは硬直した背骨と、曲げ続けて来た膝《ひざ》の関節に鈍痛が走るのに耐えながら、近づきつつある余市の市街地に眼を投じた。

やがて汽車は速度をゆるめて、小さな駅にすべり込んで停った。ホームには出迎えの一団が待ちうけていて、いっせいに一等車の乗降口をみつめていた。

リタはそれらの人々にむけて微笑した。外国人をほとんど見たことのない人の間にさざ波のような動揺と溜息《ためいき》とが広がった。リタは素早く彼らの表情を読み取った。みんな好奇心をおさえきれない顔をしていたが、実直で温かそうな人柄が見てとれた。敵意のある眼は、ひとつもなかった。リタの顔の上の微笑がさらに広がった。

リンゴが山積みにされ、「大日本果汁株式会社」の構内の空地という空地を埋めつくしていた。

ウィスキーを売り出すまでの数年間、リンゴジュースによる収益で余市の工場をまかなっていこうという政孝の目算だった。

彼のウィスキー工場ではすでに蒸溜《じょうりゅう》が始まっていた。三千坪強の構内には、甘酸っぱいリンゴと、醗酵《はっこう》した大麦の匂いがたちこめていた。

秋になると、農家からリンゴを積んだ馬車がやって来て、延々と列を作った。

政孝とリタの住いは、工場の敷地のほぼ中央に建てられている。二階建ての木造洋風家屋で、外壁が淡い色のペンキで塗ってある。家の西向きの窓からは、蒸溜所のとんがり屋根が、東向きの窓からは、レンガ作りの重厚なウィスキー貯蔵庫が数列、軒を並べているのが見えた。

あの中に、夫のウィスキーが眠っているのだと、リタは朝日の射しこむ台所の窓から、毎日のように貯蔵庫を眺めて呟《つぶや》く。そこには夫にとって命の次に大事な原酒が、やがて目覚める日のために、深々と眠っているのだ。

余市へ来ていらい政孝の眼の色が違っていた。彼はもはやウィスキーだけを作っていれば良い技師ではなかった。工場の経営や運営がずっしりと彼の肩にのしかかっていた。そして政孝は、今度こそは、何がなんでもやり通すつもりであった。もう後へは引けないのだ。

眠っている時も夫が見るのは工場の夢だった。一晩中、苦しげに寝返りを打ち続ける夜もあった。そんな夜はリタもまた眠りにつけなくて、まんじりともしない。夫の苦しみは同時に妻の苦しみであった。常につきまとうのは、財政面の危機である。

大日本果汁株式会社は、昭和九年七月に資本金十万円で設立された。帝塚山及び山崎時代にリタが英会話の家庭教師をして出入りして懇意になった幾人かの人たちの出資によってスタートした。

当初からウィスキー製造にとりかかるのは、資金の面でも製造体制の上でも、とうてい無理であった。それでとりあえずリンゴのジュースを製造する会社として、大日本果汁と名づけられた。

ジュースを瓶詰にして売りながら、ウィスキーを作り、じっくりと時間をかけて良質の原酒をはぐくもうというのが、政孝及び、他三人の出資者の計画であった。

最初の年、十月のリンゴの収穫期を待って製造が開始された。農家からリンゴの山が馬車で運びこまれると、従業員はただちにそれらを水洗いする。政孝を慕ってやって来た鶴見の寿屋ビール工場時代の技師が五人、余市で募集した新社員二十名、それから臨時雇いの人々。それらはすべて、政孝の忠実な部下でもあり、リタにとっては家族の一員のようなものであった。

山積みされたリンゴの水洗いが始まると、リタも手伝いのヨシノをせきたてて、みずからリンゴ洗いに加わった。十月とはいえ、北海道の秋の水は冷たい。リタの白い指はみるみる真っ赤になって膨れ上がった。そのくせ、リタは沙羅にはそんなことはさせなかった。

「あなたはレディになるのだから。レディの手がひび割れては大変です」

洗ったリンゴは割砕機で砕かれ、圧搾機にかけられて汁が搾られる。でき上がったリンゴジュースは大きなタンクに貯められ、瓶詰にされる。

瓶詰には余市で雇った女子作業員が当たった。ダルマストーブが赤々と燃える瓶詰の工場に、地元の作業員に混じって、とび色の髪をしたリタの姿がしばしば見られた。政孝の異様なほど真剣な眼の色を見ていると、じっとしていられなくなり、頼まれもしないのに、リタは進んで労働に参加した。

余市で迎える初めての本格的な冬。鉛色の空がくる日もくる日も続いた。やがて白い雪片が静かに舞い落ちて来て、リンゴの山をうっすらと白く染めた。

部屋には、ストーブの薪《まき》のはぜる音が一日中続き、海からの烈風にあおられて、積もったばかりの粉雪が煙のように舞い上がる。リンゴ工場で瓶詰の作業をしない午後は、リタは編み物や、沙羅の冬物の洋服を縫ったりした。そして合間を見て漬け物などの貯蔵品を作った。ヨシノに教わって鰊漬《にしんづけ》も作った。塩加減ひとつ人手にまかせなかった。政孝の好きな味を知っているのは私だけなのだから、というのがその理由だった。彼女は他にもイカの塩辛も器用に作ることができた。自分ではまったく口にしないのに、その味は絶品だと、食事に呼ばれた社員たちが賞賛した。それを聞いて女房たちがリタを訪ね、秘伝を聞きたがった。

「塩加減ね。それと愛情」

と、リタはにっこり笑うのだった。

ある時、リタはいつものように瓶詰工場で二時間ばかり作業をした帰り、倉庫の開いた扉の中に、リンゴジュースの返品された箱が山積みされているのを発見した。そして、それは不運の始まりとなった。日を追うごとに返品の箱の山は大きくなった。

その理由はすぐにリタの知るところとなった。天然ジュースは、製造後二、三か月でペクチンが凝固して白濁してくる。ところが消費者のほうは、中味が濁ったジュースは、気味悪がって飲んでくれない。その結果大量の返品となったのだ。

リタは瓶詰のひとつを、日にかざしてじっとみつめた。

――濁るのは天然であるという何よりの証拠なのに……。

政孝の試行錯誤が続いた。濁るのを防ぐために、一度濾過《ろか》し、透明にしてから瓶に詰め直した。ラベルの「日果林檎《りんご》ジュース」もジュースという言葉がまだ日本ではなじみがないので、政孝は、「林檎汁」と刷り直してもみた。自然の栄養が豊富だという点を熱心に説得した結果、北海道内のおもな病院で使ってもらえるようになり、わずかながら光明を見いだした。政孝は果汁の他にもアップルワイン、アップルブランディ作りにも着手した。アップルブランディは別名カルバドスと呼ばれて、ヨーロッパでは食後にブランディと共に好んで飲まれるリキュールである。

そうした間にも、彼は大麦を買い入れて、ウィスキーの原酒を作り続けた。苦しいからといって、投資を控えるわけにはいかない。赤字は年を追うごとに大きく膨らんでいった。

リンゴジュースは作っても商品が倉庫に溢《あふ》れるばかりで、累積赤字が増えるだけだ。社員は作業を一時的に休み、構内の草むしりや清掃などで、止むなく暇をつぶさなければならなかった。

リタも家庭に戻り、家事と沙羅の教育に専念するようになった。この年、養女の沙羅は九歳になっていた。彼女は余市の小学校に通っていた。

この頃から、リタは少しずつ完璧《かんぺき》主義の度合を濃くしていった。もともと、そのような気質だったこともあるが、夫政孝が会社の不振と、経営困難、出資者からのプレッシャーなどで、眼の色を変えて東奔西走している間に、彼女も彼女なりに、自分の役割を完璧にこなさなければならないと思ったのである。

とりわけ彼女は時間の観念に敏感だった。時間の約束に関しては特に厳しかった。土曜日など、沙羅が学校から帰るのを待って、二人でお昼ご飯を食べるのだが、ある時、彼女が道草をくって、近所の子供の家へ遊びに行ったことがあった。

三時過ぎに戻った沙羅は、すっかり冷えた鶏のクリームシチューを前に、リタがじっと坐《すわ》っている姿を見て、顔をしかめた。リタがもう三時間近く、同じ姿勢で自分を待ちつづけていたのは、そこに漂う雰囲気であきらかだった。

リタは沙羅に席につくように厳しい眼差《まなざ》しで命じ、二人は一言も喋《しゃべ》らず、黙々と冷えきったクリームシチューを食べるのだった。そんな時、沙羅はリタの頑固さと氷のような意志の強さを恐れると同時に恨んだ。リタもまた、三時間も不当に待たされた理不尽さもさることながら、一言もあやまらずに、まるでそうすることで復讐《ふくしゅう》でもするかのように、冷たいクリームシチューを少しも残さず食べてしまう少女に、少なからず傷つけられたような気持を抱くのだった。

ようやく、季節は春めいて来た。リタは一間だけある日本間の畳を裏返すことにして、職人を呼んだ。

六畳間を裏返すのにどれくらい時間がかかるかと、あらかじめ聞くと、

「なに、二時間もあれば終りますよ」

と、職人は請けおった。四枚ばかり一気に仕上げて、職人は一服始めた。あたりには青畳の良い匂いがしていた。彼は出来上りの具合に満足し、美味《うま》そうに煙を吐いた。

そこへリタが硬い表情で顔を覗《のぞ》かせた。

「あなた、何をしてるんですか」

「へぇ、ちょっと一服……」

日本人なら、気をきかせて熱いお茶の一杯も運んでくるが、外人さんじゃ期待しても無理だろうと、職人は肩をすくめて、煙草の火を消した。

「でも、煙草を喫《す》ってる場合ですか？」

リタは追及を止めなかった。

「そうムキにならんでくださいよ、奥さん。あと二枚だ。なに、あっという間に終らせてしまいますよ」

まぁまぁというように、畳職人は手をかざして、仕事に戻ろうとした。

「もういいですよ、帰ってくださいな」

リタは冷ややかに言った。

「帰れ？」

さすがの職人も顔色を変えた。

「あなた、二時間で終ると約束しましたね。二時間半過ぎました。約束が違うでしょう。帰ってください」

畳職人は最初呆気《あっけ》にとられ、それから猛烈に腹を立てると、仕事道具を掻《か》き集めて帰ってしまった。

その夜、日本間を見て、政孝が不審顔で妻を見た。新しい四枚の青畳に加えて、二枚は古い茶色の畳が敷いてあった。リタは昼間の一件を憤慨した口調で夫に報告した。ところがリタの期待に反して、政孝は妻の肩をもたなかった。彼は腕組みをし、渋い表情で言った。

「おまえの完璧性にも困ったものだな」

しかし、リタに言わせれば、最初から二時間でできないのなら、なぜ三時間とか四時間と言わなかったのかということである。

「日本人はみな同じ。すごくあいまいです。私、そういうあいまいさ、わかりません し、嫌いです」

「しかしここは日本なのだよ。郷に入れば郷に従えという言葉がある。完璧なのもいいが、それは結局いつか、自分で自分の首をしめるようになりかねない」

政孝はそう言って妻に忠告した。

「でもあなたは、日本人だけど、あいまいじゃありません。あいまいなところ、全然ありません。サラもそうです」

「それは」

と、政孝もさすがに失笑を禁じ得ない。「おまえのような女と長年暮らせば、いやでもそうなるさ」

しかし、その後ずいぶん長いこと、竹鶴家の日本間の畳の色は、同じになることはなかった。

養女の沙羅との関係は、ヨーロッパ旅行の後、なかなかうまくいくようになり、鳥井吉太郎が鶴見から大阪の実家へ引き上げると、眼に見えて良くなった。ときどきひどく頑固になることもあったが、そういう時は、リタのほうにも多少の理不尽な押しつけがましさがないでもない場合が多かったので、リタはむしろ自分に反省を加えるようにした。カーカンテロフの母が終始あんなにも陽気でいたのが、まぶしいような気がした。四人も子供がいて、なおかつどうしてあんなふうにのんきにかまえていられたのだろうか。自分はたったひとりの女の子でさえも、ともすると手に余るというのに、ふっと通りすがりに壁にかけてある鏡をみたりする時、リタは自分の額にくっきりと寄っている二本の縦皺《たてじわ》にぞっとするのだった。ずっと昔、ガミガミ屋で有名だったステファニー伯母《おば》さんのと同じ縦皺だった。

「ねぇ、ママ、アンティ・ステファニーはどうしていつも、あぁ、ガミガミ言ってばかりいるの？」

と、母に訊《たず》ねた記憶があった。

「それはね、リタや。あの人の心が貧しいからなのよ。それに人にばかり期待しすぎるからなのよ。そしてたぶん、それは少しはご主人のせいかもしれないわね」

「アンクル・イアン？」

「ええ、たぶんね。イアンは充分にステファニーの心の支えになってあげれないのかもしれないわ」

イアン伯父《おじ》さんという人は、大酒飲みだった。パブの開店時間から閉店までずっとねばって飲み続けるという話を何度も聞いたことがある。ビールの飲み過ぎで巨大なお腹と二重顎《あご》をもった大男だったが、酒を飲んで乱れるということはなく、ときどき町で見かけると、象のようなやさしい眼で笑いかけてくるのだった。不公平かもしれないが、リタは、キリキリした端正な顔のステファニー伯母さんよりも、多少はお酒臭いが、象の眼をしたイアン伯父さんのほうに、どちらかというと同情的だった。

リタは、鏡に映る眉間《みけん》の縦皺を、人差し指でのばすような仕種《しぐさ》をしながら、一体自分のどこがいけないのだろうかと自問した。しかし母がいうように、人に期待しすぎたり、心が貧しいからとは思わなかった。リタは人にも厳しいかもしれないけれど、誰よりも自分に対して厳しくしているつもりだった。

居間からは、沙羅が奏《ひ》くピアノの音がしていた。最近ようやくチャイコフスキーが奏けるようになっていたのだ。もう少しテンポを落として、一音一音しっかりと奏かなくてはだめなのに、とリタは注意をしようと、居間に顔を出した。

ちょうど、ピアノのふたを閉めようとしている沙羅の眼と合った。

「もう終り？　まだ一時間半しか練習していませんよ」

リタは辛抱強く言った。練習時間のことで小言を言うのは毎度のことだった。リタの口は酸っぱくなり、沙羅のほうも耳にタコができていた。

「宿題がいっぱいあるの」

沙羅が言いわけした。

「あと三十分くらい余計にピアノを練習しても、宿題にさしさわりはないと思うわ」

居間の窓からは、蒸溜所《じょうりゅうしょ》の煙突が見え、ピートを焚《た》く青い煙が立ち昇っていた。

「あたし、ピアノ嫌い」

沙羅が口の角をへの字にして呟《つぶや》いた。これも、もう何十回も聞いた言葉だった。

「でも、とても上手なのよ、あなたは。才能があると思うわ。今止めてしまったら、これまで五年も頑張ってきたことがすべて水の泡よ。そんなのいやでしょう？」

「いいの、あたし」

沙羅が強情に言う。眼が少しつり上がっている。

「マミーはよくないわ」

娘の反抗的な態度がたちまち伝染して、リタはきっぱりと命じる。

「あと三十分。一楽章全体を二倍の遅さで奏きなさい」

すると沙羅は、

「あたしピアニストになるわけでもないし、ピアノの先生にもなりたくないのに、なんで毎日苦しまなくちゃいけないの？」

と、食ってかかった。

「何かひとつのことを、苦しい思いをしてずっと続けるということが、人生には大事なのよ。特にあなたのような何事にもすぐに飽きる女の子にはね」

リタは口調を変えて説得にあたる。

「この先、いろいろなことが起こるわ。女の人の人生には、想像もつかないような苦しいことも、たくさんあるわ。そういう時、苦しんでおけば、良かったと、きっといつか思うわよ。それはマミーだって、ピアノを毎日二時間奏くことがどんなにつらく大変かってことくらい、よくわかる。それを毎日、何年も続けるっていうことは、並大抵のことじゃないのよ。でも、その苦しみを乗り越えてしまえば、この人生でつらいものって、そうはあるものじゃないわ。忍耐力のことを私は言っているのよ」

リタはそう言って、そっとピアノのふたを開き、沙羅をその前に押しやった。

「さぁ、もう一度一楽章をゆっくり、一音一音つぶのそろった音で奏いてごらんなさい。三十分なんて、あっというまよ」

沙羅が観念して命令に屈した。リタはその歪《ゆが》んだような小さな反抗的な背中を眺めているうちに、果たして自分のしていることは正しいのかどうか、わからなくなるの

だった。ママには、すべてがわかっており、自分に自信を持っているように見えた、
と、カーカンテロフのカウン夫人のことを懐しく思うのだった。そしていつまで、自
分が沙羅をコントロールできるのか、と不安でならなかった。
それは政孝にとっても最も苦しい試練の時代であった。リンゴジュースではとうて
い食いつなぐことはできず、累積赤字は膨大な額になっていた。給料の支払いが滞る
月も、時にはあった。貯蔵庫の原酒だけが、贅沢《ぜいたく》な眠りをむさぼっていた。白い実験
着に毛糸の帽子という、今では半ばユニフォーム化したいでたちの政孝は、釜《かま》に石炭
をくべるのも、みずから陣頭に立って働いた。腕組みをして、じっと宙をみつめる彼
の姿が、工場内のどこでも見られた。
厳しくはあったが、社員たちは政孝を慕っていた。彼には独特の人間的な温かさが
あるからだった。
「専務の外人の奥さんはおっかないところがあるが、専務には温か味がある」
と、彼らは噂していた。
政孝は会社の人間とすれ違うと、必ずといって良いほど、ひと言声をかけるのだ。
「どうだね、婆さんは。腹の調子は少しは良くなったかね」
あるいは、

「奥さん、二人目だそうだね。大事にするように」

声をかけるばかりでなく、政孝は従業員の家族や縁者の名前まで諳《そらん》じていた。リタの畳職人の扱い方に象徴されるきまじめな合理主義を、彼は無意識に補おうとしているのかもしれなかった。

初年度のウィスキーの原酒が四年目の眠りに入っていた。政孝の態度が眼に見えて緊張して来た。いつ発売に踏み切るか、そのことばかりが頭を悩ませる。すでに樽《たる》の中の原酒は琥《こ》珀《はく》色を帯び、丸みのある馥《ふく》郁《いく》とした香りを放ち始めている。

政孝はスニィフィング・グラスに鼻を近づけ、立ち昇る香りを肺一杯に吸いこむ。だがまだだ。気持は早まるが、四年目の原酒ではまだだめだ。余市の湿原を切り開き、工場を建て、七十人もの従業員をかかえ、妻と養女をこの地に住まわせた意味がない。

しかし、世間の情勢は、必ずしも政孝の身方ではなかった。

昭和十二年（一九三七）に日中戦争が勃《ぼっ》発《ぱつ》した。戦時体制を迎えて、経済統制が強化された。翌年にはドイツがオーストリアを併合し、世界情勢も極度に緊張していた。

戦争が拡大するのは、眼に見えている。価格の統制がはじまり、配給の時代となれば、今、ウィスキーを発売しておかなければ、永久にその機会は来ないかもしれない。

一九三九年九月、ドイツがポーランドに進撃して、第二次世界大戦が勃発すると、輸入ウィスキーは極端に減り、代って国産ウィスキーが台頭し、寿屋のサントリーが市場を制覇した。「サントリーウキスキー角壜《かくびん》」がそれであった。十二年前、彼が山崎工場で作って守りぬいた原酒が「角壜」に結実したのである。待つことが大事だということが、それで証明される。

政孝の悩みは深く、苦悩に満ちた日々が続いた。リタが精魂こめて作る夕食の料理も、ほとんど箸《はし》がつけられないありさまだった。

「マサタカ、何が心配なのですか」

と、リタは訊《たず》ねずにはいられなかった。彼女にも心配ごとはあった。ヨーロッパが戦争に巻きこまれようとしている。今、自分は余市にいて、そのきな臭さとは無縁でいられるが、母や妹たちはどうなるのだろうか。

「私はなんの力にもなれませんから、せいぜい心をこめて美味《おい》しいものを作りました。でも食べてもらえなかったら、私の思いは通じません。マサタカ、少しでも食べなくては。この頃、あなた、とても瘦《や》せましたよ」

政孝はふと眼を上げて、妻と養女とを交互に見比べた。そこに二人がいるのに初めて気づいたというふうだった。

自分の信念、自分のプライドだけが大切ではないのだ、という思いが、彼の胸にひらめいた。この二人の女子供を、飢えさせるわけにはいかないではないか。二人だけではなく、忠実な社員とその家族も同様だった。

「うん、リタや。わしは、ウィスキーの発売に踏み切ることにきめたよ」

政孝はたった今、決意した思いを妻に伝えた。

「そうですか」

リタはゆっくりとうなずいた。彼女には夫の無念さがわかっていた。

「うん。男には、自分の信念を貫き通すことよりも、大事なことがあるのかもしれんな」

それから彼は、もう何日も食事をしていなかった欠食児童のように、もりもりと食卓の上のものを平らげて行った。

「ダディ」

と、沙羅が不意に質問した。

「日本も戦争になるの？」

「うん。日本はすでに支那《しな》と戦争をしておるよ」

その年の一月に近衛《このえ》内閣が総辞職しており、七月には、アメリカが「日米通商航海条約」の破棄を通告して来た。

「戦争になったら、あたしたちみんな死ぬの？」

沙羅が首をかしげて政孝の返事を待った。

「そんなことはないさ。たとえ大きな戦争になっても、ここ余市は安全だよ。世界のどこよりも、安全なんだよ」

沙羅を安心させるために、政孝はそう言っておいて、むかい側の妻の蒼《あお》い眼と視線を合わせた。彼は口には出さなかったが、日本とアメリカの関係が悪化すれば、イギリスがアメリカ側につくだろうことは容易に察せられた。日本とイギリスが、敵国同士で戦うという事態だけは、なんとしてでも避けてもらいたかった。彼は視線を落とし、カイゼル髭《ひげ》をゆっくりと撫《な》でながら、物思いにひたり始めた。

「ニッカウヰスキー」と名づけられた角型の透明な壜が、研究所の窓から射しこむ陽光を受けて、輝いていた。

リタは会社の人から知らせを受けて、取るものも取りあえず、夫の研究所に駆けつけた。室内には夫の他に十人ばかりの技師たちがいて、机の上に置かれたウィスキー第一号に視線を注いでいた。

リタはボトルの上のラヴェルを口の中で読んだ。

——Rare Old NIKKA WHISKY——

夫が作ったウィスキー。スコットランドの留学の日からゆうに二十年の歳月がたっているのだ。

眼鏡の奥で政孝の大きな眼が濡《ぬ》れているのを妻は見た。夫は顔を上げて、人々の中に妻の姿を認めると、招き寄せてこう言った。

「この最初の一号瓶を、摂津酒造の阿部さんに進呈しようと思うんだよ」

もとはといえば、すべて阿部喜兵衛のおかげであった。彼がいなければ、政孝はスコットランドへ留学などしていなかったかもしれない。そして彼がいなければ寿屋のウィスキーも、この眼の前のニッカウヰスキーもまだ生まれていなかったかもしれないのだ。

「ええ、ええ、ぜひそうなさってくださいな」

リタも声をつまらせながら、そう言って夫に賛成した。

そしてその年一九四〇年十月、「ニッカウヰスキー」並びに「ニッカブランデー」が発売された。寿屋の「サントリー」と同様、一級ウィスキーの指定銘柄品として、公示された。と同時に、余市の工場は、日本海軍の監督工場に指定され、ニッカウヰスキーは軍納製品となった。

翌年の十二月一日、日本は対英米蘭開戦を決定。八日、日本海軍は真珠湾を闇打ち攻撃して、太平洋戦争へと突入していった。

二　沙羅の出奔、そして試練の日々

鉛色の空に日の丸の旗がはためいていた。工場内の朝の国旗掲揚と敬礼は、従業員及びそこの敷地内に居住するものの義務であった。リタも例外ではなく、毎朝七時になると、天候には関係なく、凍るような冬の冷気の中に出て行き、人々に混じって日本国旗に対して、礼をつくさねばならなかった。

日の丸の旗に敬意を表することに、抵抗があるのではない。リタはすでに日本に帰化していたし、気持の上でも日本人になりきったつもりでいる。

ただこの戦争で、日本が敵国に回して戦っているのが、イギリスであるということが、彼女にはたまらないのだった。

物資が眼に見えて乏しくなり、外出もままならなくなった。余市のような小さな町も軍事色に塗りつぶされ、特高警察の姿も目立った。リタは彼らを本能的に恐れ嫌った。それは、制服の色であり、彼らの歩き方、肩のいからせ方、表情の硬質さ、高飛車な物言い、暴力的な気配、理不尽なまでの権力といったものに象徴されるもので、リタには耐え難くて、彼女の幸福や安定だけではなく存在そのものまで、脅かされるような気がするのであった。

彼らを恐れたのは何もリタだけではなかった。余市の一般の人々も同じことで、彼らは一切の権限をもっていた。生殺与奪の権限まで有し、そして実際その権限を行使しているという無気味な噂が広がった。理由のいかんを問わず、時にはまったく理由がなくても、人々を投獄したり、その財産を没収することができるという噂だった。一般の人々の生活だけでなく、公私の場所における発言や、新聞雑誌その他の印刷物を厳しく検閲し、命令一つでそれらの発行を禁止した。戦争そのものより、市民は、とりわけリタは、そうした無頼漢のような特高警察を恐れた。彼らこそが、日常の平和を脅かす敵のような気がするのであった。

新聞はかたく口輪をはめられていて、軍や戦争に関する不安要素の記事は絶対に紙面に出せなかった。東京では、軍に反抗的な発言や行動に出た多くの知識人が投獄されているというニュースも流れた。軍は法廷の評決にも干渉することができ、事実そうしていた。

リタにとって最もつらいニュースは、日本在住の外国人に対する、特高警察の不当きわまりない迫害に関することであった。彼女の知合いのうち、何人かは、軽井沢《かるいざわ》のような特別に設けられた外人居留地へ逃げるように移り、厳しい耐乏生活を余儀なくされているということであった。もともと軽井沢に建っている家は、夏の避暑用の建物である。暖房の用意もなく、板壁は薄くすき間風を通す。拾い集めた枯れ枝などで、かろうじて暖を取り、わずかばかりのじゃがいもを買うために、彼らの貯えは、またたく間に底をついてしまったというのだった。

それに比べれば、余市のリタは、まだずうっとめぐまれていた。彼女は法的に日本人とみなされているし、夫、政孝の庇護《ひご》の下にいた。余市は内地ほど食料に窮乏してはおらず、ストーブにくべて充分に暖をとるだけの薪《まき》や石炭のたくわえもあった。それに、ありがたいことに少なくとも、工場内の誰ひとり、彼女にむかって毛唐だとか、もっとあからさまな侮蔑《ぶべつ》の言葉や敵意をむけるものはいなかった。

戦雲が広がるにつれて、工場の外での人当たりは眼にみえて厳しくなった。さすがに、顔見知りの商店の人たちや大人は、面とむかっては何もしなかったが、子供たちは、子供特有の残酷さをもって、時としてリタに石を投げつけてくることもあった。そういう際、リタは一体何があの幼い子供たちの心に、それほどまでの憎悪を植えつけることができるのかと、嘆いても嘆き切れないのであった。

けれども、この戦争の一番の犠牲者は、沙羅であった。彼女は思春期で、最も感じやすい年頃の、美しい娘に成長していた。

幼い頃、リタや手伝いの女たちを悩ませた、神経質で反抗的な性格も、横浜時代の後半、とりわけヨーロッパ旅行を境に直り、余市へ移ってからは、物静かな文学好きの少女に変っていた。

リタに対しても、めったに反抗することはなく、むしろリタのほうが余市へ移ってから、気むずかしく、完璧《かんぺき》主義をつのらせ、時として身近な手伝いの女たちや、家に出入りする職人たちと小さな衝突をくりかえしていた。そんな時、沙羅は積極的にリタをかばい、陰に日向《ひなた》に、使用人とリタの間にできる小さな透き間や穴を埋める役割をになってきたのである。

だが、戦争が再び、リタと沙羅の関係を引き裂くことになってしまった。それは、少しずつではあったが、日ごとに眼に見えない裂け目として広がっていった。

最初の徴候は、沙羅が次第に無口になっていったことである。それから女学校から戻ると、自室に閉じこもり、夕食の時まで出て来なくなった。食事の間も自分からは決して口をきかず、話しかけられた時だけ、しぶしぶと言葉少なに答えるが、そのうち、食事にも降りて来ないこともあり、リタが話しかけても返事をしないようになっていった。

その理由はやがて沙羅の口から、政孝に伝えられ、リタにも告げられた。毛唐の子ということで、沙羅の日常は、針の筵《むしろ》なのであった。リタは自分が余市の商店街とか、たまにまとまった買いものに出かけていく小樽の町で、何度か石を投げられたり、罵《ば》倒《とう》されたりした経験から、沙羅の置かれた境遇を痛いほど理解することができた。

リタはいつのまにか日本人を、とりわけ日本人の子供たちを深く恨み、根にもつようになっていった。それでもときどき、それはいけないことなのだ、今、自分は政孝の妻であり、日本に住み、日本人として暮らしているかぎり、こんなふうにまわりの日本人を憎むのは、悲しい罪であると、自分を責めた。そんな時、リタは、政孝の支えを求めたが、彼が家の中にいることは、めったになかった。そして、リタは、救いを以前にもましてアルコールに求めるようになっていった。日本人を恨んではいけないという自責の念は、ウィスキーによって一時的に緩和されるような気がした。リタは少し勇気づけられ、再び現実に立ちむかえるようになるのだった。

沙羅とも何度も話し合おうとした。同じ家の中に住む家族が、食事の時しか顔を合わせないというのは、あまりにも悲しい現実であったからだ。

「あなたが学校や外で、どんなつらい思いをしているか、ママにもよくわかるのよ」

だが、沙羅は表情を硬くして答えない。

「でも、戦争を起こしたのは、あなたの責任じゃないわ。ママの責任でもない。こんな恐ろしい状態は、きっとじきに終りになります。終らなくてはいけないのよ。だけど、あなたが学校でどんな目にあっても、この家の中にいるのはあなたの家族なのよ。せめて家族だけでも、仲良く慰めあって暮らすわけにはいかないの？　ママはそうしたいのよ。だってあなたを見ていると、外にも家の中にも敵だらけという感じで、ともつらいわ」

沙羅はふと遠い眼をした。

「あたしが、毎日どんな思いで暮らしているか、ほんとうにわかるかしら」

感情というものがない声だった。リタは一瞬言葉を失って、眼の前の養女の硬質のきれいな顔をみつめた。戦時中でも、彼女にだけは、惨めな思いをさせまいと、できるだけ小綺麗《こぎれい》な衣服を与えていた。

「石を投げられるわ。唾《つば》を吐きかけられることもある。毛唐と言われる。あたしは、ほら髪も黒いし、眼もこのとおり黒いのに、毛唐と言われる。スパイと呼ばれたこともあったわ。英米鬼畜とののしられる。髪をむしられたこともあるわ。駅でいきなり知らない男子高校生に、撲《なぐ》りつけられたことも。蹴《け》られたことも。毎日がそうなのよ。私が何をしても何もしなくても、何かが起こるのよ。眼が合うとののしられるし、眼をそむけると、打たれるわ」

「ああ、可哀そうな子、可哀そうな私のベイビー」

と、思わずリタは沙羅の躰《からだ》に両腕を投げだして、抱きすくめようとした。

だが、一瞬早く、リタの抱擁からすり抜けて、鋭く言った。

「あたしに、触らないで」

リタは自分の耳が信じられなかった。

「今、あなたなんて言ったの？」

「触らないでって言ったの」

沙羅は表情も躰も凍らせたように言った。「あたし、何もかもがいやなの。学校もいや。世の中もいや。戦争もこの街も、すべてを憎むわ。とりわけママ、あなたが憎いわ」

次の瞬間、リタの右手が飛んで、沙羅の頰を打った。そして二人の女は棒を飲んだように、すくんでお互いの顔をそむけあった。

「私が何をしたっていうの？　どこで育て方をまちがったっていうの？　いつだって、ほんとうにあらゆる瞬間、あなたのこと、あなたの幸福だけを願ってママは生きてきたのに……」

リタは、吠《ほ》えるような声で嘆いた。

「ママのまちがいはね」

と、死んだような声で沙羅が沈黙の後で言った。

「ママのまちがいは、あたしを養女にしたことよ」

「いいえ、それは違います。私はそのことを一度として後悔したことはないし、まちがいだとも思いません」

リタはきっぱりとそう言い切った。

「でもね、あたしはそうじゃないわ。あたしは物心ついてからずうっと、ママの子供であることが、苦痛だったわ。とてもいやだった。あたしは、ママにもらわれたくなかった」

その言葉に、リタは喉《のど》をしめ上げられるような苦しさを覚えた。頭の中がぐるぐる回り始め、息が止まりそうだった。沙羅はいっそう、止どめを刺すかのように続けた。

「ママは、二言目にはあたしのためだっていうけど、ほんとうはママのためなのよ。でも、ママの望むようないい子でいようと努力はしたけど、あたしはちっとも幸せじゃなかった。ママは、ありのままのあたしを愛そうとはせず、自分の完璧な理想像にあたしを近づける努力ばかりをしてきたわ。そして、ママの完璧主義ときたら、モンスターみたいなもので、それに気づいていないのはママだけ。ダディだって、内心ほとほと困りきっているのよ。ママが本当に愛したのは、あたしじゃなくて、あたしの上に重ねてみていたあたしの幻影なのよ」

「なんて恐ろしいことを」

リタは両手で顔を覆った。

「あたしが人々から白い眼で見られたり、唾を吐きかけられたのは、何も今度の戦争が初めてってわけじゃないのよ。あたしは物心ついてからずっと、そういう眼で人々から見られ唾を吐きかけられてきたの。あたしを養女にしたのはまちがいだったというのは、そういう意味なのよ」

リタは娘の部屋から夢遊病者のようにさまよい出た。自分がこれまでよかれと信じてしてきたこと、幸福のすべてが、音を立てて崩れ去るのを見る思いだった。

リタはどこをどう歩いたのか、気がつくと夫の研究室の前にいた。けれども政孝はそこにはいなかった。リタは貯蔵庫へ走った。コートもマフラーも帽子も被《かぶ》っていなかった。夫だけが、頼りだった。ただ身を投げかけ、思いきり泣きたかった。

政孝はよく貯蔵庫の暗がりの中で物思いにふけることがあった。眠っている愛《いと》しい子供の寝息に耳を澄ますように、並んだ樽《たる》の息づかいに、耳をこらしながら。

だが、政孝はそこにもいなかった。どこにも政孝の姿は見えなかった。

「専務さんは、小樽の海軍部隊に、ウィスキーの納品に行っとりますよ」

と、誰かがリタに教えた。

皮肉なことに、戦争のおかげで夫のウィスキーは作るそばから売れていった。統制経済下で、作れば配給組合が買い上げてくれたし、海軍も主要な得意先であった。北方アリューシャン方面へ出撃する兵士たちのために、缶入りのウィスキーも製造しなければならなかった。物資不足の時代ではあったが、原料の大麦は、優先的に配給になり、政孝のウィスキー工場は日夜の区別なくフル回転で操業していた。そして政孝自身も、小樽とのひんぱんな往復に加えて、東京出張も余儀なくされていた。

悄然《しょうぜん》として家に戻ると、耐えがたい寒気がリタを襲った。コートなしで小一時間近く、外を走り回ったために風邪をひいてしまったらしい。リタはアスピリンを二錠、水で割ったウィスキーで飲み下し、セーターを何枚も重ねたが、暖かくならなかった。自分も惨めだが、沙羅はもっと惨めであろうと思うと、二階へ行って抱きしめてやりたかったが、先刻の激しい拒絶に続く、沙羅の恐ろしい言葉を思うと、リタにはその勇気が出なかった。

人というものは、自分を積極的に恨む相手を、愛することができなくなるのではないだろうか。なぜなら、それはひどくつらく、痛みをともなうからだ。傷口からたえず血を流しているようなものだからだ。沙羅を愛せなくなるなんて、そんなことには耐えられなかった。リタはウィスキーをあおり続けた。

リタは高熱でウトウトとしていた。どれだけ眠ったのかもわからない。躰中の筋肉が痛くて、とりわけ息を吸うたびに肺に刺すような激痛が走った。口の中は、いやな味がして、ねばねばしていた。家のどこかで、騒々しい気配がした。何事かと身を起こそうにも、躰がまったくいうことをきかなかった。そして、歯がたえずガチガチ鳴るほど寒かった。

次の瞬間、寝室のドアが、ノックもなくいきなり押し開かれたかと思うと、黒い制服の威丈高な男たちがどやどやと侵入して来た。室内なのにもかかわらず、泥だらけの編み上げ靴と帽子をかぶっていた。

そして、リタに断りも挨拶《あいさつ》もなしに、いきなりクロゼットを開き、衣類用のたんすの引出しを音を立てて引いた。

殺されるのかもしれないという思いが一瞬心を掠《かす》めたが、リタは、恐怖というよりはむしろ怒りのあまり、口もきけないでいた。肺炎にかかりかけているというのに、人の私室に乱暴にも押し入り、こまごましたものを手当たり次第に床へ払い落とし、引出しの中味を根こそぎ床にぶちまけると、ベッドに釘《くぎ》づけになって横たわっているリタを睨《にら》みつけて出て行ってしまった。この無頼の徒を許すわけにはいかなかった。特高警察に対する憎悪が燃え上がった。

彼らが出て行くと入れ違いに、手伝いのヨシノと、工場長がリタの部屋に転がりこんできた。ヨシノは、床に散乱したリタの衣類を一眼見ると、あまりのことに声を上げて泣きだした。

「一体どういうことなんですか」

と、リタは掠れた弱々しい声で工場長に訊《き》いた。

「すみませんです、奥さん」

と、工場長が頭を下げた。「こんな恐ろしい目にあわれて、さぞかし――」

「そんなことはいいのですよ。でも、あの人たちは、一体何を探しているのです？」

「実は、工場の上の屋根のアンテナが見咎《とが》められまして。スパイ容疑で通信器を探しに来たらしいのです」

「スパイって、誰が？　私ですか」

リタはあまりの情けなさに苦笑した。アンテナは、戦局を常時正確に知りたいので、ラジオの雑音をなくすために、政孝が前につけさせたものであった。

家の中の捜査はまだ続いているらしかった。彼らは隅々まで執拗《しつよう》に、探知器を使って探した末、靴音も荒々しく歩み去った。

それからというもの、何度か特高警察の家宅捜索を受けることがあった。彼らは時間もかまわず、なんの前触れもなく、いきなり侵入して来て、家中に足跡を残して行った。二度目以降は、捜索が目的ではなく、脅しのためのデモンストレーションであるのが、リタの眼には明らかだった。彼らは、声高に従業員に尋問したり、リタを怒鳴りつけたり、押入れを開けたり、夏物の入っている行李《こうり》を、必要もないのに銃剣で突きさしたり、リタの寝台の下を長々と覗《のぞ》きこんだりして行った。

その件では、報告を受けると政孝は激怒して、力一杯食卓を拳《こぶし》で叩《たた》きつけたほどだった。彼は怒りのあまり、口もきかずに、熊のように家の中をぐるぐると大股《おおまた》に歩き続け、次第に腹立ちが収まるのを待つしかなかった。

それから冷静になると、寝室で伏せっている妻を見舞い、きっぱりとこう言った。

「二度とおまえをひとりにはしないよ。これからは出張の時も、おまえを連れて出かける」

そして彼は、妻の病気がなおると、そのことを実行しようとした。

東京で二、三日仕事があるので、政孝はリタと共に余市を発《た》った。杉並に妹沢能の嫁入り先の家があるので、商談の間、リタをあずかってもらうことにしてあった。列車を乗り継いで函館までようやく来た時だった。青函《せいかん》連絡船に乗り込もうとして行列に並んでいると、どこから現れたのか、特高警察がバラバラと彼女を取り囲み、列から引き離した。

「その者はぼくの妻です。日本に帰化している。拘禁される理由はない。彼女は日本人なんだ」

強い調子で政孝が食ってかかった。彼は身分証明書を見せ、リタもバッグからそれを取りだした。

「たとえそうでも、外見は日本人ではない。行く先々でめんどうな問題が起こるのは眼に見えている。この者は置いて行け」

さらに抗議しようとする政孝を、特高のひとりが脅かした。

「わからんのか。東京でどんな危険がこの者を待っているか、予想はつかんのだぞ」

その言葉で政孝はようやく納得せざるを得なかった。彼は妻に言った。リタ、おまえ

「たしかに、東京のほうが物騒かもしれん。余市のほうが安全なのだ。

が悪いのではない……」

風の吹きすさぶ埠頭《ふとう》で、政孝の声が湿って震えた。

「こんな悲しい時代は――、そう長く続くまい」

政孝は無念な思いを呑《の》みこんで、妻を特高警察の手にゆだねた。無念ではあるが、

彼らにゆだねるかぎり、妻は無事に余市の家へ送り帰される。

「わたし……」

と、リタは別れぎわに夫に言った。

「わたし、この鼻を削りたい。そしてわたしのこの眼、黒くしたい」

「ばかな」

と、政孝は妻の耳の中に囁《ささや》いた。「わしはおまえのありのままのその高い鼻と、そ

の蒼《あお》い眼を愛しておるのだぞ」

そう言って政孝は橋《ブリッジ》を渡って、連絡船の中に呑みこまれ、リタの視界から消えた。

そしてリタもまた、罪人のように特高警察に取りかこまれながら、埠頭を後にしたの

であった。

一九四二年のその極寒の冬こそ、竹鶴リタにとって最もつらい試練の時であった。リタは、自分が直面しているものがなんであるのか正確に知った。それは自分という女が、いかに無力であるかということであった。

生活の窮乏とか貧しさなら、なんとでも耐えることができるだろう。労働だってできないことはない。どんな困難だって、切りぬけられないことはないのだ。

だが、今度ばかりは――。

どんなに努力を払ったところで、どんなに考えて骨惜しみなく情熱のすべてと、大きな犠牲を払ったとしても、もう肝心の守るべきものがリタにはない。彼女の心から、愛するものがすっぽりと抜け落ちてしまったのだ。彼女のエネルギーのすべてを注いできた最愛のものが、今、リタを見捨てたのだ。沙羅……。それは戦争による傷跡よりも、もっともっと深い致命傷となって、リタを苦しめた。

あの惨めにも残酷だった言い争いの後、沙羅は忽然《こつぜん》と、余市の家から消えてしまった。後でわかったことだが、ウィスキー工場に勤める若い従業員が、同じ頃から仕事場に顔を見せなくなった。調べてみると、その家にも帰っていないということがわかった。

そのニュースはまたたくまに工場内に広がったが、かろうじて外部にもれることだけは、阻止することができた。戦時中、人民はすべてお国のために命を捧《ささ》げ、汗水流して働かねばならないというのに、駆落ちとは非国民に等しい行動であると、従業員たちがみずから口外することを恥じたためであった。

政孝は、沙羅に突然裏切られた驚きと悲しみは別にして、非国民云々《うんぬん》には賛成しなかった。

「お国のために頑張ることと、男と女が愛しあうことは別のことさ」

と、心のうちはどうであれ、静かにリタに言って聞かせるのであった。それから工場長以下にはこうひそかに命じた。

「二人をそっとしていてやりなさい。無理矢理に探し出して来たところで、こんな時代だ、かえって若い二人を追いつめることになる。なに、誰に迷惑をかけることもなければ、二人がどこでどう暮らそうと、幸福でさえあれば、それで許してやろうじゃないか」

それと同じことを、政孝はリタにも言った。

最初、リタには夫のその言葉がとうてい信じられなかった。

「あなたはそれでいいのですか？　悲しくないのですか？　心配ではないのですか？　たいした衣類も持って出ていません。食べるものはどうするのです。どこで眠るのです？　考えただけでも私の胸は心配で凍りそうです。あなたはよくも平気でそんなことが言えること！」

と、夫の胸板を叩かんばかりに言いつのった。

「そんなことをおまえが心配しても、仕方がないじゃないか。二人は覚悟の上のことだよ」

政孝はそう言うと、腕を組んで眼を閉じた。

その時初めて、リタは夫を恨んだ。自分と同じ地点に立ち、悲しみを分かち合おうとしない夫に対して、不信感をぬぐえなかった。沙羅だけではなく、政孝からまでも、見捨てられたような気持がした。

「あなたはひどいひとです。私がいつも本当にあなたを必要とする時、あなたはきまって私の側にいてくれませんでした。たとえいても、あなたの心は別のこと——あのウィスキーのことで一杯で、本当の私の支えになってもくれませんでした。そして今、あなたはこうして手を伸ばせば私の手の届くところにいらっしゃるのに、私にはとても遠くのひとのように思えます」

そう言って、リタはさめざめと泣いた。

リタが泣いている間、政孝は腕を組んだまま、あいかわらず眼を閉じていた。やがて彼女がすすり泣きを止めると、静かに言った。

「それは違うよ、リタ。わしはわしなりの方法でいつもおまえのことを思ってきた。ウィスキー作りを成功させようとしたのも、おまえのためだった。成功させないわけにはいかなかった。でなければ、おまえをスコットランドから連れて来た意味がない。そして今では、ウィスキー作りにも成功した。おまえが側にいてくれなかったら、とても成し遂げられなかったろう。そうだ、もう一度言う。おまえがわしの側にいなかったら、決してウィスキー作りには成功していなかった」

夫は、戦争中の乏しい電気の明かりの下で妻の手をしっかりと取って握った。

「いいかい、リタ。おまえにはわしがいる。わしにはおまえがいる。それでいいじゃないか。最初からそうだった。そして死ぬ時もそうなのさ」

それでもリタには、夫がどうしてそんなに、拭《ぬぐ》ったように沙羅のことをあきらめきれるのか、理解することができなかった。

けれども、それから少し後で、夕食の時間を過ぎても戻らない夫を案じて探しに行った時、リタの不信感は嘘のように消えてしまった。

政孝は、貯蔵庫の中にいた。いつものように。物思いや考え事にふける時いつもそうするように、樽《たる》のひとつに軽くもたれ、まるで見えぬ神に祈りをささげているかのように低く頭を垂れて、じっと身じろぎもしなかった。

リタが入って来たのにもまったく気づかない様子だった。

マサタカ、と声をかけようとして、リタは言葉をのみこんだ。夫の肩が小刻みに震えているのに気がついたからだった。深い静寂の中に、かすかに、政孝の鼻をすする音がした。リタは入って来たのと同じように、そっと貯蔵庫を後にした。

政孝も本当は沙羅の失踪《しっそう》をとても悲しんでいることがわかって、リタは心に熱いものがこみ上げるのを感じた。リタの瞼《まぶた》には、貯蔵庫の裸電球の暗い光の中で、敬虔《けいけん》なまでに孤高に見えた夫の姿が、焼きついていつまでも消えなかった。あんなふうに政孝を責めてしまったが、夫の苦悩の深さを、一度でも自分のことのように想像したことがあったろうか。リタは自分の身の不幸を嘆き、自分の身に降りかかる火の粉を払うだけの余裕しかなかったのではないか。

政孝には守り闘いぬかねばならぬものがあまりにも多くあった。この戦争。妻リタに対する不当な圧迫。戦時の経済統制。ウィスキー。そして沙羅の出奔。工場の経営と従業員たちへの生活の保証。

いつ敵の飛行機から爆弾が落とされて、原酒《モルト・ウイスキー》に火がつかないともかぎらない。その時は、一樽でも多くの原酒を火の手から救わなければならないのだ。四六時中政孝の緊張が解かれることはない。

リタは夫への理解と愛情に再び目覚めると、自分自身の苦悩が少し癒《い》えたような気がするのだった。そうだ、私には夫がいる。そして夫には私がいる。それでいいのだ。夫の言うことが正しいのだ。あらためて彼女はそう、自分に言いきかせるのであった。

工場のほうからは、低いモーター音がたえずしていた。それは、巨大だがおとなしい動物の呼吸のようでもあった。それはまた、脈々と打ちつづける心音のようでもあった。それは政孝を安堵《あんど》させる音でもあったが、その音が続くかぎり、夫政孝が心から安まることも、またないのだ、とリタは思った。

外は雪だった。白というよりは黒味を帯びた小雪が、音もなくしんしんと降り積もっていた。珍しく風もなかった。もしも部屋の電灯に外部に飛び散る光をふせぐためのおおいがかぶせてなかったら、戦時中ということを忘れさせるような、束の間の静寂と平和とがあった。

リタは、夫のウールの下着類を繕いながら、ときどき手を休めては、赫々《あかあか》と燃える暖炉の火をみつめた。夫が頃合いを見計って、太い薪《まき》を投げ入れると、炎が爆《は》ぜて、パチパチと音をたてた。政孝は手にウィスキーの入ったグラスを持ち、新聞に眼を通していた。

リタの思いは、またしても沙羅の上に飛んでいた。暖炉の赤い火をみつめると、どうしてもその中に沙羅の淋《さび》しそうな顔が浮かび上がってくるのだった。

沙羅からは少し前に葉書が届いて、札幌にいると書いてあった。なんとか誰にも迷惑をかけずにやっていくつもりだから、探してくれるな、いずれ近々折をみて、東京へ行くつもりだから、と言い添えてあった。

札幌から東京へ、沙羅は逃げていくのだ。私から遠ざかりたいのだ。リタはできるだけ穏やかにその事実を認めようとした。私も結局は、カーカンテロフの母を見捨てて、こんな日本の果ての果てまで逃げて来てしまったようなものではないか。子に去られて、初めて母のあの時の心の痛みが理解できるのだった。

最近、政孝は、できるだけ妻と一緒にいるように、気を配ってくれていた。それがリタにはうれしく感じられた。沙羅のいない家で、夫もいず、ひとり空襲警報の音を聞くのは、たまらないことであった。

昼間など、いくらヨシノに言われても、腰を上げて、庭の裏手の防空壕《ぼうくうごう》へ入っていく気にはならなかった。でも、そのことを、旦那《だんな》さまに言いつけてはいけないと、厳重にヨシノの口を封じてあった。

「リタ」

と、政孝が静かに言った。「何を考えているのかね」

束の間、リタはなんだか後ろめたいような気がした。

「――戦争が嘘みたいに、静かな夜だこと――」

「うむ」

と、政孝はじっと探るようにリタをみつめた。

「最近は一時ほど多量にウィスキーを口にしなくなったようだな」

「まぁ、多量だなんて――。ほんの一杯か二杯でしたよ」

と、リタは顔を赤らめて否定した。

「他のことはともかく、ことウィスキーにかけては、わしはごまかされんよ」

政孝は、ちょっと髭《ひげ》をひねりながら穏やかに言った。

「家の中にウィスキーの瓶が何本あって、それがどのくらいの早さで空になるか、なんてことは、全部知っとった。ときどきおまえは気がひけたと見えて、水で薄めて割り増ししたな。困った奴だ。一体誰を相手にゲームしているつもりなんだね」

リタは思わず笑いだした。ほんとうだ。夫の鼻と舌をごまかせると考えるなんて、私もよほどどうかしていたのだ。

「いずれにしろ、酒量が減って、わしも安心したよ」

沈黙が流れた。窓の外の雪景色が、深々として来た。

「実はおまえに相談があるのだがね」

と、軽い咳《せき》払いのあと、政孝が言った。「このことは、もう何年も前から、わしの腹の中にはあったのだが――沙羅も微妙な年齢だったし、言い出しかねていた。もっとも沙羅が出奔したから、それをいいことに言い出すわけでもないのだ。そこのところを誤解のないように頼みたい」

「なんですの、あなた?」

政孝にしては珍しく回りくどい言い方であった。彼のカイゼル髭には、いつのまにか半分ほど白いものが混じっていた。額も若い頃よりずっと広くなっていたが、皮膚の血色はリタなんかよりもはるかによく、つやつやしていた。

彼の着ている毛糸のチョッキは、カーディガンの古くなったものを、編み直したものだった。少しでも暖かいようにと、できるだけ目をつめて、リタが編んだのだ。少し余った毛糸で、ソックスも編んだ。

「実はな、広島の姉の子供に威《たけし》というのがいる、おまえもたしか一度か二度逢《あ》っているはずだ。その子が十七になって、広島で醸造学を勉強しておるのだ。そこを卒業したら余市に呼び寄せ、札幌の北大へ通わせようと考えているのだよ」

リタは繕いの手を止め、夫の言葉に注意深く耳を傾けた。

「前からそれとなく姉夫婦とは話を進めておいたのだが……。威をわしらのところへ養子に出すことに、異存はないということだ。どうだろう、リタ、威を家に迎えては?」

「タケシ——。養子ですか——。突然ですのね」

リタは不安そうに呟《つぶや》いた。

「おまえの耳には突然に響くだろうが」

政孝は妻の反応に戸惑った。

リタはどう考えて良いかわからなかった。沙羅の時の苦労を思うと、同じことをとてもくり返す気にはなれなかった。

「どうした？　気がすすまんのか」

「タケシは、今、十七歳ですか――。ヨシタロさんを初めてあずかった時と同じ年頃ですね」

礼儀正しい上に、心やさしい少年であったヨシタロと過ごした数年間が、走馬灯のようにリタの胸に蘇《よみがえ》った。そのヨシタロは、今はいない。昭和十五年に病いに倒れ、そのまま帰らぬ人となった。政孝が念願のニッカウヰスキー第一号を発売したのと同じ年であった。

政孝は、寿屋に日本最初の本格ウィスキーを残し、そして鳥井吉太郎にウィスキー作りの一から十まですべてを教え残してきた。政孝があの若者を自分の息子のように愛して来たことは確かだった。

吉太郎も政孝を慕い尊敬していた。寿屋を政孝が去る時は、まるで自分の肉体の一部を引き裂かれでもしたかのように、彼は痛々しく泣いた。その後、吉太郎は寿屋の副社長として父信治郎をよく助けて働いたが、ついに病魔の手に落ち、若くしてその命を断たれたのであった。

その悲しい知らせは、ただちに余市の政孝とリタのもとへ送られて来た。その頃、ドイツ軍がパリを占領したというニュースで、気も転倒せんばかりだったリタには、二重のあまりにも悲しい打撃であった。

「神さまはなぜか、愛する人たちを次々と私の手から奪ってしまうのです」

リタはそう呟いて、窓の外の激しい雪をみつめた。吉太郎のこと。沙羅のこと。遠くは父の死。そして若き日のジョン・マッケンジー。

「わしはまだ元気に生きとるぞ」

と、政孝は温かく妻をからかった。「それに威もしごく健康な青年だ」

「でも」

と、リタは額を曇らせた。

「いずれ戦争が長びけば、兵隊に取られるかも知れません」

「たとえそうでも、戦死するとは限るまい」

政孝は静かに言った。

「もしこの戦争が無事に終ったとしても、いつか結婚します。嫁に取られてしまいます」

それを聞くと政孝は大きな声で笑いだした。すっかり笑いの発作が収まると、彼は妻に言った。

「そうだった。おまえは人を愛しすぎるのだ。それは長所でもあり欠点だ。あまりにも愛しすぎるというのは、よくないよ。苦しむのはおまえだけじゃない。愛される者も苦しい」

「でも、マサタカ。私には少しだけ人を愛するなんてことはできませんの。愛を加減するなんて――」

そうなのだ、私は今、その威という子供を、いずれ自分が深く愛してしまうだろうことが、恐いのだ。愛が喜びであった記憶よりも、痛みであったことのほうがはるかに多かった。

「真面目な話、わしは威を二つの理由で、近々こっちへ呼び寄せたいのだ」

政孝の口調に熱が入った。「ひとつは、将来、わしの跡を継がせたいこと。その点では威を見込んでいる。いまひとつは、おまえのためだよ」

「私の――？」

「そうだ。この不幸な戦争で、一番の被害者はおまえだ。小樽や東京へ仕事で出るにもわしは心配でおちおちしていられない。おまえ一人をこの家に残してはおけないのだ。もしも威が一緒に住めば、その点わしとしても大いに心強いのだよ。あの子は年のわりには体格もいいし、いざとなれば頼りになるだろう」

政孝の話を聞くうちに、リタも少しずつ気持が動きつつあった。考えてみれば政孝もそろそろ五十代になろうとしていた。彼女も四十の後半にさしかかる。政孝が、あの貯蔵庫に眠る原酒を永久に守り続けられるわけではない。やがて、夫に替ってそれを受け継ぐ者も必要になる。リタは言った。

「いつからですの？　いつからタケシがこの家に来ますの？」

「おまえもせっかちだな」

と、政孝は笑った。晴れやかな安堵《あんど》の笑いだった。それを見ると、リタの最後の不安も消えた。

三　リタの結論

北海道の夏は短い。そして、その年の夏はリタにとって、いっそう短く感じられた。正式に養子に迎えられた政孝の甥《おい》の威が、夏休みの間、札幌の下宿から余市の竹鶴家に滞在することになったのだ。威は、北海道大学の工学部応用化学科の一年に籍を置き、政孝の後継者となるべく勉強を重ねていた。彼にとっては大学に入学して初めての夏休みでもあった。

威が余市駅に到着する時刻を見計って、リタは夫と共に駅へ出迎えに出た。彼女が養子として威と正式に逢うのはそれが初めてのことである。リタは自分が必要以上に緊張しているのを感じていた。そうしていないと倒れてしまうかのように、傍らの夫の腕につかまるというよりは、しっかりとしがみつき、列車が近づくのを瞬《まばた》きもせず見守った。

「もう少しリラックスできないものかねえ」

と、政孝が苦笑した。「そんな怖い顔をしていたんでは、威がおじけづくぞ」

「おじけづいているのは、私のほうです」

か細い声でリタは言った。養子を迎えるのはうれしい。また家族が増えるのだ。夫と二人だけの生活は、家庭とはいいがたい。そこにひとり人間が増えて、ようやく家族の団欒《だんらん》が成立する。

それは胸踊るような心ときめく光景ではあったが、一方養子の存在は沙羅の去った後に訪れた政孝との二人だけの静かな生活に突然に介入して来た闖入《ちんにゅう》者のようなものでもあった。そういう言い方は威に対してフェアではないかもしれないが、しかしそれはリタの正直な感情でもあった。

どんな闖入者が現れるのか。リタは逃げだしたいような気持をかろうじて自制すると、自分の気弱な心を武装するために、背筋をぴんと伸ばし、顎《あご》をじっと引いて、ホームにすべりこんで来た列車の出入口を睨《にら》みつけるようにみつめた。

一方、威は、着替えのみをつめたボストン・バッグをきつく握りしめて、汽車がホームに止まるのを待った。彼の横顔は穏やかであったが、その若い胸の中に傷をひとつかえており、その眼に見えぬ傷口からは、たえず少しずつではあるが血が流れ出ていくような気がしていた。

養子の話が竹原の両親から具体的にあった時、最初に威の頭に浮かんだ感情は、自分が出される、追いやられる、見捨てられる、という思いであった。

十七歳といえば、まだ、人生上の設計図もなければ、計算も思惑も何もない。たとえそれはおまえの将来のためにすばらしく良いことなのだ、と言われても、頭ではともかく、感情的にも、まだどこか母親を必要とする少年には、納得がいかない。正式な養子縁組の席では赤飯が並んで祝われたが、彼の心をひたひたと浸していたのは、なんとも理不尽な淋《さび》しさであった。

せめてもの救いは、政孝叔父《おじ》が好きだったことだ。叔父の性格や容貌《ようぼう》も好きだが、彼の生き方に子供の頃から強く憧《あこが》れていた。単身スコットランドに渡り、日本で初めてウィスキーの勉強をした人。そしてその地で恋をし、美しいイギリス婦人を妻とした人。さらに、日本で初めて本格ウィスキーを創り上げた人。威にとって、しばしば母や親戚《しんせき》の者たちの口から話される竹鶴政孝の話は、胸がわくわくするような冒険と野心と夢に満ちていた。そして威自身はどちらかというと野心家ではなく、学究肌の無口な人間だったので、なおのこと政孝の生きざまを尊敬し、愛していたのであった。

その立志伝中の人物が、自分を養子に望んでおり、叔父の知識のすべてと、彼が創り上げたものを、威に譲ろうという話があった時、最初に覚えたのは、めくるめくような喜びの感情であった。あの叔父の傍らで暮らし、叔父の知識と体験にじかに触れることができるのだ。

そして今、汽車がホームに完全に止まると、威の胸を圧倒したのは後じさりしたくなるような思いであった。彼は肩に何トンもの重圧を感じて、深い吐息をついた。

しかし、サイは投げられたのだ。威としては、自分にできることを誠心誠意真心をもってまっとうするしかない。彼は自分をけしかけるようにして、タラップを下りた。

見覚えのあるエネルギッシュな叔父の顔が、やや日焼けして笑っていた。その笑顔と白い歯は、まぎれもない竹鶴家に共通するものだった。それは母にもあり、そして威自身の表情の上にもあるものだった。威はようやくほっとして、強張《こわば》った肩からわずかに緊張を解いた。

だが、次の瞬間、彼は足がすくむような思いの中で、立ち止まった。政孝叔父の横にぴったりと寄りそって、すっくと立っている西洋の婦人の、まるで鷹《たか》のような鋭い二つの丸い眼。それが威を射抜いたのであった。一瞬彼は、鉄骨のようにそこにそびえ立つ婦人を恐れた。蒼《あお》い瞳《ひとみ》はまるでガラス玉のように冷たく見えた。

「やぁ、よく来たな」

叔父の温かい大きな声が、威を我に返した。

「お世話になります。できるかぎりご迷惑をかけないようにいたします」

威は、姿勢を正して、二人の前に頭を下げた。

「まぁ」

と言って、義理の叔母《おば》に当たる西洋人が微笑した。

「他人行儀ですこと、タケシさん。でも、どうぞ、よろしゅう」

次に彼女の顔が近づき、良い香りのする頬が威の頬に軽くふれた。あっという間の出来事だった。威はドギマギして少し赤くなったが、リタに対する最初のそそり立つ鉄骨のような印象は多少薄らいでいた。

「驚いたかね。今のは西洋流親愛の挨拶《あいさつ》じゃ。気恥しかろうが、これからは頻繁に見舞われるぞ」

政孝はそう言って、ニヤリと笑い、威の肩に手を置いた。

威を一眼見るなり、リタの杞憂《きゆう》は消えた。眼の前に現れたのは、長身の凛々《りり》しい青年であった。そして威は、ずうっと昔、初めて見た時の政孝を思わせた。そして年の頃が当時の吉太郎と同じくらいだという点で、その凛々しさの質においても、リタと政孝がこよなく愛した今は亡き鳥井吉太郎を彷彿《ほうふつ》とさせる何かもあった。

工場内の家へむかう帰りの道のりは、来る時とは天と地ほども、気持が違ってしまっていた。

「タケシさんは、どういう食べものが好きなの？　お肉とお魚とどちらがいい？　パンは好きかしら？　だといいんだけど。ここではパンは私が焼くのよ。あなたは、背が高いけど、少し痩《や》せすぎていますからね、たくさん栄養をつけて、もっと筋肉をつけないとね。それから眠るのはふとんとベッドとどっちがいい？　お風呂《ふろ》は熱目？　それともぬるいのがいいの？　あぁ、どうしましょう、タケシさんのお部屋、気に入るといいんだけど」

自分でも驚くくらい、次から次へと質問やら言葉が口から飛び出してくるのだった。

それを見て、政孝が言った。

「ほーら、リタの世話好きがもう始まったぞ。威、気をつけんと、おまえ、気がついた時にはリタの母性愛に首まで浸って、身動きできんようになっとるからな。今から忠告しとくぞ」

そして政孝は、この養子縁組が、どうやら成功したようだと、内心大いに満足であった。

戦局に不安があるとはいえ、余市のニッカウヰスキー工場の仕込みは続けられ、軍の保護の下に、充分な大麦の供給が受けられた。原酒《モルト・ウイスキー》は毎年確実に増え続け、政孝は、戦火による喪失を恐れ、貯蔵庫をいくつにも分けた。しかもそのひとつひとつの建物の間隔を充分に開けて、飛び火による焼失を防いだ。

威を初めて迎えた夏、本土各地は頻繁に空襲を受け、硝煙が立ち込めて敗戦の色合いが次第に濃くなっていった。そして北海道も例外ではなく、余市の上空にもしばしば米軍の機影をみかけるようになった。政孝は、日曜日をのぞく毎日、威を工場内のどこへ行くにも連れ歩いた。そして、眼で、肌で、鼻で、それと勘とで、ウィスキー作りの一からを覚えさせた。

もともと威には政孝と同様、生まれながらのウィスキーにむいた鼻がそなわっていた。実際、二人の鼻は、滑稽《こっけい》なほど酷似していた。それをリタは「タケツル・ノーズ」といって、事あるごとに面白がって二人を並べてはからかった。すると政孝は負けずに、リタの少々高すぎる鼻を指して、「スコッチ・ノーズ」とやりかえすのだった。そのようにして余市の竹鶴家に、実に久方ぶりに笑い声が戻った。

リタは、家庭生活の上で、すべて夫を第一に考え、威が家に来てからは彼が第二番目に大事な人になった。竹鶴家は、政孝の絶対専制君主の元に寛《くつろ》いだ平和な家庭生活がくりひろげられていた。スコットランド時代を別にして、政孝は、家では横のものも縦にしない亭主関白を自認していた。年を取るにつれ、その傾向がいっそう強まっていった。

リタは、そんなことを少しも苦痛だとは思わなかった。むしろ、自分のほうから甘やかして、夫を図にのぼらせたようなところもあった。夫唱婦随を地で行く政孝とリタの夫婦だったが、リタがどうしても譲らないことがひとつだけあった。それは約束の時間を厳守するという一点である。

時間のけじめをつけることについては、政孝との間に長い闘争があった。夕食を家で食べるか食べないのか。食べるとして何時に帰るのか。それがリタが固執して一度として妥協を許さなかったことであった。

「男がいったん家を出たら、いちいち夕食のことなど考えていられるか」

というのが、政孝の最初の感想であった。おそらく心の底では今でも彼はそう思っているのかもしれない。けれども他のすべては夫に妥協し、夫の言う通りにしてきたリタは、頑固にもこの点については譲らなかった。そしてついにリタが夫に勝利を収め、帰宅時間及び夕食の有無の事前の報告は、竹鶴家の男たちの義務であり、家訓となったのである。

さっそく威もその点を第一日目からして、厳しく申しわたされたことは言うまでもない。

「私は食事の時間を見計らって、料理を始めます。一番美味《おい》しい状態で食べてもらいたいからですよ」

彼女に言わせれば、冷たい料理を出す奥さんも奥さんだが、せっかくの料理が冷めても帰って来ない日本の男もだらしがない、と容赦がないのである。

美味しいものを温かく食べさせたいというリタの切実な思いは、昼の弁当にも反映した。それまで毎日、昼直前に政孝の弁当作りが始まり、ほかほかのうちに工場まで走るようにして届けて来たが、威が来てからは弁当が二つになった。

一方、威が夏休みの間いてくれるというので、政孝は安心して、日曜日も小樽の得意先を回るようになった。政孝がいないと火の消えたように淋《さび》しい思いを味わうくせに、リタは一方では、解放感に浸ることもできた。そんな時、読書をしている威をつかまえては、リタはいろいろお喋《しゃべ》りをするのだった。

その頃、政孝が家にいる時、四六時中喋っているのは政孝であった。彼は妻や威に相槌《あいづち》を打たせるくらいがせいぜいで、喋るひまも与えないくらい、ウィスキーのこと、戦局について、工場内の人間関係と、ありとあらゆることを饒舌《じょうぜつ》に喋りまくった。

政孝が出張などで留守だと、今度はリタがよく喋った。日頃ほとんど聞き役に回るので、水を得た魚のように、威という聞き手にむかって、話題にこと欠かなかった。

威は理想的な聞き役だった。どんな話題でも、どんなにそれが長時間に及んでも、じっと訊《き》き耳をたて、ときどきうなずいたり、相槌を打ったりした。

「昔はよく、散歩やピクニックに出かけたものでしたよ」

と、リタは言った。「うちでは毎週日曜日というとね、一日がかりでピクニックに行くのよ。蘭島《らんしま》や時にはフゴッペまで往復八キロから十キロ、時にはもっと歩くこともあったわ。バスケットにサンドイッチと甘い紅茶と、ビスケットやフルーツも詰めてね、三人で良く出かけたものよ」

その三人というのが夫婦と沙羅であることをリタはあえて説明しなかった。沙羅のことは、威は知っているかもしれないが、まだリタ自身の口からは話したくなかった。威も別に質問をしなかった。

「今度はいつになったら、長い散歩やピクニックにまた行けるようになるんでしょうねぇ」

と、リタは溜息《ためいき》をついた。ラヴェンダーの香りを含んだ涼しい風が、室内を吹きぬけていった。「この前に散歩に出かけたのがいつだったか忘れてしまったわ。裏手の川に沿って、長い長い曲がりくねった、それは美しい道があるんだけど――」

「どうして行かないのです？」

珍しく威が質問した。

「どうしてかですって？」

と、リタは眼を丸くした。それから自分の鼻や眼や髪を指して言った。「これのせいよ。私の大きな鼻や白い肌や蒼《あお》い眼のせいよ。これのおかげで石が飛んでくるの。特高の人たちにこずき回されそうになったこともあるわ」

いくつかの屈辱的な記憶が蘇《よみがえ》って、リタは思わず涙ぐんだ。威の秀麗な額が、曇った。

その日の昼食の後のことだった。ヨシノと後片づけを済まして、居間に戻って来たリタの顔を見ると、威は再び読みかけていた化学の本を置いて言った。

「叔母《おば》さん、散歩に行きましょう」

リタは一瞬、自分の耳が信じられなかった。

威はさっさと、濡《ぬ》れ縁《えん》に出て、ゲタをはきかけていた。その背中には、リタが、「怖くないの？」とか「石が飛んでくるかもしれないのよ」と声をかけることをはばかれるような、一種毅然《きぜん》としたものがあった。その時初めて、夫以外の男性に、自分が守られているような思いで、リタは胸が一杯になった。彼女はもうあれこれ言わず威を信じて外へ出ることにした。

工場の裏手の湿地帯を抜けて川沿いに出ると、二人はゆっくりと歩き始めた。久しぶりに見る川は、豊かな水をたたえ、勢いよく海へむかって流れていた。その両岸の岸辺には、草が青々と繁り、白やピンクの野の花が咲き乱れていた。一キロほど行くと、橋があった。そこから左手の山並みにかけての風景が、このあたりでリタの一番好きなところだった。

「タケシ、ここに来てごらんなさい。そしてあっちを見て」

言われる通りに威はリタの傍らに立って指差す方向を眺めた。

「ここから見えるあの景色、私の故郷にそっくりなのよ」

そして不覚にも、リタは急に喉《のど》をつまらせて、嗚咽《おえつ》していた。両の眼からはとめどもなく涙があふれて止まらなかった。これまで耐えていた自制心が切れ、この戦争で受けた傷口が、リタの中で大きく広がるのを感じた。あぁ、ママ、あぁ、スコットランド。なんという痛みであることか。いつのまにか、リタは威の胸に額を押しあてて泣いていた。初めは困惑のあまり棒立ちとなった威も、リタから放たれる痛々しいまでの哀しみの念に打たれ、彼もまた、同情や哀れみなどの混じった感情にのみこまれてしまった。

今、自分の胸を涙で濡らしているのは、四十八歳の完璧《かんぺき》主義の西洋婦人・竹鶴リタではなかった。それはただひとりのたよりなくも故郷を失った女でしかなかった。威はリタの肩に腕を回し、まるで相手が小さな女の子でもあるかのように、あくまでもやさしく、そっとあやし続けた。

「いいから、お母さん、泣きたいだけお泣きなさい」

その時であった。リタは知ったのだ。神さまが過去彼女から奪い去った愛《いと》しいものたちを、今すべて返してくださったことを。リタは、威の中に若き日の政孝を、健気《けなげ》で美しい心をもったジョンを、そして無防備なまでに無垢《むく》であった少年吉太郎を、野菊のような微笑をもった少女沙羅の面影を、すべて重ねて見ることができた。戦争によってずたずたになったリタの心に、みずから流した涙が慈雨のように、滲《し》み通っていくのを感じた。

「さぁ、タケシ。散歩を続けましょう」

リタは涙を拭《ぬぐ》うと、そう言って先に立って歩き始めた。

余市の町にけたたましい空襲警報が鳴り響いた。やがて、いつもよりずうっと早く、西の空にグラマン機が、少なくとも十五機、その黒々と無気味な姿を現した。リタはヨシノと共に、裏の防空壕《ぼうくうごう》へと走った。工場の方角からも、従業員たちが三つに分けて掘られた壕へクモの子を散らすように走って行くのが見えた。リタの防空壕は、事務所の経理課と、何人かの女子社員と共有になっていた。政孝と威も研究所から左手を回って、同じ壕に避難するはずであった。

早くも爆撃が海岸線に沿って始まっていた。政孝も威も、影も形も見えなかった。誰かが工場のほうの防空壕に避難したのに違いないから心配ないと、リタを慰めた。

だが実際には、政孝は地下には潜らず、消火栓の近くで身を低くしていた。彼はじっとグラマン機の行方を眼で追った。

貯蔵庫にはアルコール度七十度の原酒が積んである。万が一被弾すれば、たちまち火の海である。間隔をあけて建ててはあったが、ただちに消火作業にとりかからなければ、今までなんとか守りぬいてきた原酒をすべて失ってしまうことになるのだ。とても防空壕などに潜る気にはなれなかった。

ふと気がつくと、百メートル離れた第二の消火栓のあたりにうずくまる人影があった。政孝は眼をこらした。威ではないか？　あいつめ、と政孝は複雑な溜息をついた。もうニッカの後継者になったつもりでいるな。そして彼はニヤリと満足の微笑をもらした。

米軍機は工場の上を大きく旋回し、政孝の肝を冷やしたが、そのまま雲の切れめに突っこんで機影が遠ざかった。海岸線と、余市の町の一部が燃えていた。政孝は従業員に町の消火作業の援助に当たるように命じておいて、威を探した。そして若い者たちに混じって町の方角へ駆けだしていく威の姿を認めると、ひとりうなずいた。

戦争は昭和二十年八月十五日に終結した。日本は全面降伏したが、北海道余市のニッカ貯蔵庫では、無事に生き延びた初年度蒸溜《じようりゆう》の原酒は、九年の歳月を経て、立派なモルト・ウィスキーに成長していた。

東京はありとあらゆる風体の人間で、ごったがえしていた。復員兵、闇屋、すり、売春婦、モンペ姿の女たち、すすけたボロをまとった男たち、戦争孤児。大八車やリヤカーが路上を駆けぬけて行く。

まだきな臭いような匂いをとどめたかつての盛り場は、夜ともなると得体の知れない屋台が立ち並ぶ。一夜にして、酒場がいっせいに悪の華を咲かせ、息を吹き返すのだった。そして酒とはとうてい呼べない模造ウィスキーや、合成清酒、あげくにはカストリやバクダンといった密造酒に酔った酔漢が街にあふれ出た。新橋から銀座にかけての一帯は、巨大な闇の市で、おびただしい人間の帯が絶えることなく流れ続けている。そして、それら人間のどの顔も、すさまじく飢えすさんでいた。

ひとつ路地を入ると、古材の切れっぱしや、煙ですすけた煉瓦《れんが》を使って建てた、名ばかりの建物が密集し、小便の臭いが漂っていた。暗くて不潔でじめじめとした路地のその奥には、犯罪者や、毒々しい厚化粧の商売女が、物陰にひそむようにたたずんでいた。どの屋台にも蟻のように人々が群がっていた。そして立ったまま皿うどんや、お好み焼などを空ろな眼で一心に貪《むさぼ》り食い、薄汚れたコップで、中味の知れない液体を流しこむのだった。それは刺激が強く、喉の粘膜が焼け、吐き気を催させるようなひどい代物であった。

一本百三十円のニッカウヰスキー一級が、闇値で千五百円で取引きされていた。三級ウィスキーたるやひどいもので、ウィスキーの原酒など一滴も入らない模造品であった。粗悪なアルコールに色と香りをつけたものにすぎなかった。戦前に鳥井信治郎や竹鶴政孝が作り上げた本格ウィスキーの歴史も、あっというまにイミテーション時代に逆戻りであった。そして、市場の八割がこの三級ウィスキーで占められていた。三級ウィスキーは税法上、原酒が五パーセント以下〇パーセントまで入っているもの、と規定されていた。つまり、ウィスキー原酒が一滴も入っていなくとも、税金を納めれば、三級ウィスキーとして通用するのであった。

ニッカウヰスキーは、戦前と同じ姿勢で一級ウィスキーしか発売しなかった。三級が三百円台の頃、千三百五十円。

これでは売れるはずもなかった。またしても政孝のジレンマが始まった。

わしはウィスキーを作るのだ。アルコール屋には断じてなりたくない。偽ウィスキーを作って儲《もう》けるつもりもない。戦前と同じ、苦労の連続である。そして株主会。最後通告。それでも政孝は株主たちを説得しようとした。

彼は市場に出回っているすべての三級ウィスキーを並べて見せると、今では研究室で働いている養子の威にデモンストレーションをさせた。

十数本の三級ウィスキーのうち、一、二本をのぞいたすべてが偽ものであった。その一、二本も、原酒の含有量は、二パーセント止まり。

「これでおわかりでしょう」

と、政孝は髭《ひげ》を振わせて、株主たちに言った。

「三級ウィスキーを我が社から出すということは、こういう粗悪品と同等なものに見なされるのです。たとえ最高に良心的に、規定量一杯の原酒五パーセントを加えても、三級のレッテルには変りないのですよ」

にもかかわらず、戦後の混乱の中を生きのびるためには、政孝もまた三級ウィスキーを作らなければならない窮地に追いつめられていった。

政孝は威と共に混合の実験をくりかえし、規定量一杯の五パーセントの原酒を入れ、合成色素及びエッセンスを一切含まない三級ウィスキーを製造し、他のどの三級ウィスキーよりも二割ばかり高い値段で市場に出した。他社よりも確実に品質が秀《すぐ》れているのであるから、値段が高くて当然だった。それが政孝のプライドのぎりぎりの線であった。

男たちが戦後の混乱の中で、彼らの闘いを続けている間、リタは肺を冒す病魔と闘っていた。生まれつき気管の弱い体質だったのに加えて、四年の長きにわたる戦争による栄養不足と、心労、それに余市の寒冷な気候が災いしたのである。

そうした中での光明は、出奔した養女沙羅からの手紙であった。それは東京江戸川区の消し印のあるもので、住所は書かれていなかったが、次のようなものであった。

私は元気です。なんとか食べ、人並みの衣食住生活を保っています（人並みといっても戦後の東京のことです。ご想像ください）。東京はすごい勢いで変りつつあります。そして私たちも……。無我夢中で生きるのにやっとであった時には、自分たちのその日のことしか考えられなかった、というのが嘘いつわらざる事実でした。ようやくこの頃になって、まっ先に思うのは、マミーやダディのことです。お元気でしょうか？　マミーは躰《からだ》をこわした、と人伝《ひとづ》てに耳にしましたが、具合はどうなのでしょう、心から案じています。

私のしたことは百回あやまっても許してもらえないことかもしれません。でも、私は後悔していません。もし後悔することがあるとすれば、あんな形でマミーやダディを傷つけてしまったことに対してです。でもマミー、あなたがいつだったか私にこう言ったことを、覚えていますか？「自分が犯してしまった過ちを後悔するのは、それほどつらいことではない。それよりもそうすべき時に、そうしなかったことで、ずっと後でそれを後悔するほうが、ずっとずっとつらいのだ」と。

今、私は、そのことの意味を咬《か》みしめて生きています。私は過ちを犯したかもしれません。けれども、そのことを後悔していません。わかっていただけると思います。

もう少し、私たちを放っておいてください。

自分で恥しくないと思えるようになったら、マミーたちに逢《あ》いに行きます。そのためにも、もう少し私たちはがんばらなくては。

どうかマミー、私が最後のほうで捨て科白《ぜりふ》のように吐いた、たくさんの恐ろしい言葉を許してください。今となっては、あの言葉のすべてが、逆に私を切りつけてきます。当然の罰なのでしょう。

政孝は、威を迎えた後、家族の住む家を山田《やまだ》村に移すことにした。これまでのようにウィスキー工場内の中心に建っていては、病人が安心して静養できるような条件ではない。それに政孝自身も夜を徹して聞こえてくる断続的な機械の音や湧出音《ゆうしゅつ》などで、神経の休まる夜とてなかった。人は、どんな境遇にもやがてなれて気にならなくなるものだが、政孝は反対に五十歳を過ぎた頃から、そのかすかな震動のような響きや、しゅうしゅうと蒸気がもれるような音のせいで、眠れぬ夜が続くようになっていたのだ。

工場から川沿いに約二キロの地に、日当たりの良い土地があり、人家がぽつぽつと離れて建っているところがあった。前に川。そして川に続くスコットランドの原野《ムーア》を彷彿《ほうふつ》させる広がり。そのはるか彼方《かなた》の地平線を取り囲むように、紫色の輪郭を見せている山々。

夫が初めてリタをそこへ連れて行き、ここに新しい家を建てるつもりだと言った時、彼女はついに自分の終生の住処《すみか》がみつかったと思った。

「私の故郷の家の窓から見えていた風景と、ここの景色は、とても良く似ています」

リタは、たえず熱っぽいために、いっそう蒼《あお》くうるんでみえる瞳《ひとみ》に、感謝をこめて夫に言った。

「うん、わしもそう思っておったよ」

そう言って政孝は妻の肩を抱いた。「ここにわしらの家を建て、花々の咲き乱れる庭を造ろう。家の背後は一面の果樹園だ。それからわしは、おまえの養生のために、戦後の混乱が落ちついたら、葉山《はやま》に別荘を借りるつもりだ。余市の冬はおまえの病気には良くないから、冬の間、葉山でゆっくり静養したらいい。リタ、もう少しだ。待っておいで。きっとすべてはとても良くなるはずだよ」

リタは家の庭に咲き乱れる花々を想像して微笑した。クロッカスや、黄水仙、ツツジ、チューリップ。それから赤やピンクのバラ。菊、あぁ、なんと長いこと、そういうやさしいものたちのことを、忘れていたことだろう。国と国、人と人の心を引き裂いた戦争は終ったのだ。ありがたいことに、故郷の家族は無事であった。そして、政孝も威も。

「葉山の別荘では、あなたが一緒にいてくださるの？」

「うん。横浜あたりに、新しい工場を建てるか、あるいは東京の中に、いずれ支店か、あるいは本社を移すことも考えねばなるまい。もちろんだよ、リタ。おまえをひとりで葉山なんぞに、やりはしないから安心おし」

それから二人は新築の家についてあれこれ話し合った。

「私ね、マサタカ。玄関のホールのどこかにステンドグラスの窓が欲しいわ。ほら、覚えているでしょう？　私のカーカンテロフの家のステンドグラス――」

リタの夢はつきなかった。

ある夜、政孝が新しい家の設計図を広げてリタに見せた時のことだった。

「玄関の屋根を高くして、尖塔《せんとう》のようにしよう。そしてここにステンドグラスを張ったらどうかと思うんだ。ここが居間で、ピアノはここに置く。居間と食堂は広い一部屋になっていて、中央の大きな石炭ストーブで充分に暖をとる。ここがわしの部屋で日本間だ。ここからの庭の眺めは、できたら日本庭園風がいいな。それが無理なら、石灯籠《いしどうろう》を置こう。隣の洋間がリタ、おまえの寝室だ。一番日射しの入る部屋だよ。そうだ。わしは便所が近いから、この押入れを隠し便所にするかな」

と、政孝は楽し気に説明を続けた。「ここが台所、そして風呂場《ふろば》。そうだ、おまえには気の毒だが、風呂はまた五右衛門《ごえもん》風呂だぞ、リタ。どうもわしはあれでないと入った気がしないのだ」

「もう、私、なれましたから」

と、リタは苦笑する。だが、最初に鉄の釜《かま》風呂を見た時の驚愕《きょうがく》を彼女は忘れることはできない。鉄だから当然熱い。その中へ板を浮かべ、中心のバランスをとって板と共に躰を沈めていくのだ。最初に足の乗せ場が悪いと、バランスが崩れて、板がひっくりかえる。すると焼けた釜に、じかに肌が押しつけられる。何度肩や腕や腰や脚に火傷《やけど》をしたか数え切れないほどだ。

日本に来て以来、眼を見張るようなことは数々あったが、この五右衛門風呂だけは、長いこと決してなじめなかった。今ではそんな苦労が嘘のように、自在に浮き板をあやつれるが、それでもときどき、焼けた鉄の釜に肌を押しつけてしまう夢を、くりかえしみるほどだった。

故郷のルーシーに手紙でこの風呂のことをあれこれ説明し、絵まで描いてやったのだが、彼女からの返事は、信じ難い代物《アンビリーバブル》であった。

「これが納戸で二階は客室だ」

政孝の説明が続いていた。

「ちょっと待ってくださいな、あなた。タケシの部屋はどこですの?」

さっきから、ちっともそのことが話題にならないので、リタはやきもきしていたのだ。

「うん、威はな」

と言って、政孝は折ってあった残りの半分の設計図を広げた。玄関ホールを中心に、別の棟がついている。

「奴はここだ」

と、政孝は小さなほうの棟の一室を指で示した。

「まぁ、ずいぶん遠くのほうへタケシを追いやりますのね」

リタは不満そうに設計図をみつめた。

「そういうわけじゃないさ」

と、政孝はちらりと妻を見て言った。「威もいずれ嫁を迎えるだろうが。今のうちからそのように家を建てておくほうがよいと思ってな」

威に嫁を迎える？　リタは青天の霹靂《へきれき》のように、にわかに顔を曇らせた。だって、あの子はまだ——。

「まだ子供ですよ。タケシは」

リタは自分でもわけがわからなかったが、つい怒ったような口調で言った。

「なにをプリプリしてるんだ？　威はもう子供じゃないぞ。二十六歳だ。わしがおまえと結婚した年と同じだよ」

たとえそうでも、とリタは動揺を隠せない。やっとあの長い暗い戦争が終ったのだ。

やっとこれから威と三人の水入らずの、平和で温かい家族の暮らしが始まろうとしているのではないか。

「私、タケシと約束してたんですよ、戦争が終ったら、お弁当を作ってピクニックへ連れて行くって。それから、小さな旅行にもちょくちょく行こうって」

と、リタは夫に訴えた。

「嫁が来たってピクニックはやれるさ。旅行だってなんだって。もっとにぎやかに楽しくなる。そのうち孫でも生まれてごらん。大小さまざまに一列縦隊で、ぞろぞろとおまえさんの好きなピクニックに出かけて行くだろうさ」

政孝はその情景が眼に浮かぶかのように、腹をかかえて笑った。

「孫の話なんて、止めてくださいな」

リタは夫を睨《にら》みつけた。「私がおばあちゃんになるなんて、ぞっとするわ」

すると政孝はそうじゃない、というように手を左右に振って言った。

「それが自然の摂理なのだ。人間は闘いに疲れて自然に老いていく。自然に逆らうでない。おまえは、婆さんになり、わしも爺《じい》さんになる。いいではないか」

「婆さんだなんて！」

リタは思わず真っ赤になって、夫に抵抗した。

「そうむきになりなさんな」

と、政孝はカイゼル髭《ひげ》の下でニヤリと笑った。「まだ孫が生まれて来たわけでもあるまいし。第一、威の嫁もきまっとらんよ。そのうち、あいつが誰か好きな女でも連れて来るだろうさ」

政孝の眼がからかうように笑っていた。リタは反射的に言った。

「いやですよ、どこの誰とも知れない女なんて。わかりました。よございます。タケシの嫁は私が必ず探します。きっと、いい嫁を探してきてみせますから」

「おまえの眼にかなうような女が果たしてみつかるかねぇ」

と、政孝は半ば冗談のように、半ば懐疑的に言って溜息《ためいき》をついた。やれやれ、また一騒動だな。しかし、嫁を迎えるのは早いほうがいい、という考えは、変らなかった。それは威のためでもあるが、リタのためでもあった。たとえ手伝いの女がいても、二人の男の世話をするのは、彼女の今の体力ではとうてい無理なことであった。しかも彼女の気性からすれば、何事も完璧《かんぺき》でないと気がすまない。二人分の弁当作りはずっと続いているし、家の中にいつだってチリひとつ落ちていないくらい、磨きたててある。夕食の準備も必ず自分でし、政孝のためには、いくつも皿数のあるちゃんとした日本料理を作るし、威と自分用にはどちらかというとイギリス風の肉とじゃがいもの料理というふうに、二種類を作り分ける。

リタの躰《からだ》のことも心配だが、もうひとつ政孝は彼女の情の深さについて、ひそかに憂えてもいたのだ。自分の実の子供を生み得なかった心因性の理由があるのかもしれないが、ずうっと沙羅の育て方を傍らで見て来たし、威を迎えてからも観察してきたが、リタの愛するものへの思い入れは、自分をも含めて、尋常の域をはるかに越えている。リタは自分の肉体と命を削るようにして、愛するものに尽している、というのが政孝の印象であった。

その削るべきリタの肉体が病弱では、命を縮めるようなものである。特に最近の威に関しては、リタの眼の色まで変っている。溺愛《できあい》もいいところで、あれでは威のほうも息が詰まるであろう。ときどき政孝は冗談でこう言う。

「おいおいリタや。おまえの亭主はわしじゃ、わしじゃ。威ではないぞ」

あまり情の深みにはまりこまないうちに、リタと威の両方を解放してやらねばならぬ、というのが、政孝の思いでもあった。それは結局双方を楽にし、やがて竹鶴家にもバランスのとれた平和が訪れるだろう。しかし、リタはどんな嫁を探しだしてくるものやら、と、政孝はまたしても新しい心配事を背負いこんだような気がしていた。

それから数か月。威のお嫁さん探しが始まった。古くからの知人や、小樽在住の宣教師、新しく知りあった人たちから、予想以上の反応があり、たくさんの見合い写真が寄せられた。

リタは、それらの若い娘たちの写真をじっと眺め、それから履歴書に注意深く眼を通した。そのどれ一人としてリタの気に入らなかった。片隅に追いやられた見合い写真の束を見て、政孝が溜息をついた。

「いったい何が気に入らないのだね、リタ。わしがみるところ見合いしても良さそうな娘さんが二、三人はいると思うがねえ」

すると、リタはちょっと上眼づかいに夫を見て、

「ぴんときませんね。どの娘さんも、ここに響かないのですよ」

と、自分の胸を押えてみせた。

「威の胸には、ぴんと響くかもしれんではないか」

政孝は見合い写真をパラパラと眺めながら言った。「このひとなんて、べっぴんだし、一通りの花嫁修業を収めとる。それにごらん、調理師の免状ももっとるぞ」

するとリタがぴしりと言った。

「それが邪魔なのです。免状はいりません。あなたと威に食べさせるものは、私が作ります」

政孝は未練あり気にその写真を置き、別のを取り上げた。

「おや、この娘さんは英語堪能《たんのう》とあるぞ」

「英語？　必要ありませんね。私の日本語、通じませんか？」

と、そんな具合である。ついに業をにやした政孝がリタに質問した。

「それでは訊《き》くがね、おまえは一体どんな嫁さんを威に考えてるんだ？　条件はなんだね？」

　すると、リタはニッコリして言った。

「素直で可愛いひと。笑顔の美しいひとです」

「それだけかね？」

　疑わしそうに政孝が訊いた。

「はい、それだけで充分です」

　自信ありげにリタがゆっくりとうなずいた。

　そんな折、小樽に住む知人から、リタに電話が入った。彼女は戦前からの親しい友人で、リタの気心も充分に知っている婦人だった。

「たぶん、今度の娘さんは、リタさんの気に入るんじゃないかしら」

　電話のむこうで弾んだ声がした。「つい最近ね、東京から戻ったばかりのお嬢さんがいるのよ」

「一口でいうとどんなお嬢さん？」

　期待をこめてリタが訊いた。

「一言でいうと、ピアノを上手に奏《ひ》く方よ」

「それだけ？」

「国立のピアノ科で勉強していらしたの。こちらではピアノを教えているわ。ほら、あなたも知っているでしょう、宮田《みやた》さんのお嬢さんのピアノの先生。……本人は嫁入修業は何もやっていませんって、恥しそうに言うんだけど」

小樽の知人がちょっと心配そうに電話の声をひそめた。それを聞くとリタは反対に急にうきうきとして、

「結構ね、気に入りました。私、すぐ小樽まで行って、そのお嬢さんに逢《あ》います。今日の午後でもいいですか？」

と、たちまち乗り気になるのだった。

「あらまぁ、リタさん。何もそう急がなくても。その方、当分こちらにいらっしゃるから」

と、知人は笑った。

「私、せっかちなの。あなたもよく知ってるでしょう？」

結局、リタは強引に相手を説き伏せ、自分の意志を押し通した。

その日の午後三時ちょうど、リタは約束通り、小樽の知人の家のベルを押していた。一分も遅れなかった。応接間に通されて少し待つと、ほどなくドアにノックの音がして、若い娘がお茶を運んで来た。この方？　というふうに、リタは友人を見た。彼女

はうなずいた。

「ありがとう、歌子《うたこ》さん。どうぞお坐《すわ》りなさい。こちらが竹鶴夫人ですよ」

リタの友人が二人を引き合わせた。

「歌子と申します」

美しい標準語で、娘は挨拶《あいさつ》し、ひかえめにリタのむかい側に腰を下ろした。すらりとしていて、日本人にしては背が高く、手足も長かった。ふっくらとした若々しい頬に、笑うと小さなエクボができた。

「ピアノをお奏きになるんですって？」

すでに好感を抱きながら、リタが質問した。

「はい。奏きます」

「他に何か、おできになることは？」

と、リタの友人が横から言葉を添えた。すると、歌子は困ったように顔を赫《あか》らめた。

「お料理とか、お得意なものは？」

歌子はますます躰を小さくしてうつむいた。

「あまり……」

「まぁ」

と、リタの友人は眼を丸くした。

「お裁縫もだめ？」

「それなら少し。自分のものくらいは作れます」

歌子はちらっと、眼の前の外国婦人をみつめた。驚いたことに、その蒼《あお》い眼がやさしく笑っていた。リタの心はすでにきまっていた。この娘だ。威の嫁に迎えるのは、この娘しかいない。

威もきっと気に入る。歌子はおおらかで健康な娘だった。その時代、誰もかれもが戦争の後遺症をひきずっていた。精神的にも肉体的にも、まだどこか飢えたようなところが見られた。

歌子は違った。長い曇天が続いたあと、雲の切れ間に顔をのぞかせた太陽を思わせた。リタには、その明るさと、若さと健康がまぶしいようだった。政孝がどんな顔をするかも見ものだと思った。夫に対して、自慢する種ができたことが、リタはうれしかった。

その対面の後、リタは余市に帰って威に伝えた。

「とにかくすぐに逢わなくてはいけませんよ、とてもいい娘さんなの」

「ふうん」

と、威はのんきに煙草を喫《す》っていた。

「ふうんって、それだけ？」

「だって、お母さんはもう、彼女にきめたんでしょう?」

そう言って威はからかうような眼をして笑った。

「でも、最終的にきめるのはあなたよ」

ふと胸をしめつけられるような寂寥《せきりょう》感を覚えて、リタは威の顔から眼を背けた。いずれきっと、威はあの娘を心から、そして熱烈に愛するようになるだろう。今、自分がしようとしていることは、あの美しい娘の腕に、私の威をゆだねることなのだ。後悔に似た取り返しのつかない哀しみがリタを襲った。自分と威の間に割りこんでくる、あの娘が恨めしかった。そしてすぐにリタは自分の理不尽さを反省して、威に明るく言った。

「とにかく、ステキなお嬢さんなの。たとえていえば、真っ白いキャンバスみたいなひと。まだなんの色にも染まっていないわ」

リタは自分のそのたとえがひどく気に入って、得意気に威の反応を待った。

「そこへ絵を描くのは誰ですか」

威はぷかぷかと煙を吐いて、煙草をもみ消しながら、静かにそう言った。質問というよりは、すでに答えはわかっており、それを自分に納得させるような声音だった。

それに抗議しようとして口を開きかけたが、リタは黙りこんだ。威が自室に引き上げるために立って行ったからだった。

歌子と威の見合いが取り行なわれ、若い二人にはお互いに魅《ひ》かれあうものがあったらしく、結婚話はとんとん拍子に進んでいった。無事婚約が整うと、歌子はリタに呼ばれて、余市の山田村に新築した家を訪ねるようになった。早くも、リタの嫁教育が始まったのである。

若い娘が出入りするようになると、竹鶴家の居間に花が咲いたようになる。政孝と話しながら、歌子はコロコロとよく笑った。

「ウタコさん、ひとつ教えてください」

と、ある時リタがニコニコしながら質問した。「あなた、どうしてタケシのお嫁さんになることにしましたか？　タケシのどこが気に入りました？」

少しだけ考えて、歌子が答えた。

「それは……、音楽を愛する心。威さんもお姑《かあ》さまも音楽をこよなく愛していることがわかりましたので」

そう言うと、歌子は頬に深いエクボを刻んだ。その答えは、リタを喜ばせた。威のどこが好きなのか具体的にあげたら、おそらく、リタが不快に思ったのに違いない。別に歌子は意識してリタの質問の論点を外したわけではなさそうだった。彼女のおおらかさは、竹鶴家にとって救いである。リタは無意識にそれを見抜いているようであった。

山田村の夜は静かにふけて行った。早春の頃で、空気にわずかな湿りが含まれていた。居間のストーブの上ではケトルがたえず蒸気を上げていた。室内には政孝とリタの二人。

政孝はみるからに寛《くつろ》いでいるが、リタはなんとなく拍子ぬけした感じで、自分でも気がつかずに溜息《ためいき》ばかりついている。政孝がときどきチラと眼を上げて、眼鏡越しに妻を見るが、何も言わずに夕刊の続きに視線を戻す。

「今頃タケシは何をしているのでしょうね」

と、ぽつりと言葉がリタの口から、こぼれ出る。

「ん？　威たちか？」

と、妻の顔を政孝は見て、苦笑した。「新婚旅行に出かけておるんだよ」

すると、リタは夫を軽く睨《にら》んで言う。

「そんなこと、わかっています」

いよいよ、明日、威は新妻をともなって帰って来る予定だった。歌子も竹鶴家の家族として、同居の生活が始まる。歌子の嫁入り道具も運び込まれ、別棟の新居のほうに納まっていた。

リタは日に何度も威たち夫婦の部屋に出向き、手違いはないか、ふとんは充分日に干して太陽の光と熱とを吸いこんでいるか、などと鋭い点検の眼を光らせた。

若夫婦の建物には、風呂《ふろ》はあっても台所がなかった。食事は、親のほうに来て、朝昼夕と一緒にするのである。リタは威の好きなシチューを煮たり、フルーツケーキを焼いたり、二人を迎える準備に余念はなかった。

立派な結婚式であった。花嫁衣装の歌子は初々しく可憐《かれん》で、威は立派だった。できて来たばかりの写真が、ピアノの上に額に入れて飾ってある。花婿姿の威の凛々《りり》しいこと。何度みても惚《ほ》れぼれとする様子の良さである。幸運な歌子――。

ほんとうに自分がどれだけ幸運なのか、歌子には、わかっているのかしら。それから、リタは立っていくと、写真立てを取り上げて、もっと良く見ようとした。

彼女は、むかって右から二人目の、痩《や》せぎすの西洋婦人を眺め、それが自分なのだとはとうてい信じられない面持ちで、すぐに視線を逸《そ》らした。しかし、怖いものみたさで、再び、自分の姿に眼をこらす。

頬が痩《こ》け、顎《あご》がきつく尖《とが》っていた。落ちくぼんだ眼。きつく引きむすばれた薄い唇。この老いた顔の女は、私なのだ。これが現実で、これが政孝や威の眼に映る私の顔なのだ。

リタは自分の四つ隣に視線を移した。ふっくらと豊かな歌子の若い顔がそこにはあった。リタは長いことそうしていたが、やがて写真を元に戻した。それから夜の窓の中の自分にむかって、指で髪を整えた。

「そうだ、リタや」

と、政孝の声がした。

「威たちが一段落したら、わしらは、葉山の別荘へでもしばらく行くとするか」

リタは自分の耳が信じられなくて、夫をみつめた。

「だって、マサタカ。私たちが出かけてしまったら、タケシのめんどうは誰が見るんです？」

夫の顔の上に、なんとも形容しがたい哀れみの色が浮かんでいるのを、リタは見た。

「威のめんどうは、歌子がみるさ。当然だろう」

「でも――。でも、ウタコは何もできませんよ。自分でもそう言っています。料理なんて何ひとつ作れないんですよ」

リタはむきになって言った。

「歌子だって子供じゃないんだから、その気になればやれるさ。なに、女は男に惚れれば、料理なんぞ、あっという間に上達するものだ。それより」

と、政孝は妻に視線を注いだ。「このところ威の結婚にかまけて、おまえは無理を重ね過ぎた。わしはな、威や歌子のことより、おまえのことのほうが何倍も心配なんじゃ。頼むから、少し落着いて養生してくれないか。美味《うま》くて栄養のある物を食べ、ゆっくりと躰《からだ》を休めなくてはいけないよ。来月早々にでも、おまえを葉山へ連れて行くことに、わしはきめたからな」

政孝はきっぱりとそう言った。

「養生なら、この家でもできます」

まるでダダをこねる子供のように、リタが言った。

「できんよ。ここにいたら、若いもんのすることが気になって、手も足も口も出る。それじゃ、休養にはならんのだ」

今度ばかりは政孝も譲らない。

「手も足も口も出しませんから。ね、マサタカ、私を葉山に追いやらないでちょうだい。ここが私の家なんですもの。約束するわ。養生しますって。ウタコに台所もまかせますから」

「さっき、歌子は何もできないと言ったくせに」

と、政孝はあきれ果てて、ついに笑いだした。

「いいわね、あなた？　私をこの家からすぐに追いだしたりはしないと約束してくださるわね？」

胸の前で両手で拝むようにして自分に哀願する妻をみると、政孝は決意がにぶるのを感じた。それに、余市の季節もだんだん温かくなりつつあった。しばらく様子を見ることにしようか、と彼は溜息をついて、その話をいったん打ち切った。

実際、リタにしてみれば、今の大事な時機に葉山にやられるのではたまらない。まるで追放されるような気がした。この時機に嫁に台所をまかせたら、再び家に戻った時には、もはや自分の居場所などなくなっているのに違いない。嫁に主婦の座を譲るべき時がくれば、リタとてそうするつもりでいる。だが、今すぐはだめだ。呑気《のんき》に葉山で養生などしていられるわけもない。

夫がいったん折れたので、リタはわずかにほっとした。

翌日、早朝にしては日射しの温かい午後一番、威と歌子は余市駅に降り立った。威が先に降りてスーツケースを降ろすと、次に手を貸して、新妻を汽車のステップから助け下ろした。

歌子は、自分の手に夫の力強い腕の筋肉の動きを感じ、その時初めて、結婚したことの実感を得たような気がした。妻がいつまでも自分の腕にしがみついているので、威が探るように歌子の顔を見て微笑した。歌子は、ずうっとそうして夫の腕の力強い感触を楽しんでいたかったが、仕方なく手を離し、寄りそうように並んで改札口へと歩きだした。

もやいだような日射しの中を、二人はニッカウヰスキーの工場の方角にむけて歩いて行った。山田村へは、工場敷地内を抜けて行くのが近道であった。

けれども夫は、わざわざ敷地の外をぐるりと回りこむ道のりを選んだ。

「どうして回り道をするの？」

と、歌子が不審に思って訊《き》いた。

「それだけ長く、二人でいられる」

威はそう言って、少し照れたように笑った。よく晴れた日で、左手前方に雪を頂く山々がくっきりと浮かび上がっていた。

「なんだかまだ夢の続きみたい」

歌子はうっとりとした口調で呟《つぶや》いた。それから信頼しきった眼差《まなざ》しで傍らの夫を見上げた。

「こんなに幸せでいるのが、怖いような気がするの」

威はうなずいた。彼には妻の気持が良くわかっていた。威と同様、歌子もまた養女に出されたという似たような境遇の女性であった。威は十七歳の時からであったが、歌子のほうはもっと幼い頃から、東京の祖母の家に養女となってあずけられていた。

そうした共通の体験は、思いのほか強く、しかも短期間に二人を結びつける働きをした。たえず見捨てられたような寂しさにつきまとわれながら生きてきたことを、口に出して嘆かずとも、分かりあえるのだ。そして今後は、お互いの過去の傷を共有しつつ、いやしていけるのだ。

歌子は、日だまりの中を、山田村にむかって歩きながら、二、三日前、旅先の宿で夫がぽつりと言ったことを思いだしていた。

「こんなことを今言うのは変だけど、いつか、ぼくたちの子供が生まれたら、たとえ十人生まれようと、ぼくはぼくの子供をひとりも養子には出すまいと思う」

静かだが、固い決意の感じられる声だった。

歌子は見合いで最初に逢《あ》った時から、威に対して好意を感じていたし、その思いは日を追うごとに深まっていったが、旅先で夫が、ぼくの子供を決して養子には出すまい、と胸の思いをもらしたその瞬間から、好意が愛情に変ったのをはっきりと感じていた。

今、歌子が、彼女たちの生活の始まる場所へむかいながら、怖いような幸福感を噛《か》みしめるのは、この幸福の中に、それを脅やかすものが含まれている予感がするからであった。むろん彼女にはそのように分析するだけの冷静さがなかったが、幸福のイメージとは元来そういうものである。つまり、幸福の中に不幸が予測され、不幸の種が含有されているからこそ、現在の幸福が痛いほどに、あるいは怖いほどに感じられるのである。

しかし、威には、歌子よりは、現実が見えていた。彼は口調を変えて、妻に言った。

「こんなことを言って、きみをおどかすつもりは全くないんだが……」

そう言って彼は気づかうように、横を歩く妻の白い横顔を見た。「きみはまず、あの家に着いたとたん、ぼくの義母《はは》の眼差しにぎょっとすると思うんだ」

彼は、かつて十七歳の夏休みに、余市の駅で初めて見たリタの固い刺すような視線を思い出していた。思わず、たじろぐような敵意があったリタの最初の一瞥《いちべつ》だった。

「でも、気にしないように。ぼくにも同じ体験があるからわかるんだけど、義母は誰に対しても彼女の世界にずかずかと侵入してくる者に対して、かまえてしまうんだ。それは、彼女の中にあるものが、とても弱くて傷つきやすいので、知らず知らず武装するからなんだよ。きみは義母の目におびえるかもしれないけど、実は彼女のほうこそ、おびえているんだってことを忘れないで欲しい。それからこれも忘れないでもらいたいんだけど、どんなことがあっても、最終的にはぼくはきみの側の人間だし、きみを必ず支えるからね。このことを、覚えていてもらいたいんだ」

つまり夫はこう言いたいのではないか、と歌子は彼女なりに、今の言葉の意味するところを、砕いて考えようとした。お義母《かあ》さまが何かというとタケシ、タケシと、彼を追いまわしても目くじらをたてるなって、そういうことかしら？　だったら大丈夫。わたしは本当に何もできないんですもの。義母が夫のめんどうをみてくれるなんて、むしろ渡りに舟。大いに助かるというもの。幸運なことに、歌子は楽天的なのである。

竹鶴家の門から玄関にかけての長いアプローチが続いていた。踏み石を置いた道の両側に、リタの丹精をこめた花壇があり、黄水仙が新芽を出し始めていた。二人の足音を逸早《いち》く聞きつけた愛犬のタイニーが、家の中で歓迎の吠《ほ》え声を上げている。威は目顔に新妻を元気づけてから、勢いよく玄関のベルを押した。

ほどなく、タイニーの足音を先頭に、複数の人々の気配が、ドアの内側にしはじめた。

それはほんのわずかな間の出来事であった。たぶん、またたきをするかしないかの間隔。リタが最初に見たのは、威の気持の良い笑顔だった。彼は、「ただいま」と元気よく挨拶《あいさつ》した。次にリタは、新妻を見た。すると歌子がすうっと威の背中に隠れるように身を縮めるのが見えた。威がとっさにかばうように新妻の腕に軽く自分の手を触れた。

その二つの連続する動作は、リタの顔の上の微笑を一瞬凍らせた。なぜならば、その威のとっさの動きの意味するところは、ただひとつのことであった。

――威は歌子を守ろうとした――

しかし何から？　何から彼は、とっさに若い妻をかばおうとしたのであろうか。

リタの中で何かが弾《はじ》けた。

それはずうっと彼女の中で長いこともつれにもつれて、収拾がつかなくなっていたもの、あるいは、喉《のど》から胸のあたりにかけて鉛のようにべったりとそこにとりついていたようなもの、そうしたものが、彼女の内部で弾け飛び、こなごなになった。

それは束の間の激痛をともなったが、リタは強靭《きょうじん》な意志力で、自分の内部に起こった変化を家人の眼から隠すことに成功した。

「さぁさぁ、二人とも、何をまごまごしているんですか？　ここはあなたたちの家ですよ」

そう言って、リタは歌子にむかって両手を差しのべた。心からの自然の動作であった。

歌子が恥しそうに威の背中から出て来て、リタのほうへ進み、その両手に自分の小さなふっくらとした手を与えた。リタはそのまま嫁を抱き寄せ、しっかりと抱擁を与えた。

若い女性の肉体の温かさの、なんという慰めに満ちていたことか。歌子の体温が、リタの薄くなった胸や肩や腹部に滲《にじ》み、彼女の老い疲れた骨まで温めてくれるような気がした。そしてリタは、そこに、神が沙羅にかわるものを、自分に与えてくださったことを、切実に感じるのであった。これですべての帳尻《ちょうじり》が合った、とリタは思った。

人生というのは、ちゃんと最後のところで帳尻が合うようにできているんだわ。眼のふちが濡《ぬ》れてきた。そしてリタは長い抱擁から歌子をそっと解放した。

「さぁ、お茶にしましょう」

そう言って、彼女は家族の者たちにほほえみかけた。

「それから、たくさんお話しをしましょうね。新婚旅行はどうでした？　楽しかった？　お天気にはめぐまれたの？　私のほうにも、二人に聞いてもらいたいことが山ほどあるのよ」

自分がいつのまにか雲雀《ひばり》のように囀《さえず》っていることに気がついて、リタははっとした。まるでカーカンテロフの母にそっくりだわ。だが、幸福だった。そしてその時、祖国の母もまた、幸せであったのだ、と、身をもって知るのだった。

「いいですか、ウタコさん、うちではね、お茶の時、こうしてカップにミルクを先に注ぐの。それから熱いお茶を高いところから落とすように注ぎ入れるのよ。ほら、そうすると、クリームのようにミルクが泡立って、まろやかなお茶のお味になるのよ」

居間には春の日射しがたちこめ、家族の背中や肩を暖めていた。部屋には甘い紅茶の香りと、早咲きのヒヤシンスの匂いもしていた。リタは、満たされた思いの中で、うとうとと眠く、そして疲れを感じていた。

「あぁ、そうだったわ、危うく言い忘れるところだったわ」

と、彼女はそう言って、眼を上げてやさしく交互に若夫婦を眺めた。

「あなたたちがこの家に落ち着くのを見届けたら、私、しばらく葉山に行っていようと思うの」

「まぁ、お姑《かあ》さま」

歌子が驚いて顔を上げた。「困りますわ、わたくし。まだひとりでは何もできませんもの。教えていただかないと。たくさん教えていただかないと」

「もちろん教えてあげますとも。そのうちゆっくりとね。その前に、私、少し休養をとりたいの」

威が妻にそっと目配せをして説明した。

「お姑さんは、養生をする必要があるんだよ」

傍らでは政孝がほっとしたように、ゆっくりと紅茶を口へ運んでいた。

「そうだよ。リタはこの際よく療養して、完全に健康にならんとな。孫のめんどうもみんならんし」

つい昨日までは、孫という言葉が自分をどれくらい苛立《いらだ》たせたかを思いだすと、リタは不思議な気がした。

新しい命がこの家からやがて誕生するのだ。そしてそれは、人生の帳尻を合わせることではなく、神さまからの、贈りものなのだ。

その贈りものを、しっかりとこの手に受けるために、リタは体力を整えなければいけないことをあらためて痛感するのであった。すると、葉山行はもはや追放ではなく、喜びとなった。リタは無言で傍らの夫の手を取り、それをきつくいつまでも握っていた。

数年後、山田村の竹鶴家に、赤と青のナナメの線でふちどられた外国からの郵便小包が舞いこんだ。差出人の名を見て、リタの表情が輝いた。エラからであった。

小包を開くと、白麻の刺しゅうのハンケチが三枚、そして一通の手紙が出て来た。

リタはそれをむさぼるように読み始めた。

愛するリタ。

この一通の手紙を書くまでに、私はこんなにも長い長い歳月を要したことを、ほんとうに悲しく思います。人を許さず、恨み続けるという、暗い情熱が、どんなにひとりの人間を疲れさせるか。そして今、私には、はっきりとわかるのですが、私が許さなかった相手は、リタ、あなたではなかったのです。私が恨みに思い、許せずにいたのは、なんと私自身だったのです。私の心から最愛の姉を追放してしまった、この私自身を、憎み続けていたのです。そのことに気づくのに、なんと四十年という歳月を要していました。なんという無駄な暗いエネルギーを、私は浪費して来たことでしょう。唖然《あぜん》とします。

どうか、リタ、もしも今からでも遅くないのなら、哀れな妹をもう一度受け入れてください。許してくださるというお返事をください。そうすれば、これから老いという境地に、私は安らかに入っていけます。

ハンカチーフに、心をこめて刺しゅうしてみました。お姉さまの大好きな白ゆりの花です。ああ、それから先月の初めに生まれた私の初孫に、ジェシー・ロベルタというあなたの名前を、無断でつけました。許していただけますね？

エラの手紙はまだ続いていたが、リタにはそれ以上読むことは出来なかった。涙があふれて止まらなくなってしまったからだった。神様は人生の帳尻を合わせてくれた上に、さらに特別のおまけまで、リタに与えてくださったのだ。彼女はエラの贈りものの白いハンケチに鼻を埋めた。それからは、故郷のヒースやヘザーやひんやりとした空気の香りがした。

エピローグ

一九五三年（昭和二十八年）　初孫孝太郎、続いて、みのぶ誕生。

一九五六年（昭和三十一年）　戦後第一回の洋酒ブーム。

一九五九年（昭和三十四年）　妹ルーシー来日。政孝は昔の約束を守り、リタの末の妹を日本に招待した。二十数年ぶりの再会であった。

一九六〇年（昭和三十五年）　妹エラから初めての便りとリタのイニシャル入りのハンケチが届く。

一九六一年（昭和三十六年）　一月十七日リタ逝去。六十四歳。


現在、リタは余市のニッカウキスキーの工場を眼下に見おろす高台で静かに眠っている。

不思議なことにリタが亡くなった一月十七日の夕方頃、余市の各地で、一羽の白い丹頂鶴が西の空のほうへ飛ぶのを目撃されている。土地の人々は、リタの魂が化身となり、望郷の念にかられて故国スコットランドへ帰って行ったのだと噂しあった。
そして、リタの墓には、こう刻まれている。

――IN LOVING MEMORY OF RITA TAKETSURU――

参考文献

『ウイスキーと私』竹鶴政孝著　ニッカウヰスキー株式会社
『ヒゲと勲章』ダイヤモンド社編　ダイヤモンド社
『ヒゲのウヰスキー誕生す』川又一英著　新潮社

本書は平成二年五月、角川文庫より刊行された文庫を底本にし、改版にあたり文字を大きくいたしました。

望郷《ぼうきよう》

森《もり》 瑤子《ようこ》

平成2年 5月25日　初版発行
平成9年 4月1日　旧版6版発行
平成26年 11月15日　改版4版発行

発行者●堀内大示

発行所●株式会社KADOKAWA
〒102-8177　東京都千代田区富士見2-13-3
電話 03-3238-8521（営業）
http://www.kadokawa.co.jp/

編集●角川書店
〒102-8078　東京都千代田区富士見1-8-19
電話 03-3238-8555（編集部）

角川文庫 18602

印刷所●株式会社暁印刷　製本所●株式会社ビルディング・ブックセンター

表紙画●和田三造

◎本書の無断複製（コピー、スキャン、デジタル化等）並びに無断複製物の譲渡及び配信は、著作権法上での例外を除き禁じられています。また、本書を代行業者などの第三者に依頼して複製する行為は、たとえ個人や家庭内での利用であっても一切認められておりません。
◎定価はカバーに明記してあります。
◎落丁・乱丁本は、送料小社負担にて、お取り替えいたします。KADOKAWA読者係までご連絡ください。（古書店で購入したものについては、お取り替えできません）
電話 049-259-1100（9:00～17:00/土日、祝日、年末年始を除く）
〒354-0041　埼玉県入間郡三芳町藤久保550-1

©Yoko Mori 1990　Printed in Japan
ISBN978-4-04-101336-6　C0193